飞来异乡谜客

应战 —— 著

台海出版社

图书在版编目（CIP）数据

飞来：异乡谜客 / 应战著. -- 北京：台海出版社，2025.5. -- ISBN 978-7-5168-4195-2

Ⅰ．I247.5

中国国家版本馆 CIP 数据核字第 2025BJ8946 号

飞来：异乡谜客

著　　者：应　战

责任编辑：赵旭雯
封面设计：金　刚

出版发行：台海出版社
地　　址：北京市东城区景山东街 20 号　邮政编码：100009
电　　话：010-64041652（发行、邮购）
传　　真：010-84045799（总编室）
网　　址：www.taimeng.org.cn/thcbs/default.htm
E-mail：thcbs@126.com

经　　销：全国各地新华书店
印　　刷：文畅阁印刷有限公司
本书如有破损、缺页、装订错误，请与本社联系调换

开　　本：710 毫米×1000 毫米　　1/16
字　　数：320 千字　　　　　　　　印　张：18.5
版　　次：2025 年 5 月第 1 版　　　印　次：2025 年 6 月第 1 次印刷
书　　号：ISBN 978-7-5168-4195-2

定　　价：69.00 元

版权所有　　翻印必究

前 FOREWORD 言

从小到大，我都是一个成绩优秀的学生。

因为在小学期间成绩出色，获奖众多，我上了一所很好的初中。然后经历大大小小诸多考试后，我上了一所更好的高中。在那种人才济济的环境里，我其实已经有点喘不过气来了，但我还是憋着一口气往上冲，最后冲进了一所非常好的大学。

我就读的大学当然是全国顶尖的，它非常好，但它没有好到符合我理想中的期待。在我此前十二年的苦读中，大学在我的想象当中是一个天堂般的地方，它承载了我对未来所有美好的向往。就是凭着这份向往，我一直咬牙坚持着。

写这个故事的起因，是有一天我突然发现，这个不断向上爬坡的过程，似乎没有尽头。每一次成功都伴随着失去，我脱离了原来的环境，大部分人在过了某一阶段后便不会再相见，仿佛他们从我的生活中凭空消失了。我也失去了自己年少的时光。转眼间，我已经二十四岁了，而我的十八岁似乎还近在眼前。

胜利不代表着结束，而是下一轮竞争的开始。然后我不禁开始问自己："这样轮复一轮的竞争何时才能结束？我想要的生活何时才能开始？"显然，生活并没有在我考上大学的那一刻，就如我所愿的那般开始，但我迫不及待地想要让生活开始了。

我有很多很多个愿望，在中学时期，它们都被我寄存在了时间点并不明朗的未来中。现在我几乎是急切地催促自己，我要开始生活了，而其中一件想做的事情，就是写一本小说。

其实我除了学习好，几乎没有任何特长，在人群中是非常不起眼的类型。我常常想，如果我连学习上的天赋都不曾被给予，那会怎么样？于是，我的脑海中浮现出这样一个形象——无论相貌、智力、体能、艺术天赋，还是家世背景，他没有任何引人注意、值得称道的地方，在人群中是近乎透明的存在。

就是他了。书中的旅程对他来说或许是艰险的。在这段旅程中,他免不了遭受冷落和白眼。但在最终,他应该能给平凡的自己一个关于生活的答案。

　　我还写了另外一个角色,她有着坚韧的生命力,以及在黑夜中举起火炬的勇气。在我看来,这两个角色代表了我对人生出口的两种理解。

　　当然,关于这个故事的一切都是虚构的,但我相信书中人物的情感能够真切地传达给读者。这个故事最终成为我在迷茫时期的一点慰藉,希望它也能成为你的宽慰。

应战

二〇二五年三月二十五日于清华园

目 录 CONTENTS

序章
街市
001

第一章
荒原
005

第二章
雪夜
017

第三章
客栈
033

第四章
乐园
041

第五章
玉田
051

第六章
监狱
061

第七章
办公楼
071

第八章
屋檐下
093

第九章
奇山
109

第十章
雨镇
123

第十一章
校园
139

第十二章
风川市
153

第十三章
宴云居
163

第十四章
长廊
175

第十五章
玉境
185

第十六章
尤丰
197

第十七章
洞窟
209

第十八章
演讲台
219

第十九章
会客厅
231

第二十章
考场
239

尾声
聚会
249

附章一
升学记
255

附章二
背叛
267

附章三
退休记
283

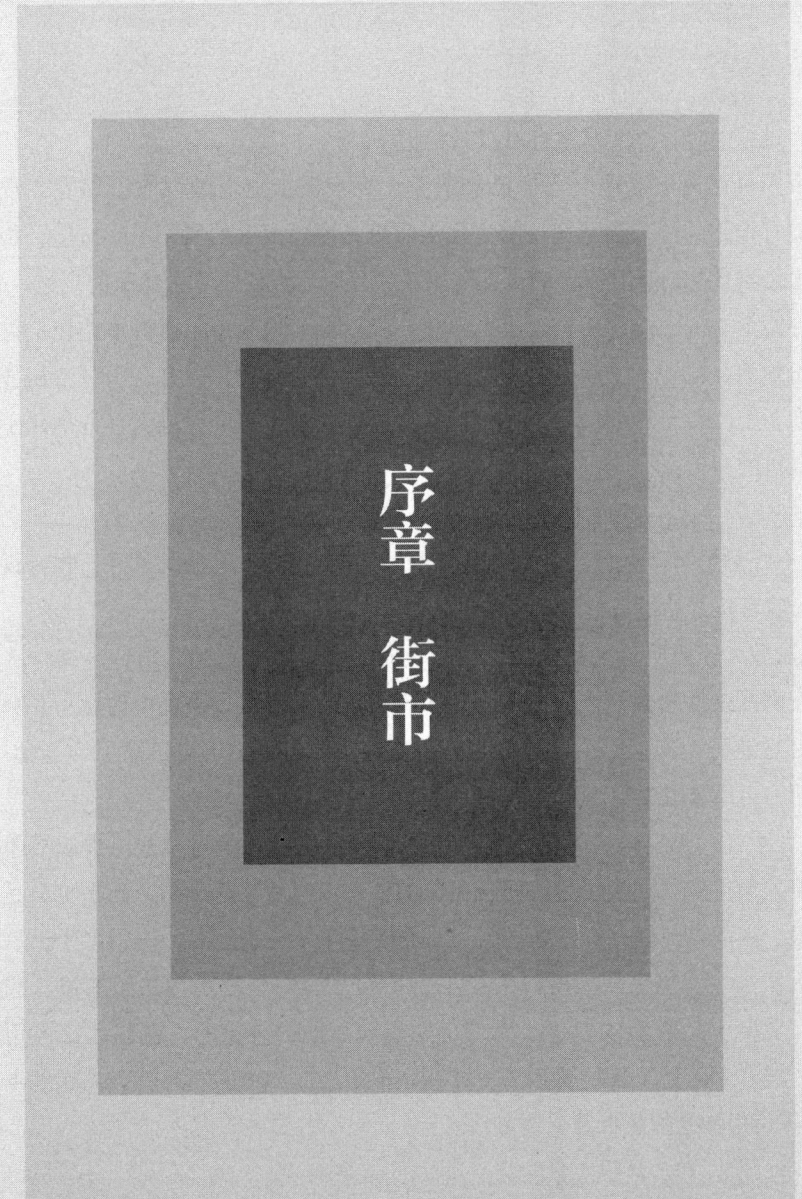

序章　街市

回过神来时,许衡发觉自己身处街市中。

太阳早已落下,连余晖也已经消失。天空被街道上的灯照得很亮,没有星星,但有很圆的月亮。从远处的海面上吹来沁凉而潮湿的风,风吹过后,街边的店铺里传出食物的暖香气。周围熙熙攘攘,不时有人谈笑着从他面前走过。

许衡走进一家炸物店,店里人不多,三三两两地坐着,有许多空位。许衡点了一份炸鸡,找了一个没人的角落坐下。店里没有电视,但有一台收音机放在墙上的架子上。收音机的信号不是很好,伴随着炸鸡下锅的滋滋声,许衡几乎听不清收音机的声音:

"……异乡人……海啸……三人……一起……"

"不好意思啊,这台收音机老是跳到别的频道去。"老板扭了几下收音机上的旋钮,收音机开始播放另一个频道的内容。

"欢迎大家收听《现代生活》节目,我是主持人段行川。古往今来,战争是一个充满复杂性和多面性的主题。今天呢,我们就围绕战争这个话题,和我们的嘉宾好好地聊一聊。那么,有请我们的嘉宾,著名军事历史学家山钧老师。"一个亲切的男声这般娓娓道来。

"大家好,很高兴,也很荣幸能来到《现代生活》节目做客。提起战争,可能很多人觉得离我们很遥远。但其实,即使是在当下,这一刻,和平也只是局部的现象。在世界各地,有许多场大大小小的战争正在进行着,有很多平民百姓都在炮火纷飞中流离失所。所以大家不要把和平想成是理所当然的事情,和平的状态,实际上是需要各方小心翼翼、如履薄冰地去维持的。就像大家各用一根手指,把一个陶瓷花瓶给举起来一样。一不小心,和平的花瓶就会摔在地上碎掉了。"这位山钧老师还带着点地方口音。

"嗯,所以和平是很宝贵的。"

"我们不谈那些看似很遥远的战争,就谈谈我们自己。"专家继续说道,"试想一下,如果没有法律的约束,如果大家可以肆意妄为而不会有警察来管你,我们这个社会的犯罪率会不会急剧上升?我今天跟邻居吵架了,互相看对方不顺眼,立马就从家里抽出把菜刀跟对方干架了。这种事情在过去其实是很常见的。所以不要说国家与国家之间了,就连个人与个人之间能够和平相处,都是件很不容易的事情。个体的理性与人类的文明,究竟有多脆弱,这是一个我们很少去试探,也害怕去试探的底线。除了无休止的争斗,我们是否还有别的出路?"

许衡听得正入神,老板把一盘刚炸好的炸鸡放在桌上,炸鸡上的油还在滋滋作响。许衡拿起筷子,选了一块不大不小的炸鸡放进嘴里。

"好吃。"

"好吃就好,哈哈哈哈。"老板约莫四十岁的样子,头顶已经是光亮一片,唇边和两颊有一圈青色的胡楂,咧嘴笑时胡楂就像刺猬的尖刺一样竖起来,"我在这边开店十年了,来店里的每个人都说好吃。哎,小伙子,你是来这里旅游的吗?"

"我……我也不知道。"

老板冲他笑了笑。收音机的声音又开始模糊起来,老板转了几下旋钮后,收音机开始播报娱乐新闻。新闻里提到很多娱乐明星的名字,许衡一个都不认识。他也不感兴趣,只是低头又夹起一块炸鸡放进嘴里。

"我可以坐这里吗,实在是没位置了,不好意思啊,跟你拼个桌行吗?"说话的是一个二十五岁左右的青年男子,背着一个亮黄色的包,手里拿着相机支架。许衡点了点头,环顾四周,发现店里的人不知不觉已经多起来了,原本的冷清氛围也被小孩的吵闹声打破。

"谢谢啊,我叫只行,听说这家的炸鸡是这个海边小镇的地方特色美食,专门到这里来探访一下,拍个美食视频。"青年男子说道。许衡这才意识到对方的相机一直开着。

"那个……不要把我录进去,谢谢……"

"啊,可能刚刚一不小心就拍到你了,你不喜欢的话我之后会把有你的片段删掉的,放心。"

老板端上了一盘刚炸好的炸鸡,青年男子立刻对着镜头绘声绘色地讲演起来。很快又进来一对父女,女儿兴致勃勃地要给父亲展示她今天在手工课上的作品。父亲显然对此不感兴趣,他告诉女儿自己还有事,然后拿起手机和电话那头的人滔滔不绝地讲了起来。许衡又吃了几口,觉得有些饱了,且炸鸡店的氛围他已不再喜欢,于是便起身往外走去。

外面的人依然很多,但空气却更冷了,迎面吹来的风让许衡打了个哆嗦。树叶发出沙沙的声响，地面上树影摇曳。他路过一家酒吧，里面在放一首他曾听过的歌，但他怎么也记不起来歌的名字了。他试着听清歌词，"在所有的时刻，我们都在一起。就算时间说不可以，那也没关系……"

那天他似乎要去买什么东西……许衡尝试回忆着，但记忆就像溶于水的盐一样无法抓住。他的思绪被一阵喧闹声打断。在远处暖黄的光中，人群开始攒动。有人被撞倒在地上，连带着周围的人都不稳地往后退。忽然从人堆里传出一声尖叫，随后人群开始四散，有几个人杵在原地，齐齐地望向某个点。

许衡先是在原地张望，然后慢步探上前去，人群从他两侧匆匆行过。他离中心越来越近，这时他看到远处的地上有水状的物体在流淌，浓稠而蒸腾，在灯光下反射出鲜红的颜色。原本阻挡他视线的那个伫立着的人也开始向外逃离，只剩下中心处的那幅景象——一个人，胸口上插着一把刀，刀没有完全插进去，露在外面的部分闪着银光，另一个人手里握着刀，眼睛睁得很大，嘴向上咧。刀下的人还在抽搐，每次抽搐都伴随着更多的血流出。那个握着刀的人突然猛地把刀拔出来，站起来，背对着许衡，对一个一直在一旁望着的人吼道："是不是你？是不是你！"

那个杵着的人似乎这才反应过来，大叫着跑走，持刀的人也怪叫着追了过去。躺在地上的人此时不再抽搐了，只是微微地颤动着，想要用手去捂住胸口，嘴唇一张一合，眼睛睁得很大，望着天上的月亮。

远方的海上传来游轮低沉的汽笛声，随后大地开始颤动，在天地的交接处现出一条银色的线。许多人从街市两边的店里跑出来，惊呼着逃散开去。远处，银线逐渐展成一道暗色的巨幕，呼啸着朝小镇奔袭而来。躺在地上的人一动不动地望向远方，漆黑的瞳孔里映出啸浪的巨口。

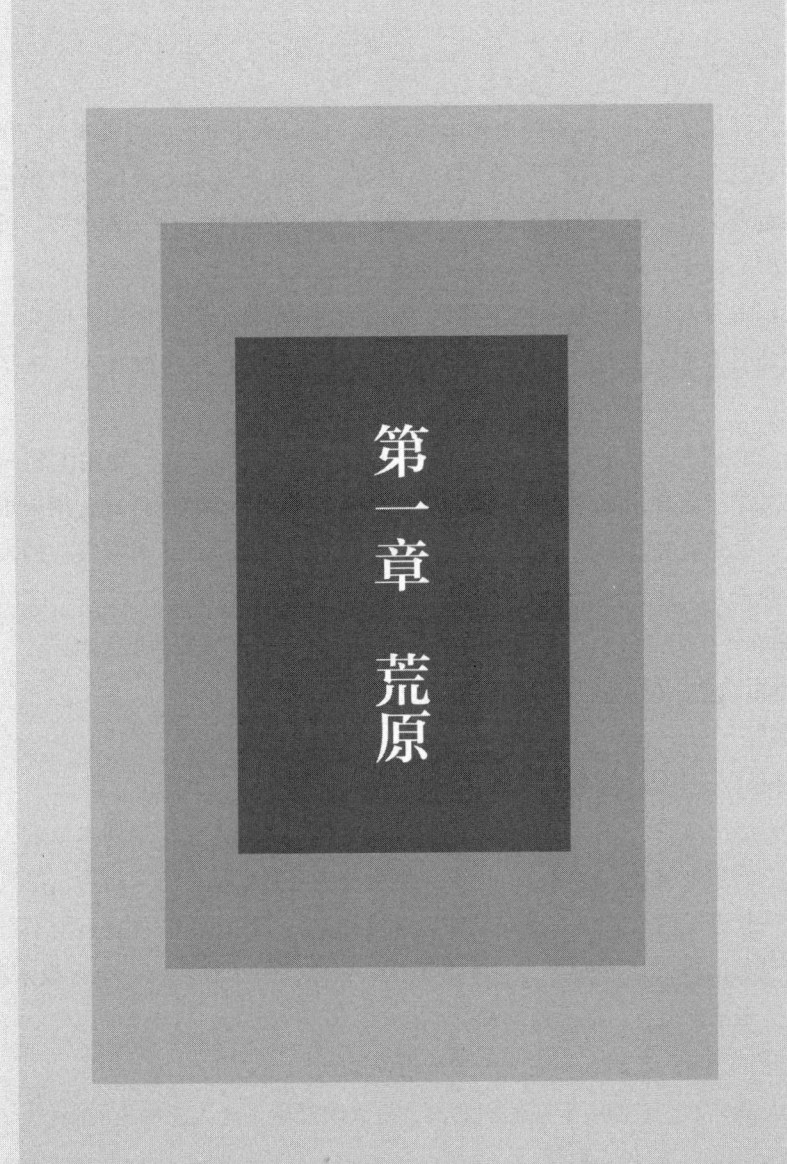

第一章 荒原

飞来：异乡谜客

　　天快黑了，夕阳的红晕映出远山的轮廓。他们不知道自己走了多久，恍惚觉得已经在这片荒原上游荡了一个世纪。终于，远处的黄土上现出一个黑色的小点。再走进了看，那个点渐渐变大，显现出它原本的模样——一间木屋。他们不由得加快了脚步，希望能够在天黑前找到安身之处。

　　来到木屋前，门上有一把生锈的锁，他们先是敲了门，见没人回应，其中一人便准备拿起石头把锁砸开。这时另一人听见身后传来了脚步声，于是连忙叫停。

　　一个老妇人，双手拎着一个水桶，一步一顿地走向木屋。她脸上爬满了皱纹，眼窝深陷进去，像两个黑窟窿，满头的银发盘成很典雅的样式，用一根铜簪子别着。走到离他们还有一段距离时，她停住了，用她那两个黑窟窿似的眼睛望向陌生的三人，脸上的皱纹像老树根一样盘踞起来。

　　"您好，我们是……"三人中的女生试图解释，但很快被老妇人打断。

　　"不用说了，我知道你们想在我这儿住一晚。"

　　"那您……"

　　"帮我拎一下这个水桶，我来开门。"

　　三人连声道谢，一个男生赶忙上前拎起水桶。老妇人慢步走到木屋前，摸了摸锁身上的某个地方，锈锁以一声不太清脆的响声弹开了。打开门后，三人随着老妇人一起进了屋。老妇人摸着黑拿起两块打火石，用碰出的火花点上了灯。屋里的摆设很简单，几把椅子，一张桌子，一张床，一个灶台，一个大橡木柜子。同样地，柜子上也有一把生锈的锁。

　　"你们先坐。"老妇人一边摆椅子一边说道。

　　三人遂坐下，老妇人坐在他们对面，灯火映照出了老人深褐色的瞳仁。

　　"告诉我你们的名字吧。"

　　三人面面相觑。身材最高大的那个男生先开口："奶奶您好，我叫闻绍杰。"

　　然后是那个女生："您好，我是吴笙。"

　　最后是那个相对瘦小些的男生："您好，我……我叫许衡。"

第一章 荒原

老妇人点了点头，然后说道："我这里经常有旅人经过，我也常常给他们提供住宿。放心，我不需要你们付过路费，你们身上没有我想要的东西。"

三人有些诧异，许衡转过身去，望了望屋里有没有能容纳三人睡觉的地方。他看到屋的一角有一排梯子，而从房顶的高度判断，这间木屋应该有两层。

"从这个梯子爬上去，就是你们睡觉的地方。"老妇人察觉到了许衡张望的意图，"我去做饭，你们来帮忙。"

三人对望着，吴笙轻轻点了点头，意思是"除了相信老妇人我们别无选择"，其他两人也表示认同。三人遂起身帮厨，吴笙问老人："奶奶，那些路过的旅人都是怎么样的？"

老妇人用低沉而沙哑的嗓音答道："各种各样的——茫然无措的、满腹怨气的、有说有笑的、疑神疑鬼的……他们都和你们一样，三个人，在这里住几天，然后启程离开。我从来没有过问过他们的来历，也不知道他们要去向哪儿。"

吴笙点了点头。接下来是一阵长久的沉默，直到老妇人叫许衡把菜刀递给她。三人帮忙洗完、择完菜后，便无事可做。老人让他们先去坐着。许衡感到屋内有些闷，起身走到屋外。天已经完全暗下来，四周漆黑一片，没有灯火，也没有人或野兽的声音，只能听到呼啸的风声。

吴笙与闻绍杰也走了出来。吴笙问道："你们来到这里之前，过着怎样的生活？在上高中？"

闻绍杰挠了挠头："我记不太清了，奇怪。不知怎么的，突然就出现在这里了。要不是走着走着遇到了你们，我还以为这片荒原上只有我一个人。"许衡也摇了摇头，表示自己记不清了。吴笙说："我也差不多。"

三人觉得外面有些冷，于是又回屋里等。当老妇人把菜做好了，闻绍杰就起身把菜端到桌上，许衡和吴笙把四人的碗筷摆好。菜虽不丰盛，倒也有菜有肉。他们团团围坐下，三人早已饿得不行，闻绍杰说了声"谢谢您的款待"，端起碗就狼吞虎咽起来。许衡夹起菜，拌着饭一起吃进嘴里，全身都感觉到温暖，甚至有些微微颤动。

吃完饭后，三人帮老人洗了碗。然后老人给他们点了盏小灯，用灯罩罩着，让他们带到二楼。三人顺着梯子爬到二楼，二楼正好有三张床，每张床之间有帘子隔开。闻绍杰把灯放在床对面的小桌上，这样三人都能照到灯光。

许衡躺下，这才感受到一天走下来腰腿的酸痛，床虽不软，但躺着还算舒服，被褥也够暖和。这时他听到隔帘传来闻绍杰的声音："吴笙，许衡，我们来玩'真心话'吧。"

"怎么玩？"吴笙问道。

"就是三个人轮流讲真心话，其他人提问，也好彼此熟悉一下。"闻绍杰说。

"我可以。"吴笙回答得很爽快。

"我也……没问题。"许衡顿了一下，回答道。

"好，那就从许衡开始。"闻绍杰说，"我想想……最让你感到害怕的一件事？"

许衡第一反应是他在那条陌生的街道看见一个人拿刀捅另一个人的场面。但那个故事太离奇，他也不清楚自己是不是在做梦，于是他换了个故事："我上小学的时候，有一天我放学回家，发现自己忘带作业了。我怕写不完作业第二天被老师骂，于是吃完晚饭后我就又回了趟学校。正好教室的窗没关，我就从窗户爬进去拿作业。这时看到我的一个同学，是个女生，她留着又黑又长的大辫子，背对着我，站在教室的角落里，头朝着地。我轻轻地叫了她一声，她也没反应。当时我整个人都感觉不寒而栗，浑身冒冷汗，喘不过气来。窗也没关，我就从教室里打开门跑走了。"

闻绍杰说："什么嘛，一点都不可怕。我给你讲个故事……"

吴笙打断了闻绍杰："停停停，不说这个了，我有点怕。轮到你了，我问你，你跟你初恋的故事是怎么样的？"

闻绍杰用略带戏谑的语气说道："这你都怕？那我的那个故事你肯定……"

"好啦好啦，快讲你的真心话。"吴笙再次打断了闻绍杰。

闻绍杰清了清嗓子，然后开始说："咳咳，我的初恋是我的前桌，是个叫妙子的女生。她妈妈每天都会给她准备一瓶牛奶，进口的那种，让她带到学校去。但她说她不爱喝牛奶，就每天都给我喝。我喝完后再把空瓶子还给她，她带回去给她妈妈。过了一学期我才从她的好姐妹那里知道，原来她那是喜欢上我了。我之前都没什么感觉，不知怎么的就情窦初开了，觉得她很漂亮。有一天放学后，我就跑过去跟她说，'我也喜欢你，我们在一起吧'。"

闻绍杰说到这里停下了，吴笙追问道："然后呢？"

"然后我们就在一起了。在一起后她还是把她的牛奶给我喝，说她实在是不喜欢喝，但她妈妈硬要她喝。每天放学后我就牵着她的手大摇大摆地走在路上，路过的人都看向我们。过了两个星期班主任就知道了，然后家长也知道了，我和她的座位就被调远了，写了检讨书，也不许再手牵手。但我们放学后还是会一起走回家。后来我个子长得飞快，坐到了教室的最后一排，我们就彻底没有坐得很

第一章　荒原

近的机会了。有一天她突然找到我说，我们分手吧，态度很坚决，但死活不肯告诉我为什么。我这个人比较喜欢顺其自然，于是我们就分手了。"

"天天给你送牛奶，怎么听着不像真的呢，该不会其实是你死乞白赖成天送别人牛奶吧？"吴笙说道。

"怎么就不像真的了，你看我长这么帅，当时我就是个小帅哥了，有人送我牛奶不是很正常？初中的时候还有人送过我粉色爱心形状的巧克力呢。"闻绍杰答道。

"你如果长那么帅，那个妙子为什么要跟你分手？"吴笙又问。

"这我哪知道啊，人家死活不肯告诉我。不过回想起来，谈恋爱跟过家家差不多，"闻绍杰说道，"不说这个了，轮到你讲真心话了。我问你，你觉得我帅不帅？"

"你好不要脸。"吴笙说道。

"别磨叽了，说话算话，快回答。"

"许衡还没问呢，许衡有没有什么想问我的？"吴笙问道。

"啊……我……"许衡顿住了。

"你看，人家没想到啥问题，你快回答吧。"

"还……可以吧。挺帅的。"吴笙停顿了一会儿，说道。

闻绍杰满意地笑了。

这时许衡注意到楼下的灯已经灭了，于是对另外两人说："老奶奶好像睡了，我也有点累了，要不我们早点休息吧。"

其他两人说了声"好"。闻绍杰起身把桌上的灯给吹灭了。屋子里完全暗了下来。三人躺进各自的被窝里，都不再出声，只听得到屋外的风声。

许衡很快就睡着了，再醒来时另外两人都已经起床了，许衡连忙穿好衣服爬下梯子。闻绍杰和吴笙正在吃早饭。许衡舀了盆水，简单洗漱了一下，也开始吃早饭。

"从这里一直向北走三天三夜，是马背上的国家喀尔斯。向南走三天三夜，是耕种之国尤丰。"老妇人走过来，对他们说道，"尤丰是我的故乡。"

"那您为什么会独自生活在这里呢？"吴笙问道。

"为了守护尤丰。"老妇人答道，"我虽然老了，但我有自己的方式。"

说着，她走向橡木柜，打开柜上的锁，从里面取出一个罗盘，交给吴笙："这个能让你们避免迷失在荒原里。从这里出发，向东走半个时辰，就能看到一片淡水湖泊,你们到那里给我打点水吧。"

三人应声接下,老妇人又给了他们一点干粮,以供路上补充体力。吃完早饭后,三人各拎了一个水桶。闻绍杰把吴笙的水桶拿了过去,对她说:"你看罗盘就行,别弄错方向了。"于是三人便出发了。

天气很晴朗,但并不热,凉爽的风吹过,让人很是惬意。一路上闻绍杰和吴笙有说有笑的,闻绍杰怀疑在这种几乎寸草不生的荒原是否真的存在湖泊,吴笙说昨天晚上老妇人就是提着一桶水回来的,如果附近没有水源,难不成是那老妇人凭空变出来的。闻绍杰说自己就会魔法,那些水其实是他给变出来的,连那个老妇人和那栋木屋都是他变出来的。吴笙骂了闻绍杰一句,闻绍杰反而笑得更开心。许衡觉得自己插不上话,就只是在一旁听着。或许是因为年轻人的步伐更加矫健,他们很快就走到了湖泊前。

那是一片圆形的湖泊,直径大约二十米,深七八米。湖水清澈得出奇,甚至可以看见湖底的泥沙和石头。湖泊周围是一圈草地,上面稀稀疏疏地长着几丛灌木。三人打完了水后,闻绍杰提议说:"不如我们下去游个泳,顺便当洗澡了。你们应该都会游泳吧?"

许衡点了点头,试图回忆起自己已经有些生疏的游泳技术。吴笙说:"当然会了。但是我要去湖的那边游,你们不准过来。"

吴笙话音刚落,闻绍杰已经脱得只剩条裤衩,一猛子扎进了水里。吴笙从岸上信步走向对岸。许衡犹豫了一会儿,也下了水。他只是在岸边游,没有像闻绍杰一样游到湖中心去。

湖对岸传来吴笙的喊声:"闻绍杰,别游过来!"

闻绍杰回应道:"哎,我又不是要看你!这样,我转过身去,这总行了吧!"

许衡感到湖水很凉快,太阳照在身上也很舒服。他低头看去,没有看到任何鱼,只是一片清澈的湖水。这世上竟还有这般清澈的湖,许衡在心里暗自感叹。游完泳后,三人上岸晒了晒太阳。很快身子就干了。闻绍杰穿好衣服,跑到了对岸去。许衡能看到对岸的两人坐在一起,但听不见他们说话的声音。

"旁观者。"许衡心里想道。

约莫过了一个小时,许衡对他们说时候不早了,是不是该准备返程了。闻绍杰坐在对面,对许衡扯了一嗓子"再过会儿——",然后便继续跟吴笙聊了起来。许衡担心天黑后在荒原迷路,过了半小时后又问了一次。这次闻绍杰跟吴笙聊得正开心,没注意到他。当许衡第三次问的时候,闻绍杰回道:"马上。"

第一章　荒原

等到闻绍杰和吴笙终于从湖的另一头过来时，太阳已经在天上转过一个角度了。他们简单吃了点干粮，便启程往回走。在返程的路上，三人还向南走了一段路，结果除了荒原还是一望无际的荒原，三人只好折返，在途中还迷路了一段时间。等他们终于回到木屋时，太阳已经快落山了。打的三桶水，被喝了一些、洒了一些，现在合起来差不多还有两桶的量。

回到屋里，三人发现屋里多了几个大袋子。老妇人说，这是尤丰的士兵送来的补给，他们每周都会按时过来。闻绍杰和吴笙表示，他们想启程前往尤丰。老妇人说她自己也还有不少存粮，因此可以把补给分一点给他们，这样他们在路上不至于没东西吃。往南走大约二十五千米，就能看到一个村庄，可以在那边歇一歇脚。闻绍杰和吴笙连忙表示感谢，许衡也一同道了谢。

晚饭后，三人开始收拾东西，他们打算明天一早就出发。"我们可能是被龙卷风之类的袭击了，才流落到这片荒原的。到了尤丰，一定会有解决的办法的。到时候在那边一定能和我们的国家取得联系，这样我们就能回家了。"闻绍杰跟许衡说。

许衡点了点头，但他开始担心许多事情，比如中途迷路、食物不够，甚至，尤丰根本不存在的可能性。毕竟他从未听说过这样一个国家。在老妇人的家中，许衡也没有看见任何现代文明的痕迹，似乎他们来到的是一片不存在的土地。但如果尤丰不存在，那些食物又是谁送过来的？许衡决定不再去想。

晚上，他们早早地上了床准备休息。许衡走了一天很是劳累，不久便睡着了。他做了个梦，梦里，在那条陌生的街道上被杀的不是那个瞪大了眼睛的人，而是他自己，而那个拿着刀的人正对着他狞笑。许衡惊醒了，全身都是冷汗。他决定到屋外去透透气。

许衡顺着梯子小心翼翼地爬下去，低着头努力看清脚下的地面，生怕不小心磕碰到什么东西。他望向窗外，月光莹莹入照，虽然微弱，却也足够。这时他看到窗边站着一个人，手里拿着什么东西，在月光下反射出金属的亮光。一阵寒意迅速在全身蔓延开，许衡一时之间不知该进还是该退，只是僵在原地。对方似乎也注意到了他，转过身来，将手里拿着的东西藏到身后。由于对方背对着窗，许衡看不清对方的脸。

"许衡？"一个熟悉的声音传来，是吴笙的声音。

"你……"

"啊……我半夜有点饿了，下来找点东西吃。"她用很轻的声音回答道。

"啊这样，我那啥有点急，出去方便一下。"说着，许衡继续摸索着到了门前，打开门出去了。当他回来的时候，吴笙已经顺着梯子爬上去了。许衡不愿也不敢再多想，回到床上，却怎么也睡不着了。夜晚很安静，但现在这种安静只让他觉得恐怖。

不知过了多久，许衡感到困意袭来，他觉得自己还醒着，但又好像在做梦。恍惚中，许衡连做了几个噩梦。很短，但每个都让他心惊胆战。再次惊醒时，他浑身被汗水浸透，却不记得任何一个梦的内容。

楼下传来响声，是老人早起做饭的声音。许衡感觉自己已经睡不着了，于是也下去帮忙。由于没睡好，许衡在下楼梯时手脚都很迟钝，差点就摔了一跤。许衡洗了把脸，让自己清醒了一下。饭快做好时，许衡上去叫醒了闻绍杰与吴笙。在吃饭的过程中，许衡一直不敢直视吴笙的眼睛。吃完饭后，三人打包了一下行李，准备出发。

许衡走到屋外，突然听到微微的响动，从遥远的北方传来。接着那股声响越来越清晰，像是暴雨般的鼓点声，打在大地上。

其他人也走出屋外。"是喀尔斯的游骑兵。"老妇人望向远方说道，"昨晚我就看到了，从北方传来的隐约的火光。我等了整整五十年，就是为了这一刻。"

"老奶奶，有什么我们能帮忙的吗？"闻绍杰问道。

"你们已经在帮忙了。"老妇人盯着他们说道，她黯淡的瞳孔里突然现出几分凌厉。

"你这是什么意思？"吴笙问。

"刚刚你们吃下去的饭菜是有毒的，等下你们便会感到腹中不适，然后这种毒会逐渐侵蚀你们的全身，直到死去。"老妇人面无表情地说道，"你们是祭品。当你们中有人死去的那一刻，洪水便会将这片荒原淹没，尤丰也将因此免受喀尔斯铁蹄的践踏。"

"洪水？太荒谬了，哪来的洪水，能把这么大一片荒原淹没？"闻绍杰驳斥道。

"祖先的预言是不会有错的。"老妇人回答。

许衡想起了发生在那条街道上的事。当时那个人死去后，漫天的海啸淹没了整座城镇。许衡也被卷入了海啸中，但不知道为什么，他没有死。再次苏醒时，他发现自己身处这片荒原。

三人这时开始感受到腹部剧烈的疼痛感，一开始像是有一只蜈蚣在肚子里

第一章 荒原

爬，令人瘙痒难耐，接着像是有数百只虫子在腹中撕咬，整个腹部剧痛难忍。

"但并不是所有人都要死，你们随我进来。"老妇人说罢走进了屋。

三人有些犹疑，但还是跟着老妇人进了屋。许衡因为离屋门最近，所以最先进屋。他看到老妇人坐在椅子上，手里攥着什么东西。

"这是解药，"老妇人摊开掌心，上面有两颗小晶体，"祭品只需要一人，当你们中有人死去时，剩下两人可以吃下解药。洪水会洗涤你们，但不会杀死你们。"

"至于你们谁会活下来，这不关我的事情。好了，我的使命已经完成了，我的路也就走到这里了。我要休息了。"说完，她将解药放在了桌上，然后闭上了眼睛，像一座雕像般静坐在椅子上。

许衡连忙看向另外两人，他们都摆出了上前拿解药的架势。

"不要动！"许衡喊道。他离解药是最近的，"我们先把事情理清楚。"

吴笙说："许衡，我们有很多种解决方法，比如说猜拳，或者把解药平均分一下。而且屋里可能还有其他解药，我们可以一起找找看。"说完，吴笙向前走了两步。

闻绍杰见吴笙向前走了，也向前走了两步。许衡见状，一个箭步向桌子冲去。吴笙和闻绍杰也闻势而动。但许衡离桌子近得多。他来到桌前，把两颗解药通通攥在手里，手举到嘴边，摆出随时要吃掉解药的姿势。

其他两人这才停止了行动，直直望向许衡。腹痛，加上极度的紧张，汗水从三人的额角滴落。

"吴笙，你去看看老人是否还活着，以及搜一下老人身上还有没有多余的解药；闻绍杰，你去柜子里和其他地方找找，看看有没有解药。"许衡说道。

两人见许衡一直保持着即将要吃掉解药的姿势，没有办法，只能照许衡说的做。远处的马蹄声越来越清晰，吴笙摸了摸老人的手，冰凉的，没有脉搏。

"她死了。"吴笙说道。吴笙又搜索了一遍老人的全身，没有发现任何东西。

闻绍杰试图打开那个上锁的橡木柜子，他拿起刀柄，使劲敲打那把生锈的锁，但打不开。闻绍杰大声叫骂了一句。他见厨具里有铁杵，又拿起铁杵用力砸了下去。锁终于开了。闻绍杰打开柜子，上下看了一遍，愣了几秒钟。

"空的，除了那个罗盘什么都没有。"他望向另外两人，眼神里带着绝望。

许衡心里一沉，让闻绍杰再在屋里的其他地方找找看。就在许衡对着闻绍杰说话的时候，他突然感觉自己的腿被人从后面重击了一下。许衡一个重心不稳，跪倒在地，两颗解药也掉到了地上。随后许衡被推倒在地，头撞到了桌脚。

许衡挣扎着爬起来，头晕目眩，他看到解药已经被吴笙拿在手中，而她和另外两人都拉开了几米的距离。许衡和闻绍杰此时都望向吴笙。

"你们别过来。"吴笙说道，她的头发全散开了，湿漉漉的沾满了汗水，面色苍白得像一具干尸。其他两人都定在原地。

"我累了，我真的累了……已经十几次了，每次都是三人中留下两人，然后认识的，或者不认识的三个人又重新开始循环。"吴笙说道，此时屋外的马蹄声愈发清晰了，"我不知道这是怎么回事，我只想结束这一切。一定是这样的，一定是因为三个人中只有一个能活下来，而不是两个人。只要我……"

吴笙说着，把两颗解药都塞进了嘴里。许衡和闻绍杰冲上前去，但为时已晚，吴笙已经把两颗解药都咽了下去。

两人看向吴笙，陷入了绝望中。

"昨天晚上你手里拿着的，是刀吗？"许衡问。

"是的……我本想趁晚上，咳……趁晚上杀掉你们，但是被你，咳咳……被你……看到了，咳咳……"

说着，吴笙的眼睛突然变得血红，她不停地咳嗽，倒在地上，大口地喘气。随后她开始抽搐。闻绍杰试图上前帮她，但无济于事。吴笙睁圆了眼睛望向他们，想说话却说不出来，只是大口地喘着粗气。很快，在一次剧烈地吸气后，她停止了抽搐。

她死了。

远处的天地开始震动，比马蹄带来的震动强烈得多。屋外传来人群慌乱的呼喊声，伴随着尖锐的马吟声。

闻绍杰此时失去了控制，他大叫着问许衡"为什么""发生了什么""这一切都是怎么回事"。

许衡感到腹痛已经不像刚才那样强烈。他问闻绍杰是否如此，闻绍杰僵在原地几秒后，点了点头。

"也许饭菜里的毒根本不是致命的，致命的其实是那两颗被称为解药的晶体。"许衡望向闻绍杰，说道。

闻绍杰看了看许衡，又看了看已经一动不动的吴笙，起身走向门外。许衡也走出门，远处，黑压压的马匹和人群已经逼近。在更远的地方，天与地交际之处，是与那天相同的巨大的浪潮。

闻绍杰望见这番景象，愕然无言。

第一章 荒原

许衡此时对闻绍杰，也是对他自己说道："我原以为自己不是一个把生命看得很重要的人。我总觉得自己可有可无，好像死亡对我来说并不是一件特别可怕的事情。有时我在生活中遇到了一点困难，我就会想，大不了就去死呗，一了百了。但今天我发现我错了，我也像其他人一样渴望活着。"

第二章 雪夜

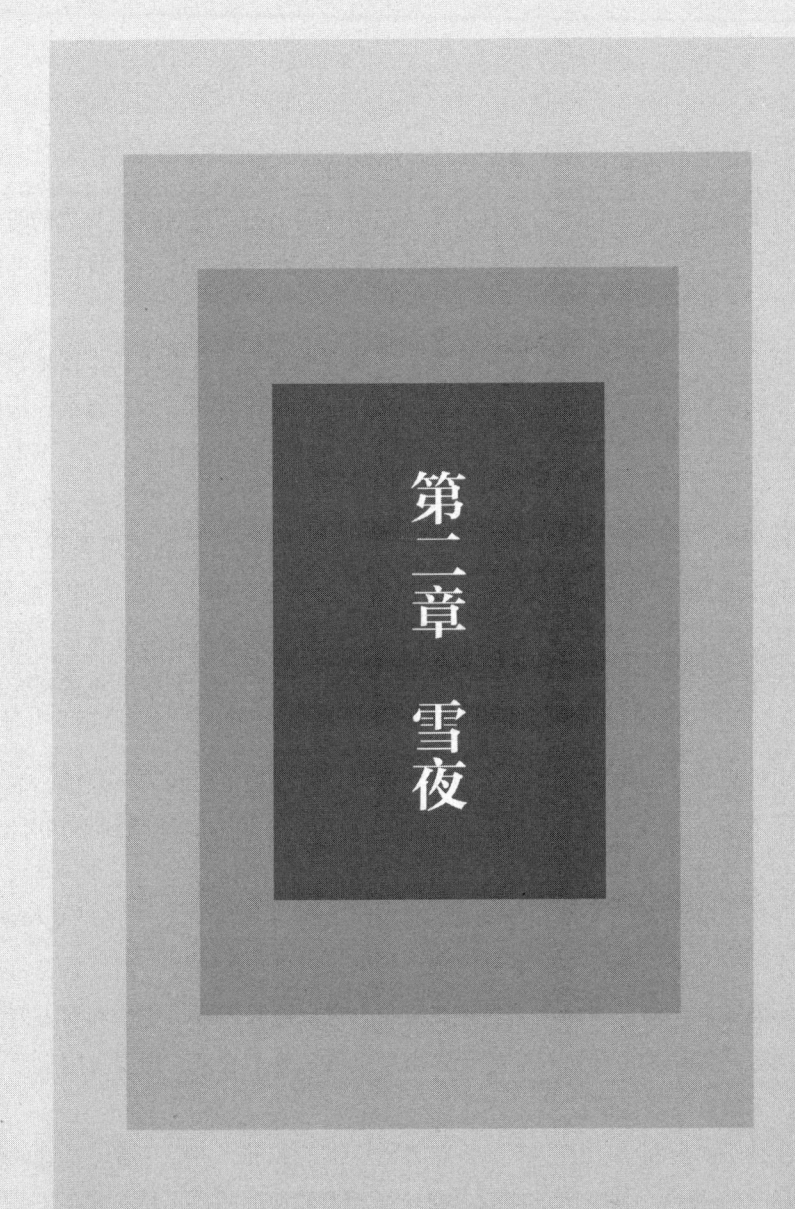

篮球比赛马上就要开始了，楼内的气氛已经躁动了起来。

妙子走下楼去。她看到她的室友吴笙急匆匆地向上跑，经过妙子身边的时候还把一个袋子交给了她："妙妙，这个麻烦你帮我拿到下面去行不？我把加油的横幅落楼上了，我急着上去拿。"

妙子点了点头，说没问题。她提着袋子往篮球场走去，心里还在不停地回味这几天发生的事情。她分明记得，她最后的一段记忆是在高三，但是怎么经历的高考，怎么来的这所大学，她是一点也不记得了。妙子还试探性地问了一下室友吴笙还记不记得高考那几天发生的事，吴笙说她记得清清楚楚，高考第一天晚上她还突发性胃疼，她妈深夜跑了半座城市才终于找到一家开着的药店买到了药。妙子又问有没有觉得最近忘事特别快，好像有什么事不记得了。吴笙摇了摇头，说自己记性好得很。妙子接着打电话给她妈，让她找找妙子的高考准考证，问来了自己的准考证号。上网一搜，确实有高考成绩，但这些数字却让她感到无比陌生。

妙子这样想着，不知不觉走到了篮球场旁边。篮球场上已经人声鼎沸，运动员们换好了衣服，正在球场上热身。面对这么多人，妙子一时间感到不知所措。喧闹的环境常常使她感到无所适从。她随便找了个有空的地方坐下，回头张望，看吴笙来了没。开学第二天了，除了室友吴笙，她基本没和其他人说过几句话。周围的人不知怎么的，都已经熟络了起来，仿佛认识多年的老友一般。妙子每每遇到半生不熟的人，即使叫得出来名字，也会下意识地躲闪开，生怕和对方有交流。几个同班同学从她面前走过，妙子拿出手机低头看了起来，想要缓解自己心中的不安，但却愈发显得局促了。

这时，妙子的肩膀被拍了一下。她以为吴笙终于来了，抬头一看，是她的辅导员："妙子，手机收一收。大家来这儿是给运动员们加油的，不是来看手机的。"

"啊，好……对不起。"妙子的脸唰地红了。她低下了头，不敢抬头看辅导员。

"没事的，多跟其他同学聊聊天。篮球赛正是认识一些新同学的好机会。"

妙子报着脸点了点头。这时吴笙跑过来了，她坐到妙子的旁边，问刚刚辅导

第二章　雪夜

员跟她说了什么。妙子回答说辅导员让她少看手机，多交些朋友。

吴笙说："那你来跟我一起拉横幅吧，正好横幅需要两个人提着。"

妙子本想推辞，但被吴笙硬拽了起来。两人于是来到篮球场边上，把横幅拉了开来。这时，双方的球员们差不多都准备就绪了，在裁判的哨声下，比赛开始了。

妙子看向球场，当男生换上篮球服后，由内到外都洋溢着阳光的感觉。由于看比赛十分投入，妙子渐渐忘记了原先的尴尬。吴笙开始带头给男生们加油，场下同学们的情绪也被带动起来，篮球场边上一会儿就挤满了呐喊助威的人，以至于裁判需要走过来提醒同学们不要越过场地的边界线。

一个女生跑过来跟吴笙说："吴笙，你看又高又结实的那个，隔壁系的，叫闻绍杰，是不是很帅？"

"哪个？那个球衣数字是12号的？"吴笙问。

"嗯嗯。"那个女生点点头。

"确实还行，不知道篮球技术怎么样。"

"听说很厉害，高中还是校篮球队的。"女生回答道。

"哟，你了解得挺清楚的嘛。"吴笙说道。

"那是，之后有机会还想找他做新生舞会的舞伴呢，那可不得先了解一下。"女生说完后道了声再见，便欢腾地跑走了。

妙子听到闻绍杰的名字，心尖颤动了一下。看那个男生的模样，确实有几分像自己从前相识的那个闻绍杰。只是他现在比以前更高大了，也离她更遥远了。她的眼睛随着闻绍杰在球场上移动，却又不敢直视他，只是低着头用余光去瞟。妙子感到脸上有些发烫，她担心有人会注意到自己此刻的样子。

她努力让自己不去看他，但却又控制不住。她感受到他对自己来说有一种引力，像是炽烈的太阳，牵引着围绕它转动的行星。妙子虽然不是很懂篮球，但她看得出来闻绍杰投进了许多球，还多次阻断了对手的进攻，队友都对他投去赞许的目光。妙子又偷偷看了一眼身边的吴笙，发现吴笙的目光也在随着闻绍杰而动。

比赛结束时，闻绍杰所在的那一队以绝对的优势取得了胜利。妙子见闻绍杰朝她这边走来，脸唰地就红了，目光也慌乱得无处安放。闻绍杰走过她身边，带动了一阵风吹过她的面颊，空气中夹杂着汗水、草地和阳光的味道。

"吴笙？你是吴笙吗？你怎么会在这里？"闻绍杰停在吴笙面前，惊愕地看着她。

"对，我是。有什么事吗？"吴笙也有些惊诧地反问道。

"你不是……在那个小木屋里……"

"我不清楚你在说什么。"吴笙完全没理解闻绍杰的意思，"你说话注意点啊，什么小木屋，我从来没去过那种地方。"

说完，吴笙便拉着妙子离开了篮球场。妙子回头看了一眼，闻绍杰还愣在原地望向吴笙。

回到寝室，妙子还是很在意这件事，便问吴笙："你认识闻绍杰吗？"

"不认识啊，怎么了？"

"啊，没什么……他是我以前的同学。"

"欸，那他怎么没认出你来，你们毕业之后就没见过面了吗？"

"嗯，是的……"妙子低下了头。如果自己没有听到闻绍杰的名字，她能认出他来吗？无论如何，闻绍杰肯定是认不出她来的。

晚饭时间，妙子和吴笙一同走下楼去，在楼门外，妙子又看到了闻绍杰，他已经把那身运动装换了，穿着休闲的卫衣，头发也是刚洗过的样子。他的双手插在卫衣的口袋里，嘴巴一动一动的，似乎在嚼着口香糖之类的东西。他还是那样熠熠闪光，站在来往的人潮中，朝着她们这边看。注意到吴笙走出来后，闻绍杰的眼睛稍稍瞪大了些，他露出微笑，朝吴笙挥了挥手。闻绍杰的身旁站着一个男生，个子不高，神情寡淡，和肌肉线条明显的闻绍杰相比显得颇为瘦弱。

另一个男生见到吴笙，脸上流露出了一丝惊讶，他和闻绍杰一起走了过来。闻绍杰率先开口："吴笙，我们有事想找你单独谈谈。"

吴笙回绝了他们："今天我还有事，下次吧。"说完，吴笙便打算和妙子一起去吃饭。"真的，很严肃的事情。"另一个男生说道。吴笙见两人神情都十分认真，只好同意。她让妙子在原地稍微等一会儿，然后便跟那两人去了不远处聊天。妙子能看到他们就在十来米外，细声说着些什么。她仔细观察着几人的神情，想从他们的表情中读出点什么来，却只是徒劳。

"嘿，妙子，还不去吃饭呢？"突然有人拍了拍妙子的肩，让沉浸于解读面部表情的妙子全身一颤。妙子转过身去一看，是她的室友。

"啊，马上就去。"

"哟，这不是闻绍杰嘛。"那位室友也认识闻绍杰，不仅如此，她还在宿舍的聊天群里转发过一篇介绍院系新生代表闻绍杰的公众号文章，"吴笙怎么和他聊

第二章 雪夜

上了？"

"我也不知道呢。"

妙子的室友又瞅了两眼，就去吃饭了。大约十分钟后，吴笙走了回来，嘴里嘟囔着"什么从另一个世界过来，有没有失忆之类的，不知道这两个人在说什么，是不是电视剧看多了"。

妙子看向他们，又看向吴笙，对吴笙说："吴笙，我……我想跟他们聊两句……"

吴笙感到有些诧异："是跟老同学叙叙旧吗？那也好，我就不掺和了，我在这等你。"

妙子点了点头，然后鼓起勇气向闻绍杰他们走去。她感到自己的心跳在加速，脸也很烫。

"闻绍杰，你……你好，我叫妙子，我们曾是同学，你还记得吗？"妙子努力让自己抬起头来，正视着闻绍杰。他的脸真好看，眼睛有灵气，鼻子挺拔，嘴唇看起来温润柔和。妙子的脸更烫了，她能听到自己的心跳声。

"妙子……那个经常送我牛奶的妙子？记得呀，你真是变了很多呢，我都没认出你来。"闻绍杰提高的音量把妙子惊得抬起了头，"给你介绍一下，这是许衡。"

彼此打过招呼以后，妙子对他们两人说道："刚才听吴笙说你们提到另一个世界，还有失忆什么的……其实我这两天一直很疑惑，记不起自己上大学前后发生的事情。最后一段记忆还是在高三时，之后就不记得发生了什么了，好像自己是从另一个世界过来的……"

闻绍杰和许衡对视一眼，然后闻绍杰说道："是你……这意味着我们三个中至少会……"

妙子对闻绍杰的欲言又止感到疑惑，她望向两人，想要寻求进一步的解释。许衡小声地问了一句闻绍杰什么，闻绍杰点了点头。

"我们也不知道这是怎么回事，但我们现在就像在某场试炼当中，如果有一个人死了，浪潮就会席卷而来，把另外两人带到下一个世界。"许衡解释道，他说话时总是低着头，目光不直视对方，"而在上一个世界中死去的，就是吴笙。"

妙子吓得后退了两步："她……她是怎么死的？"

"说来话长，简单来说她是自己服毒药死的，她以为那个是解药。"许衡说道，"我猜测，来自我们那个世界的吴笙，确实已经死了。现在在我们眼前的这个吴笙，是属于这个世界的人。"

妙子感到有些头晕，一时语塞。她又询问他们是否知道回到原本世界的方法，两人都摇了摇头。远处的吴笙开始呼喊妙子的名字，于是三人决定今天的讨论先到此为止。他们交换了联系方式，约定在之后保持联系。妙子记录下联系方式后，说了声"谢谢"，然后便回到了吴笙身边。

吃饭时，妙子一直心不在焉，对吴笙的问题也只是含糊回答。她望向眼前的吴笙，然后又想象着已经在另一个世界死去的吴笙，忽然觉得很不真实。想到闻绍杰说的"我们三个中至少会死一个"，妙子又觉得很可怖。然后她又安慰自己，只要没人动手，就不会有人死去，三个人都可以活得好好的，而且他们一定能找到回去的办法。

回到寝室，妙子打开手机，看见闻绍杰发来一条消息："抱歉，今天说了这么多，可能给你带去了很多烦恼。我和许衡都不是坏人，所以不用担心。"

妙子看到消息后，紧张的心情一下子缓解了许多。她回复道："嗯嗯，我们一起努力想办法。"

随后，妙子又看到妈妈给她发了一条消息："妙妙，我给你寄了一箱水果，今天到了，你赶紧去拿一下，放久了就不好吃了。妈妈在箱子里还给你放了一把水果刀，可以用来切橙子之类的水果，不过你用的时候要小心，别伤着自己。还有，大学生活还适应吗？有没有人欺负你？"

妙子虽然知道她不是自己原本那个世界的母亲，但她依然能感受到那份感情的温度。她回复道："嗯，我知道了，谢谢妈妈。我这边都好，您不用担心。"

"哎，我就知道我的女儿没问题，有什么事情随时跟妈妈说，多喝水多吃水果，加油，妈妈去广场跳舞了。"在句末，妈妈还附了一个笑脸的表情。

妙子看到最后一句，意识到在这个世界，母亲的秘密还没有被发现。妙子的家庭是单亲家庭，自打妙子记事起，她就是由母亲一个人带大的。母亲从来不提起妙子的父亲，妙子小时候问过，但母亲看起来并不愿意提起那段往事。后来，妙子也就心照不宣地不再多问。她每次说去跳广场舞，其实都是下了班，给女儿做完饭，然后去做小时工。妙子一直不知道这件事，后来母亲去了妙子同学的家里做保洁，然后在家长会上被同学的家长认了出来。那位家长还同妙子的母亲打了招呼，旁若无人地讲着什么时候有空再去自己家里做保洁，最后还跟周围的家长夸妙子母亲的保洁工作做得好。

妙子站在窗外，听得一清二楚。她能感受到周围人的目光，她不敢抬头看，只是低头盯着地板上石砖的花纹。她用大拇指和中指用力地掐着食指上的肉，因

第二章 雪夜

为疼痛能够暂时转移她的注意力。隔天，妙子去办公室交作业时，在门外听到整个办公室都在谈论这件事。妙子走进去后，办公室里一时鸦雀无声，所有人的目光都落在了妙子身上。妙子注意到他们的目光里满是同情，像在看一条被雨淋湿的狗。虽然他们什么都没说，但他们的目光就像毒蛇一样，撕咬着她全身上下的每一处肌肤。

妙子把作业一放，然后便跑了出去，在厕所里偷偷地抹眼泪。回到教室，闻绍杰还在和同学们谈论着自己的生日礼物，一台一米高的机器人模型。闻绍杰似乎没注意到刚哭完还红着眼睛的妙子，继续兴高采烈地同其他人聊着机器人模型昂贵的价格。也就是在那一天，这个女孩第一次深刻而真切地感受到自己的贫穷。

年岁渐长，妙子越来越能感受到贫穷给她带来的自卑。和别人聊天时，别人随口提起衣服的牌子，是自己从未听说过的。自己过生日时点了生日蛋糕想要分给别人吃，却被笑着婉拒说自己不吃这种植物奶油做的蛋糕。她开始担心别人会不会发现自己只有那么两三套衣服轮流换着穿，开始担心自己在听说不知名品牌时尴尬的笑容是否会成为别人背后议论的笑料。

妙子始终忘不了自己进办公室的那一刻，那群老师的目光。妙子始终是爱自己的母亲的，她知道她的母亲为她付出了太多太多，但她的自卑也从来没有停止过生长。

接下来的日子里，妙子只是如往常一般用力地生活着。她也会和闻绍杰、许衡聚在一起商讨对策，但总是无疾而终。时间一久，她好像把这里当成了她真正处在的那个世界，周围的一切对她来说都渐渐熟悉起来。

学期中的一天，吴笙问妙子要不要去现场看校园十佳歌手的决赛，说是闻绍杰也入选了决赛。妙子答应了。决赛的那一天，吴笙买了两根荧光棒，然后早早地和妙子入场坐了下来。妙子打开手机，想要给闻绍杰发一句"十佳歌手决赛加油"。她打完字还没发出去，就看到旁边几个女生抬着一块三米长的灯牌坐了下来，灯牌上写着"闻绍杰最棒，冠军属于你"。然后其中一个女生就跟其他人炫耀自己前两天在篮球场上要到了闻绍杰的联系方式，在刚刚还给他发去了加油的消息，引得众人一阵羡慕。妙子听罢，默默删除了自己还没发出去的消息。

比赛开始，一人唱罢后，另一人又登场。如此轮转数回后，主持人缓缓报出了闻绍杰的名字。随着他的登台，台下爆发了前所未有的热烈的欢呼声。灯牌、荧光棒和手机的闪光灯汇聚成一片光的海洋，仿佛这是他的个人演唱会。吴笙不禁向妙子感慨自己从未见过校园歌唱比赛会因为一个人的高人气而如此热烈。

闻绍杰向台下招了招手，加油声霎时变得更加热烈了。短暂的试音后，音乐的前奏响起，闻绍杰也开始唱他的歌。歌不长，只有三分钟，但妙子每一秒都听得很认真。那三分钟，对妙子来说是那样的短暂而梦幻。在那段歌声中，妙子觉得自己就这样安静地坐在台下，做一个观众去仰望台上那颗明亮闪烁的星星，也是一件很不错的事情。

在所有选手唱毕后，主持人公布了十佳歌手的名单，其中闻绍杰位列第三名，而前两名都是音乐学院的人。第二天，一段"最帅男大学生唱歌比赛现场"的视频登上了热搜。网友们纷纷在视频下方留下了自己的评论，很多人表示闻绍杰人长得帅，歌唱得也好听，甚至有电视台的人邀请他参加综艺节目。但也有一部分人认为闻绍杰配不上这样大的名声，十佳歌手的第一名无人关注，是观众审美力的下降。评论区的双方遂爆发了争吵。

过了一天，这条视频的热度便下去了。听人说，闻绍杰原本已经答应要参加那个综艺节目了，但不知为何在最后时刻拒绝了。那天晚上，妙子本想问问闻绍杰为什么不参加，但话打在聊天框里，还是没有发出去。妙子点开闻绍杰的朋友圈，反反复复刷了好几遍，才不舍地关上了手机。

第二天，妙子照常去上课。大半个学期的课上下来，妙子对于大学生活也渐渐适应了。在她看来，大学生活与高中生活的差别，并没有想象中那么大，至少没有大学宣传片里表现得那么夸张。在大学，不努力的人依然不努力，课堂上连他们的人影也见不着。努力的人，依然学得很认真，他们认真听课、做笔记、准备考试。课程的考核方式无非考试、课程论文和课堂展示三种。考试的感觉和高中差不多。课程论文和课堂展示就是诸位学生各显神通的地方了。课程论文，若不设定字数上限，便会有人写出比他人长好几倍的作业。若是真有东西可写也罢，可其中很多都是东拼西凑的堆砌之作，显得冗长无聊。课堂展示，学生便想办法往一页幻灯片里塞下四页的内容，密密麻麻的图表和小字工整地排在一起，来显示出自己的用心。

在大学，综合素质测评代替了高中的考试总分，成为衡量人才的标准。但综合素质测评说到底也依然是个分数，里面由考试成绩、社团工作、社会实践、科研创新等大类组成。有这个分数在，想拿高分的学生就会像上高中一样上大学。但综合素质测评优秀的学生，真的就是具有优秀综合素质的人才吗？似乎还有很多方面是综合素质测评难以衡量的。对此，妙子也不知该如何是好，资源终归是

第二章 雪夜

有限的，依照分数进行资源的分配是在小心翼翼地权衡了公平和效率之后的结果。她一时之间也想不出更好的资源分配机制。学生时代是分数，毕业工作了是绩效，妙子只希望自己以后的人生不要一直被一个数字给困住。

妙子到教室的时间比较早，就想趴在桌上休息一会儿。恍惚中，她被一阵手机的振动声吵醒。她打开手机，看到吴笙给她发消息说今天不来上课了。随后，一个身影出现在她身旁，问是否可以坐在她旁边。妙子抬起头看去，是闻绍杰。

"啊，可……可以。"妙子不知怎么就结巴了。

闻绍杰坐下了，他穿着一件灰色带绒的运动外套，里面是白色短袖。他的身上散发出好闻的铅笔屑的味道。闻绍杰从书包里拿出笔记本电脑，妙子注意到周围有不少同学都在看他们。上课了，教授在上面讲课，但妙子的心思都落在闻绍杰身上。虽然内心已是小鹿乱撞，她仍努力维持表面的平静。在她记笔记时，她突然感觉到左手传来一阵暖意。她看到闻绍杰把他的手放在自己的手上，然后他们的手悄悄来到了课桌下面，十指相扣牵在一起。妙子感到浑身都在发热，从掌心一直热到脸颊。这时，她听到教授喊"那个穿着白色外套的同学，你来回答一下"。妙子低头一看自己衣服，正是白色外套；再抬头一看教授，教授的眼睛正和自己四目相对。妙子猛地站起来，她完全没听到教授提的问题。四周的同学都看向她，这时闻绍杰在一旁轻声告诉了她答案。妙子把闻绍杰说的答案复述了一遍，教授露出了满意的微笑。

妙子有惊无险地坐下了。闻绍杰拿出一本小本，在上面写下："下课后要不要一起吃饭？"妙子抿着嘴点了点头。她已经开始想象饭后两人在校河边的小路上散步的情景了。她知道学校里有一处人迹罕至的风景很好看，她要带闻绍杰去看。那里，地势的高低让校河形成了一个小小的瀑布。水流落差产生的水汽扑面而来，伴随着流水哗哗的声音，妙子每次去那里都会幻想自己身处在一座巨大的瀑布前，繁杂的心绪也随之变得宁静。

"妙子，醒醒，上课了。"吴笙的声音传来。妙子抬起头来，吴笙正看着她。她的双臂被头压得发麻，脑袋也因为还未苏醒而发沉。她环顾四周，哪有什么闻绍杰。妙子这才想起来，闻绍杰压根儿不上这门课。

两周后，学期的末尾临近。元旦那一天，妙子不打算出去玩，期末考将至，她准备安心复习。正午时分，她突然收到了闻绍杰发来的消息，告诉她到校园的东门来一趟，有奇怪的事情发生。

妙子来到校园的东门，闻绍杰和许衡都在那里。闻绍杰对两人说："之前有

两个电视台的人来找过我,想要邀请我参加他们台的综艺节目。我和他们在学校外的一家餐馆吃了饭,吃完后在附近边走边聊这件事,但是……你们跟着我继续往前走一个路口就知道了。"

两人跟着闻绍杰出了校门,往前走了一百来米后,闻绍杰停住了。

"就是这个路口。"闻绍杰伸出手去,像是在触碰什么,"你们摸摸看。"

妙子伸出手去,在前方的空气里,她的手触摸到了什么透明但坚硬的东西,仿佛是一道无形的墙壁,将她的手和外面的世界阻隔开来。妙子看向其他两人,眼里满是惊愕。

"这……是什么?"妙子问道。其他两人都摇摇头。

三人围着这道无形的墙壁走了很久,直到又回到了原点,他们意识到这是一堵以校园为中心,包围了校园的墙壁。

"两周前,这堵……就叫它墙壁吧,还在离学校更远的地方。我当时和他们散步的时候迎头撞上了这堵墙,直接摔倒在了地上。他们还以为我是脚滑了。只能说幸好我最近没有坐车出学校。"闻绍杰向两人讲述了自己的经历。

"如果你坐在车上,那么车会穿过去,而你会被墙留下。但你又坐在车内,所以车和墙会一起挤压你……"许衡说道。妙子不敢想象那样的画面。

"简单来说,墙就像是纱布。其他东西是水,可以从纱布中穿过去。但我们三个是石头,会被纱布给包在里面。"闻绍杰做了一个形象的比喻。

第二天,三人又在同一个地方相聚,准确地来说,是距离同一个地方三十米的地方。他们无法再走到昨天来到的那个地方了。

"墙在收缩。"闻绍杰说道。

"照这个速度,再过两天,我们就出不了学校了。"许衡说道。

"怎么会……是因为我们不属于这个世界吗……"妙子看向两人,其他两人也不知道怎么办,只是摇了摇头。除了他们三人外,其他人都没有受到这堵墙的限制。他们自若地从墙的两侧进进出出,仿佛这堵墙不存在一样。

又过了两天,一月四日,墙果然收缩到了校门口附近。那天是期末周的第一天,大部分人都有考试。被这几天发生的事情干扰,妙子的情绪确实受到了一定的影响。妙子还是照常参加了考试。虽然发挥得不算很好,但妙子还算平稳地完成了答卷。

考试结束后,妙子收到了一条来自许衡的消息:"闻绍杰没来参加期末考试。"妙子有些担心,她给闻绍杰发了消息询问情况,但没有得到回复。

第二章　雪夜

考试继续进行着，因为没有出学校，所以妙子的生活并没有受到太大影响。这期间，闻绍杰一直没有回复妙子，而许衡又给妙子发了一条消息："他最近情绪似乎不太稳定。"

在考试周的第五天，妙子的最后一门考试结束了。她想去她最常去的一家便利店买点吃的，但却发现那家便利店现在已经在墙外了。

晚上，妙子寝室四人一起去学校里的一家餐厅庆祝期末考试结束。吴笙看出了妙子的心不在焉，晚餐结束后，她问妙子是不是有什么心事。妙子摇了摇头，说没事。

"如果有什么事，一定要跟我说。"吴笙看着妙子的眼睛说道。

"嗯。"妙子点了点头，但她想了想，还是不打算给吴笙带去无谓的烦恼。跟她说这一系列连自己都没搞清楚的事情，只会让吴笙也感到疑惑。

回到寝室后，妙子看到闻绍杰发来消息："在吗，晚上九点，在文学馆的东侧见一面？"

妙子看了一眼时间，现在是七点钟。闻绍杰终于回应她了，可是为什么要选在文学馆的东侧呢？文学馆在校园接近角落的地方，晚上八点就关门了，它的东侧是一片荒地，晚上九点，那里一般没什么人。

吴笙向妙子借水果刀切橙子，妙子正盯着手机屏幕思考，于是心不在焉地从抽屉里拿出水果刀递给了她。

妙子有些犹疑，随后闻绍杰又给她发了一条消息："最近想明白了很多事，也想到了一些过去的时光，所以有些话想对你说。"

妙子骤然感到自己的心跳加快了。她想到那个经常趁人不注意偷偷牵住她的手的闻绍杰，她想到那个在篮球场上众人焦点的闻绍杰，她想起了那天阳光晒过的水泥路的味道，还有树叶在微风中摇摆的声音。

八点四十分，妙子看到她妈妈发来了消息："有空吗，九点钟时打个视频电话呗，妈妈想你了。"

妙子想了一下，然后回复道："妈，要不现在就打吧，我九点还有事。"

"妈妈现在刚跳完舞呢，满头大汗的，你要是实在不方便，就明天吧。"

不知道为什么，妙子觉得现在就应该打过去。她拨通了视频电话。过了半分钟，手机上传出了妈妈满头大汗的脸，她似乎是在路边，身旁是她的小电瓶车。

"妈，您别太累了，多休息休息。"

"没事，不累，跳舞是妈妈喜欢做的事。"说着，她对着手机抹了抹额头上的汗。

"妈，广场不是离咱家很近吗，您为什么还骑着电瓶车呢？"妙子问道，心里满是苦涩。

"嗐，那个广场人少，妈去的是市中心那个广场，那里热闹。哎对了，你期末考考完了吗，什么时候回家呀？"

妙子想到了那道墙壁。

"考完了，妈。我过几天就回来。"

她的眼里一下子冒出光来，嘴角也不住地往上扬："等你回来，妈给你做萝卜炖排骨。冬吃萝卜夏吃姜，冬天吃萝卜就跟吃人参一样。"

妙子笑了，妈妈总是有她自己的那一套理论。

"对了妙妙，你们那边最近又降温了啊，看天气预报说你们那里今天晚上要下雪了。记得多穿点，晚上睡觉的时候被子也要盖好，千万别着凉了。"

妙子回答道："知道了，妈。您也是，您先回家去吧，这满头大汗的别着凉了。我们过两天再聊。"

她似乎有些不舍得，但笑了笑后还是说道："行。你什么时候回来了提前跟妈说一声，妈到时候去火车站接你。"

"不用了，妈，我都这么大人了，下了火车自己坐地铁就能回来。"妙子看了一眼时间，快八点五十了，"妈，那今天就先这样吧，拜拜。"

妙子对着手机摄像头挥了挥手。挂断后，妙子赶紧冲下楼去。她想找一辆共享单车，但找了一圈，周围也没有一辆共享单车。妙子看了一眼时间，决定跑过去。

晚上的风很大，妙子跑得很吃力。冰凉的风灌进鼻腔和喉咙里，让她觉得有些呼吸困难。她不得不放慢脚步，她不想让闻绍杰看到自己一脸狼狈的样子。

九点零三分，妙子终于到达了目的地。她看到闻绍杰在路灯下等她，路灯下他的轮廓有些孤单，但正是这样的轮廓营造出了几分独特的感觉。闻绍杰穿着一件黑色的羽绒服，羽绒服的帽檐上是一圈黑色的绒毛。羽绒服里面是一件蓝色卫衣，下半身是黑色的运动裤和白色的篮球鞋。他的脸在灯光下宛如一具精美的雕塑，平静的神情中带着几分哀伤，令人不由得感到怜爱。但他的眼神中透出坚毅，又让人感到敬畏。

"不……不好意思啊，我没有找到共享单车，所以来……晚了一点点。"妙子

第二章 雪夜

轻声细语地说道。

她抬起头，看向闻绍杰。闻绍杰也在看着她，这让她的脸感到有些热。一阵风吹过，路灯旁的树叶发出簌簌的声音，除此之外便再没有其他的声音。

"没事。"他回复道。

"我听许衡说你没去参加期末考……"

"我跟老师说过了，之后会补考的。"

两人沉默了一会儿。妙子的脑子飞速转着，想着该说什么话才不至于冷场。

"那个……"妙子不敢正眼看闻绍杰，怕闻绍杰看到自己红成一片的脸，她支支吾吾地问道，"你说，你有些事想说……"

"对，我就是想问问，当初的事情。过了这么多年，我也没有想明白为什么。"

妙子红了脸，她回答道："啊，这个……是因为你太优秀……或者说，是我太普通了……"

"这样啊。"闻绍杰叹了一口气，"不过我今天把你叫过来，不是因为这个。"

妙子感觉到闻绍杰的语气有点不对劲，她问道："是要一起讨论怎么应对那道不断收缩的墙吗？那许衡呢，他怎么没来，是有什么事情吗？"

"他来了。他比你早到了半个小时，现在就在那里。"闻绍杰指向不远处的一棵树。妙子依稀可以分辨出在昏暗的树荫下，躺着一个人，被麻绳绑着。

"你……你……"

"没事的，他只是昏过去了，被我绑了起来。"闻绍杰面无表情地对妙子说道，"等解决了你，我就过去把他解决了。"

"什……什么……为什么……我们不是说好要一起想办法……"妙子感觉到自己的声音在颤抖。

"那你告诉我办法是什么啊！"闻绍杰终于不再压抑自己的情绪，他吼道，"你说说看啊！我也想好好活着，但你看那堵墙，我们还有未来吗！我要把你们两个都杀了，然后回到原本那个正常的世界里去！"

"怎么会……"妙子也失去控制了，她悲哀地叫道，"我原本以为……你叫我到这里来……是要……是要……"

"我也是人！我就想好好活着。我知道你还喜欢我，谢谢你，不过也就这样而已。既然我们在同一场游戏里，那就必须有人要死，所以就请你去死吧！"闻绍杰说道。

妙子想往后跑，被闻绍杰一把按倒在地上。闻绍杰一只手掐住妙子的喉咙，另一只手从兜里掏出了一把剪刀，要往妙子的喉咙刺去。妙子拿指甲用尽力气抠闻绍杰的手，闻绍杰痛得放开了手。

他站了起来，用脚狠狠地踹妙子的胸口、肩，还有头。妙子的眼睛进了泥沙，她睁不开眼，只觉得浑身都火辣辣地痛。她的脑海里很快地闪过了很多画面：吴笙、寝室聚餐、用自己省下来的零花钱买的牛奶，还有她的母亲。她想起了许多个早已远去的早晨，自己拿好不容易省下来的零花钱买牛奶给闻绍杰，却还笑着跟他说是因为自己不喜欢喝。她想起了母亲满头大汗地站在电瓶车前和她视频通话的样子，母亲的神情疲惫，眼里却透着光。

为什么会变成这样呢？妙子不想就这样狼狈地死去。她原本期待着的是一个梦想中的夜晚。妙子好想回家，想像小时候一样躺在母亲的大腿上在阳台晒太阳。后悔的泪水无法止住地流了下来，和血与泥沙混合在一起。

"啊！"有什么东西砸中了闻绍杰的大腿，他大叫了一声。妙子揉了揉眼睛，朝远处看去，是吴笙，她扔的石头砸中了闻绍杰。

"闻绍杰！我已经叫人来了！老师和保安很快就到了，你现在赶紧放开妙子！"吴笙一边吼着，一边朝闻绍杰走过来。她是不放心所以一路跟过来了吗？妙子不知道。但看到吴笙的那一刻，妙子的心猛地跳动了一下。

闻绍杰怪笑了一声，然后拿起剪刀，要再次刺向妙子。妙子用双手攥住剪刀，剪刀扎进了她的肉里。

吴笙见状，加速跑了过来，她身体向下倾，然后用一条腿用力扫向闻绍杰。闻绍杰重重地踢向吴笙的支撑腿，吴笙失去重心摔倒在地上，她的口袋里滑出了妙子借给她的那把水果刀。

"扫堂腿是吧？也许你不知道，但我早就见过了。"闻绍杰抬起脚，一脚一脚地踩在吴笙身上，吴笙痛得大叫，"叫你来帮忙！觉得自己很厉害是吧？啊？来啊！很厉害啊！来帮忙啊！"

闻绍杰拿起剪刀，要朝妙子刺去。他抬起拿着剪刀的手，但他的重心突然倾斜了一下——是刚才吴笙扔的石头伤到了他的大腿肌肉。

"臭婆娘，扔得还挺准啊，我先把你杀了！"闻绍杰脱了外套随手扔在地上，拿起剪刀走向吴笙。吴笙痛苦地咳嗽着，已经无力再做反抗。

妙子艰难地站起身来，她拿起了那把掉落在地上的水果刀，把刀刃抽了出来。她深吸了一口气，看向他的后背，努力控制着自己的手不再颤抖。

第二章 雪夜

"啊——"伴随着一声愤怒而悲伤的尖叫,妙子用尽全力把那把水果刀刺进了闻绍杰的后颈。

闻绍杰应声倒地。他的眼睛睁得很大,不甘地望向天空。远处,大地开始颤动。妙子看到了一道黑色的巨幕,那就是他们所说的浪潮。她也倒在了地上,她望向吴笙,吴笙已经昏了过去。妙子的视线开始模糊,她隐约看到眼前有人影晃动,但她连睁眼的力气都没有了。

下雪了,冰凉的雪花落在她的脸上。

她闭上眼,一片漆黑,只听得到远处浪潮的巨响,铺天盖地地涌来。

第三章 客栈

飞来：异乡谜客

客栈门口的铃铛响了起来，又有新客人来了。

正午时分，客栈里已经坐满了人。老板娘赵美人正在招呼客人，几个店里的伙计忙着上菜和收拾残羹剩饭。赵美人是一个体态丰腴的中年女子，体型壮硕而高大。她容易出汗，一到中午便汗流浃背，一边招呼客人一边使劲摇着一把大扇子，时不时还从兜里掏出手绢擦一擦脸上的汗。据说赵美人的丈夫也身形肥胖，八年前被征兵去和西边的奇山国打仗后便再也没有回来。战争还没结束时，当店里生意不多的时候，赵美人常常倚在店门口，朝西边望着。战争结束之后，赵美人便不再朝西望了，客栈的名字也由"有丰客栈"改成了"美人客栈"。赵美人和她的丈夫有个儿子，今年刚满十四岁，前些日子也被抓去了兵营当杂役，这家店现在就由赵美人一人管着。

铃铛一响，老板娘立马招呼上去："两位爷辛苦了，里边请。"

两个人都是强壮的成年男性，膀大腰圆，身材魁梧。其中一个在二十五岁左右，另一个年长些，在三十五岁左右。"老板娘，跟你打听个事，你最近有没有遇到过或者听说过什么失忆或者是言行举止很奇怪的人？"较年长的那人发问。

"哎，两位客官，这我还真没有听说过。"赵美人面露难色。

"这样啊，那算了，反正墙在收缩，到时候看他能躲到哪里去。"

"嗐，两位客官真是见多识广，说出来的话啊我都听不懂。"赵美人笑得很开，把眼睛也挤得半眯着，"不过两位长途跋涉，想必也累了吧，要不要坐下来吃点什么？"

那两人相视一眼，然后较年轻的那人说道："行，你们这边都有啥特色？"

"我看您二位都很强壮，想必吃得不少，要么来两斤烧牛肉，二两烧酒，再来四个烧饼？这些都是我们这儿出了名的美食，连隔壁镇上的人都知道。"

"行，那就来这些吧。"

老板娘笑得更欢了，两只眼睛几乎都眯成一条线："好嘞，二位先坐，马上就给二位上菜。"赵美人四处张望，找到一张空桌，她对着其中一个店伙计喊道："许衡，快过来招呼着。"

第三章 客栈

许衡快步走了过来，忙活了一上午，他已经全身是汗。他手拿着一块抹布，收拾着上一桌吃剩的饭菜。

"小伙子，你在这儿干了多久了？"年长的人发问。

"两个月了。"

"那不长啊。"年长的那人上下打量着许衡，"你老家是哪儿的？"

"从这里往西走十里路，一个叫滇角村的地方。"许衡略带笑意地回答道。

年长的人点了点头，不再追问。较年轻的那人对许衡说："欸，你听说了没，王的军队在朝南边来。"

许衡有听客栈里的客人提起过。在北疆，运送物资的士兵发现镇守点被突破了。世世代代作为警示点居住在北疆的齐氏一族的房屋被洪水冲垮，齐氏也不知踪影。现场留下了成千上万的喀尔斯士兵和马匹的尸体，无一例外都是被淹死的。

齐氏的预言应验了，滔天的洪水会守护尤丰。然而，尤丰虽然暂时幸免于喀尔斯的铁蹄，但喀尔斯发起下一次进攻只是时间问题，战争随时都有可能发生。

尤丰的国王——黎王，开始在全国范围内招纳和训练新兵，以扩充军队，并且广招贤士。传闻有人向黎王献计，称毗邻尤丰南境的蛮荒部落，玉田，其族人的骨骼坚硬异常，若炼成兵器，可以削铁如泥。尤丰的古书上早有记载，所谓玉，就是指玉族人的骨骼，而玉田就是玉生长之地。玉族人在玉田繁衍生息，就像稻谷在田里生长。尤丰人曾试过将玉族人的骨骼制成武器，但因玉骨坚硬异常，难以炼制，只好作罢。如今，献计之人给出了新的炼制之法，请求黎王派人活捉了一名玉族人，再命铁匠将其炼成宝剑，剑刃果然锋利无比。黎王大喜于御敌有道，即刻派出军队前往玉田。

"真是残忍啊，把活生生的人炼成兵器，想想那个画面就觉得可怕。"较年轻的那人感叹道。

"那种人，不能真的算人吧，听说玉族人都住在树洞里，操着诡异的族语，听起来像是猿鸣的声音。要我说，他们跟猴子更像还差不多。"年长的那人说道。

许衡上了碗筷，然后把烧好的牛肉和烧酒端了上来。两人尝了一口后都赞不绝口。

"就说味道不错吧。"赵美人得意地笑了，"这烧牛肉啊，都是用自家的酱先卤过的，独门秘方啊。这个味道啊，出了这家店后哪里都吃不到的。"

两人上了兴头，又要了一斤烧牛肉和二两烧酒。喝着喝着便聊起了旁人不大听得懂的内容——

"小宋啊，在原本那个世界生活压力还挺大的吧？房贷要还，将来有了孩子也要花钱。你就乖乖跟着我，听我的话，回去升职啊、加薪啊肯定都少不了你的。"

"好嘞，马总，来，我再敬您一杯。"

"再满上，小宋啊，酒量要多练练。"

两人喝得酩酊大醉。赵美人让许衡和另一个伙计包贵把两人抬回房间。那个被马总称作小宋的人，在喝醉后嘴里还嘟囔着"五年了，每次都说要给我升职，每次到最后都有各种借口，净会给我画饼"。马总的嘴上功夫也不输对方，说着"献殷勤的人多了去了，但有些人有背景，我惹不起，我有什么办法"。许衡试着叫他们，却都没有反应。两人睡着了竟还能互相交流，许衡对此感到有些诧异。

许衡把小宋抬到客栈房间的床上，小宋在床上翻滚了几下后吐了一地。许衡只好强忍着反胃的感觉，拿来扫帚和水桶开始清扫。

喝醉的两人直接从下午睡到了第二天的清晨。醒来后，两人对昨天醉酒后的胡言乱语毫无印象，小宋还抱怨自己的房间有一股呕吐物的臭味。

两人吃完午饭，便收拾东西上路了。许衡望向两人的背影，盘算着自己离开的时间。墙是从北方来的，这里又是尤丰的最南端，许衡能隐隐约约望见墙的边界，差不多就在客栈以北十千米。这次墙缩小的速度要快得多，根据许衡的观察，按这个速度下去，一周后墙就会到达客栈所在的地方。而墙收缩的中心，就在尤丰以南的玉田。

许衡估量着自己这几天便要和赵美人提自己要离开的事情。在客栈的两个月，他结识了客栈里的两个伙计，包贵和福妞。包贵原是家里欠了债，从小便被卖给地主家做苦力的。有一次地主家要设宴，包了赵美人客栈的厨师去做菜，赵美人也过去打点宴席的杂事。赵美人看包贵在地主家里累死累活还吃不上热饭，就让厨师悄悄做了肉包子，趁热给包贵送去。包贵吃后感激涕零，求着赵美人把自己买下来。赵美人开始还有几分犹豫，包贵便撸起袖子，给赵美人看自己身上的累累伤痕，说他只要一犯过错，地主家的人都会把他往死里打。赵美人见了，心像晒化了的冰皮糕点似的软了下来，就这样给了地主一大笔银子。别人都笑赵美人做了桩赔本买卖。

另一个伙计福妞的身世要更悲惨些，她是被人贩子从山坳里绑出来的，嫁给了附近乡里的孤寡老汉。在老汉去年因病暴毙后，福妞眼看着又要被人贩子卖去

第三章 客栈

其他地方，便逃了出去，但是没过几天又被抓了回来。赵美人听闻后，便花钱把福妞从人贩子手里买了下来。福妞一开始总是沉默寡言，眼睛里也没光。在客栈待久了以后，福妞渐渐地有了生气，平日里也多了不少打趣的言语。

这附近的人无人不知道赵美人爱钱，每天起早贪黑地经营着客栈，对着客人总是喜笑颜开。但他们更知道赵美人发起善心来最不会不舍得钱。福妞当初刚在客栈干活的时候，不少客人抱怨福妞成天一副哭丧样子，还是个刚死了丈夫的寡妇，让人觉着晦气。赵美人对此一个劲地赔着不是，但就算那些客人扬言自己以后再也不来了，赵美人也从没让福妞走过。

人们总是惊讶于赵美人的好脾气。在那家充满烟火味的客栈里，无论发生什么闹剧，赵美人总能笑语盈盈地把大事化小，小事化了。有人说赵美人这么照顾福妞是因为她也是寡妇，和福妞同病相怜，赵美人对此只是一笑了之；还有人说她虚伪、装圣人，她也是一笑了之。别人见赵美人总是那样子笑着，自己也不知怎么地没了脾气。久而久之，甚至有了在旅行途中经过此镇时，一定要"来'美人客栈'，见'美人一笑'，方能无憾"这样的佳话。

不知道为什么，许衡和包贵、福妞两人待在一起的时候总觉得特别舒服。后来回想，应该是因为包贵和福妞既不会忽视许衡，也不会过分介入他的生活。许衡就喜欢这样的状态。他们在一起做什么事前都会先问问许衡要不要加入。因为他们的单纯，许衡无论回答是或否，都不会感到有任何负担。许衡常常在不远处静静地看着两人嬉闹，过后两人又总会记得叫上许衡一起去吃饭。

包贵暗恋镇里一个叫侯桃的姑娘已经有好长一段时间了。侯桃家里是开纺织厂的，家境也还算富裕。基本每过两三周，侯桃父母就会带着侯桃来客栈吃一顿饭，包贵这时候就会抢着给侯桃坐的那桌上菜。给其他桌上菜的时候，包贵的目光也会忍不住落到侯桃身上去。包贵常说侯桃的脸蛋就像水蜜桃一样。

"你这是癞蛤蟆想吃天鹅肉。"福妞无情地对包贵说。

在许衡即将走的前两天，侯桃一家又来客栈吃饭了。包贵之前拿攒了好久的工钱买了一支发簪，原本打算送给侯桃的，但看见侯桃的时候，心里又打了退堂鼓。直到侯桃一家吃完饭离开，包贵都没能鼓起勇气。

"你呀，太怂了。"等到来客栈吃饭的客人都散了后，福妞再次无情地对包贵说。

"你看人家头上戴的发簪，那嵌的宝石，顶我一百支发簪。"

"你就是怂。这样，你把我想象成侯桃，提前演练一下。"

包贵还没反应过来，福妞先学着小家碧玉的嗓音扭捏了起来："包贵哥哥你好，我是侯桃——"

包贵强忍着笑意，要把簪子送给"侯桃"。"侯桃"这时候也装模作样，羞涩地低下了头。包贵便用颤颤巍巍的手给"侯桃"戴上了簪子。最终，还是"侯桃"先没坚持住，发出了福妞平日里爽朗的笑声。

"你这演技不太行啊。"包贵笑着埋怨道。

"明明是你太好笑了，不过这簪子还挺好看的，说明你还是有眼光的。"福妞对着铜镜里的自己欣赏了一番后，拔下了簪子，"喏，还给你。"

"不用啦，我估计我也没那个勇气送给侯桃了，你就留着吧，我也用不上。"说完，包贵走向许衡，"走，许衡，我们去洗盘子。"

入夜后，许衡找到赵美人，告诉了她自己过两天便要走了。当初许衡来到客栈当伙计时，他便告诉赵美人他想找份临时的工作。但如今走得这么急，赵美人依然感到很突然，她问许衡为何不在客栈再待上一阵子。许衡说自己还有事要做，但不方便告诉赵美人是什么事。赵美人也没追问，刚结束一天的辛劳，她现在浑身是汗。赵美人拿着把扇子，一边摇着一边从抽屉里拿银两。

"你呀，是我店里这几个伙计中干活最不利索的。"说着，赵美人给许衡结了工钱，还从厨房里拿出了些干粮，"这些你带着，路上吃，以后如果路过这里还可以来店里坐坐。所谓客栈啊，就是人们休息，做好准备，然后重新出发的地方。"

"啊还有，听说最近王军在附近活动得比较多，你路上可得小心点，别惹着了他们，不然就算你有十条命也不够活的。"

许衡向赵美人鞠躬道谢，赵美人笑得很欢实。晚上，许衡躺在床上，思考着该如何与包贵和福妞道别。他还没跟两人说过自己要走的事。那天晚上，许衡做了一个梦，他梦到自己在超市里。看着货架上琳琅满目的商品，他想找一样东西，但却怎么也想不起来那样东西是什么。绕着超市转了一圈后，他终于记起来自己是来买画画用的颜料的。这时候，耳旁响起公鸡打鸣的声音，许衡的梦醒了。

临别的前一天，许衡向赵美人请了半天假。许衡到市集上买了墨、毛笔和画纸。许衡以前没试过画水墨画，但好在用毛笔作画并不算太难。许衡在客栈二楼找了间没人的房间，在桌上铺开了画纸。

晚上客栈打烊后，许衡叫来包贵和福妞，拿出自己画的画给他们看，上面画的正是包贵给福妞戴簪子的那个场景。在画的一角，结束了辛劳的一天后，赵美人正摇着扇子歇息。另一角，许衡坐在椅子上，双手托着腮，津津有味地看着两人玩闹。

"我都不知道你还会画画呢。"包贵说道。

"是啊是啊，画得还挺不错的。"福妞夸许衡。

"哈哈……你们看过其他人画的就知道了，我画得并不算好。这幅画也算作为纪念吧，送给你们了。"

包贵和福妞很喜欢这份礼物。随后，许衡告诉两人自己明天一早便要走了。

"啊，这么突然？"福妞大叫一声。

"那我们都没时间给你准备礼物了。"包贵说道。

"没事的，和你们相处的时光很愉快，这就足够了。"

收拾好东西后，许衡躺倒在床上，对着天花板发呆。尤丰、喀尔斯、奇山、玉田……一幅由这些国家构成的地图在许衡的脑海中缓缓展开。如果那天中午想个办法把那两个人杀掉，也许就没那么多事了——有一瞬间，这个念头在许衡的脑海中闪过。但许衡很快便阻止了自己的念头。而且，如果被海啸淹过的世界还存在着，那么在这个客栈出了人命的话，客栈的生意怕也是做不下去了。

许衡意识到自己没有这样做的原因，或许是他心中的某种底线。那个雪夜，在恢复意识后，许衡拿裤兜里揣的刀片解开了绳子。但接下来，他只是躺在阴影里，看着那一场死斗的发生。他看着闻绍杰掐住妙子的喉咙，看着闻绍杰踢打吴笙。看着妙子拿起了水果刀殊死一搏。直到三人都倒地后，许衡才上前查看。

闻绍杰已经没有了呼吸，而妙子和吴笙都只是昏了过去。望着漫天的潮水，许衡想起了上一个世界的吴笙说过的话——"把其他两个人都杀死，就能回到原本的世界"。许衡望向妙子，她的脸上和身上满是泥土。此刻的她，毫无抵抗的能力。

最终，许衡没有下手，他把吴笙背到了一个不会被洪水淹到的地方，然后静静等待着浪潮将他和妙子吞没。

周围人的呼噜声把许衡从遐想中拉了回来。天色已晚，许衡闭上了眼睛。第二天，许衡背起行囊，在朝阳中踏上了前往玉田的路。包贵和福妞给许衡唱了一首尤丰的民谣，为他送行。歌声回荡在这座尤丰最南边的小镇的上空：

天上的白云哟

悠悠
地上的人儿哟
发愁
白云哟白云
你什么时候把泪流
地里的庄稼还等着丰收
等到稻谷鼓成球
我们一起来酿美酒
……

第四章 乐园

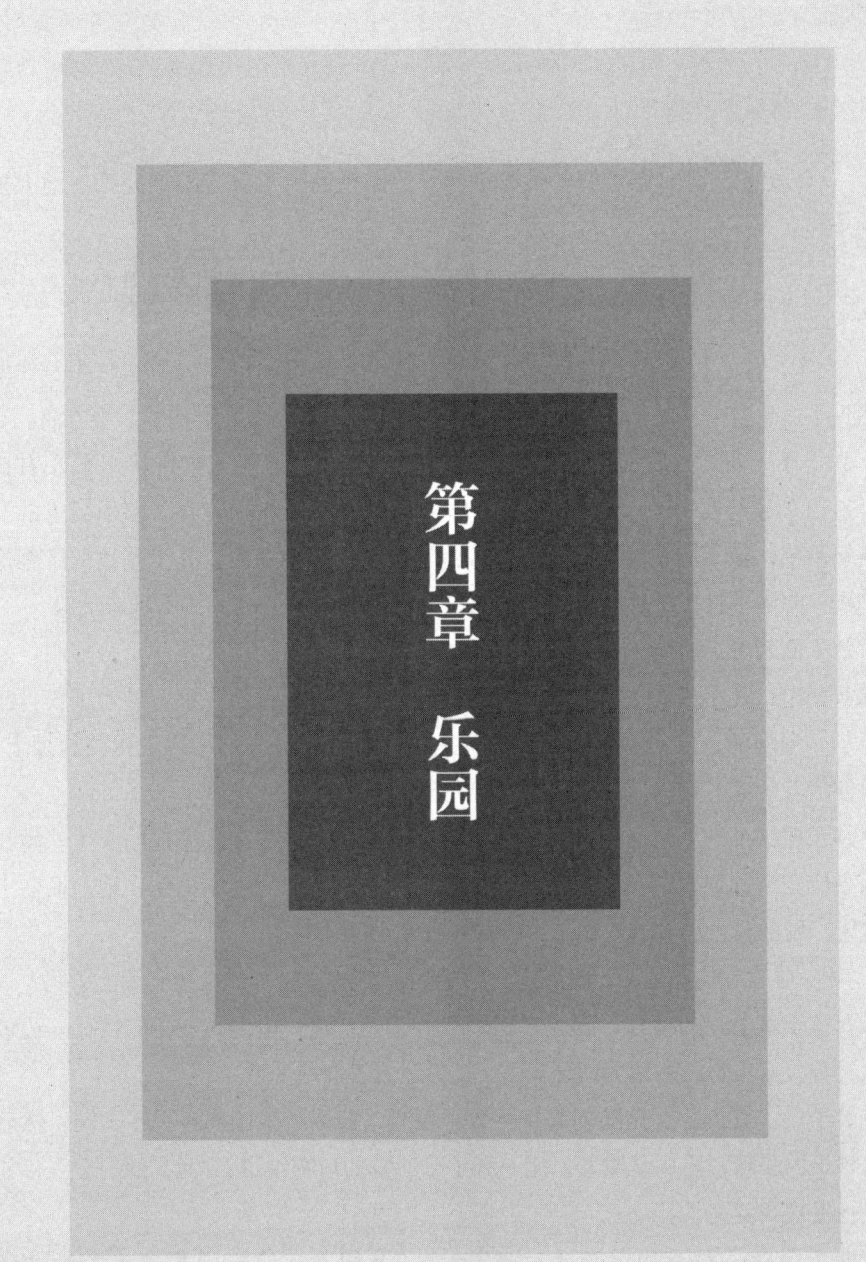

"这位女士,请问您需要什么帮助吗?"路过的警卫好心地询问蹲在地上抽泣的年轻女人。

"是他先动手的,我迫不得已才这样的——"妙子惊惶地叫道。她抬起头,看见警卫疑惑的眼神。

"女士,你可以告诉我发生了什么事,我会在职责的范围内帮您解决。如果您感到不适想要离开的话,那边就是乐园的出口。"警卫为妙子指了一个方向。

妙子环顾四周,欢笑声和尖叫声在耳畔响起。海盗船宛如钟摆一般左右摇晃,过山车穿行在"S"形的轨道上,摩天轮不紧不慢地旋转着。游乐场里的游客络绎不绝,孩子们拿着甜筒、气球或泡泡机在人群中撒野。几个路过的游客停下脚步,向妙子投去疑惑的目光;还有一个横着举起了手机,似乎是在录像。

妙子循着警卫所指的方向看去,远处"晴天乐园"的巨大招牌十分显眼。妙子起身朝出口处小步跑去,结果一头撞在透明的墙上,摔倒在地。她摸了摸自己的鼻子,湿湿的,再一看手上,红红的一片。血滴在被太阳烤得滚烫的地板上,很快便蒸发殆尽,只留下一小块黯淡的红色。

妙子擦拭了一下自己的鼻子,然后转头看到一个同样在流鼻血的女生。她扎着两条麻花辫,穿着一条黄色的连衣裙,白色的长袜因为刚刚摔倒在地上而沾上了尘土。她的鼻血滴到连衣裙上,渗成了红色的一小块。

"嘿,你也在流鼻血。"那个不知名的女孩率先开口,"你也撞到墙上了吗?"

女孩十六七岁的模样,看起来比妙子稍小些。她一边询问妙子的情况一边傻傻地笑着,露出她的两颗大门牙。

妙子点了点头。女孩随即起身将妙子拉起,警惕地朝四周环视了一圈,然后盯着妙子的眼睛,眉头紧皱着,用一种十分认真的口吻说道:"我在躲一个人,如果被他发现我就完了。"

妙子明白了对方也是三人中的一人:"我也是。你知道那个人长什么样子吗?"

"他是个三十多岁的成年男性,戴着一副金丝框眼镜,穿着白色的袍子。因为他总是戴着口罩，我也不清楚他到底长什么样。他说话的时候会盯着你看，露出看似和善的笑容。但从他的眼神我可以看出，这人冷漠极了，简直就是冷血动物。他的身旁还常常会有帮手，那些人就像一群恶魔。"

那人听起来十分棘手，妙子拉住女孩的手，说道："我们一起努力活下去吧。"

女孩听了，突然变得很兴奋，她紧紧地拉住妙子的手说道："好啊，我们一起，那太好了！多么有趣啊。嗯，我们一定可以做到的。"

妙子被女孩的劲头所感染，也露出了一丝微笑。此时妙子感到没有那么害怕了。妙子捏了捏对方的手。两人互相告诉了对方自己的名字，女孩叫作花子。接着她们一起去卫生间洗了脸，清理了脸上的鼻血。

她们向路人询问了这里的情况，此时她们在游乐园里。与一般的游乐园不同，这个游乐园即使在晚上也依然灯火通明，有许多项目开放，还会有贩卖各种新奇玩意儿的夜市。游乐园里餐厅、商店一应俱全。妙子决定先带花子去服装店里买一套新衣服，毕竟花子现在的衣服上又是血迹又是尘土。

花子听了鼓掌跳跃着说道："好耶！买新衣服！"妙子笑了，她觉得花子就像一个十岁的小女孩一样天真可爱。而这样的人，此刻却置身于这般危险的境地中，被不知模样的人追杀。这座巨大的游乐园就像一片森林，她们知道自己已经被猎人盯上，却不知道猎人身在何处。

妙子跟着花子一路走到一家服装店前。花子远远地看了一眼店名，便说不要这家的。于是她们又找到了另一家店。两人走进店里，服务员热情地迎上来，问两人想要买什么。花子诉说了自己的需求后，服务员用手扫过悬挂着衣服的货柜，从中挑出了一件裙子，询问花子是否喜欢。花子拿过衣服来到镜子前，把衣服放在自己身上，朝着镜中的自己端详了一会儿后，把衣服还给了服务员。服务员又给花子推荐了几条裙子，花子选了一条湖蓝色的裙子。她走进更衣室，片刻后，穿着那条裙子走了出来。

"怎么样，好看吗？"花子迫不及待地问妙子。

"嗯，好看。"

两种颜色表现出的是两种不同的风格。湖蓝色的裙子穿在花子身上，显出几分典雅和文静；先前黄色的裙子则更衬出花子的阳光活泼。

花子笑得很开心，她注视着镜子中的自己，像在认识一个全新的自己。但她像是突然想起了什么似的，转过头来委屈巴巴地看着妙子："对了，妙子，我好像没带钱……"

妙子打开手机，看了一下自己账户上的余额，然后对花子说道："我来付吧。"

付完钱后，服务员帮忙把花子那条脏了的裙子打包起来。花子直接穿着新裙子走出了服装店。夕阳下，花子朝远处跑去，裙子随风飘扬，像一只蓝色的蝴蝶飞舞在火红的天空中。没一会儿，花子的肚子就开始咕咕叫了。

"妙子，我们去吃晚饭吧。我想吃牛排！"花子露出了十分期待的神情。

妙子答应了下来。她们找到了指路牌，循着上面的指引来到了一家牛排店。服务员端上来了热气腾腾的牛排。牛排在铁板上滋滋作响，上面浇了黑椒酱。旁边放着番茄、西蓝花和意面。为了迎合当地顾客的口味，这家牛排店像众多当地的牛排店一样，做了些本地化的改良。妙子看花子似乎不太会用刀叉，便耐心地教她。

花子小心翼翼地握着刀叉，笨拙地切下一块牛排放进嘴里，细细地咀嚼着。随后她的嘴角上扬，眼睛微微睁大，露出了惊喜而满意的神情。她让妙子也赶紧试试。妙子吃了一块牛排，肉质嫩得出奇，肉汁里混合着黑椒酱的味道。妙子突然想起来某次生日，舅舅曾经带自己去吃过牛排。那次牛排的价格比这次要贵得多，调味上也只是撒了一些海盐，在入口的那一刻，妙子感受到的更多的是蛋白质和脂肪经过烹饪后散发出的香气——虽然她不知道向来游手好闲的舅舅是哪来的钱。妙子望了一眼窗外，天色渐暗，成群结队的乌鸦栖息在树上和电线杆上，在暗红色的天空下，呈现出无数团黑点的模样。

吃完牛排走出店，天已经完全黑了。游乐场里的灯光全都亮了起来，一张大大的广告牌上写着庆典已经开始。花子拉着妙子来到夜市，两排长到一眼望不到头的摊位展现在两人眼前。夜市的热闹程度不输白天的游乐场，人群如潮水般在摊位间的过道上穿行着。空气中混合着爆米花、棉花糖和烤串的香气。

她们来到一个占卜的摊位前，一位头戴着纱布、脖颈上戴着好几条项链、十指串满了戒指的老婆婆问两人要不要卜上一卦，妙子谢绝了老婆婆，花子倒是迫不及待地想要试一试。老婆婆让花子把手伸过来，放在桌子上，手掌摊开。随后，老婆婆用自己的手指在花子的掌心写下一串意义不明的符号，并叮嘱花子不能因为手心痒而把手缩回去。接着，老婆婆把一颗画满了神秘图案的玻璃球放在花子的掌心，并从一旁的签筒里抽出一根刻了字的签子，让花子跟着她一起念上面写的字。关于文字的意义，妙子不甚明了，她看了一眼花子，花子做得很认真。

念完咒语后，老婆婆紧闭着双眼，把自己的手也放在玻璃球上，脸上的皱纹

第四章 乐园

深深凹陷进去，然后蓦地睁开双眼，脸上的笑容渐渐舒展开来。她握住花子的手，慢条斯理地说："孩子，你会拥有像向日葵一样的未来。"

"老婆婆，向日葵一样的未来是什么样的？"花子问。

"阳光、灿烂，总是心怀希望，永远生机勃勃。"

花子听了很开心。妙子付完了钱后，老婆婆紧接着问花子是否要购买刚才的那个玻璃球。老婆婆说，她看到了这个水晶球和花子之间有一条常人无法察觉的线，这是水晶球找到主人的表现。花子听了以后有些心动，妙子只好推托说自己的钱也剩得不多了，不如先去前面看看有没有更想买的东西。

花子只好不舍地告别了老婆婆。两人来到了下一个摊位，摊位上摆放着各种首饰。摊位的老板是个大叔，他告诉两人自己听了一整天了，那个老婆婆的占卜结果就三句话，要么是"会拥有像向日葵一样的未来"，要么是"会拥有像星空一样的未来"，要么就是"会拥有像风车草一样的未来"，三句话轮着说。接着老板问她们要不要来一串开过光的手串，心想事成，百试百灵。两人笑着拒绝了。

随后她们来到一个套环赢奖品的摊位。两人各买了五个环，妙子丢了四个环，啥都没套中。最后一个环套到了一个大玩偶上，但却不知为何晃了几下滑落在地上。花子丢了五个环，中了一个绿色的鳄鱼小玩偶，她高兴地尖叫起来，一边拍手一边雀跃着。花子接过鳄鱼玩偶，很快便给它取了个名字叫"饿饿"，然后自顾自地对着玩偶说起话来。

妙子意识到花子是一个很容易兴奋的女孩。花子的行为常常让人觉得她只是个小女孩，和她的年龄不太相符。

就在花子对着自己的玩偶说话时，妙子注意到不远处的警卫正在问询一个小男孩。男孩十一二岁的样子，比妙子矮一个头，左手挂着一根拐杖。从两人的对话中，妙子听到警卫想要检查男孩的门票，但男孩拿不出来。于是警卫让男孩补票，但男孩也没有钱。出于好奇，妙子朝男孩的方向走去。正当警卫厉声呵斥着男孩时，妙子来到两人面前，帮男孩交钱补了门票。

男孩谢过了妙子。妙子问男孩为什么会没买门票。

"我也不知道发生了什么情况，自己突然就在这里了。我想要走出去，发现有什么无形的东西，像一堵墙一样，不让我离开游乐场。"

听男孩的描述，似乎他就是第三人。但奇怪的是，根据花子最开始的描述，第三人应该是一个三十多岁的男人。男孩向妙子介绍了自己，他的名字叫作刘舜，对于这个世界一无所知。此外，刘舜的左腿先天有问题，必须挂着拐杖行走。妙子叫来花子，她把她所知道的都和另外两人讲了一遍。在上一个世界，她还身处校园之中，转瞬之间便来到了这座游乐场。

"听上去就像什么神奇的冒险一样呢。"花子似乎并未察觉到其中的危险。

"花子，这个可不是游戏。墙会不断缩小，我们必须找到应对的办法。"妙子严肃地对花子说，"还有，你确定那个追杀你的人也是来自其他世界的三人之一吗？"

花子思索了一会儿，然后很认真地回答道："嗯，我确定。"

"那为什么会有四个人……"

"啊……那个人应该是上一个世界的，我之前不知道这个，多亏你告诉我，妙子。"

看来这两人对于目前正在经历的事情都没有什么经验。妙子只好先领着两人到便利店买了三个手电筒、一把用来防身的水果刀、一些吃的和水。他们无法离开游乐园，晚上很有可能要在这里过夜，因此需要先买一些物资，以备不时之需。

"妙子真可靠呀，像个成熟的大姐姐。"花子称赞道。

其实妙子比花子也只大上了一两岁罢了。她并非无所不能，她不知道怎么应对不断缩小的墙，也不知道回到原本世界的方法。但看着眼前这两个懵懂的孩子，妙子知道自己必须做些什么。

时间一分一秒地过去，在临近闭园的时候，广播声四处响起："请注意，'晴天乐园'将在三十分钟后闭园，请各位游客安排好时间，及时离开游乐园。祝各位好梦。"

保洁人员已经开始清理园内的垃圾，广播在那之后又响了两次。人群渐渐散去，游乐园里很快变得空旷而寂静。接着便有警卫四处寻找尚未离开游乐园的人。

妙子提前带着两人躲到了一个人迹罕至的角落。刘舜的拐杖在敲击地面时会发出响声，如果不提前找好躲藏的地方，很容易被警卫发现。花子似乎仍然把这当作一场游戏，非但一点都不紧张，反而还露出了乐在其中的神情。在过了闭园时间十五分钟后，园内所有的灯光都蓦然熄灭，只留下一片寂静的黑暗。

"妙子，我们现在是在躲猫猫吗？"花子轻声问道。

"不是哦。"说罢，妙子带着两人在黑暗中行进着。草丛里传来一声猫叫，把花子吓了一跳。

第四章 乐园

妙子带两人来到一处凉亭，凉亭内有供游客休憩的石凳和长椅。他们打算在这里度过夜晚。妙子刚坐下准备从包里拿点吃的出来，就看到花子拿着手电筒朝天上乱晃。

"妙子你看，天上有好多星星。"花子一脸天真地说道。

妙子忙让花子把手电筒关了，如果让门口值夜班的警卫看到晃动的光线，很可能会进来把他们驱赶出游乐园。因此，在非必要的情况下，尽量少使用手电筒。三人吃了点东西后，刘舜提出想要上厕所。刘舜并不记得去厕所的路，但说自己可以看游乐园里的指示牌。妙子问刘舜是否需要她们的陪同，刘舜说没关系。说罢，刘舜拄着拐杖离开了凉亭。妙子继续吃着从便利店里买来的饼干。饼干很松脆，为了不发出响声，妙子只好尽力小声地咀嚼着。吃了一会儿后，妙子轻声问花子还要不要。见花子没反应，妙子看向花子，只见她蜷缩着躺在长椅上，双手挽住膝盖，脸上没有了之前的笑意。

"妙子，我觉得自己有一点难过。"

"为什么？发生什么事了？"妙子感到不解。

"我也不知道，突然就很难过，像是有一只手在捏我的心脏。"

"你身体不舒服吗？"

"不是的，妙子，不是那种难过，是心里感到很悲伤。"

"一定是玩累了吧。"妙子说道，"刚刚那么热闹的游乐园，现在冷清下来了，确实会让人有一种怅然若失的感觉。"

花子没有说话，她有气无力地坐起来，蜷缩着的身体一前一后地摇晃着，呆滞的目光投向不远处的黑暗。两人没有再交谈。妙子也坐在长椅上，胡乱想些事情来打发时间。过了一会儿，妙子回过神来后，突然意识到刘舜去厕所的时间有点久了。妙子有点担心他是不是撞上警卫了。

"花子，要不我们去找一下他吧？"妙子试探性地问花子，她能看出花子还沉浸在悲伤的情绪中。

"不，妙子，我走不动了。"花子冷淡地回答道。她完全没有了一小时前的那种神采奕奕。

妙子不想留下花子一人，就只好坐着再等等。时间一分一秒地过去，可依然不见刘舜回来。每一分钟，妙子的疑虑都在加深。

"花子，你在这里等一会儿，我去找找他。"

花子带着哭腔哀求道："不要，妙子，不要离开我。"

"花子，你已经是个十六七岁的大女孩了。刘舜的年纪比你小得多，他可能遇到什么事情没法解决，我觉得他更需要帮助。"

"妙子，你偏心。"花子愤愤地看向妙子，"你就是想要丢下我一个人。你去找到他以后，就再也不会回来找我了。"

"不是的，花子，我保证回来找你。"妙子感到花子有些莫名其妙，但还是尽量耐心地和她交谈着。

花子没办法让妙子留下来，便坚持要跟妙子一起去。妙子只好答应下来。两人在黑暗中穿行着，妙子打着手电筒，寻找着刘舜的踪影。她们来到指示牌前，然后朝着厕所的方向走去。路边的草丛传来窸窸窣窣的声音，把花子吓了一跳。花子紧紧地搂住了妙子的手臂。

"妙子，我们回去吧，他会来找我们的。"花子用一种哀求的语气说道。

"就快到了，花子。"

两人终于来到厕所前，妙子注意到厕所门口安装了摄像头。摄像头的红光闪烁着，像一只不眠的眼睛。如果警卫在看监控的话，恐怕已经发现她们两人了。顾不得那么多，妙子轻声朝厕所里面喊道："刘舜，你在里面吗？"

妙子见没有回应，便想再靠近些。她的手电筒缓缓升起，向前照去。这时，她看到厕所门前的台阶上赫然坐着一个人。这是一个跟她一般年纪的男生，外貌上并没有什么引人注意的地方，穿着一套白色的运动装，眼神中满是淡漠。光凭外表，妙子看不出对方的身份和态度。

"嘿，你们好呀。"对方率先向自己打了招呼。

"你好，请问你有看见一个跛脚的小男孩吗？拄着一根拐杖，应该就在这附近。"妙子不知道对方为什么会出现在这里，但还是先询问了刘舜的去向。

"有呀，他就在里面呢。"对方指了指厕所。

"啊，那能麻烦一下你帮忙叫他出来吗，我们刚刚喊他，他可能没听到。"

"这个就有点困难了呢。"对方的眼神突然变得尖锐起来，仿佛猎人看向猎物，但又带着几分玩味。突然，他站起身，朝前走了几步，露出一副戏谑的表情："我想他应该是出不来了。"

妙子往后退了几步，花子躲在妙子的身后。"你……这话是什么意思？"妙子问道。

"没什么，就是字面意思啊。噢对了，你叫什么名字？"

妙子跟花子惊恐地向后退。花子一个趔趄，摔倒在了地上。

第四章 乐园

"其实我知道哦,妙子,是吧。是你的好朋友告诉我的哦,我在上厕所的时候正好撞见他了,就问了他几句话。"他笑着说道,"我叫何炳珹,很高兴认识你。"

"你……你把刘舜怎么了?"妙子问道。

"别那么紧张嘛。我怕你承受不了,还是让我一个人承受就好。"何炳珹笑着说道,"对了,关于这个游戏,你还知道什么吗?"

"这不是游戏。"妙子瞪向他,身体却忍不住发抖。

"喂,你们这么晚还在游乐园里干什么?不知道已经闭园了吗?"一个洪亮的声音传来。妙子循着声音传来的方向看去,是之前为妙子指过路的警卫。他应该是从监控中看到了他们。警卫比何炳珹更高更壮,腰间还别着警棍。

何炳珹没有回答警卫的提问,而是直接一个箭步冲上前去。警卫还没来得及抽出警棍,就不得不应对冲上前来的何炳珹。他想要用手控制住何炳珹,却被何炳珹迅速地躲闪开。随后何炳珹一拳打在警卫的肚子上。这一拳的力道让警卫直接跪倒在地上干呕起来。没等警卫反应过来,何炳珹提起腿劈向了警卫的后脑勺。警卫的头宛如一块石头一样砸向地面,发出重重的撞击声,随后便失去了意识。

这一切都发生在短短几秒内。妙子不明白,为什么何炳珹这般瘦小的身躯会有这种速度和力量。妙子回过神来,想要逃跑,但双腿却不自觉地发软。她拿出从便利店买的水果刀,却因为手止不住地发抖而让刀掉到了地上。妙子颤颤巍巍地捡起水果刀,对准了何炳珹。然而对方的神情告诉她,这对他构不成威胁。妙子坐倒在地上,放弃了抵抗。

"放心,我不会杀你的。听你的好朋友说,同时杀了两个人的话游戏就结束了,虽然不知道是不是真的,但我可不想冒这个风险。"何炳珹狞笑着,"毕竟这游戏多有意思啊,你不觉得吗?"

突然,大地开始颤动,妙子心里一沉。海啸要来了。

"看来你的好朋友最终还是没有坚持住呢。"何炳珹说着转向躲在妙子身后的花子,"噢对了,你旁边的这位女士,我看到有关她的寻人启事了。是吧,忧——郁——的——花子小姐。医院的人在找你哟。"

妙子难以置信地看向花子,花子没有否认。她从花子的表情中看出来何炳珹说的都是真的。

"你……你为什么要骗我?"

"对不起……妙子……对不起……"花子哭着说道,眼泪和鼻涕在她的脸上混作一团,"我只是觉得这样很好玩,我以为这样你们就会陪我玩游戏……"

"你说的那个第三人,那个穿着白袍、戴着口罩的男人……"妙子说着说着便停住了。她反应过来了,那是花子的主治医生。

"花子,你……"如果妙子知道花子不是三人中的一人,她一定会时刻提防着还没有现身的第三人。那样的话,妙子就不会让刘舜独自去卫生间,而是会选择让刘舜就近方便。

"看起来有人的谎言把别人给害了呢。真可怜啊,一个瘸腿的小男孩,不停地念叨着自己干体力活的爸爸妈妈挣钱养家有多么辛苦。"

花子只是重复着对不起。她坐在地上,新买的蓝裙子又被尘土和涕泪弄脏了。她捧起蓝裙子的一角,想要用手擦去裙子上的污渍,嘴里不停地说着"这是妙子买给我的"。

"你才是凶手。"妙子对何炳珹说道,话语中带着悲愤。

何炳珹似乎对这样的结局感到很满意,他蹲下来,看向妙子,脸上依然挂着冷漠的笑容:"那么,后会有期了。我觉得我们还会相见的。"

第五章　玉田

参天的巨树遮蔽了阳光,雨后泥泞的土地让行走变得异常艰难。空气潮湿黏腻,像一层水膜似的贴在人身上。几只硕大的甲虫趴伏在灌木丛上,一只颜色鲜艳的蛙类在一旁虎视眈眈。半腐化的落叶在脚下积了厚厚一层,其中钻出灰黑色的蕈菌,不慎踩中后便会喷出白色的孢子。森林深处不时传来不知名野兽的嚎叫声,随后是动物急促奔跑的声音,令人不寒而栗。

许衡已经在这片密林中走了一个时辰,他小心翼翼地看着脚下,避免踏入沼泽或是一脚踩空。在途中,许衡看到有一株树的树干上和树的周围有烧焦的痕迹,不知道是来自其他两个异乡人还是玉族人。

许衡希望那两人会被玉族人抓住,那样他便不需要直接与那两人对峙了。那两人看起来杀意腾腾,且已经结成了同盟。那天在客栈,他们就是在寻找第三个人。目前,许衡决定先找一个藏身之处,以免到时候因为墙不断缩小而被守株待兔。

他继续往前走着,渐渐觉得身体有些疲乏。身边的树上伏着一只巴掌大的蛙类生物,身上满是鲜艳的彩色条纹,发出"呱——呱——"的声音。不知怎么地,那叫声越来越响,在许衡的脑海中挥之不去。许衡感到头嗡嗡作响,手脚发麻,天地也开始旋转起来……

"嘿,你没事吧?"

许衡缓缓睁开眼睛,看到一个身着麻布的男孩,约莫十二三岁的样子。男孩的头发很乱,眼睛扑棱扑棱地闪着,赤着脚,脚踝和小腿根上沾满了泥巴。许衡知道对方说的是异族的语言,但不知道为什么,许衡听得懂。从对方的衣着和言行,许衡推测他是玉族人。他才反应过来,其实尤丰人说的也是一种许衡从未接触过的语言,但许衡不知缘由地能听懂这些话。

"你刚才吸入了裕气,晕过去了。这里到处都是裕气。你是从北边来的吧,不适应的话确实会这样。我刚刚给你喝了点瞿草汁,用现摘的瞿草榨的,怎么样,现在是不是好多了?"

第五章　玉田

"谢……咳咳……谢谢你……"许衡感觉到喉咙火辣辣的,看来瞿草汁是一种辛辣的汁水。许衡能感觉到那股辛辣的劲头直冲上自己的天灵盖,让他快速恢复了精神。

"果然,你也听得懂我说话。我昨天傍晚见到了两个从北边来的人,他们也能听懂我讲的话。他们说自己迷路了,我就带着他们走出了森林,你是不是也迷路了?"对方瞪着一双大眼睛,看着许衡。

"嗯……是的……"

"来,我带你出去。"对方说道,"我叫洛,你叫什么名字?"

"我叫许衡……谢谢你。"

"许——衡——"洛念着许衡的名字,"我记住了。来,跟我走吧。"

走着走着,洛突然问许衡:"许衡,你来给我讲讲尤丰是什么样子的吧。我听族里的老人说,尤丰人都骑着一种叫马的动物,在宽敞的道路上飞驰。他们吃饭的时候会生火,把米饭和肉煮熟了再吃。还有他们都穿着丝绸,丝绸是用蚕吐出来的丝织成的,摸起来比鸟蛋的蛋清还滑。真的是这样吗,有这么神奇吗?"

"你们这里做饭不生火吗?"

"嗯,很少生火。森林里有很多裕木,这种树会产生裕气。裕气不仅会让人昏迷,还是可燃的。如果在森林里生火,就会点燃裕气,甚至可能引发爆炸。想要生火的话,得去东南边。那里靠近大海,而且有一片空地,生火时不会发生爆炸。"

"哦,这样子啊。尤丰人确实做饭都生火。不过你说的穿丝绸、坐马车出行的人,在尤丰也只是少数吧,比较有钱的那些人才会这样。"

"钱?那是什么?"洛不解地问。

许衡意识到玉田人可能并不使用钱这种东西。许衡一路走来,也没有见到过除了洛以外的玉田人,而在尤丰绘制的地图上,玉田是一块跟尤丰差不多大的地方。在这种地广人稀,而且连生火都会引起爆炸的地方,社会制度大概也还较为原始。

"啊——钱,就是一些珍贵的石头,你可以拿那种石头去跟别人换吃的、穿的或其他东西。"

"这样啊,我有点明白了。"洛似懂非懂地点了点头,"对了,你听说过玉境吗?"

"玉境?没听说过。"许衡摇了摇头。

"传说在上千年前,有一支承载着两百个玉族人的船队在航行时失踪。过了几百年,从海边漂来一艘小船,船上是一个奄奄一息的、穿着奇装异服的玉族人。他好几天没吃饭了,嘴唇也因为没水喝而干裂了。当时的玉田人给了一些食物和水,他立马狼吞虎咽地吃了起来。吃完后,他跟玉田人说,千年前的那支船队迷失在了海域中,最后在海的另一边,也就是世界的尽头,发现了一片陌生、广阔、富饶的土地。幸存的玉族人在那里扎根,并且建立起了自己的国家——玉境。"

"然后呢?"

"当时的族长相信了这个漂流而来的玉族人的传说,便派了好几艘船向东航行去寻找,可是没有一艘船能够找到玉境。这个玉族人也被大家骂作骗子。后世,也曾有人自己组建船队去寻找,结果全都无功而返。"洛说道,"那些返回的人说,海的尽头,依然是海。"

"那你相信玉境的存在吗?"

"嗯,我相信。我的爷爷也相信。"

"那你们这里,有指南针吗?就是一种石头,永远指向某一个方向。"

洛摇了摇头。

许衡跟着洛继续向前走着,洛看到有一棵树上长了一朵紫色的花,说让许衡等等,自己爬上树去采。洛的身形很轻巧,他像只猴子一样爬上树干。

"这是紫蝶花,据说是紫蝶在树里产卵后长出来的,是一种特别罕见的花。"洛采到了那朵花,他一边说着一边往下爬,但脚下一滑,往下跌去。虽说他抓住了另一根树枝,不至于摔伤,但却因此激起了一树的鸟儿,群鸟扑腾着四散飞去,鸟叫声在天空中盘旋。

"洛,你怎么在这里?还有,你身边这个人是谁?"刚才发出的动静惊动了两个正在附近巡逻的玉族男性。

"卫……卫队长?"洛叫道,"那个……卫队长,他只是迷路了。"

"洛,我记得我跟你说过,不要轻信外族人的话。"那个魁梧的玉族男性面露愠色,他转头对身边的那个人说,"把这个人带回去。"

许衡转身想跑,但在这种崎岖泥泞的地形下,熟悉周围环境的玉族人比他的速度要快很多。许衡跑出了没几步路便被追上。他被按倒在地上,嘴里呛进了一口泥水。

第五章 玉田

许衡被押送回了玉族的部落。如尤丰人所言，玉族人确实住在树洞里。这些参天巨树直径大多能达五六米，最大的能有十米，且因为古老，树的内部大多都是空心的，因此很适合作为居住的场所。许衡被关押在其中一个树洞中，手脚被藤蔓做成的长绳捆缚住，树洞口处有两个玉族人看守着，手里握着用树枝磨出来的长矛。

树洞外，有人呼喊着"族长大会开始啦——"，然后人群便纷纷往最大的那一棵树聚拢去。看守许衡的两个守卫也忍不住张望起来。

"那个老头子还是坚持要造方舟吗？"其中一个守卫说道。

"是啊，明明用不上，还要耗费这么大的人力物力去造它。再说，就算真的发生了什么事，方舟也只能载下一小部分人吧。"另一个守卫说道，"不过这次卫队长震当选族长，他肯定会把我们年轻一辈的意见说出来的。其他几个族长也都摇摆不定，我觉得这次族长大会投票的结果，至少是赞成派和反对派打个平手。"

"赶紧停建方舟吧，这样我也不用每隔几天就得早起去搬运木材了。"

"话说回来，老头子的孙子还不小心带来了个外族人呢，也不知道会怎么处置这个外族人，估计是难逃一死了吧。"说着，对方回头看了许衡一眼。这两人看来并不知道许衡能听懂他们说话，所以口无遮拦。

过了一阵子，人群哄闹着散去了。有一个人跑来对守卫说："老头子说了，从明天起要加快速度，在半年的时间内造完第二艘方舟。"

"什么？他疯了吧？"其中一个守卫叫道。

"似乎是最近玉族人的失踪事件以及这两天发生的外来者事件引起了老头子的警觉。他说他愿意用族长的身份担保方舟的紧迫性，如果半年之内无事发生，他就让出族长的位置。"

"这森林里都是裕气，外族的人进来不超过两个时辰就要昏过去。我们也不缺少骁勇善战的战士，为什么要怕他们？"另一个守卫叫道。

"老头子还说，要加强周围的警备，如果发生了什么事，就用打火石点燃裕气，爆炸的裕气会发出巨大的响声，把信号传递给村民。"

两个守卫都怨声连连，不知道自己会被分配去看守还是造船，抑或兼而有之。根据守卫和居民的聊天内容，玉田境内共有大大小小十二个部落，许衡现在身处的这个部落是其中规模最庞大的。每当族长大会开始时，十二个部落的族长就会相聚于此，共商大事。

晚上，有人来审问许衡，是一个满脸皱纹、身材佝偻的老人，脖子上挂着某种植物制成的项圈。老人的嘴唇一张一合地动着，发出低沉的声音："你是从哪里来的？"

许衡装作听不懂。如果让玉族人知道自己能听懂他们的语言，那他多半是难以活命了。从对方的年纪和装扮，许衡推测对方就是那个老族长，也就是洛的爷爷。

"是有人派你来的吗？目的是什么？"

许衡继续装作听不懂的样子，发出一些不明意义的声响。审问他的人见许衡听不懂他说的话，叹了口气后走了出去。随后进来了一个端着碗的人，送来了一盆糊状的食物、一小个不知名的水果和一碗解裕毒用的瞿草汁。许衡闻了闻那盆糊状的食物，不出所料是生的，毕竟在裕气林中生火会引发爆炸。许衡无法接受这盆食物发出的腥臭味，他勉强吃了两口，又喝了一口辛辣的瞿草汁，然后把还算甘甜的水果啃得干干净净。

许衡就这样被关押了两天。到第三天的凌晨，天光乍破的时刻，许衡在半梦半醒中听到了一阵窸窣的声音。许衡睁开蒙眬的睡眼，看到树洞外不远处有两个和洛一般年纪的玉族女孩，穿着朴素的麻布衣，头发披在肩上，脖子上挂着一串不知名宝石做成的项链。此时门外只有一个守卫，靠着树干酣睡，发出阵阵鼾声。

从她们之间的窸窣细语中可以听出，两个女孩一个叫彤，另一个叫月。彤的脸蛋比较娇小精致，眼睛水灵灵地眨动着。月相比之下显得更黝黑些，圆圆的脸蛋上有两个酒窝，笑起来的时候会露出两颗虎牙。两人的手里各抓着一根草，草的顶端是一个椭圆形的球囊，发出淡淡的荧光，像是有萤火虫在里面漂浮。她们好奇地打量着许衡，看见许衡注意到她们以后，急忙把身子转了过去，小声议论着些什么。

过了一会儿，洛从远处跑了过来，彤和月看见洛，一个劲儿地向他招手。洛叫醒了守卫，拿出了一个小圆盘给他看。随后，洛便爬到了树洞里，解开了绑着许衡的绳子。

"我和我爷爷说了，你不是坏人。我爷爷同意放你走了。我带你出去吧。"洛边解绳子边对他说。洛的腰间也别着那种会发光的草，洛告诉许衡这是灯笼草。

"洛，"许衡看着这个十二岁的小男孩，说道，"谢谢你。"

洛羞涩地笑了一下，露出了他尚在换牙期、有两个黑窟窿的牙齿。他似乎在为自己之前因为采摘紫蝶花而引起了巡逻士兵的注意这件事而感到抱歉。两人走

第五章 玉田

到树洞外,天边已经显出了几分亮色,几个起得早的玉族人已经来到了树洞外,做着活动身体的动作。他们打量着许衡,露出好奇的神情,但没有人上前搭话。

"来,走这边。"洛说道。

许衡跟着洛,走过树洞与树洞之间。彤和月跟在两人身后。在路过一些树洞时,许衡能听到树洞里传出的呼噜声以及翻转身体的声音。路过最大的那棵树时,许衡往里面瞟了一眼,里面的摆设十分简单,只有石桌和石凳。

穿过居民区后,四人来到了人迹罕见的密林区。这条路是洛平时和伙伴嬉闹时找到的,通常不会有人经过这里。因为怕许衡在密林里迷失方向,洛决定再带着许衡走一段距离。

"洛,不如带许衡去看看我们的秘密据点吧,正好是顺路的。"月说道。彤也附和表示同意。

洛问许衡是否想去,许衡点了点头。洛对此很激动,他拿手肘和两个女孩的手肘碰在一起,发出清亮的声音。洛说这是玉族特有的庆祝方式,因为他们的身体结构,手肘相碰时会有响声。

洛带着许衡来到一棵树前。树上爬满了藤蔓,洛拨开藤蔓,所谓的秘密据点,其实就是一个树洞。许衡爬上树洞,树洞里面摆放着许多小土罐。彤拿来了其中一个土罐,打开盖子,用手指蘸了点罐子里的水点在许衡的手腕上。

"你闻闻。"

许衡把手腕抬到自己的鼻子前,闻到了一股牛奶的香味。

"这是把白麦花磨成粉末后加入泉水做成的。"彤有些得意地说道。说着,她又打开了另一个罐子。

"你再闻闻这个。"

"有一种很淡的清香,像春天早晨的风。"

"这是风车花做的。"

"这个。"

"这个香味更浓郁些,但闻着也不会觉得太腻,是一种恰到好处的香,如果要打比方的话……仿佛一只蝴蝶飞过峡谷。"

"你很会打比方呀。这个是紫蝶花,洛说这是他好不容易才从树上摘到的。"

许衡这才注意到彤的头上也插着一朵紫蝶花,就像一支发簪一样。

"真的好好闻啊——"彤对着自己的罐子露出了陶醉的神情。许衡能感觉到那是一种简单的幸福,她一定很喜欢制作香水。

"到我了到我了。"月迫不及待地要给客人展示她的收藏。月从墙上取下一柄弹弓。弹弓用树枝和绳子制成,她从罐头里取出一颗豆子,走到树洞外,瞄准不远处的一棵树,把豆子射了出去,撞到树干发出了"嘭"的声音。

"这是我自己做的弹弓哦。"月向许衡炫耀道,"我之前还做了一杆长矛,可惜被我爸发现了,说太危险,给没收了。"

洛从树洞里拿出一支笛子,他告诉许衡这是他做的。笛子的做工并不算太精细,笛身上的几个孔洞大小也不尽相同。洛把笛孔凑到嘴边,嘴唇翕动,吹出的风在笛身内震荡,发出清脆悠扬的声音。不一会儿,几只长得像鼠鼬一样的生物从灌木丛中窜出,洛拿出装豆子的罐头,从里面取出一把撒在地上。洛说这叫豆鼬,就喜欢吃这种豆子。豆鼬的个头比鼠鼬要小些,黑色的眼睛就像豆子一样。这几只豆鼬用它们嫩红色的爪子熟练地抓起豆子,塞进它们的腮帮子里。月摸了摸其中一只豆鼬毛茸茸的头和背。豆鼬看起来已经跟他们很熟了,对月的抚摸也不避让,只是自顾自地往嘴里塞着豆子。把自己的腮帮子塞得鼓鼓的以后,这几只豆鼬便心满意足地钻进灌木丛里去了。

彤还想要教许衡跳一段玉族的舞蹈。月从树洞里取出了小鼓,小鼓的鼓面是用兽皮制成的。许衡本想推脱,但月已经对着小鼓有节奏地拍击了起来,洛也把笛子放到嘴边,吹出了一曲与刚才不同的旋律。在空灵的曲调下,彤踮起脚尖,一只脚向后抬起,双臂徐徐张开,像一只展翅的天鹅;随后她双脚分开,重心下沉,两腮起伏,似一只伏地的蟾蜍;她继而弓身猫步,双手弯曲呈爪状,目色锐利地看向前方,如一头潜伏的猛虎。彤又变换了好几种姿态,时而像飞蝶,时而像蟒蛇,时而像花鹿。许衡开始还尝试着模仿,很快便因手脚笨拙而作罢,只是在一旁静静地欣赏着舞蹈。舞毕,彤告诉许衡这叫百兽舞。学习这种舞蹈能够让玉族人熟悉动物的习性,在逃遁、避毒、潜伏、狩猎时皆有裨益。

带许衡参观完秘密据点后,洛又领着许衡向北方走了一段路,彤和月待在据点里等洛回来。"从这里一直往北走就行,"洛指着北边说道,"希望以后还能见到你呀。"

许衡望向北边,他能隐约看到墙的边界已经进到了玉田之中,这说明另外两人此时也在树林中,只是没被玉族人发现。既然已经出不了玉田,许衡决定在森林中找个藏身之处,见机行事。

"嗯,后会有期……"许衡对洛说道,他和其他两人也告了别。

"轰!"

第五章　玉田

一声巨大的爆炸声从森林的某一角传来，是裕气被点燃了。紧接着，此起彼伏的爆炸声在森林中响起，火光烧红了泛白的天空。

"怎么会……"洛望向远方红色的天空，露出难以置信的神情。

洛跑回了基地，许衡紧随其后。基地里只有彤一人，她告诉洛，在听到响声后，月因为担心父亲的情况，独自跑去找他了。月的父亲前些日子摔伤了，一直躺在树洞里养伤，由月和月的母亲轮流照顾着。

三人赶忙回到居民区，这里已经乱作一团。人们有的忙着拿武器，有的在慌张地四处乱跑，有的才从树洞里出来，神色茫然。洛在人群中看到了爷爷，身为族长的他正在努力地组织族人撤离。方舟的容量是有限的，之前的组长大会早已通过决议，优先让年幼的孩子以及他们的母亲登上方舟，年轻力壮者则到前线去御敌。

"竟然会这么快……"洛的爷爷——迁，望向北边，难以置信地说道，"而且，他们似乎知道了怎么破解裕毒。"

"对不起，爷爷，是我告诉他们的，是我跟那两个外来者讲的，一定是他们又告诉了其他人。"洛自责地说道，他的眼睛红了。

迁觉察到了许衡的接近，许衡忙开口解释道："我不认识那两个外来人，我只是迷路了。我确实能听懂你们的语言，只是我怕让你们知道这一点，我就没法活着出去了，所以我装作自己听不懂。"

迁看向洛，叹了口气："洛，你太善良了。善良就像一个跛脚汉，只凭善良是无法在这个世界行走的。"

许衡对迁说道："洛帮了我很多，我希望自己能回馈他的信任。让我走吧，我可以拖住他们，到时候你们尽可能地登上方舟。"

"我们该怎么相信你？"迁问道，"你和那两个外来者有什么区别，我们怎么知道你会不会像那两个人一样背叛我们？"

"你们现在也只能相信我了。海啸马上就要来了，这是你们最后的机会。去玉境吧。我相信玉境是存在的，在海的另一边，一个玉族人的国度。"

说完，许衡走向了密林。他循着打斗声过去，在沿途看到了玉族人和尤丰人的尸体——玉族人的尸体更多些，毕竟尤丰人都身披着铠甲，装备也更精良。他猜测得没错，因为生火的限制，玉田没能发展出出色的金属冶炼工艺，玉田战士的武器也以落后的木制武器为主，抵御不了武装精良的尤丰士兵。如果玉族人把故去者的骨骼炼成武器，或许还有一战之力——但这肯定是违背了玉族人的道德情感的。

墙已经缩得很小了,直径差不多只有五千米的范围,这意味着许衡随时有可能遇见另外两人,想必他们也在寻找着许衡。许衡不禁感到心跳加快,他跳下一个小坡,看到了卫队长震的尸体,他身上有十几处伤口,身边倒着七八个尤丰的士兵。震的身体依然是战斗的姿势,手里紧紧握着他的那杆长矛。

许衡又往前走了几步,看到了那天曾在客栈见到过的马总。他的腹部中了箭,似乎是在尤丰人和玉族人的打斗中被误伤的。马总躺在地上奄奄一息,隆起的腹部一上一下地动着,一直跟在他身边的小宋已经不知去向。

许衡走向马总,他之前观察过,海啸出现的位置是死去之人面朝的方向。方舟要向东航行,他不能让海啸从东方出现。马总已经失去了意识,许衡艰难地挪动着马总沉重的身体。

不久后,大地开始震动。许衡爬到了高处,翘首望向远方,他终于看到了那艘方舟——一艘巨大的帆船,大约能承载五百个人,让人不禁怀疑这是否真的是出自技术落后的玉族人之手。

方舟已经起航,没有鼓声,也没有号角声,给它送行的只有密林中传来的悲壮的呼喊和凄惨的号叫。从远处看去,方舟上的玉族人像一个个黑色的小点。方舟承载着这一小部分幸免于难的玉族人,驶向那个没有人知道是否存在的传说之地。

第六章　监狱

几名狱卒手持着长矛走进监狱，矛身的一头一下下地敲击着地面，用清亮的碰撞声叫醒那些尚在睡梦中的囚犯。这里是尤丰西边的一处监狱。尤丰和奇山之间被一道高耸绵长的山脉隔开，尤丰人称这条山脉为"升云山脉"，信仰神明的奇山人则称其为"圣裁"，意为神明将裁下来的多余布料置于此处，便形成了这条山脉。山脉物产丰饶，有好几处矿脉，尤丰和奇山过去常常为矿脉的开采而发生争斗。在签订休战协议后，尤丰在靠近自己一侧的矿脉处建立了一座监狱，让囚犯日夜开采矿石。矿脉附近的区域被一条宽阔的河流包围，形成了一道天然的屏障，让这些囚犯断绝了逃离的念头。

当许衡醒来时，自己已经身处监狱之中，和四五个囚犯关在同一间囚室里。这些囚犯大多衣衫褴褛、蓬头垢面，身上散发出难闻的气味。由于矿洞的容量有限，许衡被分到的工作是将那些刚运出洞的矿石搬运到仓库里。洞口离仓库有两里路，因为是山路，所以并不平坦，还有很多硌脚的碎石子。许衡把绳套挂在肩上，拖着满载矿石的木箱在山路上艰难前行着，其他囚犯亦是如此。他们的身后跟着负责督查的士兵，手里握着长鞭，见谁稍有懈怠便会加以责罚。

劳作了一整天后，许衡已经处在近乎虚脱的状态。监狱的伙食很差，冷得发硬还带着馊味的馒头、齁咸的榨菜，配上一碗稀粥，勉强能维持饱腹的状态，毕竟干活是需要气力的。偶尔会有几盘炒菜或是一锅炖菜，但许衡这种新来的囚犯是轮不到吃这些东西的。许衡注意到监狱里明显有几个帮派，每到吃饭或是休息的时候，那些人都会一团团地聚在一起。像狼群一样，每个帮派都会有一个首领。许衡总是坐在角落里独自吃饭。他从不招惹任何人，也不希望其他人注意到自己。

监狱每周会安排洗一次澡。说是洗澡，其实也就是给每个人一小盆水，让他们擦拭一下身体。许衡等待这一天已经很久了。闷热的夜里，许衡常常会因为身上黏腻而睡不着觉。白天劳作时的尘土粘在身上，也让他感到难受。他拿到水，刚擦拭了两下身体，水盆就被一个粗壮的大汉夺走，转而送去给了他那个帮派的老大。狱卒似乎早就对这种情况习以为常，一副视而不见的样子。

第六章 监狱

许衡看到另有两个人的水盆也被拿走了。听身旁的人说，那两人也是新来的，目前还没有加入任何帮派。许衡猜测，那两人也同他一样，来自其他世界。其中那个叫何越的，第二天就加入了最大的那个帮派——龙派；而那个叫何炳珹的和许衡一样，一直都没有加入任何帮派。

等到第二次洗澡的时候，来拿水盆的人从之前那个大汉变成了何越。许衡并不想把水盆给何越，何越一脚把许衡踢倒在地上，两人扭打在一起。没过几下，许衡就被何越压在了身下，何越把许衡的头按在地上，许衡的嘴里进了许多泥沙，水盆也被抢走了。

许衡不甘地坐了起来，他的嘴角还在流血。何越走到何炳珹的面前，何炳珹只是坐在地上看着他把水盆拿走。许衡没有从何炳珹的眼神中看到愤怒，而是一种奇怪的玩味，像猎手看向自己的猎物，伺机待发。

一天劳作时，何越到树林里解手，许衡看到何炳珹也跟了过去。有些好奇的许衡决定跟上去看看。他蹑手蹑脚地走在后面，生怕被何炳珹发现。许衡看到何炳珹向何越靠近，何越也注意到了何炳珹。何越明显感受到了何炳珹的敌意。他仗着自己的身形比何炳珹更高大，想要先发制人，但何炳珹很轻易地就把何越打倒在地。

"你也别躲着了，正好，我觉得多个观众会更有意思。"何炳珹转头看向许衡。

许衡见自己被发现了，想着以自己的体力就算逃跑也会很快被何炳珹追上，便只好从树后边走了出来。

"你，坐起来。"何炳珹对倒在地上的何越说。

何越艰难地爬起身来，眼神里还带着几分怒意。何炳珹又给了何越一拳。

"我问你，你为什么要拿走我的水盆？"何炳珹问何越。

"为什么？因为我们老大要。"

"我觉得你没理解我的意思。那我问你，你觉得你拿走我的水盆是对的吗？"

"对不对……我管它对不对，不拿走你的水盆，受害的人就是我。"

"我问你对，还是不对。"何炳珹抓住何越的衣领，冷冷地看着他。

"不对。"

"不对，但你还是做了，为什么？"

"为了……我自己的利益。"

"好，你已经意识到自己在做不对的事了。自私，也就是为了你自己的利益而做某件事情，是再正常不过的事情了。但是损人利己，那跟自私是两回事。我想做个小试验，我要你做的事情很简单，就是不做不对的事，我希望你善良，你能做到吗？"

何越对何炳城的用意有些摸不着头脑，但他还是同意了。

"你来做见证人。"何炳城对许衡说道。

许衡对于何炳城的这番追问有些发蒙。他不明白何炳城为什么要这么做。

傍晚，三人回到了监狱。晚饭后，囚犯们聚在监狱内的一片空地上放风。许衡坐在一条长椅上，看着远处的夕阳把云层染成粉紫色。云的形状像一条硕大的鱼，在天空中缓缓游动。囚犯们身着亚麻色的囚服，在空地上闲聊散步。在人群中，许衡看到何越带着两个身形高大的人走向何炳城。看到他们，周围的人都自觉地让开了路，他们都是龙派的人。另两个帮派，虎派和蛇派的人各自聚在一起小声议论着，准备看一出好戏。

何炳城似乎早已预料到了这一切，他还是像往常一样微微笑着，神情没有丝毫慌张。何越挑衅地向何炳城笑了一下，然后给了身后的两个大汉一个眼神。其中一个大汉走上前去，右手按压着左手手指的关节，发出清脆的声响。大汉比何炳城要高上两个头，体型上的差距更是如黑熊之于猕猴。他朝何炳城挥出一拳，何炳城轻松躲开了。大汉又挥出一拳，何炳城直接拿手掌接住了。大汉明显没有料到何炳城有这样大的力气，他咬紧了牙齿，手臂上青筋暴起。何炳城因为这股推力后退了一段距离。随后，何炳城半蹲下放低了重心，然后用另一只手给大汉的下巴来了一记上勾拳。大汉直接被打得倒在地上呕吐。

何炳城脸上的笑容消失了。他冷冷地看向何越，语气里满是不屑："我可是天才啊。你理解天才两个字是什么意思吗？"

另一个壮汉朝何炳城冲去，何炳城一个上踢，壮汉直接被踢倒在地。何炳城把脚踩在壮汉的头上，如猛兽般把猎物玩弄于股掌之中。何炳城的速度和力度，都比正常人要高出很多，这让许衡怀疑何炳城的肌肉密度是否异于常人。

"天才是很容易无聊的啊。"何炳城看向何越，又露出了像面对猎物时的笑容。

何越吓得直接坐倒在了地上。他的老大龙哥从远处大步走来，身后带着好几个人。何越爬过去向老大求情。也许是因为人多势众，这群人面对何炳城时气势汹汹，没有露出一丝胆怯。何炳城看着他们，还是那副玩味的笑容。其他事不关己的人都在一旁乐呵呵地看着，对他们来说，这是枯燥乏味的监狱生活中难得上演的好戏。

双方都箭在弦上。这时，几个狱卒厉声呵斥着跑过来打断了他们。龙派这边

第六章 监狱

的人见到了，只好识相地收手。狱卒带走了最初引发矛盾的两人，也就是何越和何炳城。他们被关进了禁闭室，要在里面待上一周。对于龙派的其他人，狱卒只是给了一些象征性的惩罚做做样子。毕竟在这座监狱里，狱卒的精力是有限的，日常秩序的维持很多时候要靠帮派的人。狱卒和那些帮派的领导者达成了有限的合作关系。而龙派作为各帮派中规模最大的那个，无疑对于秩序的维持起到了关键作用。

晚上，许衡也被抓去关了禁闭，说是何越向狱卒告发许衡也参与其中。禁闭室在地下，没有任何光亮，无论昼夜都是漆黑一片。三人各自被关在单独的牢房里。由于暗无天日，禁闭室里很潮湿，还充斥着一股发霉的气味。牢房的地上铺着干草，潮湿的露水把干草浸得冰凉。在黑暗中，偶尔能听到老鼠爬过发出的窸窣声。两个狱卒聊天的声音传来：

"嘿，给奇山的那批货送出去了吗？"

"喂，这儿还有人呢。"

"哎呀没关系的，他们三个已经是死人了。"

"也是，进了禁闭室的人就没有活着出去过的。货都准备好了，明天天不亮的时候送出去。到时候我们几个把钱分了，我就不干了，回老家买房子，和昕儿结婚。"

"你还惦记着昕儿呐，说不定人家早嫁人了。"

"胡说，人家说好了会等我的。"

"哎，不说那么多了。你在这儿值班吧，我先走了。"

说完，禁闭室的门被打开了，从门缝中透出一束珍贵的光亮。随后门沉沉地闭上了，牢房内又重归黑暗。在这片充满死寂的黑暗中，许衡几乎感受不到时间的流逝。渐渐地，困意袭来，许衡躺在干草上，闭上了眼睛。因为没能洗上澡，他身上黏腻得很，又做了几个噩梦，断断续续地睡了又醒。

"你呀，对许衡的教育可要上点心啊。你看看王姨家的儿子，不光成绩好，性格也好，开朗活泼。"

"没办法，我运气不好呗。生出什么样的儿子也不是我能决定的。"

一段熟悉的对话在许衡的脑海中回荡着，随后他被一声金属碰撞的重响惊醒。他坐在冰凉的地面上，眼前是一排包围住自己的黑色栏杆——他想起来了自己正身处监狱。何越坐在许衡对面的囚室里，他正直勾勾地望向许衡的右边，许衡循着他的视线转过头去，看到旁边囚室里的何炳城正摸索着栏杆外倒地的狱卒。

"啊，找到了，果然有呢。"他从狱卒的身上掏出一串钥匙，然后半蹲着身子，对着牢门外的锁一把一把地试着。试到第五把的时候，锁打开了。

他站起来，走了出去，捡起了狱卒掉落在地上的火把，火把看起来是刚点燃不久的。

"好像除了我们三个就没有别人了呢。"何炳珹在牢门外的过道上踱了一圈，然后晃了晃手中的钥匙串，"看起来打开牢门的钥匙都在这里呢。"

"那个……哥，你把我也放出去吧，求求你了哥。"何越说道。

"嗯？你应该知道游戏规则吧？"

"什……什么游戏规则？"何越的语气有些颤颤巍巍。

"不要装啊，如果你装作自己什么都不知道的话，那我现在就把你杀了，看看有没有海啸发生。"

何越不说话了。

何炳珹露出了一丝狡黠的笑："这还差不多。"

"那个……哥，之前都是我的错。我下贱，我连狗都不如。您大人有大量，放我一马，如果下一轮我们还在一起的话，我愿意帮你做任何事。"

许衡不知道自己要不要开口说话。如果何炳珹同意的话，许衡会处于非常不利的境地。

"思维不要这么局限嘛，我们之间只是隔着一片栏杆，我也出不去，也没有能伤着你的武器，怎么我就成了优势方了呢？"他一边说道一边往过道尽头走去，回来的时候手上拿着一柄干草叉，"不过现在就不太一样了。"

"别太紧张嘛，我不是个记仇的人，我只是怕无聊罢了。"何炳珹说道，"对了，我们来玩个游戏吧，你们谁赢了我就让谁活下去。"

"什么游戏？"何越问。

"嗯……很简单，我会问一些关于你们的问题，谁让我觉得更有趣我就让谁活着。"何炳珹说道，"好，那么第一个问题。说说你们的兴趣爱好。"

"嗯……我喜欢钓鱼，还有冲浪和滑雪。"何越说道。

"你一般会在哪里钓鱼？"

"我家附近有个农家乐，那里有钓鱼的地方。"

"你觉得鱼为什么会上钩呢？"何炳珹问。

何越有点被这个问题问得摸不着头脑："因为……钩子上有食物吧。而且鱼

第六章　监狱

也不会把不要去吃钩子上的食物这种事情记录下来教给后代，所以一代又一代的鱼总是会上钩。"

"你是觉得如果鱼一代代之间有记忆，就能够避免这种事情发生？"

"应该吧。"

"你呢？"何炳珹看着许衡问道。

"我……我喜欢画画……呃……还有读书和听歌。"一定是很无聊的爱好吧，许衡想道。

"你最喜欢的一本书是什么？"

"我……"许衡竟一时想不到最合适的一本，"我想到好几本，至于最喜欢的一本……"

许衡停顿了大约整整二十秒。这二十秒钟让他觉得无比尴尬。糟糕透了，自己真的是糟糕透了。

"有一本书让我印象很深刻……叫《朱身》，不知道你听说过没有，讲的是一个身上和脸上有大片红色胎记的人从小到大的故事。"许衡不知道这是不是他最喜欢的书，但他觉得自己必须要在对方失去耐心前说出一本书来。

"嗯哼，你喜欢这本书的原因是什么？"

许衡被问住了。他顿了几秒，然后说道："朱祺，也就是书里的那个主角，我觉得他跟我很像。"

"哪里像？"

"不爱说话，不知道如何与人相处，而且……"

"而且自卑，还是弱小？"何炳珹补了一句。

许衡不知道该如何回答，他选择了沉默，他抬起头来瞟了一眼何炳珹，看到何炳珹正面无表情地看着他。

"其实我对大部分事情都没什么兴趣。"许衡补充了一句，他不知道自己为什么要这样说。

"第二个问题，对你们来说，你们最亲的那个人是谁？"

"我妈。"何越还是先回答了。

"为什么？"

"因为她是我妈。"

"你觉得她会为了你去死吗？"

何越有些生气了，他从地上站起来，瞪着何炳珹。

"嘿，放轻松。"何炳珹说道，"我不会对她做什么的，况且我也见不到她呀，我只是好奇这个问题的答案。"

"我觉得她会。"何越说道。

"那你会为了她去死吗？"何炳珹问何越。

"我……我会。"何越看着何炳珹说道。

"嗯哼。"

"你呢？"何炳珹看向许衡。

"没有。"许衡对这个问题倒是回答得十分果断。

"没有吗？"

许衡点了点头。

"下一个，说说你们最想实现的一个愿望。"

"我想吃炸鸡。"许衡不知道为什么回答得很快。

"你很喜欢吃炸鸡？"

"我很喜欢吃炸鸡。"

"胜过你想回去？"

"啊……那我更想回去。"许衡不知道为什么没有想到这一点。

"回去做什么？"

"……不知道。"

"我想结束这一切，回去再见我爸妈一面。"何越说道。

"嘿，其实我知道怎么回去，你想知道吗？"

何越有些激动，许衡也抬起了头。

"不要表现得那么激动嘛，这里多好玩啊，比原来的世界有意思多了。"

"在这里可是随时都会死的啊。"何越说道。

"嗯哼。"何炳珹表现出无所谓的样子。

何炳珹突然又转过身去问许衡："有没有可能你觉得你对大部分事情都不感兴趣，是因为原来的世界太无聊了？"

"不，我觉得这里的世界也没什么吸引我的地方。你得接受有我这样的人，觉得大部分事情都很无聊，而且我自己也让别人觉得很无聊。"许衡回答道，"话说回来，你很喜欢杀人吧？所以你觉得在这里很有意思。"

"也不能这样说吧。"何炳珹说道，"有意思的事情有很多。"

"哥，所以回去的方法是什么，告诉我行吗？"何越问道，眼神里满是央求。

第六章　监狱

"我不知道啊，"何炳珹笑着回答道，"骗你们的。"

许衡看到何越的眼里露出了怒意。但何越瞟了一眼何炳珹手里的干草叉，没有说话。

何炳珹来回踱着步，手握着干草叉，一下一下地撞着地，嘴里念念有词："我觉得你们两个都很无聊。"

"怎么办呢？"何炳珹踱着步，不知道是踩到了什么，突然脚下滑了一下，重心不稳地倒在地上，他手里的干草叉也掉在地上。

还没等许衡反应过来，何越便迅速地探出手来，把干草叉夺了过去。许衡看到何越脸上的神情马上发生了变化，一种张扬的愤怒喷薄而出。

"现在你还有什么招数吗？"何越对着何炳珹吼道。

何炳珹的头向左歪了歪，然后略带惊恐地说道："哥，是我错了，我们好好谈谈……"

"谈？跟你有什么好谈的！你觉得问我们这些问题很好玩吗？嗯？杂种，我要你现在给老子跪下！"

许衡感到有些疑惑，何炳珹明明已经退到了五米开外，这个距离何越是伤不到他的。

"那如果我不跪呢？"何炳珹带着有些可怜兮兮的神情问道。

"这里是禁闭室，你把狱卒杀了，到时候其他看守来了，你的死期也就到了！"何越说道。

"哦？那如果我跪下的话，您，手握三叉戟的勇者，打算怎么救我呢？"何炳珹忍不住笑了。

"如果我看你顺眼的话，我们可以合伙把下来的看守给做掉，或者是把……"何越的眼神望向了许衡。

许衡退到了墙角，以防何越用干草叉隔着栏杆戳他。何炳珹看了一眼许衡，然后微笑着望向何越，没有说话。

"笑什么！老子真看你不爽，别逼老子直接叫人！"何越拿起干草叉的杆子一端，用杆子撞击着墙壁，"等他们听见声音过来了，你就只有死路一条了！"

何炳珹的微笑消失了。他转身向过道的深处走去。回来的时候，他的手上多了一把弩和一捆箭。

何越像被扎破的气球，突然软了下来。他放下干草叉，然后跪在地上，对着何炳珹说道："哥，我错了，哥，这个……这个干草叉，还给你。哥，不要杀我。

我们一起把这个许……许什么杀了吧！然后之后我……我可以做你的狗，听你使唤，怎么样，哥？"

许衡没想到过了这么久，何越还没有记住自己的名字。何炳城好像没有听见似的，只是摆弄着手上的弩："我还从没用过这个呢。"

"欸，这个好像坏了。"何炳城的语气变得急促起来。

何越见状，又悄悄拿起了地上的干草叉，眼睛盯着何炳城手上的弩。何炳城抬起头来，和何越的目光撞上。何越看到何炳城的嘴角上扬着。

"骗你的。"话音刚落，一支弩箭精准地射向何越拿着干草叉的那只手。

何越痛得倒在地上惨叫，嘴里叫嚷着脏话。

"你还真是学不到教训啊，总是想着勾结、欺压和背叛。跟你这样的人关在一个地方，简直是我的耻辱。"何炳城的语气中透露出失望，"还有你……"

何炳城看向许衡，把弩对准许衡。许衡突然意识到何炳城是个彻头彻尾的疯子，而他之前不知为何一直对何炳城的疯狂处在一种未知觉的麻木状态，仿佛自己是一个置身事外的旁观者。下一秒钟，何炳城就可能会扣动扳机，把箭矢射入许衡的心脏。

"放轻松。"何炳城把弩放下了，"我不打算杀你。我只是想问一下你，还有什么话想对这位三叉戟勇士说吗？"

许衡盯着何越看了几秒，然后说道："我叫许衡，希望你能记住我的名字。"

"唔——真是令人毛骨悚然呢，他可是快死了哦。"何炳城说道，"你也记住我的名字吧。许衡，你一定讨厌很多很多人吧？讨厌那些对你视而不见的人，讨厌那些自以为是的人，讨厌那些终日喋喋不休、趋炎附势的人。以后你每遇到一个令人作呕的人，你都会回忆起今天这一幕。然后你就会想，如果何炳城在就好了，如果何炳城在的话，应该会给他们应有的报应吧。"

"你会这样想的。"说完，何炳城举起弩，对准了何越。

第七章 办公楼

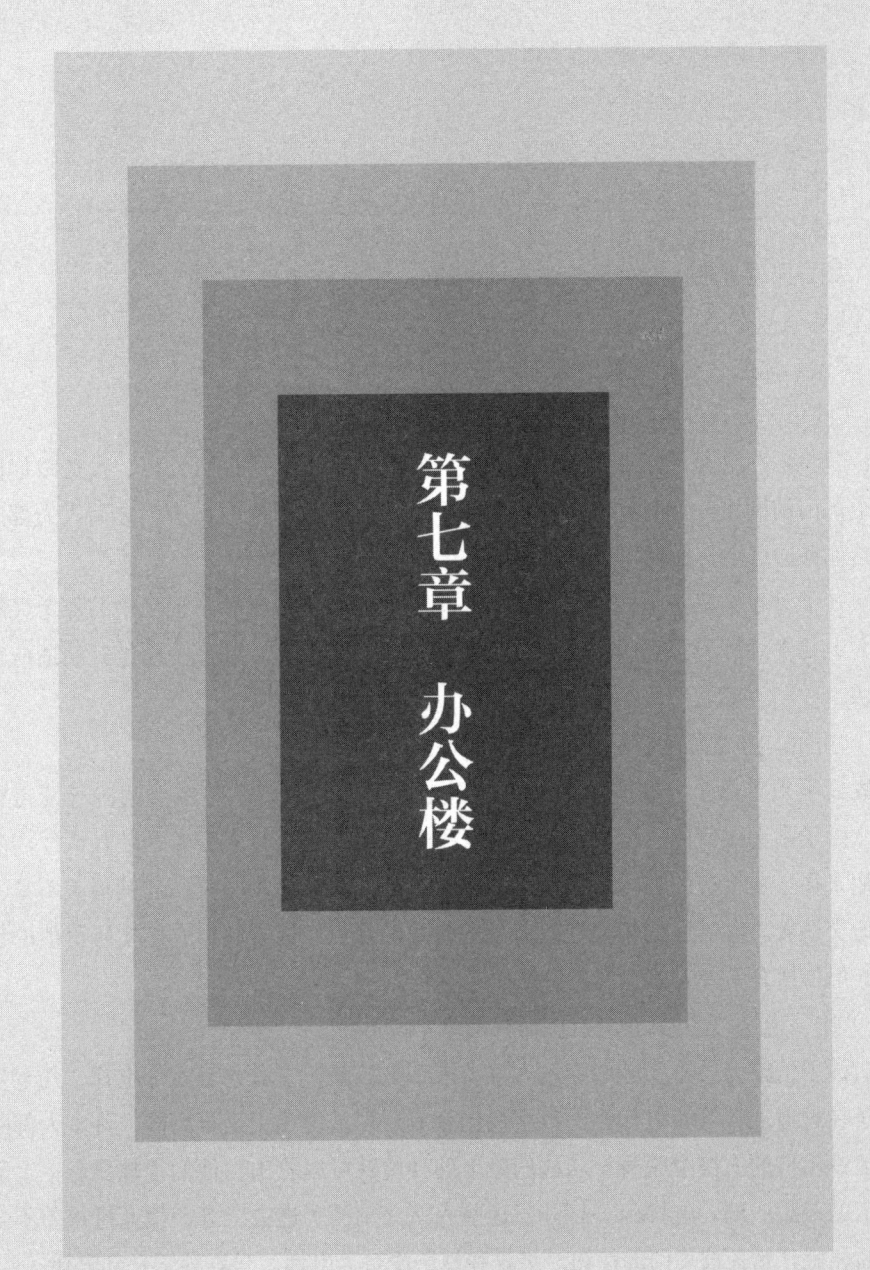

"妙子。"

"妙子。"

妙子回过神来，看见吴笙站在她面前。

"吴……笙？"

"诶，你怎么会知道我的名字？"

"噢……是看你胸前的工牌……"妙子忙找了个理由。

"对哦。"吴笙笑了笑，"妙子你好，非常欢迎你来到我们公司，我是跟你同一个部门的同事，你有什么问题都可以问我。现在我来带你上去，之后人力部门会给你办通行卡，你就可以自己刷卡进出了。"

妙子对着吴笙愣了几秒，她确实是吴笙的样貌，但比妙子记忆中的那个吴笙要大上几岁。妙子深呼吸了一口，努力挤出了一个微笑。她似乎已经开始适应这一切。

"好的，非常感谢。"妙子对吴笙说道。

吴笙领着妙子，刷开了门禁，然后走进了楼的内部。整栋楼的冷气开得很足，妙子刚进楼就能感受到。楼内的大厅很宽敞，上千号人穿着西装在大厅内匆匆地来往。左手边的咖啡厅里坐了不少人，他们大多面带微笑，和其他人不紧不慢地交谈着。咖啡厅的柜台里放着各式精致的糕点，标着超出它们实际价值的价格，但依然有不少人愿意为这份体面买单。

"来，走这边。"吴笙对有些愣神的妙子说道。

妙子忙跟上吴笙，她们穿过人群，来到电梯前，左右共有六部电梯，几十号人挤在过道上，等着电梯上的数字慢慢变成"1"。现在正是早高峰，许多人都刚从地铁出口的人群中脱身，从他们脸上的神情就可以看出，他们很想要赶上上班打卡的最后一刻。电梯门一打开，这些人就立刻涌了进去，等一批人进得差不多之后，就开始狂按关门的按钮。吴笙和妙子没挤上电梯，只好等下一部电梯。

"欸，吴笙，早上好啊。"

一个熟悉的声音传来。妙子转头一看，是闻绍杰。他穿着白色衬衫、黑色西

第七章 办公楼

裤和褐色的皮鞋，胸前挂着蓝色吊带的工牌，上面印着他的名字和意气风发的大头照。

"你来得还挺早啊。"吴笙对闻绍杰说道。

"这位是……"闻绍杰看向妙子，问吴笙。

"哦，这是妙子，我们新来的同事。"吴笙介绍道。

"你好你好。吴笙她可凶了，要是她欺负你了你就告诉我……"闻绍杰用戏谑的口吻说道。

吴笙拿胳膊肘碰了闻绍杰一下，给他使了个白眼，闻绍杰笑了笑。

"话说回来，我以前有个同学也叫妙子……"

"啊……那估计是跟我重名的人吧。"妙子说道。之前雪夜的那一幕在她脑海里闪过，虽然妙子知道这不是同一个闻绍杰，但她还是不想跟闻绍杰有太多联系。

"哦，这样啊。"闻绍杰打量了妙子几秒，似乎是觉得她确实跟以前认识的那个妙子有几分相似。

"电梯到了，我们上去吧。"吴笙说道。

三人上到七楼，"凌艺新创"四个大字印在公司迎面走进的墙上。公司的内部被隔板分成了一个个小小的格子，妙子随着吴笙穿过狭窄的过道，来到其中一个格子前，这就是她的座位了。妙子坐了下来，桌子上有一台电脑和一本《凌艺新创年度工作总结》，除此之外没有别的东西。

"这是公司专用的办公电脑，工作内容都要在这上面处理，千万注意保密。这本年终总结你有空时可以看看，是去年各部门的成果展示。"吴笙耐心地解释道，"今天你的工作就是把一份 Word 文件做成 PPT，东西我等下发你，有什么不懂的地方随时问我。"

妙子打开电脑，过了两分钟便收到了吴笙发来的文件。妙子打开压缩包，里面有十几个文件，包括要做的内容、模板、以前的范例、附加说明和一些入职相关材料。妙子感到有些新奇，便一个个点开来看。

但当这份新奇感消失时，妙子逐渐意识到这份工作的烦琐。一份 Word 文件就有上百页，每一页上都密密麻麻地挤满了小字，像一群蚂蚁在纸页上爬行。加粗、标红、下划线等纷纷繁繁，非但没能让妙子的精神集中，反而让她感到更加混乱。妙子想去问别人，但周围的同事都在忙碌地工作。妙子从他们的神情就可以看出他们并没有那种闲情逸致来指导她。

坐久了以后，妙子感觉自己的颈椎有些酸痛，腰部也不太舒服。她意识到自己已经以一个前倾的姿势盯了很长时间的电脑屏幕。妙子站起来想活动一下四肢，但身上缺乏弹性的衬衫让她放不开手脚。而且在办公室里，妙子也不好意思做出太大幅度的动作。她只好悻悻地坐下，用手指按压着自己的颈部。

不知不觉中，妙子开始对着电脑屏幕发起呆来。她的视线涣散开来，眼前的屏幕也随之变得模糊。不一会儿，妙子回过神来，屏幕上的白底黑字又变得清晰起来。自己在做什么？妙子突然在心里问自己。为什么要看这些东西？自己现在随时都有可能陷入危险的境地。但是不这样做又能做什么呢？其他人大概率也不会主动暴露自己的身份，自己如果轻率地行动，只会引起不必要的注意。想到这里，妙子轻叹了一口气，继续翻看着冗长的文件。

看了没一会儿，妙子又开始感到困乏无聊。她拍了拍自己的脸，强打起精神来。突然，吴笙的声音从头顶上方传来，让她从困顿中惊醒过来："妙子，这位也是新来的实习生，叫刘睿琪，你们可以认识认识。睿琪，妙子旁边这个座位就是你的。"

妙子忙站起来，双手放在大腿前，微微鞠躬，说道："您好。"

刘睿琪和吴笙都笑了。刘睿琪拍了拍妙子，然后说道："不用这么紧张啦。我们都是新来的，都要互相学习。我叫刘睿琪，文刀刘，睿智的睿，琪是王字旁一个其他的其，你也可以叫我 Ricky，以后请多关照啦。"

"哦……实在是不好意思。"妙子的脸又红了，"你好睿琪，我叫妙子，请……请多关照。"

两人在社交软件上加了好友，接着刘睿琪便去找吴笙询问一些事情去了，妙子则是回到自己的座位继续工作。冷静下来后，妙子突然意识到，刘睿琪很有可能跟她一样，也是来自其他世界的。妙子转过头去看吴笙身边的刘睿琪，发现刘睿琪也在看她，并且向她笑了笑。妙子一时不知道该如何回应，只得努力挤出一个尴尬的笑容。

过了几分钟，妙子收到刘睿琪发来的一条消息："妙子，你知道吴笙姐旁边坐着的那个男生是谁吗？"

妙子转过头去看了看，是闻绍杰。于是她回复道："我只知道他叫闻绍杰，其他的我也不清楚。"

刘睿琪凑过来拍了拍妙子，然后轻声说道："他很帅，你觉不觉得？"

妙子想到了一些往事，没有说话。这时，旁边的一个同事似乎是听到了两人的聊天，她凑上来说道："哎哟，你们这么快就注意到闻绍杰啦？这可是我们公司内部公认的帅哥。告诉你们，他基本上已经和吴笙在一起了，只不过因为工作原因不太声张而已，你们就别打歪主意了。"

刘睿琪露出了一脸遗憾的表情。

"哦对了，我叫邬小虹，比你们早来两年，叫我小虹姐就好。"那位同事补充道。

这时，一个穿着红高跟鞋的女人走过，她看了一眼凑在一起的三人，说道："你们快点干活吧，别被赵总看到了。对了，你们哪个是妙子？"

妙子幽幽地举起手来。

"赵总找你。他在出门左拐第三个办公室。"

妙子起身，整理了一下自己的衣领和袖口，往赵总的办公室走去。来到门前，她敲了敲门，随后屋内传出了"进来吧"的声音，妙子于是打开门，办公室很宽敞，头顶有一盏吊灯，角落里摆放着两盆绿植。窗前摆放着办公桌，桌后方有一个柜子，上面摆放着一些书籍和杂物。办公桌前坐着一个小肚凸起、头顶半秃的中年男性，眼睛半眯着，脸上挂着一丝微笑。

"妙子是吧？"

"嗯……对……赵总您好……"

"来，坐吧。"他做了个手势，示意妙子坐下。

妙子拉开椅子，坐在赵总的对面。她感到很拘束，不知道双手该放在哪里。

"来公司第一天感觉怎么样？"赵总问道。

"嗯，感觉挺好的，大家人都很好。"妙子回答道。

"那就好。"赵总点了点头，他的眼神从妙子的脸上往下滑，落到妙子的手上。妙子不由得把手缩了起来，放到了自己的大腿上。

"以后如果遇到什么问题，都可以跟我说。"他还是微微笑着。

"谢谢赵总。"妙子低着头，轻声回答。

两人沉默了一会儿，然后赵总说道："没有其他事的话你就去忙吧。"

"好的，赵总。"妙子应过，站了起来，把椅子放好，就走了出去。

回到工位上，刘睿琪马上就凑了过来，问道："嘿，妙子，赵总叫你去干吗？"

妙子微微一笑："没干吗，就是交代一些工作上的事情。"

十一点半，众人准备下楼吃饭。妙子跟着吴笙和闻绍杰来到一楼，正准备出门，她看到了那堵透明的墙，在正午光线的照射下隐隐闪着光芒。

"吴笙姐，抱歉啊，我突然想起来我还有点事情，比较紧急，可能不能跟你们一起出去吃了。"

"啊？"吴笙表示很可惜，一旁的闻绍杰也惋惜地看着妙子。

妙子有些无措地走开了。公司的地下一层跟商业街是连通的，虽然有墙阻隔着，妙子还是在墙这边找了家店解决了午饭。

饭后，妙子在商业街逛了逛。除了几家餐厅以外，还有一家服装店在偏僻的角落，看起来去的人不多，老板娘甚至闲得和几个朋友嗑着瓜子打起了牌；一家便利店，不少工作太忙的人会选择来便利店带走一份便当去工位上匆匆解决午餐；一家推拿店，偶尔会有人进进出出。

回到工位上，刘睿琪正和一个同事有说有笑。妙子看了会儿手机，感到一阵困意袭来，便趴在桌子上打算休息一会儿。

办公室里不时传来聊天的声音，间歇性地还会爆发一阵大笑。灯光从缝隙中渗进眼角，窗外正午的阳光也十分刺眼。妙子在桌子上趴了一个钟头，非但没睡着，反而觉得愈发昏沉。

"下午要开会。妙子，你去帮忙买几杯咖啡吧。买……我想想……十三杯，赵总不爱喝咖啡，但还是放一杯在他位置上。"吴笙走过来对妙子说。

妙子应过，拖着疲惫的身子起来。她的心脏有些不舒服。妙子意识到自从那个雪夜以来，自己还没有好好地休息过。咖啡店在一楼，妙子坐着电梯下楼，她透过电梯里安的镜子打量着自己——眼角耷拉着，目光游离，显出一副倦态。

咖啡店里人不少，三三两两坐着谈事情。妙子排着队，漫无目的地刷着手机。排到她时，她报出一串咖啡的名字，然后在一旁等着。店员带着笑容喊出一个号码，妙子低头看了眼手上的小票，离自己的号码还有十几号。

妙子再次拿起手机，看了看聊天界面有没有人发来消息，又看了眼朋友圈的动态，然后随意点开了一篇公众号的文章。里面密密麻麻的字让妙子感到头晕。她想要闭一会儿眼睛，却又怕其他人向她投来异样的目光。

"您好，您的咖啡好了。"

"哦……好，谢谢。"妙子用双手接过两个装着咖啡的纸袋子，走出门去。她感觉到自己的手被谁碰了一下，下意识地把手往回缩。

"很重吧？我帮你提着。"是闻绍杰。

第七章 办公楼

"啊……不用了。"妙子推辞道。

"同事之间就是要互相帮忙嘛,不用那么客气。以后遇到什么问题也可以跟我说。"妙子看闻绍杰执意要拿,只好给他。

"会议差不多要开始了,我先把咖啡拿上去吧。你应该还要回趟办公室拿东西吧?顺便帮我拿下我的笔记本吧,就在桌子上。"闻绍杰笑着说道。

他是这个世界的闻绍杰,因为另一个世界的他的所作所为,就冷漠对待这一个他是不是不太好……妙子这样想着,没再拒绝他的请求。

"那就这么说定了。"闻绍杰笑了笑。

时至今日,妙子看到闻绍杰纯净阳光的笑容,心中还是会有一股复杂的情感。妙子有些慌乱地扭过头去,却看到邬小虹在远处看着他们。闻绍杰也顺着妙子的目光看去:"哟,小虹姐,还不去开会呢?"

"这不正准备去嘛!"邬小虹笑着回答道。

三人一起上了电梯,妙子感觉到氛围有点尴尬。她瞟了一眼闻绍杰,看见闻绍杰的眼睛向顶上看着,瞳子一闪一闪的,嘴唇轻抿着。他的身上有一股淡淡的男士香水的味道,像夏日阳光下浓绿色的森林,给他尚且青涩的外表加上了一份恰到好处的厚重感。

雪夜——妙子提醒着自己。

电梯到达七楼,妙子去到办公室,拿上了自己和闻绍杰的笔记本。会议室在九楼,七到十楼都是凌艺新创的办公区。走进会议室,其他人都已经到了。那个穿着红高跟鞋的女人站在一块等身高的电子屏幕前,赵总坐在中心的位置,刘睿琪坐在赵总的旁边,闻绍杰和吴笙相对着坐着。只有闻绍杰旁边还有个位置。妙子有些尴尬地走过去坐下,把笔记本交给闻绍杰。

"谢谢。"闻绍杰有些淡漠地答道,语气收敛了许多,但还是能看到他的嘴角挂着一丝淡淡的微笑。

妙子抬起头,看到吴笙正看着他们。

会议随之开始了。会议分成三块,上月工作汇报、本月工作计划和领导讲话。妙子本以为一个小时便能结束,谁知过了一个多小时,还在第一块。众人轮流汇报,每个人都做了一份几十页的PPT,轮到自己时便开始滔滔不绝地讲演起来,一说就是半个小时。

等到上月工作汇报结束时,已经五点半了。赵总看了看时间,说道:"今天比较晚了,就先这样吧,剩下的明天再说。"说完,赵总便打了个电话,起身出门了。众人收拾着准备离开,刘睿琪紧跟在赵总后面出了门。妙子心里如释重负,好在这个会议并没有一直持续到晚上。她现在只想着找个地方好好睡一觉。

"对了,妙子,那份 PPT 你需要今天下班前给我。"吴笙对妙子说道。

"啊……这么紧急吗……"妙子问。

"对。"吴笙正在收拾着自己的东西,淡漠地回应了妙子。

妙子拖着疲惫的身躯回到工位上,继续处理起工作来。刘睿琪早早地走了,不见踪影。八点钟,周围的同事陆陆续续地离开了。八点半,吴笙和闻绍杰也准备走了。

"做完发我的工作邮箱就行。"吴笙对妙子说。闻绍杰看了看妙子,没有说话,只是继续有说有笑地和吴笙聊着天。

"对了,吴笙姐,想请问一下楼里有员工宿舍什么的吗?"

"有,但是条件很一般,很多员工都会选择出去住。而且我听说最近招的新人比较多,宿舍已经满了。"说完,吴笙和闻绍杰便一起离开了。

九点钟时,妙子终于做完了PPT,她长舒了一口气,环顾四周,看到还有四五位同事在加班。她走到落地窗前,伸了个懒腰。她透过玻璃窗向远处看去,高楼如发光的森林般在幽暗的大地上耸立着,打着灯的车辆在其中穿行而过。

妙子走出办公室,却一时不知道该去哪里。她想起来自己还没吃晚饭,但或许是因为整个人昏昏沉沉的,此时也不感到饿。她决定去地下一层走走。

服装店已经关门了,店里面黑漆漆的。透过店面的玻璃门,妙子看到了自己愈发失去生气的面容。餐厅也都已经关了,但便利店还开着,妙子进去随便买了些吃的垫肚子,却感到食而无味。路过推拿店时,妙子往里面瞅了一眼,只看到整洁明亮的大厅,站着两位服务员。

其中一位男服务员看到妙子,便走出来说道:"这位小姐,有兴趣试试我们的服务吗?看您是新来的,不知道您有没有听别人提起过,我们这边的师傅技术都很好。第一次我们可以收您体验价,打五折。"

"算了吧,我不用。"妙子拒绝了。

服务员没有放弃,继续微笑着说道:"看您十分疲惫啊,我们这边按摩有助于消除疲劳,晚上也能休息得更好。您要不还是来试试?"

妙子想着自己反正现在无处可去,于是便点了点头。服务员忙给她开门引路。他把妙子带到店内,往里走是一条窄窄的走廊,走廊两边有许多房间。

"这里。"服务员打开门,"这是我们的七号师傅。"

第七章　办公楼

妙子看到里面坐着一个跟她一般年纪的男人，一头散乱的头发，戴着口罩，正玩着手机。

服务员关上了门，房间里只剩下男人和妙子两个人，这让妙子感到有些不安。男人看到妙子，站了起来，拿手拨弄了两下头发。他大约有一米八高，身材不算结实，也不算瘦削，穿着一件深色的休闲衬衫，衬衫里是黑色的打底衫。

"叫我七号就行。来，躺这儿吧。"

"哦……好。"妙子躺在躺椅上。躺椅是皮的材质，质感很柔软，躺上去就像是陷进了棉花里一般。

"先帮你做个头部按摩吧。"

妙子平躺着，看向七号。从他散乱的刘海中，妙子能看见他的眼睛——是很好看的眼睛。

"看我干吗，我长得这么好看吗？"

"啊……不是因为这个……"妙子感到脸部发烫。

"闭上眼。"他把手指放在妙子的太阳穴上，轻轻地按压着，其他手指穿过妙子的头发，按摩着她的头皮。那种感觉像是温暖的水流一般，萦绕在妙子的头部。随后又变成一阵酥麻的电流，传递到妙子的全身。妙子闭上眼，感觉到自己飘浮在空旷的宇宙中，周围没有一点声音，只有一股暖流将她包裹。她似乎回到了一种非常原初的状态，只是存在着，并感知到自己的存在。她的思绪原本就像拧成一块的毛线团，现在却逐渐消融在静谧的水中。在轻缓的水流中，妙子感觉到自己的思绪随着水流被抽丝剥茧，由纷杂的一团舒展成一条柔软而又与世无争的曲线。她感觉自己变得很小很小，小到像一粒原子一般，飘浮在无垠的宇宙中，直至时间的尽头。

"嘿，结束了。"一阵声音传来，妙子迷迷糊糊地睁开眼，看见七号正看着她。

"啊……不好意思，我好像睡着了。"妙子看了眼手机上的时间，已经过去了一个小时。

七号打开了门，示意她去结账。

"你……明天还会在吗？"妙子问。

"欸……嗯……应该在的吧。"七号对妙子的发问感到有些吃惊。虽然隔着口罩，但妙子从他的眼神中能够感觉到他的情绪有了变化。

妙子回到办公室，其他人都已经走了，远处的楼宇多数也已经暗了下来。她回到自己的座位上，趴在桌子上，不断地试图回想起那种温暖的感觉。她想起最

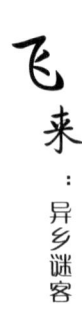

后他看她的眼神，那是一种蕴藏着几分期待却又想小心翼翼地掩饰起来的神情。

"妙子……妙子？"一个熟悉的声音将妙子叫醒，她抬头看，是吴笙。外面的天已经大亮了，周围也已经有好几个同事坐在座位上啃着早饭开始办公。

"你昨天就睡在这里吗？"吴笙有些惊讶地问道，脸上带着一丝愧疚。

"啊……没有，早上到得早，就先休息会儿。"妙子回答，她不知道自己看起来是否还是一脸疲惫。她起身活动了一下身体，只觉得腰背都酸痛得很。妙子开始怀念家里的床了，她可以自由地在上面滚来滚去，而且夏天空调风吹过的被子会有雪糕一样凉凉的感觉。

吴笙没有再追问。随后，吴笙给妙子交代了今天的工作，和昨天大同小异，做起来应当会快上不少。闻绍杰随即进了办公室，手里提着自己和吴笙的早餐。

其他同事陆陆续续地来上班了。刘睿琪容光焕发地走了进来，她看起来休息得很好。"早啊吴笙姐，早啊妙子。"刘睿琪热情地打着招呼。

妙子准备下楼去便利店买早饭，顺便去卫生间打理一下自己。进便利店前，她朝着那家推拿店望了望，店门紧关着，还没到营业时间。

想去找他。

上午在工作中过去了。中午，妙子选择了一家日料店。她坐下来点好菜后，听到有人叫她，是邬小虹的声音。邬小虹正和另一个同事坐着一起吃饭，看见妙子，便叫她坐过去一起吃。妙子不好拒绝，就坐了过去。那两人有说有笑，妙子觉得自己插不上话，只好在一旁静静地坐着。妙子对那两人聊的内容不感兴趣，便不自觉地发起呆来。

"对了妙子，人在职场啊，也得机灵点。我看昨天会一结束，那个跟你一样新来的，就跑过去找赵总了。"邬小虹突然对妙子说道，把沉浸在自己思绪中的妙子吓了一跳。

"是啊，你看赵总在你入职第一天就找你谈话了，说明还是很器重你的。"另一个同事附和道。

"啊……嗯……好。"妙子勉强地点了点头。她突然想到了刘睿琪，之前因为各种纷杂的事情，妙子忘记了自己还时刻处在危险的境地中。与自己同为新来者的刘睿琪，多半也不是这个世界的人。那么，她随时都有可能对自己下手。这家店的日料味道还不错，但想到这里，妙子的心思也很难再放在这上面了。

下午的日程是继续昨天未完成的会议。刘睿琪依然坐在赵总的旁边，她还主

第七章 办公楼

动帮众人买了咖啡。妙子对刘睿琪递过来的咖啡有些担心，便只是放在一边，没有喝。会议结束后，妙子又花了两个小时便完成了吴笙交代的工作。七点半，办公室里还有不少人，但妙子已经打算离开了。

"吴笙姐，处理好的文件我已经发您邮箱了。"妙子跟吴笙说道，示意自己准备离开。

"哦，对，妙子，昨天你做的那份PPT有几个问题，我跟你说下，你今天把它改完再走吧。"吴笙一边回复他人发来的消息，一边面不改色地对妙子说道。

"可我想去见七号。"妙子心里想。她好想把文件一甩，爽快地走人，可她不能。那堵墙在，她走不出去，她甚至没有住的地方。

妙子只得应下，修改起昨天的PPT来。八点半，吴笙和闻绍杰照例走了。但妙子的工作还未做完，她想到了那家推拿店，那个小小的房间，被一种宁静的柔和填满，在无声地呼唤着她。妙子看着眼前的PPT，越看心情越烦躁，索性把电脑一关，站起身来，向办公室外走去。她先去了一家理发店，洗了洗自己的头，然后又来到了那家推拿店。服务员见她来了，忙上去迎接。

"您这边请，五号房间。"

"我想找七号。"妙子说道。

"啊……七号正在给别人按摩，您如果想要七号为您提供服务的话得等上片刻。"

"没关系。"

妙子就这样等着，看其他客人进进出出。零星有她眼熟的人经过，是她的同事，但妙子并不想费心思记起那是谁，也不愿去理会。

人们有时会在不经意间对一个偶遇的人动心。可能是一个理发师，戴着口罩，宽松的衬衫袖口卷起到手肘处，剪刀的咔嚓声干脆利落，再配上理发店里播放的流行音乐；可能是一个网络主播，给你唱了一首歌，哪怕对方用的是虚拟形象，你只能听到对方的声音；可能是走在路上看见的一个路人，穿着你喜欢的搭配，长着你喜欢的脸，散发着你喜欢的气质，除了对方不认识你，其他方面都如此符合你的喜好，仿佛是上天为你精心打造的完美对象。绝大多数时候，这些动心的瞬间都不会有后续。对方大概率对你是没有感觉的，就算有感觉，也不会突兀地冲到你面前表达出来。两个偶遇的人因此擦肩而过，他们以后的人生轨迹也不再有交集。

但在内心情感的驱动下，如果有再次见面的机会，很多人都会想回味初见时的感觉。此刻妙子就等候在大厅的沙发上，她的内心有些忐忑不安，但更多的是温热的憧憬。

过了二十分钟，服务员告诉妙子可以了，带妙子来到七号房间。

"他是昨天新来的，但看起来技术还不错呢。"服务员有意无意地说了句。

"昨天新来的……"

门被服务员缓缓打开，七号还是坐在里面，戴着口罩，低着头玩手机。

"你来了。"他似乎预料到了妙子会来，用一种淡淡的语气对她说道。

还是像昨天一样，妙子躺在躺椅上。他开始轻轻按摩妙子的头皮，但妙子却无法沉入像昨天一样的感觉中。

他似乎看出来了，停了下来，问道："不舒服吗？"

她看着他那头散乱的头发，问道："你……叫什么名字？"

"周澈。"

妙子从躺椅上坐了起来，对着他说道："周澈，刚刚……刚刚有人对我说，你是昨天刚来的。"

"对，所以呢？"周澈盯着妙子，这让妙子感到紧张。

"我……也是昨天刚来的。"妙子这么说了。她往门那边退了两步，随时观察着对方的反应。

"哦。"周澈平淡地回应了一声。他看向妙子，似乎是领会了对方的意思。停顿了一会儿后，周澈摘下了口罩，散乱的头发下是一张非常干净的脸。他的眼睛很澄澈，神情如往常一般淡漠。

他继续说道："我不会伤害你的。"

妙子还是警戒地看着他。

周澈轻叹了一口气："我没办法叫你相信我。"

"你有……住的地方吗？看你神色还挺憔悴的。"他问妙子。

妙子摇了摇头。

"你这样子很容易被人怀疑吧。黑眼圈那么重，衣服也不换。"周澈说道，"如果你相信我的话，就来员工宿舍找我，B204。我十点下班。"

妙子没有给出回复："总之今天的按摩就先到这里吧，我去结账了。"

妙子走到大厅，服务员看到妙子出来得这么快，上前询问道："您出来得这么快，是有什么不满意的地方吗？"

"是我自己突然有急事。"妙子说着，便去结账。

第七章　办公楼

　　结完账，妙子在服务员的"您慢走，欢迎常来"的喊声中走出了门。她抬头望了望顶上的灯，漫无目的地看向一旁的便利店，以及零零散散走过的人群。她坐在便利店就餐区的椅子上想了很久，看着手机上的时间不断地逼近十点。九点五十八，九点五十九，十点……已经过时间了，妙子松了一口气，这样自己就不需要再纠结了。然而十点零六分的时候，她的心里却突然升起一种失落感。随着时间一分一秒地过去，这种失落感变得越来越强烈，伴随着后悔的情绪在她的心尖上一下一下地戳着。

　　十点十五分的时候，妙子突然决定自己要去找他。B204，B204。妙子心里默念着，来到办公楼的B区，坐电梯来到二楼。妙子随着指示牌的指引来到了B204门前，这个房间在楼道拐角的最深处。

　　面前就是B204。妙子深吸了一口气，敲了门。出于安全考虑，妙子还是去便利店买了一把剪刀放在包里，以备不时之需。

　　门被打开了。里面的空间不大，灯光也有些昏暗。周澈看着她杵在原地，问："你不进来吗？"

　　妙子不知道回答什么，就径直走了进去。她经过周澈旁边，闻到他身上有一股好闻的味道，很清淡，应该是某种沐浴露的味道。

　　整个房间有十来平方米。一张小小的床，旁边有一套桌椅和一张沙发。卫生间里有淋浴的龙头。房间里的东西不多，零零散散地摆放着一些东西，地上似乎还堆放着他刚换下来的衣服。

　　"哦……不好意思，忘记收了。"周澈注意到了妙子的视线，走过去把衣服收了起来。

　　妙子尴尬地笑了笑："这里只有一张床……"

　　"我可以睡沙发。"周澈说道。

　　"哦……好……"

　　随之而来的是一阵沉默。妙子不知道说些什么好，她也不好意思正眼看向周澈。

　　"我还以为你不来了呢。"周澈率先打破了沉默。

　　"嗯……没地方去了。"妙子有些尴尬地回应道，"你这房间还可以啊，比我想象中的员工宿舍要好很多。"

　　"这是比较好的那一档了，要自己贴钱的。"

　　说完，两人又沉默了。妙子在心里暗自埋怨自己为什么这样不擅长聊天。

"你……你先去洗个澡吧。我这边有一些新买的衣服,虽然是男式的,但都是干净的,没穿过。"

妙子点了点头。她拿上换洗的衣物和她的包,走进卫生间。妙子从包里拿出剪刀,放在搁置着洗发露和沐浴露的架子上。打开水龙头,温热的水流淌出来。妙子不知道为什么,看着热乎乎的水蒸气在浴室氤氲开来,竟然有些感动。妙子旋开沐浴露的盖子,沐浴露是他身上的味道。妙子把沐浴露抹在自己的身上。现在她身上也有这种味道了。

洗完澡,妙子吹干了头发,换上了新的衬衫。男式的衬衫对妙子来说很宽松,她将袖口挽了起来。走出卫生间,周澈坐在椅子上,低头玩手机。看到妙子,周澈站了起来,发现自己不知道该说什么后,又坐了回去。

"你……不去洗澡吗?"

"哦……对。"周澈像是记起来了什么,从衣柜里拿出几件衣物进了浴室。

浴室里传来水声,妙子坐在床上,翻动着手机里的消息。她看到吴笙发来消息:"文件发我了吗?"

妙子回复了一句:"对不起吴笙姐,我今天头很痛,明天再做。"

打开朋友圈,邬小虹发了一条动态:"幸得一人,长长久久,忠贞不渝。纪念日快乐。"配图是一张结婚一周年纪念日的蛋糕和夫妻两人的合影。

手机的弹窗跳出了吴笙的回复:"这个文件挺紧急的,你看你今晚能不能做完给我。"

妙子没有回复,把手机扔到了一边。过了一会儿,周澈从浴室出来了,他换上了一件浅蓝色的衬衫,里面是一件白色T恤,下身穿着一条灰色的运动短裤。

"你不吹头发吗?"妙子问。

"嗯……我比较喜欢让头发自然干。"

周澈坐在沙发上,又是一阵长久的沉默。妙子抬头看了一眼周澈,发现对方也在看自己,于是连忙把头转了过去。对方也是和自己一样,是属于那种不善言辞的人,不像闻绍杰……妙子忍不住把周澈和闻绍杰放在一起做比较。

"你说两个世界的同一个人,性格会不会差很多呢……"妙子好不容易想了一个话题出来。

"你身边的人,有谁是你以前认识的吗?"

"嗯……是我的同事,因为我是新来的,她负责带我。在上上个世界里,她和我是大学同学。"妙子顿了一会儿,继续说道,"在那个世界,我和她关系很好,

第七章　办公楼

她最后还救了我。但在这个世界，她似乎只是一个催着我加班赶工作的前辈。"

"可能是身份不一样了吧。"周澈说道，"所以你现在有工作要做吗？"

妙子想了一会儿，说："我……不想做了，我已经下班了。一开始就给我安排根本做不完的任务，然后名正言顺地让我加班做，做不完就要挨骂，做完了也要被挑毛病。我不做了。"

"这里你不用担心养家糊口的事情，等你背着一身房贷还有一大堆杂七杂八的生活开支的时候，就不得不做了吧。"周澈苦笑着说道。

"但我们……随时都可能会死呢。"妙子说道，楼外突然传来鞭炮的声音，也不知是哪户人家这时候放起了鞭炮，"对了，我还没告诉你我的名字……我叫妙子。"

"妙子……姓妙吗？"

"我的姓……我好像记不起来了。"妙子感到很奇怪，这个世界的人、之前世界的人，都没有在意过她姓什么，好像她就叫妙子。而她自己，也忘了这件事。

"没关系，想不起来就算了。"

妙子和周澈又聊了很多。他们互相分享了自己的经历。周澈说这是他来的第四个世界，他的上一个世界是一座雪山，漫天的大雪，他从始至终都没有遇到过另外两个人。他找到了一处山洞避寒，直到海啸到来。

周澈又聊了他的现实生活。他在现实生活中是个二十二岁的花店职员，刚大学毕业出来工作。至于他按摩的功夫好，是因为他叔叔是个按摩师，他大学暑假期间帮他叔叔打工时学的手艺。妙子也给周澈讲述了自己的故事。

"很少会有人像我这样，大学毕业以后去花店当个小伙计的。如果能回去的话，我以后想开一间自己的花店。"

"你在的那家店，在哪里，叫什么名字？"

"在凤川市，叫'早见'花店。老板娘是个中年大婶，她人很好。"

"如果我能回去的话，我要去那家店看看。"妙子笑着说。

周澈的脸上泛起了微红，他低下头，刘海遮住了他的眼睛："你笑着的样子……很好看。"此刻的他显得有些笨拙。

妙子感觉到自己的身体热了起来："周澈，这间房间好暖和。"

周澈把手放到了床边："你摸摸我的手，热不热？"

妙子看了看周澈，他还是低着头。妙子把手放在周澈的手上，一股温度从他的掌心传递过来。

"嗯。"妙子说道，"对了，你的眼睛很好看。"

周澈抬起头来，两人就这样对视着。

"那个，我们看会儿电视吧。"妙子感觉自己的脸已经红得不行了。她拿起遥控器，打开电视。电视里放映着一档叫作《现代生活》的节目。西装革履、精神饱满的中年主持人段行川拿着话筒，向观众们问好。他先是给大家放了一段视频，视频的主角是一个二十多岁的青年，化名李小阳。视频中的他，正窝在自己房间的被窝里睡大觉。母亲从门外走进来，唰地把窗帘拉开，提醒他已经是中午十二点了，催促他赶紧起床。李小阳翻了个身，把头缩进被子里，继续睡大觉。过了半分钟，父亲怒气冲冲地进到房间里，一把掀起被子，痛骂李小阳是个没用的东西。两人遂爆发了一场激烈的争吵。

"正是大好年华的李小阳，为什么会成天宅在家里呢？"视频结束，段行川走向台中央，"原来，李小阳去年大学毕业后，找到了一份心仪的工作。但是步入社会后的李小阳，发现这份工作和他原本的想象相去甚远。领导的不断施压、同事的钩心斗角，还有加不完的班、干不完的活……在工作了半年后，李小阳选择了辞职。自此以后，他终日宅在家里，和父母住在一起，也不出去找工作。"

"那么今天呢，我们请来了三位嘉宾，分别是刚工作不久的小郑、孩子正在上初中的蔡阿姨，还有某公司的部门领导胡总。我想请三位嘉宾分别站在自己的立场上，来聊一聊这个话题。"段行川说着，三位嘉宾从幕后走出。四人一同坐下后，段行川问谁想先发表一下自己的看法。

"小郑，你要不要先说说自己的看法？"段行川问小郑。

小郑的嘴唇动了动，他刚想要说话，蔡阿姨就插嘴说让胡总先说。胡总也客套了一下，让蔡阿姨先讲。两人就此你来我往了起来。最后胡总推托不过，便先接过了话筒，小郑则是保持了沉默。

"我觉得现在的年轻人啊，就是太脆弱了。温室里长出来的花朵，经受不住一点风吹雨打。我猜测视频里的这个孩子，从小在家里就是衣来伸手、饭来张口的那种类型。娇生惯养习惯了之后呢，到社会上来就不适应了。我在我们公司也遇到过这种年轻人的。工作了两三个月，说是自己得了抑郁症什么的。哪里有这么多抑郁症，都是逃避现实的借口。还有的，初生牛犊不怕虎，对组里的那些前辈，没有一点尊重。这些年轻人就是需要多到社会上锻炼锻炼。我们的社会是有筛选机制的，那些适应不了的，终究是会被淘汰的。"

蔡阿姨接过胡总的话头说道："我觉得胡总说得特别对。我每次听说别人家

第七章 办公楼

小孩的这种故事，都是痛心疾首的。我们为人父母的，辛辛苦苦把孩子养大，他倒好，就宅在家里，每天啃老。我说，这是大不孝啊。我家孩子今年上初二，我是绝对不会让他变成视频里的那种样子的。"

段行川接着问小郑，还有没有什么想说的。小郑接过话筒，沉默了几秒后，用一种柔和的语气说道："我觉得胡总和蔡阿姨说得很对。两位前辈都是过来人，社会经验丰富，考虑问题自然也更加细致、全面。胡总和蔡阿姨能够充分考虑到我们身为年轻一辈的处境，我们也应当学会感恩和成长，锻炼自己吃苦耐劳的本领，回报父母，奉献公司。"

段行川听罢，缓缓地问小郑："请问，这是你的真实想法吗？"

小郑微笑着点了点头。

"其实人们到了一定年龄后，他们的思维模式就会变得比较固定了。一代人有一个时代的烙印，就是这个意思。现代社会的烙印，就在这群年轻人身上。"段行川说道。

接着，段行川又和三位嘉宾聊了一些其他的问题。等到嘉宾离场后，段行川发表了一点自己的看法："每个人对于如何生活都有一套自己的规则，但从没有人告诉我们生活真正的规则。在现代社会，人一点点地被针扎，平时感觉不到，等有一天回过神来的时候，却发现自己已经千疮百孔了。一朝春江暮成雨，有时候压垮我们的，是这样的生活永远看不到尽头。但老段还是觉得，生死面前无大事，怀着这种态度去看人生，方能豁然开朗。"

妙子有些困了，不由得打了个哈欠。

"时候不早了，睡觉吧。我睡沙发。"周澈说道。

"嗯……好。"

周澈拿起遥控器关了电视，然后关上了灯。屋里变得一片漆黑。妙子躺在床上，能隐约听到沙发上周澈传来的呼吸声。不知道为何，刚才还犯困的她，现在反而睡不着了。她觉得自己的心绪宛如一团乱麻，让她浑身上下都不舒服。

"周澈。"妙子轻声叫着周澈的名字，想看看他睡没睡着。

"嗯？"

"你会唱歌吗？听了容易睡着的那种。"

"我会。你要听吗？"

"嗯。"

周澈停顿了一会儿，然后用一种非常轻柔的声音唱道：

> 月亮把月光
> 送到我身旁
> 葡萄酒样的月光
> 洒在我身上
> 远处有铃儿响叮当
> 月光伴我入梦乡

周澈的声音很干净，像是一只无形的手轻轻地拍着妙子的背哄她入睡，妙子隐约能看到一艘小船，漂荡在倒映着月亮的平静的水面上，伴随着远方若隐若现的铃铛声。

当铃铛声再次响起时，天已经亮了。妙子关掉手机上设置的闹铃。这是她来到这个世界的第三天。她看向周澈，周澈正望着窗外。

"周澈。"

周澈转过头来："醒啦。去吃早饭吗？"

妙子点点头。她的头晕沉沉的，似乎是因为之前都没怎么好好休息。

"对了，三人中的另一个人，我猜应该是我的同事，叫刘睿琪，她也是新来的。"在去买早饭的路上，妙子对周澈说，"你说，我们要不要约她吃个饭，一起想想办法？"

"嗯，我都行。给我一下你的联系方式吧，约好了的话告诉我就行。"周澈说道，"对了，我叫跑腿帮忙买了套新的女士衬衫，你看看能不能穿。"

"啊，谢谢你。"妙子自己都忘了这件事了。

周澈说在手机上叫跑腿帮忙买东西还是他在上上个世界才学会的。他在不同的世界穿梭的过程中，学会了不少新东西。

买完早饭，妙子回到了办公室，周澈因为推拿店还没开门先回了员工宿舍。妙子这才想起来吴笙给她的工作还没干完。她惴惴不安地做着，到了早上九点，却还没看见吴笙。

"你吴笙姐去开会了，要下午才回来。"闻绍杰见妙子一直朝吴笙的座位张望，走过来说道。

"哦……好。"妙子安下心来。

她又想到约饭的事情，便朝刘睿琪发出了邀请："睿琪，中午一起吃个饭吗？我有个朋友也想见见你。"

第七章　办公楼

"好呀。"刘睿琪答应得出乎意料的爽快。妙子把地点定在了她吃过的那家日料店，时间就是中午十二点。

一上午，妙子都在想着中午该以什么样的方式和刘睿琪展开交谈，以至于她在工作上常常走神。中午，她草草完成了工作，发给了吴笙，然后和刘睿琪一起下楼吃饭。

"是今天和你一起买早饭的那个男生吧？"刘睿琪问道。

"啊……是的。你怎么知道？"

"我正好路过，看到啦。但看你们聊得正欢，我就没向你打招呼。"刘睿琪说道，"话说回来，感觉你今天变开朗了不少呢。"

妙子笑了笑："是吗？"

两人来到楼下，看到周澈已经坐在店里等着她们了。

"我怕要排队，就提早过来了。"周澈说道。

妙子坐到了周澈旁边，刘睿琪坐在妙子的对面。妙子深呼吸了一口气，然后问刘睿琪："那个……睿琪，你是来自其他……世界的吗？"

妙子突然意识到，如果刘睿琪不是，会显得自己十分奇怪且尴尬。

"嗯，是的。"刘睿琪浅浅地笑了一下。

妙子放下心来："我在想我们能不能一起想办法……想办法回到原本的世界。"

"所以意思就是你们还没有办法？"刘睿琪微笑着问道，语气中透露出一丝失望。

妙子点了点头。

"真巧，我也没有。"刘睿琪回应道。

"没事，我们一起……"妙子还没说完，她的左肩便被拍了一下，她抬起头来看，是闻绍杰。

"我正好也来这家店吃，方便带我一起吗？"

妙子站起身来，把闻绍杰拉到了门外，然后说道："抱歉啊，我们在讨论一些比较私密的事情……"

"啊，行。"闻绍杰点点头。妙子注意到经过的人中不时有女性回头看，有闻绍杰在的地方就会这样。

"对了，妙子，这周六有场电影，你有没有兴趣？"闻绍杰说道。

"啊，不用了。我不感兴趣。"

"没事，我这有多余的电影票，你先拿着，不然就浪费了。"闻绍杰拿出一张电影票。

"真不用……"妙子虽然这么说着,但闻绍杰还是硬要把电影票塞给妙子。

妙子推脱不开,只好接过,想着之后再找机会还给闻绍杰。

"接过就是答应了,不许反悔啊。"闻绍杰笑着说道。

妙子想了想,还是决定现在就把电影票还回去,她拉过闻绍杰的手,正要把手里的电影票还给闻绍杰,突然感觉到自己的头发被重重地往后拽了一下。妙子失去了重心,摔倒在地上。

"贱女人!"是吴笙的声音,她从妙子手里抢过电影票,"上次邬小虹就跟我说你们在咖啡店门口卿卿我我,我还半信半疑,这次我亲眼看见了!我看你外表还挺老实的,刚来两天就满脑子勾引男人,贱不贱啊?"

"还有你,一个巴掌拍不响!《永恒之约》,你说你周六晚上要和朋友出去看电影,看的就是这种爱情片?你就是一坨浓屎!"

"吴笙……有啥事咱们私底下说,这里是公众场合,影响不好。"闻绍杰软软地说道。

"你是第一天认识我?我吴笙会在意场合?你还有理了?"

"吴笙姐,我真的没有……"妙子的脑袋嗡嗡作响。

"你闭嘴!"吴笙吼道,"别以为我没看见,你还伸出手去牵他,不知道的还以为你们在一起多久了呢!"

"妙子!"是周澈的声音,"你们在干吗?"

"你谁啊,管那么多?"吴笙吼道。

"我……"周澈不知怎么回答,他决定先扶妙子起来。妙子坐在地上,头发散乱着,感觉浑身都很沉重。她感觉到一双温暖的手要将她扶起,是她昨天仔细触摸过的那双手。

但那双手突然松开了。

路边有人开始尖叫,妙子转过身去,看到刘睿琪握着一把刀,插进了周澈的侧腹,然后又迅速地拔出来,再插了一刀。

妙子嘶哑地叫着,把刘睿琪推开。刘睿琪手里紧握着那把血淋淋的刀,退到五六米外,身体蜷缩着,满脸是汗,眼神中满是敌意。

妙子看向身旁的周澈,血源源不断地从他的腹部流出来。闻绍杰被吓得后退了好几步,吴笙也退到了安全距离。但吴笙的反应还算冷静,她迅速拨通了急救电话。

第七章　办公楼

"周澈，周澈，你还好吗，周澈……"妙子不停地喊着他的名字。她随即又转过来对刘睿琪大吼："为什么啊？我不是说我们一起想办法……"

"哈哈哈，谁信你们啊，"刘睿琪突然开始阴森地笑，她的身体有些抽搐，"最后总是有人要死的，你们关系那么好，肯定会联合起来对付我。我如果不先动手，难道让我白白等死吗？"

"不是这样的啊！不是这样的。"妙子哭着说道。

"不是哪样？这男的这么高，还好他的注意力都放在你身上了。什么一起想办法……幼稚！他如果想杀我，那不是轻而易举？"

"他什么都没有干啊！"妙子叫道。

刘睿琪的笑容突然消失了，转为一副难过的表情，她把刀扔到地上，指着刀骂道："我没有错！是这把刀的错！是赵总给我买的刀，你们要怪就去怪他吧，我没有错！"

说完，刘睿琪又捡起了刀，大叫着跑走了。路人看到刘睿琪拿着刀，纷纷惊恐地让开路。妙子想要追上去，却被周澈拉住了。周澈似乎被刺到了要害，伤口处止不住地流出血来。

"周澈，你等一下，救护车马上就来了……"妙子哭着说道。

周澈用尽力气惨淡地笑了一下："我们出不了这栋楼，你忘了吗？"

"那我去找刘睿琪，我去……"

周澈近乎发哑地说道："来不及了。妙子，你千万不要怪自己，你没有错。"

"周澈，我说过的，我要去你在的那家花店看看，不是吗？我们说好了的。"

"是啊，"周澈笑了笑，阳光穿过那道无形的障壁，照在周澈的脸上，"我还想着，等你来了，要挑一束好看的花送给你……咳咳……妙子，我……"

周澈没有说完那句话，他的眼睛望着妙子，不再动了。

大地开始颤动，周围的人群霎时乱成一团。妙子号啕大哭着，对他们喊道："海啸要来了，你们快逃吧！"其他人像看疯子一样看着妙子——这里离海少说有五百里的距离。

几分钟后，海啸便来了——似乎是从某处平地突然出现。妙子被海浪裹住，她来到了那片无声的水域中，在那里她感受不到一切——直到她重新感受到寒冷，空中有海风的味道，无边的大雨倾泻如注，眼前是一片无人的街道。

她走在街道上，脑海里不自觉地响起周澈曾给她唱过的歌：

月亮把月光
送到我身旁
葡萄酒样的月光
洒在我身上
远处有铃儿响叮当
月光伴我入梦乡

雨下得没完没了，妙子就这样漫无目的地走着，直到有一个声音叫住了她。

"妙妙——"

"妙妙——"那个声音一遍遍地重复着。

"成妙子——"

……背后传来了声音。妙子记起来了，她姓成。

"成妙子！"那个声音更近了。

她听见过这个声音，无数次听见过。妙子转过身去，看见滂沱的大雨中缓缓现出一个熟悉的轮廓，一瘸一拐地走向她。

"……妈？"

第八章　屋檐下

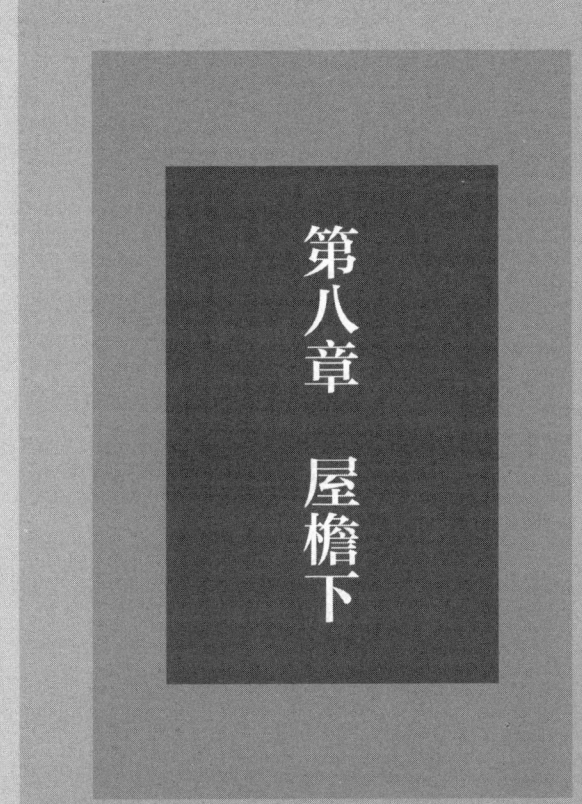

"哈喽，大家好呀——"

许衡抬起头，看见一个中年女人正举着手机录制视频。女人穿着一袭长裙，戴着一对沉重的耳饰，脸上涂满了脂粉。从她的皮肤状态可以看出，女人平时很注重保养，外表看起来还不到四十岁。她的手上戴着好几条手串，还做了玫红色的美甲，一副雍容华贵的模样。许衡坐在沙发上，旁边是闻绍杰和另一个不认识的男生。

"今天我来带大家认识一下我的三个宝贝儿子。这是大儿子闻绍杰——"

"大家好，我是闻绍杰。"闻绍杰笑着对手机挥了挥手。

"绍杰今年上大二，他很喜欢运动，擅长打篮球、游泳、跑步，平日里作为哥哥经常照顾两个弟弟，"中年女人不停地变换着手机镜头的焦点，"这是二儿子闻衡杰——"

许衡愣在原地，中年女人干笑着对他眨了眨眼，许衡只好挤出一个笑脸，效仿着说道："大家好，我是闻衡杰。"

"衡杰今年上高三，他平常会比较安静，不过他可是很体贴人的哦。还有三儿子闻俞杰。俞杰今年上高一，他可是一位小学霸，经常拿班级第一名，而且还是位运动健将哦，是校足球队的成员。"

闻俞杰对着镜头坏坏地笑了笑："大家好，我是闻俞杰。"闻俞杰个头不算高，四肢虽瘦却也精壮。他的反应总是很迅捷，眼睛时刻观察着四周，浑身上下透出一股机灵劲儿。

女人再次把镜头转向自己，说道："我呢，是三个孩子的妈妈，刘若婕，平时会分享一些护肤、瑜伽、美妆的小视频，那么今天的视频就到这里啦，如果大家希望我分享更多关于三位宝儿的视频，请多多点赞关注哟！谢谢大家！"

拍完视频后，闻绍杰和闻俞杰都回到了各自的房间，刘若婕进了更衣室，许衡还是坐在沙发上玩着手机。见他们关上门后，许衡起身在屋内走了一圈。他们居住的地方看起来是高档小区的一套大平层，有十几个房间，总面积约五百平方米。家中有专门供家政阿姨居住的房间，还有健身房和家庭影院。屋内装修的风

第八章　屋檐下

格以富丽的金色为主，显示出家主的财大气粗。楼宇正对着宽阔的江面，从阳台望去，整片江景尽收眼底。

许衡见到有一个房间外挂着写有自己名字的牌子，便开门走了进去。房间内部干净整洁，里面有一张床、一张书桌，还有两个柜子，分别是衣柜和书柜。在历经了玉田和监狱的艰苦环境后，许衡对这样的居住环境十分满意。许衡翻看着书柜，上面从小说到辅导书，各类读物都有。其中夹着一本笔记本，许衡把它取了下来。

翻开笔记本，封面上写着闻衡杰的名字，里面记录了很多日常的琐事和心情，看起来是一本日记。

"每次看见他们在球场上矫健的身姿，我都会很羡慕。我也想成为那样的人。今天我自己一个人去练习了投篮，对着篮筐扔了几十个球，只进了两个。相信之后会变得越来越好的。"

"让妈妈帮忙找了专业的篮球教练，这个暑假一定要好好练习篮球。只要想象一下开学以后自己在球场上的精彩表现，还有同学们惊讶的神情，就会感觉很有动力。"

"开学和同学打了篮球，想检验一下练习成果，结果屁都不是。一个半月的努力全白费了。我站在篮球场上，呆愣得像一个木桩。我能感觉到队友们异样的目光，还有人说我挡路了，我就是来给他们添堵的。很多时候只有努力是没有用的。我没有天赋，篮球永远不可能跟绍杰打得一样好。"

这是闻衡杰学习打篮球的故事。

"最近又要模拟考了，考不完的考试，不管怎么努力都是班级第二三十名。如果因为粗心或过于紧张而发挥失常了，甚至会掉到班级下游。"

"语文超常发挥了，但是英语作文没写完，匆匆结了个尾。成绩出来一看，果然作文被扣了好多分。这么一来一去地算下来，总排名还是只有二十多名。"

"数学大题从第三道开始就看不懂了。不知道怎么做，看完答案下次再做也还是会错。别人都说数学很大一部分是要靠脑子的，我就是不如那些人聪明。老师教的东西他们不仅一看就会，还能拿着高难度的题和老师讨论有几种解法。"

"俞杰考了班级第二名，一直很难过，妈安慰了他好久。他比我聪明得多，而且也很上进。我看他高一时就在做高三的题了。我也不是不努力，可我确实不如他聪明。我问绍杰哥，他说他高中时都是随便学学，也能考个班级十几名。看来我确实很笨。"

这是闻衡杰考试的故事。

"绍杰恋爱了，给爸妈看了他和他女朋友的合照，爸妈很高兴，说下次让他带回家来看看。我也看了一眼照片，两人确实很般配。我什么时候能恋爱呢？"

"俞杰好像也偷偷找了女朋友，最近看他经常在网上和某个女生聊天。有一次被我发现了，还让我当作没看见过。"

"想起自己小时候向喜欢的人表白，对方竟然一句话都不说就走了，连句礼貌的拒绝都没有，从那以后我就再也没有主动告白过。"

这是闻衡杰恋爱的故事。

"最近常常失眠，夏天的天亮得真早。"

"我真的好累。生活在这个世界上，没人注目，没人关心，过着一眼望不到头的阴霾日子。即使在家人眼中，我也不过是个隐形人而已。如果某一天我突然消失在这个世界上，想来也不会有人为我伤心吧。"

"这就是我的故事了，很无聊吧？大部分人在死后渐渐被人们遗忘，少数人在死后仍被人们铭记着。而我还活着，却仿佛已经是个被遗忘的人了。就这样吧，时间就定在大年夜那晚，这对我来说也算是一种解脱了。这本日记会成为我的遗书，如果有人能看到的话，我希望你先别急着对我加以指责。如果可能的话，尝试去理解我。"

这是闻衡杰……打算结束自己生命的故事。

许衡看了一眼日历，离大年夜还有三天。时钟的分针指向六点，但窗外的天空早已暗了下来。一眼望去，看不到星星，月亮被一层朦胧的雾气裹着。门外传来敲门声，是一个中年女人，身上系着围裙，喊许衡去吃饭。许衡猜测那应该是刘若婕聘的家政阿姨。

许衡来到客厅，见到闻绍杰和闻俞杰也从各自的房间走了出来。餐桌的正中央坐着一个中年男子，身上还穿着西装，看起来刚进屋不久。刘若婕正站在他身后帮他解领带。闻绍杰率先喊了声"爸"，闻俞杰和许衡随后跟上。

"若婕，年夜饭我订了海滨餐厅，你提前联系一下亲戚朋友。"男人说道。

刘若婕应过声。几人都围着桌子坐下，家政阿姨把饭菜端了上来。饭桌上刘若婕和男人聊着公司的事情，并称呼他为"盛林"。三个男生只是吃着饭，和父母没有太多的交流，闻绍杰偶尔会对着手机发笑。

饭后，闻盛林约了人去洗浴中心，刘若婕在家里做起了面膜，许衡回到了自己的房间。他看向那本日记，就像看向一片厚重的阴霾，里面凝缩着闻衡杰所有

第八章　屋檐下

的忧愁。这是个富庶的家庭，但闻衡杰在其中生活得并不快乐。如果别人看见这本日记本，大多会觉得不理解，感慨一句小孩子不懂事就过去了。许衡躺倒在床上，对着天花板发呆。

门外传来枪击、爆炸和嘶吼声，许衡走出门，是闻绍杰和闻俞杰在玩枪战游戏。他们把游戏投屏到电视机上，重重地按动着游戏手柄上的按键。刘若婕在客厅铺了张瑜伽垫，敷着面膜做瑜伽。被两人的游戏声吵到，刘若婕让他们把声音调小点。一局结束，两人因为一个失误被怪物猎杀，连连叹息。闻俞杰因为没注意到身后的许衡，还被吓了一跳。

闻绍杰见了许衡，邀请他一起来。许衡本想拒绝，但又想到了这个世界的闻衡杰，想着一起玩也许能让他与兄弟的关系更亲近些，于是便答应了。闻绍杰给许衡拿来手柄，告诉了他各个按键的用处。许衡用得并不是很习惯，在练习时显得行动笨拙。

游戏开始，三人在一间老旧的仓库小心翼翼地搜索着。仓库里很昏暗，暗青色的铁箱子堆放在一起，只留出一条窄窄的过道。闻绍杰打着手电筒走在最前面，许衡走在最后面，在一个拐弯处，许衡的枪突然走火，把另外两人吓了一跳。

"别乱开枪啊。"闻俞杰抱怨道。

许衡说了声抱歉。三人继续往前走着，从许衡的左上方突然蹿出一只怪物，咬了许衡一口。许衡情急之下一时忘记了射击键是哪个，闻绍杰举起枪，一阵扫射解决了怪物。许衡看了一下自己游戏角色的血条，大约掉了一半的血。

三人来到补给室门口，里面有装备和药品，闻绍杰和闻俞杰很快冲了进去，两人快速地摁着拾取键。等到许衡进去的时候，大部分装备和药品都已经被两人瓜分完了，许衡只好在剩下的里面勉强挑了两件能用的。

"你们谁拿了药吗？我刚刚受伤了，想回点血。"许衡问道。

闻绍杰和闻俞杰似乎都没有听到，他们讨论着自己新到手的枪，并给它们装上了瞄准镜。

离开补给室，前方愈发黑了。头顶上生锈的水管不时滴下水来，地上散落着一些被水打湿的文件，上面写着"实验失败，实验体发生暴动"等字样，身后隐约传来水管敲击的声音。

"咕嘟咕嘟……"闻俞杰喝了一瓶药。

"你满血喝什么药？"闻绍杰问道。

"我把闻衡杰的血条看成自己的了,还以为我什么时候受伤了。哎,浪费了我一瓶药。"闻俞杰埋怨道。

许衡感到一阵不快。但还没等他开口,又有一只怪物向他扑来。许衡想要挣脱怪物,但怪物先对着他咬了一口。闻俞杰一个爆头干掉了怪物,但许衡见到自己的血量已经见底——他死了。

"唉,这怪物伤害这么高的吗?"闻俞杰一边感叹着一边搜刮着许衡的尸体,看看有什么装备和道具是可以用的,"太寒酸了,没什么好东西,我们继续往前走吧。"

许衡放下手柄,对着大屏幕上自己灰色的头像发呆。闻绍杰和闻俞杰继续向前走,背景音提示他们已经接近终点。路上又陆续出现了几只怪物,两人将怪物解决后,背包内的药水只各剩下一瓶。

在狭廊的尽头是一团不可名状的淤泥生物,挥舞着数十只青灰色的爪子,这就是最终敌人了。闻绍杰和闻俞杰向淤泥猛烈开火,但似乎没什么作用。淤泥喷射出黑色的毒水,闻绍杰沾染上了毒水,血量掉得很快。闻绍杰想要喝药回血,但在喝药的过程中被淤泥的爪子抓住,随即毙命。

闻绍杰对着自己游戏里的尸体哀叹一声,把目光转向了闻俞杰。闻俞杰几下翻滚,躲闪了敌方的攻击,来到闻绍杰的尸体前,搜刮了剩余的弹药。他向淤泥扔出一颗手榴弹,在手榴弹爆炸后,又对着淤泥一阵扫射。淤泥似乎被击中了要害,发出了低沉的吼叫声。闻俞杰趁机向淤泥的中心再次扔出一颗手榴弹。在爆炸声中,屏幕上显出了"胜利"两个大字。

闻俞杰和闻绍杰激动得叫了出来。几乎全程旁观的许衡挤出一个笑容,说道:"恭喜你们啊。"

晚上,许衡在睡觉前小心地锁好了门窗。其他两个异乡人的话,闻俞杰应该是其中之一。自己远不如闻俞杰聪明灵活,从今天这场游戏便已见分晓。

许衡不愿再想这些烦心事,昏昏沉沉地睡去。他在梦里梦到了闻衡杰。又或许是闻衡杰梦到了许衡。两人相视无言,看着面前的场景——体育课上,一个男孩蹲坐在花坛的旁边,看着球场上的同学打着篮球。闻衡杰看了一眼许衡,许衡走上前去对男孩说:"去试一试吧。"

男孩犹豫了一会儿,鼓起勇气加入了他们。他的同学们表示欢迎,男孩紧张地看着球来球往,有一个同学把球传给了男孩,但男孩没有接住。

第八章 屋檐下

男孩道了声歉。于是放学后,男孩常常一个人来练球,两星期后男孩又加入了他们,他有时接不住球,有时接住了球,却投出了一个失败的球。渐渐地,同学们不再把球传给他,他成了一道空气墙,还有人嫌他挡了路。

男孩走下球场,低着头对许衡说道:"我不行的。我试过了。"

一阵风吹过,男孩和他背后的风景都被吹散在风里,然后如染料般流入湖水般清澈的大地中。从大地上重新长出树木和高楼,这次他们来到了教室里。男孩长大了些,他的下巴已长出了尖尖的绒毛。

男孩给大家看他画的画,大家表示看不懂。男孩的同学李一拿起笔给这幅画加了两笔,王二夺过笔,直接往画上甩了一大块颜料,然后咯咯地笑了起来。男孩站起来,愤怒地看向这两个嬉皮笑脸的人。

"别生气啊,我加的不是挺好的吗?"王二笑着说道。

"大气一点。不就是幅画嘛。"陈三出来打圆场。

"把颜料倒到他们衣服上。"闻衡杰向前走了一步,凑到男孩的耳边说道。

许衡站在原地,看着男孩。

"你为什么把颜料泼到同学的衣服上?"教师办公室里,一个中年男人问男孩。

"他们乱涂我的画。"

"你知不知道他们的衣服有多贵?你爸妈辛辛苦苦挣的钱,你想就这样赔掉吗?这次泼颜料,下次是不是就要动手打人了?读书是让你这样读的?"中年男人严厉地训斥道。

许衡向闻衡杰解释道:"这老师是个势利眼,你家长不送给他几千块的超市购物卡,他是不会帮你说话的。"

"做人要合群,多和同学一起玩玩,走到社会上都是朋友,靠互相帮忙的。"家里的饭桌上,男孩的父亲对男孩说。

"同学生日了就送他们点礼物,和他们搞好关系。"男孩的母亲说道。

"别老是闷在家里画画,画画是最没用的东西,你又不靠那东西吃饭。"父亲说。

"你要是真喜欢画画,以后挣够钱了你要怎么画就怎么画。"母亲附和道。

男孩放下碗筷,朝自己的房间走去,留下一脸不悦的父母。过了一会儿,母亲来叫男孩回去吃饭，发现房间的门已经被锁上了。

"钥匙呢，钥匙放哪儿了？"母亲问父亲。

"我哪知道。"父亲不耐烦地回答道，"我就算养条狗都知道对我摇尾巴，养他还要看他脸色。"

闻衡杰看向许衡，许衡没有说话。男孩就是小时候的许衡，尽管和闻衡杰的家境不同，他们依然有很多相似的经历。

一阵敲门声叫醒了他。

"衡杰，你把门开一下，吃早饭了。"是家政阿姨。

许衡揉了揉发沉的头，穿好衣服走出门去。刘若婕正对着镜子涂各种水乳，闻绍杰和闻俞杰则在刷牙。

刘若婕对三人说道："吃完早餐我们一起去遛'火柴'吧，顺便拍一期新视频。上一期视频的反响很不错哟。"

许衡望向那只笼子里的柯基犬，他之前都没有发现它。"火柴"的屁股被修剪成了爱心的形状，然后被染成了红色，看起来就像火柴头，这可能是它被叫作火柴的原因。

早餐是简单的粥、油条和鸡蛋，闻俞杰一边吃早餐一边刷着手机。刘若婕为了保持自己苗条的体型，只喝了小半碗粥。

"哥，评论区都在夸你帅诶。"闻俞杰对闻绍杰说道。

刘若婕打开评论区，读起了网友的评论："大儿子也太帅了吧！可以直接出道了。"

"我倒是比较喜欢小儿子那种类型的，读书好，长大了以后一定也是个帅哥。"

"瞒不住大家了，其实我就是闻绍杰的女朋友。和他认识十多年了，希望得到大家的祝福。"还有一位陌生网友如此开玩笑。

刘若婕见到关注她账号的人一天就多了好几百，嘴角不住地往上扬。吃完饭后，四人带着"火柴"一起去小区楼下的花园里散步。许衡看到许多年轻的夫妇推着婴儿车在花园里边聊边走着，也有家政阿姨或是孩子的祖父母帮忙照看孩子的。还有不少家庭出来遛狗，各种品种的狗都有，包括柯基、法斗、泰迪、柴犬、金毛等。

路上，他们碰到了朱阿姨。刘若婕在吃饭时聊起过朱阿姨，她是刘若婕的嫂

第八章　屋檐下

子。刘若婕的兄长也是做生意的，他们家跟刘若婕住同一个小区。朱阿姨见到刘若婕，热情地上前来打招呼："哟，带着儿子出来散步呢！"

刘若婕也笑脸相迎："是呀。"

"哎哟！长得真俊啊！"朱阿姨对着三个孩子夸赞道。

"哪里哪里。你们家的才厉害呢，在英国读大学。"刘若婕回道，"对了，你儿子从英国回来没？"

"最近回来了。不过英国开学早，他马上也要走了。"

"欸，那最近让他来我们家玩啊。都是差不多年纪的孩子，肯定有很多共同话题的。"

刘若婕和朱阿姨你一句我一句地谈着。许衡蹲在地上，望着"火柴"，"火柴"也坐了下来，安静地望着许衡，屁股上那撮红色爱心形状的毛一扭一扭地动着。

聊完天，与朱阿姨别过，四人散步到一处长廊前。刘若婕觉得这是个拍视频的好地方，便让三人如走秀般地从长廊另一头走过来，刘若婕举着手机拍摄。长廊的顶上蔓草丛生，阳光穿过其中的空隙，洒在许衡的脸上。

"衡杰，看镜头——"刘若婕提醒道，见许衡对着长廊顶出了神，只好放下了手机，"我们再来拍一次吧。"

"专心点吧。"闻俞杰对许衡冷冷地说道。

许衡勉强再走了一遍。拍完视频，刘若婕说自己约了理发师做发型，让他们三人先行回去。上午剩下的时间，许衡在看书和画画中度过，独自待在自己的房间中，也算怡然自得。午休时，闻俞杰想要进许衡的房间，发现门被锁住了。许衡装作睡着了，没有回应。

下午，朱阿姨的儿子来家里做客。朱阿姨的儿子和闻绍杰一个年纪，头脑不算聪明，性格活泼好动。他和闻绍杰、闻俞杰三人玩起了昨天的那款射击游戏。许衡在自己的房间里，听他们玩得不亦乐乎。傍晚，朱阿姨来接儿子回去吃饭，一进门就被扑面而来的枪声、爆炸声和怪物的嚎叫声震得心惊肉跳。她忙让自己的儿子把游戏手柄放下。儿子不乐意，朱阿姨便一阵呵斥，急得儿子涨红了脸。刘若婕本来在自己的房间里闭目冥想，听到了朱阿姨的声音，忙从房间里出来，脸上还贴着张面膜。

"若婕啊，不是我说你，你怎么能让孩子玩这种打打杀杀的游戏啊。"

"孩子嘛，喜欢玩这种游戏很正常，况且他也上大学了……"刘若婕对此倒是无所谓。

"若婕啊，青春期的孩子，很容易学坏的。这游戏叫什么名字？回去我就找有关部门举报它。"

说罢，朱阿姨便拉着儿子走了。刘若婕还想留两人吃晚饭，朱阿姨笑着说不用了。关上门后，楼道里还传来朱阿姨和儿子的争吵声。

除夕很快便到了。许衡注意到这次的墙在很遥远的地方，因此不必担心驱车去海滨餐厅的路上撞到墙。下午四点，司机开着六座专车来接闻盛林一家人。大约行驶了三十分钟后，他们到达了海滨的小镇。许衡感受到一阵熟悉感——他似乎曾来过这里。

这里的建筑风格，很像他初入异乡时遇见的炸鸡店所在的街道。他向路两旁望去，试图寻找那家炸鸡店，但没有找到。许衡问了司机一句"这附近还有像这样的街道吗"，司机回答在往南几千米的地方还有一条姊妹街。许衡向车外望去，南面被形形色色的楼宇遮挡住。在街道的尽头，快要入海的地方，矗立着一栋富丽堂皇的高楼，通体发出金色，顶上挂着霓虹色的招牌，颇有几分二十世纪的奢华风格。

"闻总，前面就是海滨餐厅了。"司机对闻盛林说。

"好在我们有贵宾卡，不然还订不到呢。"刘若婕炫耀道。

两个服务员上前来打开车门，迎接五人下车。来到酒店的包间，其他人都还未到，服务员用夹子给每个人夹了热毛巾，供几人擦手。

许衡看了一眼服务员的模样，是之前在监狱里遇见过的何越。

"何越……"许衡看着何越的名牌说道。

"您好，有什么我能够帮忙的吗？"何越毕恭毕敬地问道，脸上挂着笑容。

"没什么，这个给你。"许衡把擦过手的毛巾递了过去，何越弯着腰接着。

到了五点，其他人也陆陆续续入场了。有的红光满面，刚进门就给闻盛林送礼物；有的带着刚满周岁的孩子，刘若婕也是送上早已准备好的红包，里面包着一沓压岁钱。朱阿姨和她的丈夫挽着手进了门，但不见他们儿子的踪影。刘若婕问起这事，朱阿姨回答说他身体不适，所以没有来。

"绍杰今年读大几了呀？"闻盛霞问道，她是闻盛林的妹妹。闻盛霞穿着一件深色旗袍，手上戴着佛珠手串，手指做了红色美甲。

"姑姑好，我大二了。"闻绍杰回道。

"什么专业啊？"

第八章 屋檐下

"电机。"

"工科好啊,好找工作。"闻盛霞说道。

"人家大少爷哪需要找工作啊,直接继承你爸的家产就行了,是不是啊绍杰?"朱阿姨插嘴说道。

闻绍杰说了句"没有没有",闻盛霞又把注意力放到了许衡的身上。

"衡杰呢,快高考了吧?"闻盛霞问。

许衡点了点头。

"以后打算读什么专业啊?"

许衡顿了一下,回复道:"还没想好。"

闻盛霞继续眉飞色舞地说道:"去读计算机吧,计算机好啊,去国外留个学,回来以后年薪随随便便上百万的。还有金融也很好的,学了可以帮你爸管理家产。"

许衡冷着脸没有回话,这让闻盛霞感到有些尴尬。刘若婕出来打圆场:"这孩子不太擅长和人打交道。"

朱阿姨听到后来劲了:"若婕啊,孩子的社交能力还是很重要的,不要读书读过头了啊。"

刘若婕还没来得及回话,一个中年男子已经带着他儿子过来碰杯了。

中年男子把他的儿子领到闻盛林面前,说道:"快,叫伯伯。"

闻绍杰轻声问刘若婕:"妈,这是谁啊?"

"好像是你爸的一个远方亲戚,叫钱什么的。本来我都没打算邀请他的,不知怎么地就联系上来了,厚着脸皮要来见盛林。"

"老钱,你儿子都这么大啦,上次见还是个小不点呢。小钱得工作了吧?"闻盛霞说道。

"没得,大学快毕业了,工作还在找。"老钱回道。

"哟,那今天这是来认干爹来了。"朱阿姨也上了腔调,"这不得让闻总给你安排一下。"

老钱笑得更加卑微了,眼睛眯成两弯月牙,半弓着腰,小钱也一同笑着。两人各穿着一件棕色的袄子,站在一起像一大一小两个瓷娃娃。老钱领着小钱敬了一圈酒,许衡以水代酒。

人差不多到齐了,众人开始动筷。推杯换盏之间,闻绍杰起身给众人敬酒,朱阿姨和闻盛霞齐夸闻绍杰懂事。朱阿姨的老公刘老板起身给闻盛林敬酒。刘老板向闻盛林敬完酒,又转向了三兄弟。

"衡杰今年十八了吧?那也得学着喝点酒了,来,让你妈给你倒点。"刘老板看向刘若婕。

刘若婕也正在兴头上,叫来服务员把许衡杯里的水倒了,换上红酒。

"他们都在看着我。"许衡如此想道。

"我不喜欢喝酒,酒的味道不好喝。"许衡对他们说。

刘老板上下挥舞着手臂,腔调十足地说道:"欸——你不喝酒,就是不给我刘某人这个面子。"

许衡仍然无动于衷,脸上温和的神情也彻底消失了,只是面无表情地看着他。闻盛林见气氛不对,只好出来打圆场:"刘总,他今年要高考了,不太好喝酒。这样,我敬你一杯。"

"哎哟哎哟,闻总抬举我了。"刘老板见闻盛林敬酒,便不再较劲。

敬完酒坐下后,闻盛林冷冷地瞟了许衡一眼,像是在看什么发臭的东西。刘若婕也对许衡说道:"衡杰啊,以后这种场合,还是要学会看气氛做事。"

许衡也冷冷地望向闻盛林,眼神里满是愠怒,这让本就有些不悦的闻盛林更加怒火中烧,加之酒精的作用,他直接破口大骂道:"臭小子,你这是什么眼神?我让你给你舅舅敬杯酒怎么了?"

"哎,小孩子不爱喝酒就算了,等以后再慢慢学,你也消消气。"朱阿姨起身说道,想缓和一下气氛。

闻盛林坐回到了座位上,但越想越气,又起身大骂:"你看看他对我的态度!闻衡杰,做人要懂得感恩,我养条狗都知道对我摇尾巴,怎么养了你这么个不知感恩的东西!"

许衡再次听到了这句熟悉的话。现场鸦雀无声。闻绍杰此时轻声对刘若婕说:"妈,我去上个厕所。"闻绍杰从脸红到了脖子根,看来是被灌了不少酒。刘若婕用眼神示意他悄悄走出去。闻绍杰起身出门后不久,闻俞杰表示也想去卫生间。

沉默片刻后,刘老板也来做和事佬了,表示自己已经不在意了,大过年的大家和和气气一块吃饭最重要。见闻盛林态度有所缓和,饭局又渐渐热闹起来,老钱趁机带着小钱又来敬了一圈酒。

随后闻盛林和刘老板开始比拼酒量,互相灌酒。刘老板信誓旦旦地说自己的酒量江湖无敌手,闻盛林表示今天就要跟他一较高下。他们让服务员拿来一箱啤

第八章　屋檐下

酒，直接对着瓶子吹。闻盛林喝多了酒，又气不打一处来，跟众人讲起了闻衡杰的种种，例如从小就孤僻，不听他的话之类的。众人也只能尴尬地笑着，时不时地接两句意义不明的话。

闻盛林越说越兴起，给众人说起了自己年轻时候奋斗的经历，话语里满是冷嘲热讽。刘若婕看闻盛林说个不停，便打岔道："绍杰和俞杰出去挺久了吧，我去看看。"

刘若婕说着便起身出去，闻盛霞见势换了个话题，聊起了自己想要在老家承包一片果田的打算，众人便就此争论起来。许衡的思绪已经飘离了现场，他想起自己小时候看过一个叫《气球国》的童话故事，在那个国度里，头越大的人身份地位越高。为了让自己更有面子，每个人都使劲鼓气，努力让头变得更大，甚至拿充气筒往头里打气。最后，这个国度所有的人头都大得像气球一样，他们双脚轻轻一踮地便飘向空中，再也没有回来，气球国因此成为一个无人的国度。

"啊！"门外传来一个小男孩的尖叫声，打断了许衡的思绪。他似乎在洗手间看到了什么，大叫着跑走了。

外面的人群开始骚动，随后传来刘若婕的声音："俞杰，你……你对你哥做了什么？"

"对不起……我……我以为是他……"

"绍杰，你听得到我说话吗！绍杰……你们还愣着干什么，叫救护车！"刘若婕撕心裂肺地吼着。

闻盛林从酩酊的醉意中惊醒，冲了出去，闻盛霞也紧随其后。朱阿姨坐在座位上不知如何是好，还拉住了想一同去查看情况的刘老板。许衡站起身，头也不回地朝楼梯走去，走廊的另一头已经聚满了人。

许衡走下楼去，闻盛林的吼叫声从楼上传来，楼下的人还不知道发生了什么事，以为是哪个喝醉酒的老板又在发酒疯。走出海滨餐厅，海边的空气冰凉而湿润，许衡深吸了一口气，一阵沁人心脾的凉意在许衡全身舒展开来。

天色已经暗下来，烟花此起彼伏地升起，在天空绽开形色各异的图案。鞭炮声震耳欲聋，人们用这种喜庆的声音送走旧的一年，也寄托着对来年的无限希望。小孩们在地上放起了旋转烟花，烟花宛如陀螺般在地上旋转，火花四溅，孩子们尖叫着跑来跑去。便利店门口的老人坐在竹椅上看着这一切，就好像看着一幅时刻流动变幻着的图画。

烟花的间隙，从不远处传来一个年轻人问路的声音："你好，请问一下这个地方怎么走？"

"哦，这是这条街的姊妹街，你来错地方了，要往南走几千米才行。"路人回答道，"你是来这里旅游的？"

"啊，不是，我从工厂辞职了，想在海边开一家自己的炸鸡店。"

"好吧，那祝你成功，哈哈。"路人笑着走开了。年轻人拖着行李箱朝南边走去，脸上满是希望。

许衡漫无目的地在街上闲逛着，不久，救护车和警车呼啸着从他身边驶过，街道上的人纷纷不解地望去。

"这是开向海滨餐厅的吧？出什么事了吗？"

"估计是喝醉了打起来了吧。"

"那也不至于叫来警察吧？"

游轮的汽笛声从远方的海平面传来。许衡不知道除了自己和闻俞杰之外的第三人是谁，但闻俞杰和第三人此时大概已经结束了死斗。许衡并不擅长打斗，也不知道第三人是谁。要让闻衡杰这具躯体不受损伤，隐匿是他能想到的最好的方法。闻衡杰之后的生活会变得怎么样呢，许衡不禁好奇。在震耳欲聋的鞭炮声中，许衡想起了什么。他拿起手机，想给这个世界的闻衡杰留下一段话：

"闻衡杰，你好，我是来自另一个世界的你。现在是除夕夜，你决定离开世界的那个晚上。当你重新回到这个身体里时，你可能会发现你的生活发生了翻天覆地的变化。无论这些变化对你来说是好是坏，我都希望你能接受它们，然后活下去。你在日记里说了很多自己不想再活下去的理由，我想对你说的是，人生这条路，可以不必那么着急走完。就这样慢慢地走吧，然后努力去感受那些美好的瞬间。累了的时候就想想，至少还有一个来自另一个世界的自己曾经努力地想让你活下去。"

写完这段话后，许衡发觉自己已经走到巷角了。他见到一条供路人休息的公共长椅，突然觉得有些困乏，便躺上去想要休息一会儿。在远处放烟花的一个小女孩见了，跑过来说："这是我的椅子，你不许用！"

许衡疲惫地睁开眼，问道："你没在用吧？我现在好累，能不能让我休息一会儿？"

小女孩一下子急出了眼泪，尖声叫道："我不管，我先来的，这是我的椅子！这是我的椅子！"

小女孩的叫声招来了她的伙伴们，几人围着许衡哇哇大叫起来，还有人朝许

第八章 屋檐下

衡扔石子。许衡只得从躺椅上起来,众孩童发出了胜利的叫声。

"海啸要来了,带上你的朋友们赶紧逃命吧。"许衡对着小女孩说道。不远处,又一轮烟花升起,在空中绽开灿烂的花幕。小女孩没有理会许衡说的话,跟伙伴们尖叫着看向烟花,拿着手中的炮仗跑到空地上,一同跃入这场盛大的祝福中。

第九章 奇山

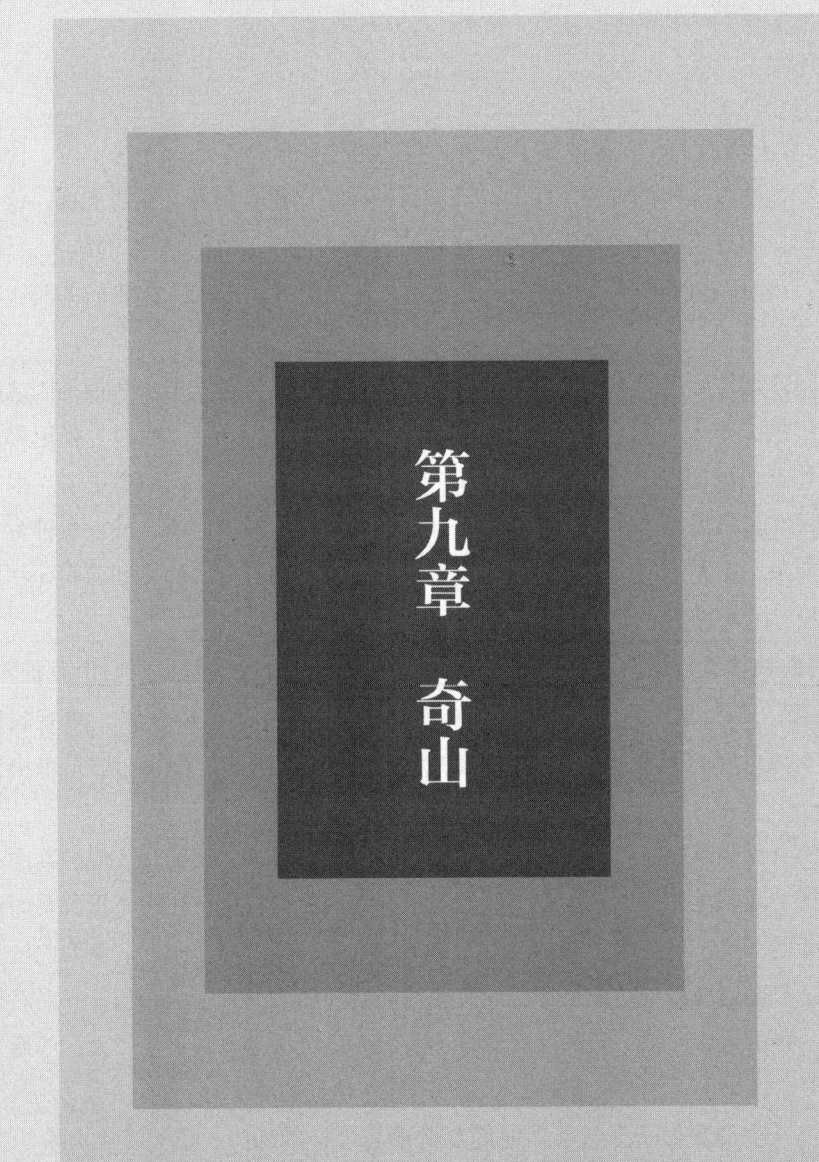

飞来：异乡谜客

"没有上船的人，大多被抓了起来。我们跟他们语言不通，无法交流，他们只当我们是哇哇乱叫的野兽。我的族人们，被他们剥皮、削骨、制成武器。他们厌弃我们，却对用我们的骨头制成的锋利刀刃赞不绝口。"迁，玉族的族长说道，"直到有一位好心的将领，不顾众人的反对，把我们放了出来，让我们去西边寻找庇护。"

迁问许衡是如何从玉田逃出来的，许衡借口说自己告诉尤丰士兵他是因迷路误入玉田的尤丰人，尤丰士兵见他能讲尤丰话，便放过了他。"西边，我记得是一个叫作奇山的国家。"许衡说道。除了奇山这个名字，他并不知道更多。根据迁所说，在玉田被尤丰的军队占领后，被俘虏的玉田人或被屠杀，或被像牲畜一般圈养起来。在尤丰的边境处，一座座熔炉被筑起，终日升腾的黑烟如同死亡在人世间投下的阴影。

"我们被屠戮，因为我们是弱者；我们被圈养，因为我们于他们仍有价值。我能活着，是因为我的族人相信着我，因此尤丰人将我当作傀儡。圈养我们的营地有好几个，只有我们那个营地的人侥幸得救。而那位将领，怕是难逃一死了……"

迁的身后跟着一支长长的队伍，他们的脸上大多写满了迷茫和疲倦。其中有一对母子，尚和夏，原本是优先上船的对象，却因为当时夏正在树林里玩耍而错过了上船的时机。当尚终于找到夏时，玉田的方舟已经驶离了海岸。尚为此埋怨了好久，只不过埋怨的对象是那些没有等他们就开船了的人。佐和佑，一对新婚的夫妇，则因为事发前一天的晚上玩过了头而昏昏沉沉地睡到了第二天。等两人被惊醒时，尤丰士兵闪着冷光的锋刃已经架在了他们的脖子上。

年仅八岁的夏似乎全然不知他们正遭遇着怎样的凶险，嬉笑着在人群中穿梭。佑则是抱怨着食物太难吃，搞得自己最近总是犯恶心。佐听见了，睁大了眼睛，说道："宝贝，你不会是怀孕了吧？"

佑表现得一脸惊恐："啊？我才不想怀孕，生孩子好痛的！"

佐停了下来，拉住佑的手说道："没事的，不管发生什么事情，我都会在你

第九章 奇山

身边!"

两人正深情对望着,夏突然从两人中间穿了过去,他的头撞了一下佑的肚子。佑一个重心不稳,摔倒在地上,脸上写满了痛苦。佐见状,愤怒地对夏吼道:"喂,小屁孩!你给我站住!"

夏只是咯咯地笑着往前跑去,佐一个箭步上去,对着夏的后背狠狠地踹了一脚。夏一下子头朝下摔在泥坑里。他先是倒在地上愣了一会儿,跟跄着翻过身来后,爆发出一阵哭声。

尚听到夏的哭声,急忙赶来。她从兜里掏出一块手绢擦了擦夏沾满泥巴的脸,然后生气地对佐叫道:"你一个大男人,怎么欺负小孩呀!"

旁人纷纷把目光投向佐,佐见状忙回应道:"那是因为他先把我老婆撞倒在地了!我老婆现在怀有身孕,如果她因为这个流产了,这个小屁孩能担得起责任吗?"

尚涨红了脸,回骂道:"他才八岁,你跟一个孩子过不去做什么呀!你有没有气度?"

佑这时走了过来,故意展示出自己摔破的衣角,对佐说道:"老公——我好痛——"佐听到后,气得回吼道:"你看看,你家孩子把我怀孕的老婆伤成什么样子了!"

这时,从人群中走出了一位大婶,她站在尚的旁边,对佐说道:"我本来也就忍了,看今天这样我真的忍不了了。这个人负责分发食物,每次都偷偷地把最好的那一份留给他老婆!见到我们这些跟他关系不熟的,就给我们快要烂掉的水果、瓜菜!现在倒好,又在这儿欺负起小孩子来了!"

众人把目光投向佐,议论纷纷。佐感到有些窘迫,此时从人群中又走出一个青年男子,对着夏说道:"这个小毛孩,总喜欢偷别人吃的。之前被我逮到过一次,说了一顿,后来又被我抓到了。孩子当贼,这就是当妈的没教好。"随后他指着佑的肚子,说道:"现在连弱女子的腹中胎儿都要惨遭他毒手!这可是杀人啊!八岁就杀人,谁知道长大了会成什么样子?"

"还不是因为这个人发给我们的都是快要腐烂的食物,根本吃不了!"

"我们在逃难,大家都这样凑合吃了,凭什么就你家孩子要吃最好的?"

两边的人愈吵愈烈,甚至有要相互掐架之势。此时,迁走了过来,拿拐杖重重地敲了敲地上的石头,说道:"好了,不要再吵了。各位都历经磨难,流离失所,值此危难之际,更应当勠力同心。你们都有做得不对的地方,互相退一步,给对方道个歉。还有，佐如果真的做了那样的事，他将不再负责分发食物。"

说完，迁走回了队伍的前方。尚和佐互相没好气地看了一眼，也各自回到了人群中去。许衡旁观着这场争吵，只是觉得更加疲倦。

每天清晨，队伍里的青壮年男子都会去附近的丛林里搜集食物、找寻水源。好在附近的瓜果还算丰富，让这些历经磨难的人能够免受饥饿。众人在三天后到达了奇山的边陲。玉族人提出了请求，希望能用劳动换取奇山的接济。经由许衡与奇山人的交流，奇山人给他们指向了西北方向，那是奇山的圣都所在之地。

又过了三天，玉族人来到了圣都的山脚下。奇山多崇山峻岭，圣都则位于群山中的最高峰，其间家舍城邦皆建于山腰之上。许衡看着墙收缩的方向，指向的应当就是圣都。

到达山脚下，许衡和迁作为代表进城谒见。阶梯环山而上，似乎无穷无尽。许衡的体力并不算好，迁又是老人，因此两人时常需要停下来歇息。走了两个时辰后，两人终于到达山腰。伫立在他们面前的是一座巨大的石门，高约十米，顶上刻有"圣都"二字。石门前站着两列侍卫，森然耸立，如同两列石像，显现出一种令人敬畏的庄严。许衡走上前去，和看守的侍卫沟通了一番，告知了他们的来意。侍卫表示需要先通报王，让两人在原地等候。在距离山顶约四分之一距离的地方，有一座金碧辉煌的宫殿，许衡猜测那就是王所在之处。过了约一个时辰，传信的侍卫返回，表示王同意接见他们。

石门被缓缓推开。在侍卫的带领下，许衡和迁来到王的面前。奇山的王坐在屏风之后，许衡看不到他的样貌。伫立在屏风前的是一位身形修长的老者，留着银白的长须，用某种珠玉制成的链子束成了精美的模样。

"我是奇山的大祭司，你们有什么请求的话，跟我说就好。"那位老者如此说。

许衡向大祭司说明了玉族人的境况和请求。大祭司听后摸了摸自己银白的髯须，露出了祥和的笑容："奇山乃至世间唯一的神明，奇的光辉耀泽万物。异邦之人，若诚心信神，亦能得到奇的赐福。参加大圣仪，成为奇的信徒，奇自会降下恩泽。"

许衡将大祭司的话转述给迁，迁表示自己并不愿烦扰贵邦太久，只是在此稍做整顿，大祭司回应道"成为奇的信徒是无上的荣耀，应当让玉族人在见证奇的伟业后自己做出选择"。

大祭司继而提到另有两位与许衡一样能与奇山人交流的异邦人，两人从侧旁

第九章　奇山

走出,一人是闻俞杰,另一人是一位年轻女子。

"你好呀,我叫刘睿琪,你可以叫我 Ricky。"年轻女子率先发话。她看向许衡。

"我叫林俞。"闻俞杰道出了自己的本名。从体型上看,林俞已经成年,而非闻俞杰时期的少年模样。

"我叫许衡。"许衡也回应道。

大祭司请人将迁带下山去,并表示会为玉族安排好住处。随后,大祭司望向三人:"你们会说奇山的语言,也会说玉族的语言。"

"……对。"许衡回答道。

"为什么?你们是从哪里来的?"

"我们也不知道,我们来自另一个世界。"

大祭司的眼神先是由疑惑转为惊恐,随即又转为喜悦,他的头抬向上空,似乎看见了什么不可言说的事物:"是奇!是奇将你们带到此地的!"

"那奇能将我们送回去吗?"刘睿琪问。

"自然可以,这对奇来说就像拿起一根羽毛一样简单。但这一切都要遵从奇的意志。"大祭司说,"在此之前,我会为你们安排上好的住所,你们是奇的宾客,奇山自然会用尊贵的宾客之仪接待你们。"

大祭司继而唤出了一位侍者,身形高大,相貌俊美。许衡认出了他是闻绍杰。

"在白天,他会守在你们的房前,晚上则会由另外一人轮换,你们有任何问题都可以找他们。"大祭司说道。

许衡见身旁的两位神色都有些不自然,闻绍杰则是无知地微笑着。他带着三人走下山去。正值夏日,山间的林虫肆无忌惮地鸣叫着,晚风透过山林送来些许凉意。行至半山腰,有一灯火聚落处,名曰王头村。几个白发的老人摇着蒲扇坐在村头,围着一盏暗淡的蜡灯。他们似乎和闻绍杰很熟,远远地望见闻绍杰便打起了招呼,闻绍杰也向他们挥手致意。

穿过村里的小道,一旁的土屋里有时会有孩童从窗口探出脑袋张望,随即便被母亲一把拉走。闻绍杰带三人来到一排紧邻着的小屋前,告诉他们可以任选三间入住。许衡选了最左边的那间,林俞选了许衡右边那间,刘睿琪则选了距离另外两人较远的一间屋子。

给三人各自屋子的钥匙后,闻绍杰便退了下去,代替他的是一个比闻绍杰体型更瘦些、面相清冷的男子，名叫周澈。许衡从刘睿琪的眼神中看出她应该认识周澈。

许衡走进自己的小屋，里面的陈设比较简单，床、桌、椅，还有一个柜子。许衡坐在床边，不知道该做什么。过了一会儿，他隐约听到隔壁屋传来聊天声，似乎是林俞和刘睿琪在轻声交谈。许衡走出门，见周澈站在外面，便请他进来陪自己聊聊天。

周澈有些犹豫，但他还是进了屋，拘束地站在门边。许衡让周澈坐在椅子上。

"我知道自己是个无聊的人，你可能会尽到你的礼节，不过应该也会觉得我无聊就是了。我就是想找个人倾吐一下，你不需要回答我，坐着听我讲就行。"许衡先开了口。

周澈坐在椅子上，没有说话。

"我现在觉得好累好累。一次次的轮回，无休止的争斗。大家都逐渐熟悉规则了，一上来就互相提防，钩心斗角。"许衡轻声说道，以防隔墙有耳。

周澈虽然感到疑惑，但还是认真地听着许衡讲话。

"但我们真的知道规则吗？从来没有人告诉过我们真相。那些人总以为自己是对的……我觉得每一次的结束，更像是失败，失败然后重新开始。"

"他们太自以为是了，承认自己什么都不知道并非无知之举。"

"抱歉啊，给你灌输了很多负面情绪。"

周澈浅浅地笑了笑，表示没关系。说完，周澈便起身出去了，留下许衡孤身一人。许衡叹了一口气，用双臂环抱住自己，目光呆滞地望向墙角。

第二天，许衡在清晨的鸟鸣声中醒来。王头村的人们已早早地起来劳作，闻绍杰带三人到一处早餐铺子吃早点。邻座的奇山人兴致勃勃地谈论着大圣仪的准备工作。

"听说这次奇的大像也会现身，那可不得了啦。"

"早知道了，承托大像的台座就是我修的，午饭过后我还要去参加收尾工作呢。"

随后，那两个人似乎注意到了许衡等人并非奇山人，在交换了眼神后便低下头默默吃起了饭。早餐铺外，传来玉族人的声音。许衡向外望去，一队卫兵带着百来个玉族人进了村子，其中有尚和夏、佐和佑，但没有迁的身影。

第九章　奇山

"那个……请问迁，还有其他玉族人……"许衡走出去问道。

"他们走啦。迁那个老头子，非要继续往西走，说要找一块无人之地建立自己的家园，那得走到猴年马月去呀。"尚说道，"我可不受这个苦。那些奇山人的意思好像是只要我们对他们的神膜拜两下，就能住在这里了，那不比跋山涉水好多了？"

"好多了！好多了！"夏叫道。

说完，尚把一封信递给了许衡，说是迁留给他的。打开信，信上的字体歪歪扭扭，看得出来迁还不是很适应奇山人的书写方式：

许衡兄，我们走了，抱歉不辞而别，我们的食物很有限，每一分钟对我们来说都很宝贵。奇山人对我们很友善，但无论如何，在奇山，玉族人都只是客人。我始终坚信，玉族人只有在自己建立起的家园上，才能真正被脚下的这片土地所接纳。你之前跟我说过，你这番旅途的终点便是奇山。因此，我们就在这里别过吧，谢谢你为我们所做的一切。

迁

卫兵领着玉族人继续往前走去。等三人吃完早饭回到住所，玉族人已经兴高采烈地搬进奇山人分配给他们的房子了。经过如此长时间的颠沛流离，有一个栖身之处对他们来说是莫大的喜事。就这样，在王头村的一角，多出了一处异乡人的居所。

中午，闻绍杰带着几个人给玉族人送来了午餐。尽管只是粗茶淡饭，但在先前饱受折磨的玉族人看来，这已经是不可多得的珍馐。也许是信仰神的缘故，奇山的食物大多较为清淡，这对于饮食习惯不同的玉族人来说是比较容易适应的。饭后，夏在屋前的空地上和其余几个孩童打闹，尚搬了把椅子过来坐着，和其他孩子的母亲聊着天。她们谈论着椅子这项伟大的创造，并质疑玉族人为何没能发明出椅子。

"我们过去只会坐在肮脏的泥地上，最多也就是铺点干草。"尚说道。

佐请来了村里的大夫给佑把脉，并拜托许衡帮忙做翻译。

"你夫人有喜了。"许衡把大夫的话转述给佐。佐欣喜万分，想要抱起佑转圈，又意识到佑已有身孕，便只是轻轻地抱了抱她。

许衡走到王头村的街道上，虽然是白天，但路上的行人并不多，店铺大多也都关了门，看来是都去山顶参加大圣仪的准备工作了。

"来，这个给你。"一个陌生的声音从后方传来，有人碰了碰他的右臂。

许衡转过身去，见到一个佝偻的老头，头发几乎掉光，穿着洗得发灰的旧衣服，手里拿着一个沾满灰尘的包子，看起来像是掉到地上以后又被捡起来的。

"给你，这个好吃。"老头重复道。

许衡挥了挥手表示拒绝，老头便乐呵呵地拿起包子自己吃了起来。一旁的大婶看见了，对许衡解释道："这是村里的傻子，二十多岁的时候撞到了头，从此脑子就不好使。他平时靠捡破烂为生，我们都叫他王破烂。有些人可怜他，怕他饿死，就特意把快要过期的食物收起来，等他经过的时候给他。"

许衡上下打量着王破烂，夏乐呵呵地从一旁跑过，王破烂便从兜里掏出一个脏兮兮的小球，想要送给夏玩。夏被王破烂丑陋的模样吓了一跳，哭着跑回去找尚。

第二天中午，许衡又来找王破烂，王破烂正用手掌小心地护着什么东西，见许衡来了，便高兴地走上前来，把手掌摊开给许衡看——是一只蛐蛐。

"这个，跟你换吃的。"王破烂像是捧着什么宝贝。

许衡想到自己午饭还剩了一个馒头，便拿来给王破烂，王破烂高兴地拿过馒头，想要把蛐蛐给许衡。许衡表示自己不想要，王破烂却有些生气，执意要把蛐蛐给他。许衡没办法，只好伸过手来接过蛐蛐。他生怕蛐蛐突然咬他一口，但又不好意思当着王破烂的面把蛐蛐给放了，只好跑回自己的屋子附近才把蛐蛐放到地上。

佐和佑正好散步路过，佑被地上的蛐蛐吓了一跳，佐为了展现他的男子气概一脚踩死了蛐蛐，然后挺直了腰杆对着佑炫耀了起来。

第三天中午，许衡没有看见王破烂，他问一旁的大婶王破烂去哪儿了，大婶说不知道。到了晚上，王破烂才回到村子里，他说他去山脚下的河里游泳了。

王破烂见到许衡，兴奋地叫道"蛐蛐，蛐蛐"。他说他后悔拿蛐蛐来换包子了，想要再换回来。许衡不好意思告诉他蛐蛐被人踩死了，便告诉王破烂蛐蛐飞到山林里去了。王破烂露出了复杂的神情，既高兴又悲伤。

王破烂在一段日子里都没有再来找许衡。在这边住了一阵子后，许衡渐渐注意到王头村的人对于玉族人都抱着一种微妙而奇特的态度。玉族人因为被奇山人收留，对于衣着得体、行为知礼数的奇山人往往心怀崇敬。当玉族人在村里散步遇到奇山人时，便会热情地朝他们打招呼。奇山人听不懂玉族人说话，但也会礼貌地点头微笑以示回应。然而，许衡时不时地就能看到有奇山人用一种奇怪的眼

第九章　奇山

神打量着玉族人，窸窸窣窣地和同伴聊着些什么，像是在观察某种新奇的生物。

除此之外，许衡还发现在一些重要的场合，如婚庆等仪式，奇山人会有意地请离在场的玉族人。有些玉族人在得知奇山人正忙于准备大圣仪时，主动提出要帮忙，但被奇山人笑着婉拒了。实际上，他们基本不让玉族人做任何事情，还每天早中晚给玉族人送来食物和必需的生活用品。

尚对于这种生活很满意。用她的话来说，她只是个慵懒疲乏的中年妇女，被岁月夺走了气力，就适合过这种闲适的生活。佐每天观察着佑的肚子，时不时地把耳朵贴在佑的肚子上，试图听到胎儿的动静。他信心满满地对佑以及周围的人表示，在孩子出生以后，他会在奇山找一份工作，给奇山人展示一下玉族人的力量与智慧。

某天中午，王破烂主动来找许衡，却被闻绍杰拦在屋外。王破烂见闻绍杰不放他进去，便哇啦哇啦地朝屋里大叫着。不少午睡的玉族人被王破烂的叫声吵醒，走出来表示不满，叽叽喳喳地议论着。许衡走出门，王破烂说要和许衡一起去林子里找那只蛐蛐。许衡见王破烂兴头十足，只好跟他一起去。

山林里没有路，如果不小心踩到松软的泥土，很可能会一脚滑下去。王破烂由于常年在山间行走，走得比许衡快得多，他走两步便回头望望，见许衡落在后面就停下来等他。

"给你吃。"王破烂又从兜里掏出一个脏兮兮的包子，许衡摇了摇头表示拒绝。

找了半天，他们终于在一株野草上发现了一只蛐蛐。许衡说应该就是这只了，王破烂却坚定地说不是这只。到太阳快落山时，他们依然没有找到那只蛐蛐，王破烂还想再找找，被许衡硬拉了回去。晚上，许衡躺在床上感觉腰腿酸痛，睡得很沉。

又过了两天，王破烂说要给蛐蛐搭一个家，这样它什么时候想回来就可以回来。他拿来一个小木盒子，往里面塞了些树叶，他说这个小木盒子是他捡来的宝贝。做好后，王破烂小心翼翼地把盒子放在路边，然后逢人便喊"蛐蛐的家，蛐蛐的家"。

"你家住在哪里呀？"许衡问王破烂。

王破烂神情凝重了起来，他转过身去，小声嘟囔道："我不告诉你，那里有很多我的宝贝。"

第二天，许衡来找王破烂的时候，王破烂正坐在地上，双手托着下巴，得意地看着自己给蛐蛐做的家。许衡突发奇想，觉得这个场景很好看，便说要给王破烂画幅画。许衡让闻绍杰帮忙找找画笔、颜料和画纸。闻绍杰对村里的情况很熟悉，很快就找齐了东西。许衡找了把凳子坐在一旁，让王破烂保持这个姿势别动。王破烂虽然感到很疑惑，但见许衡坚持要他这么做，便照做了。

过了一个小时，许衡画好了一幅简单的画作。他把画给王破烂看，王破烂看出了许衡画的是自己。他高兴地说："谢谢你送我宝贝，我也要送你。"说着，王破烂便抱着画跑了，过了一会儿，他拿着一颗鹅卵石回来了，他告诉许衡这是他见过最好看的鹅卵石。许衡没有看出这颗鹅卵石的特别之处，但他注意到王破烂在拿给他之前特意洗了洗鹅卵石。许衡把鹅卵石放入兜中，对王破烂说了声谢谢。

之后的几天，王破烂逢人便给他们展示许衡画给自己的画像。村里的人大多在忙活大圣仪的事情，或敷衍回答，或不予理睬。夏从王破烂的身边跑过，王破烂也把画展示给夏看。夏从地上抓了一把泥巴，朝王破烂扔去，叫道"丑怪物，快走开"。

王破烂见画上沾了泥巴，气得哇哇大叫起来。他用手把泥土从画上抠下来，但画已经毁了。

"画！画！"王破烂又悲伤又生气地叫道。

夏被王破烂吓了一跳，站在原地哭了起来。尚从不远处跑过来，护住孩子，对王破烂一阵破口大骂。王破烂也吼叫着，尚和王破烂两人互相听不懂对方的语言，只是扯破喉咙吵着。许衡走上前去，表示会给王破烂再画一幅画。他拿来之前剩下的颜料，坐在凳子上准备画。

"你还记得你之前的姿势吗？"许衡问。

王破烂点点头，然后摆出了一个与之前不太相同的姿势。许衡照着画了下来。王破烂看后很满意，说自己改变主意了，要把这幅画藏起来，不会再给别人看了。

傍晚时分，闻绍杰和周澈罕见地同时出现了。他们召集起了玉族人和三位异乡人，邀请他们参加明天的大圣仪。

"你们已经在奇山居住了一段时间了。现在，是时候参加大圣仪，得到奇的认可，然后真正成为奇山的一分子了。"闻绍杰拿着一个类似于圣旨的卷轴宣读道，许衡帮忙做了翻译。

"那个……我想问一下，这个大圣仪需要我们准备什么吗？"尚有些忧心忡忡地问。

"无须准备，唯一需要的只有你们的诚心。"

第九章 奇山

许衡望了望远处，墙已经收缩到了山脚下。夜晚，许衡出来解手，在不远处的阴影里，依稀可以辨认出林俞站在其中。林俞也看到了他。许衡望了一眼周澈，示意有人守卫在此，让林俞就站在远处别过来。

"我就是想问你个问题。"许衡对林俞说。

"什么问题？"

"为什么你觉得是闻绍杰而不是我？"

"因为我觉得……像你这种人……"

"不可能活这么久？"

"……"林俞没有回答。

"你说得对。"许衡点了点头，"有很多……意外和巧合。"

"哦对了，你可能不知道，上个世界的第三人是小钱。就是由他爸带着在饭局上到处点头哈腰的那个。"林俞冷冷地说道。说完，他走回了自己的屋子。

许衡在屋外待了一会儿，他最近经常发呆，对着一片漆黑的夜空也能出神。走回去的时候，许衡看到周澈还站着，便随口对他说了一句："和王破烂相处的时光还挺不错的，好像又能重新呼吸了。"

周澈没有看向许衡。许衡顺着周澈的目光看去，是刘睿琪的屋子。

"你……"

"有人进了她的屋子。"

"谁？"许衡疑惑负责守卫他们安全的周澈怎么会看着别人进到宾客的屋子里。

"是……闻绍杰。"

圣仪日，奇山的人们在天刚破晓时便忙碌了起来。许衡看到不断有人上山下山，背着或提着各类东西。正午时分，几队拿着长枪的卫兵从山下整齐划一地向上走去，步伐声在山间回响。

夏好奇地看着路过的士兵，想去摸一摸他们的长枪，被尚连忙抱了回去。许衡问王破烂参不参加晚上的大圣仪，王破烂没有说话，只是摇了摇头。随后，王破烂让许衡等在原地，自己跑走了。过了一会儿，他战战兢兢地走了回来，把许衡拉到无人的角落，掏出一个布包，让许衡一定要在参加大圣仪之时再打开。

"送你了，因为第二幅画。"王破烂的意思大概是这个布包是作为许衡又给他画了一幅画的回礼。

许衡谢过王破烂。他看向王破烂，对方的眼神与往日相比似乎有些许不同，就像一杯白开水里掺进了某种杂质，又像是舞台的屏风后有什么模糊的黑影在移动。许衡并不明白王破烂的意思。他想到了洪水降临的日子近了，便对王破烂说："我昨天做了一个梦，梦到蛐蛐在对面的那座山上，要你今天去找它。"

傍晚时分，闻绍杰和周澈来领许衡三人和玉族人前往山顶。佑表示身体不适，不想参加，闻绍杰回应道这是必要的路途。佐站了出来，想要和闻绍杰议论一番。闻绍杰身后持着长枪的卫兵往前走了一步，让佐打消了这个想法。

在路上，闻绍杰向他们说明，大圣仪将在太阳的余晖散尽之时开始，人们点亮火炬，象征奇的光辉降临大地。周围的奇山人皆身着白袍，低着头走上山去，像是已经开始了某种虔诚的仪式。引路人和士兵也是如此。许衡三人和玉族人在这当中显得格格不入。许衡想起了王破烂给他的布包。他从队伍的前头默默地退下，趁无人注意时，从袖口半掩着解开了布包。布包里面是一把小刀。刀刃很锋利，没有锈迹，看得出来保存得很好。许衡赶忙把刀包了回去，然后跟上了行进中的队伍。

来到山顶，落日已被群山遮盖住半身。山顶是一片空地，像是山峰被某种神迹平整地削去了顶端一样。山顶的祭坛上，矗立着一尊巨大的雕像，用白布盖住，雕像的周围摆放着一圈柴火。人们聚集在柴火堆前，低着头，嘴里轻声念着某种神秘的咒语。也许是声音太小，也许是那些人自己也不明白咒语的意义，他们的话语在进入许衡耳中时并没有像尤丰语、玉族语和奇山语一样被自动转换成能够听得懂的语言。

奇山的王依然没有露出他的面目。他坐在雕像后方的帘子后面，透过帘子只映出了模糊的人影。人们不断聚集在这片空地上。在三年一度的大圣仪中，做好准备沐浴在奇的光辉中，成为奇的信徒的人会聚集在圣都的峰顶。他们的家属也会一同而来，见证自己的亲人从此与他们同心簇拥在神的周围，踏上唯一的、至高的通向永恒幸福的道路。这次大圣仪，因为巨大雕像的建成，将比以往任何一次大圣仪都要更加庄严肃穆。等到参加大圣仪的人都登上山顶以后，大祭司站在雕像面前，拿起权杖敲了三下地面。

"咚！"

"咚！"

"咚！"

人群安静下来，目光凝聚在大祭司身上。

"天令有诏——"大祭司用洪亮的嗓音喊道。

第九章 奇山

奇山人纷纷下跪。玉族人有些效仿着一同下跪。许衡站在原地,看着不远处的大祭司。

"圣火辉熠——"

远方的群山次第升起火光,在最后晚霞的映衬下显得格外凄美。在每一座居住着奇山人的山峰上,都有奇的信徒点燃祭坛,用火光传达他们虔诚的信仰。在圣都的峰顶,两个祭司模样的人手持着火炬,点燃了巨大雕像下方的柴堆。柴堆开始燃烧,火焰在柴堆上方跃动。火光照耀在人们的脸上,他们凝神屏息,静静地倾听着柴火燃烧的声音。

"王权凡庸——"

幕后的王将一块玉玺弃置于地。玉玺碎裂成几块,发出清脆的响声。

"天权殊奇——"

大祭司身旁的两个祭司转身向后,缓缓拉下盖住巨大雕像的白布。落日最后的一抹余晖照耀在庄严的神像上,那便是奇的神像。奇山人皆惊叹于神像的精巧与宏伟,一些人迎着神像流下热泪。

大祭司拿权杖敲击了一下地面,奇山人纷纷站起身来。又一次敲击,奇山人齐声颂道:"吾为奇民,知天礼有祀。吾为刀刃,其为豚彘!"

大祭司将权杖高高举起,发出宣告:"大圣仪,起——"

许衡见到周围身着白袍的奇山人皆从袖中掏出匕首,对准了异族之人。玉族人发出惊叫,霎时乱作一团,开始自顾自地仓皇逃窜。山顶周围已经被手持长矛的奇山士兵包围,在矛尖之下,玉族人只是在做困兽之斗。周围不断地传来惨叫声,许衡环顾四周,他看到一个十岁出头的男孩正手持匕首看向他。

"吾……吾为刀刃,汝为豚彘!"男孩用稚气未消的声音叫道。说罢,男孩便握着手里的匕首冲向许衡。男孩的动作并不算快,许衡掏出王破烂给他的小刀,一刀划在了男孩的手臂上。男孩惨叫一声,痛苦地倒在地上,身体不停地抽搐着。

许衡把男孩从地上提起来,把刀抵在男孩的脖子上,问男孩:"你为什么要杀人?"男孩急促地呼吸着,眼泪止不住地流下来:"牲畜,肮脏的牲畜,放开我。"

一个和许衡差不多年纪,但比许衡魁梧得多的青年男性站在不远处对许衡大吼,让他放开手里的男孩。对方长得和许衡挟持的这个男孩很像,应该是男孩的哥哥。

许衡一步步地往后退着,男孩的哥哥也步步紧逼。突然,许衡的脚被什么东西绊了一下,男孩想要趁机挣脱,被许衡死死掐住。男孩放弃挣扎后,许衡回头看，是尚和夏。他们倒在地上，模样惨不忍睹。

"他们都是我杀的。"男孩的哥哥叫道。

"为什么呢，你觉得我们是牲口吗？"许衡问男孩的哥哥。

"你们应当为自己能够成为献给奇的祭品而感到骄傲，你们这群肮脏的东西！"男孩的哥哥愤怒地吼道。

许衡叹了一口气。天色已经完全暗了下来，只有篝火映照着人们狰狞的脸庞和沾满鲜血的双手。

"嘿。"从许衡身后传来一个熟悉的声音。许衡侧眼看去，是林俞，他奄奄一息地倒在地上，腹部受了严重的伤。

"看来这次，又是你运气比较好呢。咳咳……刘睿琪那个臭女人，居然找了帮手……"林俞努力地想做出笑的模样，但身体的疼痛扭曲了他的神情，他用尽最后的力气对许衡说，"但是你不会一直好运的，总有一天你会死。"

"应该吧。"许衡对林俞说道。林俞已不再动了，在他的不远处躺着满身伤痕的佐和佑，这对夫妇没能等到他们的孩子降生。许衡努力用脚给林俞翻了个身，让他脸朝下躺着。

"希望这个方向是正确的。"许衡想。

男孩趁许衡不注意，重重地咬住许衡的手，许衡痛得放开了男孩。男孩的哥哥见男孩得救，冲过去抱住男孩，随后一个箭步向许衡袭来。许衡的力量远不及他，一下子便被放倒在地。男孩的哥哥用匕首贯穿了许衡的左手掌心，许衡惨叫一声，手里的小刀也掉落在地。男孩的哥哥又挥拳捶向许衡，许衡能感觉到自己的门牙被打落了。

"我不会让你轻易死掉的，你是我的猎物，我要慢慢折磨你。"男孩的哥哥瞪着血红的眼睛说道。

"那……那你可能要失望了。"许衡笑了笑，咳出了很多血。

男孩的哥哥举起许衡的右臂，想要将其硬生生地拗断。突然，地面开始剧烈地震动。沉浸于这场仪式中的人们还没反应过来，地面便裂开了一道缝隙，宛如雄峰初睁的怒眸。随后，裂缝陡然扩张，从裂缝中喷涌出了漫天的水柱。人们瞬间如蚂蚁一般被洪水淹没，神像亦轰然倒下。洪水冲走了仪式留下的痕迹，冲散了人们的悲鸣和癫狂，为奇山的神明和子民带来了永恒的宁静。

第十章 雨镇

飞来：异乡谜客

"自从去年的那场大海啸，来这里的人就少得多了。那场海啸带走了很多人，剩下的人里也有很多选择了搬走。"炸鸡店的老板苦笑了几声，他的胡须现已经全白了，"如今可能也就你这种想要拍视频发到网上的人会来这里看一看了。"

"老板，你可能不记得我了，"只行回答，"我去年也在这，来你家炸鸡店吃饭，就在海啸来的那一天。当时我拍的那个视频播放量上了千万呢。我今天来这里，就是想再拍一期视频的。听说海啸后，这里终日阴雨不断，成了一座永远在下雨的小镇。"

"是啊，也不知道什么时候天才会放晴呢。"老板给只行端上一份炸鸡，配上了蜂蜜芥末酱。

"你们呢？怎么会淋成这样？"老板望向妙子和成文梅，他对着妙子看了一会儿，"我好像见过你，你住在这附近吧？"

妙子捂着头，心中一团乱麻。成文梅说她不知道自己为什么会在这里，她从没来过这个地方。成文梅打开手机，颤颤巍巍地用手写模式写入自己的家庭住址，却显示根本不存在这个地方。

"妙妙，你看我没写错吧？这……这是怎么回事呀，是我的手机出问题了吗？"成文梅把地址给妙子看。这确实是她们家的地址，但她们现在不在那个世界。

"妈，这里……"妙子刚想解释，看了一眼不认识的老板和只行，又看了一眼茫然的母亲，一时不知道该从何说起，"总之要处处小心，可能会有生命危险。"

"啊……我们，我们不会是被拐卖了吧？"成文梅说完打了个喷嚏。老板给她们拿了条毛巾，让她们先把头发擦干。

妙子的手机响起了陌生的铃声，上面显示是她的老公打来的电话。接通后，电话那头传来男子低沉的声音。妙子的心里升腾起一股奇妙的感觉，她开始好奇自己的丈夫是一个怎样的人。

"喂，你去哪里了，孩子还等着吃饭呢。"电话那头的声音显得有些漫不经心。

我的孩子……妙子望向一边的玻璃柜，在倒影中看到了三十多岁的自己。妙

第十章　雨镇

子这才注意到成文梅也老了许多，鬓角的头发几乎全白了，脸颊的赘肉无力地趴着。

"喂？"电话那头又传来声音。

妙子忙回答道："我……我在镇上那家炸鸡店。"

"你怎么在那里啊？不知道家里人要吃饭吗？"电话那头的声音有些不耐烦。

"我……我妈来看我了，我来接一下她。但雨下得太大了，我们就被困在店里了。"妙子急中生智，找了个理由。

电话那边叹了口气，用一种不情愿的语气回复道："好吧，那我来接你们。"说完，电话便挂断了。

只行继续和老板聊着雨镇的事情，他也想问问妙子，但妙子对这座小镇根本一无所知，只好以自己太累了为由回绝了只行的提问。

"妈，你怎么在大雨里一下就认出我来了？"

"傻女儿，你那个走路姿势，你到了五十岁妈都认得出你。对了，刚刚跟你打电话的那人是谁啊？"

"那个……应该是我老公。"

成文梅露出了疑惑的神情，然后豁然开朗，说道："我知道了，我是在做梦。"

炸鸡店的收音机播放着《现代生活》，主持人段行川的声音从收音机里传来，今天节目的主题是"遗憾"。节目请到了两位嘉宾，段行川介绍了嘉宾的大致情况。第一位嘉宾是罹患癌症的三十五岁男子，他的头发因为化疗已经脱落殆尽。当段行川问及男子有什么遗憾时，男子用一种平静而悲哀的语气回答道："我这一生活得战战兢兢，如履薄冰。小时候，在别人玩乐时，我在刻苦读书；进入社会后，在别人休息时，我在拼命工作。古人说'生于忧患，死于安乐'，因此我常常不敢懈怠，可我辛辛苦苦耕耘了这么久，还没来得及收获，结果我的人生好像遇到钉子的气球一样，嘭的一声就结束了。在我确诊之后，我意识到自己其实是一个疯狂的赌徒，把自己的一切都押在了未来。我想问问正在观看或是收听这档节目的你们，如果有一天你的人生突然走到了尽头，你会不会遗憾？"

"把一切都押在未来的人，也许有一天会遗憾自己不曾活在当下。同样地，那些及时享乐的人，或许有一天也会遗憾自己在年轻时不曾拼搏。"段行川给第一位嘉宾的故事做了简单的总结。

第二位嘉宾是一个和妙子一般年纪的女子，她说自己这一生做错了太多选择。站在人生重要节点的分岔口上，她或是没有意识到那次选择的重要性，草草做出选择；或是不知道分岔的路口将引她去往何方，在迷雾笼罩的诸条小径中忐忑不安地选择了其中一条。事后回首，她做出了太多太多错误的选择，因此也有数不尽的遗憾。她常常想，如果当初自己选择了另一条路，会不会有更好的结局。

"没有人能够预知未来，如果你当时已经努力去做到最好，那么无论结果如何，都不必感到遗憾。"段行川对第二位嘉宾如此说道。

"那个，我当初就是这么想的，哈哈。"第一位嘉宾插空打断了段行川的讲话，苦笑了几声。

过了一会儿，炸鸡店的大门被打开了。一个三十多岁的男子收了收伞走了进来。他穿着一件青灰色的夹克，裤腿被雨水打湿，卷起来了一截，被水浸透的拖鞋踩在地板上发出吱啦吱啦的声音。

尽管面前的这个男人看起来年纪大了很多，但妙子还是从他的眉眼之中认出了几分少年的痕迹："周……澈？"

"干吗？"男人的语气听起来不太高兴，他并没有否认这个称呼。他的头发还是像年轻时那样乱糟糟的，不同的是双眼已没有了昔日的灵气。

"没事，谢谢你来接我。"

周澈没有回应，只是递给妙子一把伞，妙子和成文梅一同撑着伞，跟在周澈后面。他们来到一栋老楼脚下，妙子注意到一楼是一家关业已久的花店。里面的东西大多已经被清空，地面上蒙了一层灰。花店的大门被一把生锈的铁锁牢牢地锁着，铁锁上方贴着店铺转租的告示。

"这是……你的花店？"妙子问周澈。

"是啊。怎么，被雨淋坏脑子了？"周澈没好气地说道。

走上二楼，周澈打开门，三人走进屋内。这是一间很老、很小的屋子，约莫只有五十平方米大，勉强塞下厨房、厕所和两个卧室。饭桌摆在客厅里，正对着电视机。客厅的墙壁受了潮，贴上了几张报纸，厕所里面传出漏水的声音。整个屋子里有一股散不去的臭味，妙子在各个房间走了走，也没找到臭味的来源，似乎这股臭味是从屋里的各个角落生发出来的。一个五六岁的小孩从卧室里跑出来，边喊着"妈妈"边抱住了妙子。

周澈脱了鞋，往沙发上一躺，玩起了手机。

"你裤脚和衣服都湿了，这样躺在沙发上……"妙子说。

"无所谓，反正这雨下个没完，沙发已经潮得要烂了。"周澈盯着手机回答道。

第十章　雨镇

"我是让你先去洗个澡……"

"你不会先去洗？"周澈露出了不耐烦的神情。

妙子想让成文梅先去洗，成文梅说自己要先歇一会儿，让妙子先洗。妙子便走进卧室拿了套换洗的衣物。

卫生间的角落里有长年积累的黑色污垢。淋浴龙头和马桶之间没有隔板，洗澡时水会溅得到处都是。从淋浴喷头出来的水时大时小，脚下有一块用得很旧了的防滑垫。

妙子洗完后，便从卧室拿了一套自己的睡衣给成文梅，让她去洗澡。瘫在沙发上的周澈抬头看了一眼，让妙子赶紧去做饭。妙子有些为难，自己只会做简单的炒青菜和蛋炒饭之类的。

成文梅洗完澡出来，见到妙子正对着一堆食材发愣，便让妙子坐到一边去休息，自己操起手来。周澈想去洗澡，发现热水被洗完了，嘟囔着抱怨几句又坐回到沙发上。

"花店关门了的话……那你现在在做什么？"妙子问周澈。

"我不是说了我最近在找工作了吗？"周澈没好气地回答道，"这鬼地方店铺一家接一家地倒闭，现在根本找不到能干的活。要去城里面找工作的话又离得太远，毕竟我们连辆车都没有。"

妙子不知道该说些什么，厨房里传来成文梅翻炒菜和抽油烟机艰难运作的声音。"你妈要来也不提前说一声。"周澈有意无意地说了一句。

妙子没有回答他，而是问道："你还记得我们是怎么认识的吗？"

周澈思索了一会儿，说道："好像是推拿店吧。你下班了很累，来按摩，说我按摩得很舒服。后来有一天你突然说没地方可以去，就到我家来了。"

"再后来呢？"

"再后来你就跟我在一起了。之后你怀孕了，就把工作辞了，生下了杨杨。"周澈顿了一下，"你问这个干什么？"

"没什么。"妙子若有所思地说道，"我好像挺讨厌那份工作的。"

"对，你说过。"周澈又刷起了手机。

妙子不知道该说什么。她曾经想象过如果周澈没有死，自己和周澈在一起后的生活会是什么样子。在她的想象中，那应当是电视剧中男女主从此幸福生活在一起的圆满结局。妙子没有想到一切竟演变成了现在这般境地。

厨房里传来了成文梅"吃饭了"的声音。妙子走过去，把饭菜端到桌上。杨杨似乎饿坏了，拿起筷子狼吞虎咽起来，说外婆做得真好吃。成文梅听了很高兴，说这些都是你妈爱吃的菜，看来儿子的口味是随妈的。

妙子看了一眼桌上的菜，扁豆炒腊肉、煎豆腐、雪菜肉丝、番茄蛋花汤，她好久没吃到母亲做的菜了。窗外的雨声依然连绵不绝，妙子此刻坐在桌旁，捧着碗，跟家人一起吃着一桌热气腾腾的饭菜，竟然久违地感受到了幸福。

饭后，妙子见成文梅在洗碗，表示要帮忙一起洗。成文梅不知为什么，显得没什么精神。

"妈，你不舒服吗？"妙子察觉到了成文梅的无精打采。

"没。"成文梅有气无力地说道。

"你肯定不舒服了。"妙子知道成文梅病了时的样子，"你看你的脸这么红，眼角也耷拉着。"

妙子拿手摸了摸成文梅的额头，热得发烫。

"妈，你发烧了……"妙子让成文梅赶紧停下手里的活，去卧室里躺着。她找了找家里的温度计，给成文梅一量，三十八度九摄氏度。

"周澈，你知道家里的退烧药放在哪里吗？"妙子问道。

"我哪知道？"周澈没好气地回答道。

妙子开始翻箱倒柜地找退烧药，杨杨从一旁跑过来，说自己的鳄鱼玩具找不到了。

"杨杨，你先玩别的，妈妈在给你外婆找退烧药。"

"可我就想要那个鳄鱼玩具。"杨杨跺了跺脚。

"杨杨，你外婆生病了，这种时候你要学会关心别人。"妙子蹲下来对杨杨说道。

杨杨点了点头，说要帮妈妈一起找。但两人把家里翻了一遍，也没找到退烧药。

"我们家什么时候买过退烧药了吗？"周澈见两人找个不停，突然问道。

"所以家里根本没有退烧药。"妙子感到又悲又恼，"你也不早点说。"

"我哪记得。"

妙子又给成文梅量了一下体温，温度计显示已经升到了三十九度一摄氏度。妙子决定到外面的药房去给成文梅买退烧药。成文梅听见妙子穿外套、拿雨伞的响动声，披着件睡衣走了出来，有气无力地说道："妈没事，睡一觉就好了。你也早点睡，别被我传染了。"成文梅的头发散乱地披着，眼睛发肿，嘴唇上也起

第十章 雨镇

了皮。

妙子执意要去买，周澈补了一句："这个点药店早关门了。不信你拿手机查查。"

妙子只好作罢。她失落地坐在沙发上，因为不知道墙的范围有多大，所以叫救护车并非一个好的选择。杨杨拿了一只大黄鸭玩具，走到妙子身旁："妈妈，这个给你玩。"

"谢谢杨杨。"妙子努力挤出了一个笑容。

晚上，妙子决定让杨杨和周澈睡一间，成文梅睡一间，自己睡沙发。沙发上还残留着烟味，看来周澈平时没少抽烟。妙子躺在沙发上，呆愣愣地盯着一片漆黑的客厅，窗外的雨敲击在玻璃上，发出啪嗒啪嗒的响声。窗户没法关严，时不时有凉风飕飕地从小缝里吹进来。

母亲的烧退了没有？除了她们俩，第三个人是谁？墙收缩到哪儿了，会不会在睡梦中把她们挤扁？妙子想着这些烦心事，一股巨大的恐惧感笼罩着她。一时间，她曾经那些美好的回忆和身处异乡时所遭遇的纷乱残酷的场景在她的脑海中一起涌现出来。妙子的咽喉处开始发酸，她的眼泪夺眶而出。因为怕吵醒其他人，妙子只能捂住嘴，小声抽泣着。就算她和母亲撑过了这个世界，等待她们的还有无数个残酷的世界，更何况她不知道何时会与母亲分离。她不知道自己能够向谁倾诉，向谁求助。长时间的抽噎让她的咽喉酸痛、全身无力。母亲在房间里喘着粗气，每一声喘息都加剧了妙子的不安与恐惧。

"太残酷了……好想结束……好想回去……"妙子呜咽着小声说道。

第二天早上，妙子又给成文梅量了体温，所幸终于是退烧了。周澈不见人影，估计是下楼瞎转悠去了。妙子下楼找到一家早餐铺，买了粥、馒头和茶叶蛋回来，又从家里的冰箱里拿出了一包榨菜和两块霉豆腐。

"女儿长大了，知道照顾妈妈了。"成文梅欣慰地说道，她摸了摸妙子的头，眼里泛着泪光。成文梅是个很容易动感情的人，无论脾气还是眼泪都来得很快。

吃完早餐，妙子决定下楼寻找墙的边界，以便提前做好准备。出门前，她叮嘱成文梅和杨杨千万别走出家门，有陌生人来敲门也别轻易开门。

"这附近最近来了个杀人犯，没人知道他长什么样子，可能是大人、小孩、男人、女人，所以对任何陌生人都要小心。"妙子试着用比较容易理解的话警告两人。

"那你也别出去了呀，多危险。"成文梅忧心忡忡地说道。

"我……没关系的。"

成文梅从厨房拿来一把剪刀:"揣兜里防身,还有遇到什么事了记得打电话求助。对了,那个什么周澈呢?让他陪你一起出门。"

"他去找工作了。"成妙子说道,"那我出门了。"

成文梅思前想后,还是不放心,想跟妙子一起出去。

"你在家照顾杨杨,他年纪还小,不能没有人照顾。如果有什么事的话,我们随时电话联系。"妙子的这番说辞,才让成文梅同意待在家里。

"一定要小心啊。"成文梅再三叮嘱道。

妙子撑着伞走出楼外,向小镇的边界走去。在快出小镇的时候,妙子终于见到了墙,在晦暗的天空下隐隐显出它的边界。接下来,妙子还需要知道墙的移动速度。在雨中干站着等也不是办法,她走到炸鸡店,问老板能不能在他这儿坐会儿。

"没问题,反正也没什么客人,哈哈。"老板答应得很爽快。

"老板,"妙子看向坐在一旁嗑瓜子的老板,想了想,还是说出了口,"海啸可能又要来了。"

"什么?是气象预报说的吗?"老板露出了困惑又惊讶的神情。

"啊……我不知道该怎么解释,反正你最好做好准备。"

老板叹了一口气:"我从二十二岁开始就在这里开炸鸡店了,一开始虽然冷清,但吃过的人都说我做的炸鸡好吃。慢慢地,来吃的人就越来越多了。一晃二十年过去了,我的这家炸鸡店成了远近闻名的炸鸡店。去年的那场海啸,让整个镇子都变得面目全非,许多原本住在这里的人都搬走了,但我一直在等天放晴的那一天。"

妙子不知道该如何安慰老板。此时妙子的手机响起,是成文梅打来电话:"妙妙啊,门外来了两个人,说是来找周澈的。"

妙子让成文梅先不要开门,自己马上回来。对方既然是来找周澈的,那应该就不是另一个异乡人。她打电话联系周澈,但是打不通。妙子火急火燎地赶回家里,见到门外站着两个身形高大的男人。

"你是周澈的老婆吗?"其中一个男人问道。

"你们是谁?"

"周澈欠了我们二十万,我们是来讨债的。"

"什么?什么时候?因为什么?"妙子有些语无伦次。成文梅打开门,忧心忡忡地看着妙子。

第十章 雨镇

"两个月前,因为赌博。这是他的欠条。"男人把欠条出示给妙子看,但妙子并不清楚这是不是周澈的字迹。

"我……我不知道这件事情。而且我现在也联系不到他。"

"你们需要多少时间筹到这二十万?"

"我也不知道……"

"下个星期我们会再来一趟,下次就不会像现在这么客气了。"男人冷冷地说道,说完便走了。

成文梅一副难以置信的神情:"妙妙啊,你怎么嫁了这么一个人……"

妙子依然不愿相信这是真的。晚饭时分,周澈终于回来了。周澈身上酒气熏天,一回家就躺到了沙发上。妙子问他赌债是怎么回事,周澈也不应。妙子于是走过去重重地掐了一下周澈的胳膊,周澈痛得叫了起来。

"痛死了!"周澈抱怨道。

"我问你那二十万的赌债是怎么回事?"妙子恼火地问道。

"就……玩上头了。"周澈的声音软了下来,眼睛瞥向别处。

妙子感到自己的身体上像有几百只小虫子在爬,瘙痒、刺痛、灼烧感交杂在一起。骂人的话到了嘴边,又被妙子咽了回去。这时,妙子的手机响起,妙子接通电话,对方称自己是幼儿园的教务处老师。

"成妙子女士,您之前在我们幼儿园预约了您孩子的上学名额,但由于报名人数的增多大大超出了我们的预料,现在可能需要家长交一笔五万元的赞助费,才能帮孩子争取到上学名额。"

"什么?怎么还有赞助费这种事?"妙子可不记得自己上幼儿园时交过什么赞助费。

"总之您考虑一下,尽快做出答复。名额的数量是有限的,先到先得。孩子的成长是最重要的,现在的家长都很重视孩子的教育,不要让孩子输在起跑线上。"说完,电话便挂断了。

"我们一共有多少存款?"妙子问周澈。

"两万吧。"周澈躺在沙发上,有气无力地说道。

妙子感到无话可说。成文梅走过来,说自己应该还有些存款,只是不知道银行卡密码是多少。妙子表示自己已经三十多岁了,不会再用母亲的钱。成文梅见妙子无精打采的样子,鼓励她说没事的,有妈妈在,说罢便进厨房准备做晚饭。妙子也走进厨房,帮成文梅打一些简单的下手。

饭桌上，周澈嫌菜的盐放少了，妙子有些生气地说不爱吃就别吃。周澈听了，恼火地把筷子摔到了地上，坐到了沙发上去。饭后，成文梅在洗碗，妙子见周澈躺在沙发上玩手机的样子，终于忍不住了，走上前去发火道："你就一辈子烂在沙发上好了，欠了一屁股债还在那儿玩手机。"

"你有什么资格说我，你结婚后有挣过一分钱吗？说什么不喜欢那份工作，还不都是我在外面辛辛苦苦干活？"周澈本就心情不好，经妙子的话一刺激，直接站起来大吼道。

"我至少没像你一样出去乱赌博！还有，我没带孩子吗？"

成文梅听到周澈和妙子的争吵声，放下正在洗的碗筷从厨房里跑出来看："好了，你们都别吵了，吵架解决不了问题。"

周澈坐回到沙发上，妙子也扭过身去，两人都不再说话。在一旁看着父母吵架的杨杨，忍不住哇的一声哭了出来。

"哎哟哟，我的小宝噢——杨杨乖，杨杨不哭——"成文梅抱起杨杨，摸着他的头安慰他，随后转过去对夫妻两人说道，"你们呀，不要当着孩子的面吵架。"

第二天，周澈和妙子的冷战还在持续。这天周澈和妙子都没出门，屋里一片死寂。吃饭时，两人也都不说话。杨杨和父母说话，得到的也只是心不在焉的回复。

饭后，妙子去上厕所，周澈刚洗过澡，满地都是水，妙子不得不先用抹布拖一遍地面，然后用纸把马桶圈上的水擦干。客厅里，杨杨突然把自己的机器人玩具重重地砸在地上，机器人玩具的一只脚被摔断了。

"干吗呢，你知不知道这玩具有多贵？"周澈看见了，起身问道。

"就砸它！就砸它！"杨杨跺着脚说道。

周澈气愤地走过来，给了杨杨的后脑勺一巴掌，杨杨一下子被拍倒在地上。他跟跟跄跄地爬起来，愣了一下，然后坐在地上号啕大哭。周澈还想用脚踹杨杨，成文梅跑过来护住杨杨："周澈，你怎么打孩子啊！杨杨，你没伤着吧，有哪里痛吗？"

正在厕所擦水的妙子听到声音跑了过来，杨杨对着周澈和妙子两人哭喊道："我讨厌爸爸妈妈！每天都吵架！"

妙子感到很愧疚，慌乱地对杨杨说道："对不起杨杨，爸爸妈妈以后不吵架了，不吵架了。"

"你骗人！你以前也这么说过！你还说就不该跟爸爸结婚，不该生下我！"看

第十章 雨镇

来在妙子来到这个世界以前,这个世界原本的妙子就经常和周澈吵架了。

妙子和成文梅又花了好久的时间哄杨杨。晚上,妙子躺在沙发上,身体因为干了两天家务活而觉得酸痛,颈椎和腰部都不舒服。她再一次意识到现在的自己已经不再年轻了。妙子走到客厅的镜子前,看着镜子里长出皱纹、眼袋逐渐下垂的自己。妙子尝试着微笑了一下,镜子里那个疲惫的人和回忆里那个十八岁女孩的模样相去甚远。她注意到镜子旁摆放着一张全家福。那是杨杨刚出生不久后拍的,那时候的她和周澈看起来都满怀着对未来的憧憬。杨杨的手里抓着一艘玩具船,咧着嘴笑得很开心。妙子越想越觉得自己对不起杨杨,便决定给杨杨写一封信。她不知道自己什么时候会匆匆地离开这个世界。她希望杨杨,还有原本的妙子都能看到这封信。

亲爱的杨杨:

你好呀。

妈妈给你写这封信,是想好好地跟你道个歉。妈妈知道你还不认识字,所以在封面上写了"妙子,请读给杨杨听"。

妈妈做了很多不对的事情,妈妈不该当着杨杨的面和爸爸吵架,不该忽视杨杨的心情。妈妈没有给杨杨一个好的生活。

妈妈小时候,你外婆早早地和外公离了婚。从妈妈记事起,妈妈就是由外婆一个人带大的。你的外婆一直都很爱我,尽管我的童年生活过得并不富裕,但仔细想想,大部分时间我都是很幸福的。

妈妈作为一个母亲,远不如你外婆来得合格。妈妈之前说的那些话,都是因为在气头上,妈妈要为这些话向你道歉,以后妈妈会努力做得更好。无论发生什么事,妈妈永远爱杨杨。妈妈希望杨杨健康、快乐地成长,做一个善良、幸福的人。妈妈相信,爱是超越一切的力量。

永远爱杨杨的
妈妈

写罢,妙子把信小心翼翼地折叠好,放在了沙发前的茶几上。夜里,妙子总觉得好像忘了什么事,接连做了几个噩梦。当妙子从沙发上惊醒时,她感到浑身都很沉重,心脏也不太舒服。外面天还没亮,妙子看了一眼手机,才凌晨四点多。

妙子正要昏昏沉沉地睡去,突然想到了墙的事情。她穿好衣服,拿起雨伞走下楼。楼外暴雨如注,路灯昏暗的灯光被厚厚的雨幕遮挡。妙子打开手机的手电筒，在雨中艰难地前行着。然而，方才走出几步，妙子的脚就踢到了什么无形的东西上面。

妙子霎时间反应过来，就像一个梦游的人突然惊醒一般冲回楼里，把还在睡梦中的成文梅摇醒："妈，醒醒，出事了！"

成文梅惊醒过来，慌乱地看向四周，问妙子发生什么事了。妙子一时半会解释不清楚，只是让成文梅赶紧穿好衣服。成文梅慌忙地穿着衣服，想到了什么，便问妙子："是你说的那个杀人犯来了吗？"

"对，所以我们要赶紧走。"

"那杨杨呢，不能丢下杨杨呀。"成文梅说道。

"杨杨没事的，杀人犯是冲我们两个来的。"

两人以最快的速度冲出楼外，妙子看到墙已经进入了楼内，如果再晚些，两人就会在睡梦中被夹在这道无形的墙和真实的墙壁之间。

屋外的风很大，妙子刚撑开伞，伞盖就被大风掀翻。妙子没能握牢伞柄，伞一下子就被大风吹到了墙的外面。妙子想打开手机的手电筒，然而雨太大，手机的触摸屏没反应。两人只得在一片漆黑中摸索着前进。妙子警惕地看着四周，时刻准备掏出剪刀来防身。成文梅上了年纪，又是冒着风雨前进，不一会儿便气喘吁吁。妙子也能感觉出来自己的体能不如年轻时那样好了。

在路灯的光照下，妙子已经能隐约看到墙壁完整的边界——一个直径约十米的球体。墙收缩的速度有所减慢，妙子找到了附近一家废弃的店铺，店铺的门用U型锁锁着，但锁得不紧，用力往里推时能打开一个小角，如果侧过身来或许能挤进屋内。根据妙子的目测估算，这家店铺就是球体的中心了。妙子和成文梅勉强从两扇门中间穿了过去。这是一家杂货铺，店铺的主人早已离开，如今只剩下了几排空空的货柜。

"妙妙，你说的那个杀人犯，就在这附近吗？"成文梅轻声问道。

妙子点点头，第三个异乡人，现在就在这十米的圈内。两人不敢出声，只是盯着门外未知的漆黑。磅礴的大雨落在玻璃窗上，像一个恶魔在用它的巨手拍打着窗户。这时，妙子隐约听到了一阵婴儿的啼哭。哭声若隐若现，穿过重重雨声，传入妙子的耳中。

成文梅也听到了婴儿的哭声："好像是从隔壁店里传来的。"

妙子有些犹豫要不要过去查看。听着婴儿撕心裂肺的哭喊声，妙子最终还是鼓起勇气走了出去。婴儿的哭声果然是从隔壁的店铺内发出来的。妙子想要打开

第十章 雨镇

门,却发现门被牢牢锁住。妙子跑回杂货店拿了一把椅子,想要把玻璃敲碎,但只是徒劳。成文梅也从杂货店跑了出来,她来到妙子身旁,发现隔壁店铺的窗户没有锁上。妙子当机立断,决定从窗户爬进去。

"一定要小心啊,妙妙。"成文梅担心地说道。

墙收缩得很快,隔壁店铺马上也要落到收缩范围之外。留给妙子的时间很有限。妙子爬进屋,小心翼翼地跳到地上,却因为脚滑一屁股摔在了地上。妙子忍着痛爬了起来,循着哭声走到房间的角落,果然发现了一个婴儿,从体型看似乎刚出生不久。妙子抱起婴儿,想从内侧打开门,发现门是被反锁住的。妙子只好从窗户把婴儿递出去,让成文梅在外面接着。随后,妙子再从窗户爬了出去。此时收缩的墙壁已经进入了杂货店隔壁的店铺之内,三人顺着墙壁的边缘回到了便利店内。

妙子大口大口地喘着粗气,她的膝盖和脚踝都摔伤了。她坐倒在地上,感到疼痛感从腿部传来。墙壁已经收缩至不足五米了,成文梅摸了摸那道无形的墙,感受到它还在往里收缩。

"妙妙,你说的那个杀人犯,是不是快要出现了?"成文梅问。

妙子环顾四周,墙已经完全收缩到便利店以内了。她看向成文梅怀中的婴儿,把婴儿的手轻轻抬起来去触摸墙壁,果然,穿不过去。

"妈,没有杀人犯了,只有这个小家伙和我们了。"妙子看着婴儿,婴儿已经停止了哭泣,只是睁大了眼睛,平静地看着她。婴儿看起来比正常的婴儿要瘦上一大圈,看起来过去的几天,婴儿都是在那间无人的店铺里度过的。妙子无法想象婴儿是如何存活下来的,难道只是靠流进店里的雨水……妙子被婴儿的求生意志震撼到了。

"那,那这道墙怎么办呀?"成文梅问。

"我也不知道。"妙子感到悲伤而无力。她看向那道墙,忍着腿部的疼痛艰难地站起身来,想要拿椅子砸碎它,但椅子直接穿了过去,她的手却被墙阻挡住。墙毫发无伤。

"唉……这个噩梦什么时候才能醒过来啊。"成文梅依然觉得自己是在做噩梦。

"妈,"妙子看向成文梅,"小时候我做噩梦的时候,你就会拍着我的背,给我唱儿歌,你能再唱一次吗?"

成文梅笑了笑,像是回想起了什么美好的事情,眼睛亮闪闪的。她轻轻地唱道:

> 池塘边　青蛙叫
>
> 池塘旁　胖娃笑
>
> 青蛙叫得爷爷　睡不着觉
>
> 胖娃笑得一脚　摔在泥坑上
>
> 胖娃哭着找爷爷
>
> 爷爷给胖娃唱童谣
>
> 唱的啥　唱的是——
>
> 池塘边的青蛙叫

成文梅怀中的婴儿听了儿歌，咯咯地笑了起来。妙子和成文梅见婴儿笑，也忍不住笑了起来。

"真可爱啊。"妙子对着婴儿说道，"美好的新生。"

"妙妙，快看，雨停了。"

妙子抬起头向外看去，雨声已归为宁静，从远方升起一道光亮，在海平面上投下粼粼的倒影。近处，一阵清亮的鸟鸣声预告着黎明的到来。妙子看到墙停在了她们身前，不再收缩。

一团温暖的光芒包裹住妙子，她感受到自己的身体正在变得轻盈。一阵无名的回响在她耳边飘过，她不理解其中的意思。她闭上眼，让自己和世界融为一体。她不再有知觉，她的每一粒细胞，身上的每一颗原子，都飘散开去，漂浮在了无限的宇宙中。

那是永恒的时间。

"妙子！妙子！快醒醒！我们要迟到了！"一个熟悉的声音传来。

妙子从桌子上缓缓抬起头来，她深呼吸了一口气，感到头痛欲裂。妙子缓缓睁开眼，站在她面前的是她的好朋友陈芽，一个身高一米六、体重一百五十斤、扎着双马尾的胖女孩。

"成——妙——子——"陈芽用力拍了拍妙子的桌子，把妙子给震精神了，"高考动员会马上要开始了，你怎么还在睡觉呢，快点走吧，我们要迟到了。"

"哦，好。"妙子揉了揉头。她好像做了一个很长的梦，但她什么都想不起来了，只觉得脑袋要爆炸了一般。她感觉到一些记忆正在飞快地离她而去，她尝试在脑海中寻找那些记忆，却一无所获。

第十章 雨镇

"怎么了妙子,你不舒服吗?"陈芽察觉到了妙子的脸色很难看,关切地问。

妙子摇了摇头,说道:"我没事,我们赶紧走吧。"

两人来到操场,找到了她们班的队伍。因为来晚了,班主任让她们排到队伍的最后面。陈芽硕大的体型站在队伍的末端十分显眼。

高考动员会开始了,先是教导主任讲了几句话,随后,一个梳着大背头的三十多岁的男子走上了演讲台。

"同学们,大家好。我是今天的讲师,厉志。"

说完,他顿了顿,望了望操场上的众人,然后说道:"你们可曾想过,自己为什么要这么拼命地读书?

"是因为父母强迫你读的吗?是为了自己的面子过得去吗?不是的。

"是为了你自己有一个更美好的未来,是为了让你有能力去保护那些你最亲爱的人,无论是你的父母、你未来的伴侣,或是你将来的孩子。

"我们的父母常说,考个好分数,上个好大学,找份好工作,过上好人生。对这些话,你们可能早就听腻了,但我要告诉你们,父母说的都是对的。

"同学们,青春是无限美好的空白,由你们来绘制人生美好的蓝图。但是,孩子们,我也要告诉你们,人生是一场残酷的竞争,稍有放松就会落在后面。高考,可能是你们遇到的最重要的一次竞争。跨过了这道坎,来到大学,你们就能自由地选择自己的发展方向,做自己想做的事情,去学习、去玩、去恋爱,去享受一切青春的美好。所以,为了更美好的未来,奋斗吧!拼搏吧!冲刺吧!"

说到激情处,两个学生小跑上来拉开横幅。

"同学们,今天,距离高考还有整整两百天,乾坤未定,你们皆是黑马。你们所流下的每一滴汗水,所付出的每一分钟,最终都会在分数上给予回馈!来,跟我一起大声喊出横幅上的内容——'多考一分,胜过千人!我的人生我做主!'"

操场上,传来同学们荡气回肠的呼喊声:"多考一分,胜过千人!我的人生我做主!"

讲师激动地鼓起掌来,台下亦掌声雷动。随着一声发令枪响,在热情洋溢的音乐中,彩色的气球从四面八方升起,承载着众人滚烫的理想,飘向晴空万里的苍穹。

(上半部完)

第十一章 校园

飞来：异乡谜客

　　学习委员搬来一把椅子，在黑板的左上方工整地写下"高考倒计时200天"几个字。班长在教室后方贴出了班主任最新排出的座位表。"老师特意把一些差生和好生排在一起，希望能够起到引导和带动作用。"班长传达了班主任的意思。

　　在学生时代，换座位总是让人感到兴奋的。同桌，以及周围一圈的同学，在很大程度上构成了一个学生平时的校园体验。妙子坐在座位上，看着同学们蜂拥至教室后面，内圈的人努力看清座位表上的小字，外圈的人或是踮起脚尖，或是想要往里挤。体型瘦小的同学，自知挤不进去，只好在一旁等人群散去。除此之外，也有托别人帮忙看的。

　　陈芽凭借硕大的体型和先发制人的优势成功挤到了最内圈，但从内圈再挤出来时却花费了不少力气。她迈着大步来到妙子身边，眼睛瞪得圆圆的，对她说："妙子，我跟邹午做同桌。"邹午是班里的学习委员，一个戴着眼镜、瘦瘦高高的男生。妙子平时见到他时，他基本都在低着头安静地看书或是做题。

　　"唉，估计老师看我跟你关系好，不想让我们在自习课上聊天，特意把我们排开了，"陈芽抱怨道，随后她的神情转为紧张，"你猜你和谁坐？是赵驭！这下你可有好果子吃了。"

　　赵驭是班上出了名的差生，性格乖戾，姿态神情颇有几分混混的模样。赵驭的父母似乎很有钱，他平时身上穿的衣服鞋子都是名牌，花钱也大手大脚的。之前赵驭因为殴打同学，被学校处分，并找了家长谈话。在班主任面前，赵驭的父母把赵驭臭骂了一顿，并说除了医药费外，还会给被打的同学一大笔补偿金，希望能够考虑撤销处分。但赵驭对父母和老师的训斥都不以为意，头扭到一边去，露出一副不屑的神情。

　　"啊，没关系。"妙子对陈芽说，她想着只要自己不搭理赵驭就行。

　　同学们看完座位表后，班长冯嘉思便开始组织换座位。冯嘉思是出了名的好学生，老师的得力帮手。虽然冯嘉思的成绩比起学习委员邹午要来得差些，但组织和沟通能力都远超邹午。

　　搬桌椅是个体力活，整个教室都响彻桌脚在地面摩擦发出的声音。陈芽率先

第十一章 校园

搬完桌椅后，就跑过来帮妙子搬。随后，冯嘉思开始指挥同学们进行大扫除，大扫除完毕后便可以放学回家。这期间，正在拿着拖把在地面上写"毛笔字"的陈芽注意到同样负责拖地的赵驭只是随便拖了两下地就背上书包走人了，便跑过来和妙子抱怨。陈芽虽然有些拖拉，但角角落落都还是打扫干净了的。陈芽拖教室一二大列的地，赵驭拖三四大列，教室左右两边地面的干净程度形成了鲜明的对比。妙子负责擦玻璃，任务量较少，这让陈芽很是羡慕。

"让你擦玻璃，一个重心不稳就直接把玻璃压碎了。"旁边一个同学对陈芽开玩笑地说道。

大扫除结束后，妙子收拾好书包，检查了一遍是否带上了作业，然后和陈芽一起离开了教室。她们来到寝室，整理好衣物后，提着拉杆箱朝校门走去。妙子所在的高中实行住宿制，周五傍晚是同学们回家的时刻，伴随着校园小喇叭播放的明快的歌声，校园的小路上充满了欢声笑语。同学们见到在门口等待的家长，纷纷高兴地扑上去。陈芽的父亲是一位厨师，和陈芽一样有着硕大的体型。陈芽见到她老爸标志性的圆肚子，便激动地朝他挥手。

"妙子，那我先走了！"陈芽高兴地跟妙子说了再见。

妙子站在校门口张望了一番，没有见到成文梅。于是她坐在石凳上，拿出一本书看了起来。

不知看了多久，一个声音突然从头顶上方传来："《朱身》，我也喜欢看这本书。"

妙子吓了一激灵，抬头一看，是邹午。她礼貌地笑了笑，回答说："嗯，挺好看的。"

邹午的母亲为了邹午的学业，在学校附近租了房子，因此邹午每天都回家。邹午说完，便转过身去走了。妙子坐在原地又等了半个小时。等到成文梅开着妙子舅舅的那辆旧面包车过来接妙子时，天已经差不多黑了，还等在校门口的同学也所剩无几。

"妙妙，不好意思啊，厂里临时要加班，我实在是脱不开身。本来想让你舅舅来接你的，结果他大白天喝醉了。"成文梅急匆匆地从面包车上跳下来，"你没事吧，有没有着凉？"

妙子摇了摇头。她坐上那辆破旧而又熟悉的面包车，成文梅转了下钥匙发动车子，踩下油门，车缓缓开动起来，沁凉的晚风透过车窗上的缝隙吹过妙子的头顶。有那么一瞬间，在天刚刚好暗下来的那一刻，妙子看到窗外的路灯一齐亮了起来。黄澹澹的灯光下，面包车就这样缓缓在婆娑的树影间穿行。

回到那间小小的出租屋里，成文梅走进厨房准备做饭。妙子看着屋里的板凳、茶几、古董般的电视机、半人高的小冰箱、墙上贴的奖状，还有滴答滴答转动的时钟，心里有一种莫名的感动，仿佛已经阔别了这个家许久。晚饭，成文梅给妙子做了扁豆炒腊肉、煎豆腐、雪菜肉丝、番茄蛋花汤，全是妙子爱吃的菜。

"妈，你做太多了啦，吃不完的。"

"不多，在学校累坏了吧，多吃点。"一周不见，成文梅看见妙子格外地高兴。

饭后，成文梅正在洗碗，妙子在房间里写作业。听到有人敲门，妙子跑过去开了门，是她的舅舅成文胜。成文胜的脸上还泛着红光，身上散发着酒气，手里提着一袋蔬菜。

"文梅！文梅！"成文胜喊了两声，成文梅没有听到，"你妈还是那个老毛病，在工厂里听机器的声音听多了，耳背。"

舅舅于是走进厨房拍了拍成文梅的肩膀，成文梅没有注意到舅舅，被吓了一跳："你怎么进来也不说一声。"

"你自己耳朵不好。"舅舅提起手里的那袋蔬菜，"咱妈自己种的，让我带来给你。"

成文梅让舅舅自己倒茶喝，并劝告他以后少喝点酒。

"村里那个吴老二，就是喝酒喝死的。"

"他是吃了生的河豚，在电饭煲里蒸了十五分钟，没蒸熟，所以有毒，和喝酒有什么关系。"舅舅说道，"对了，听你们同厂上班的秀姐说，你今天干活时晕倒了。"

成文梅瞟了一眼妙子，显然她不想让妙子知道这件事。

"没晕倒，就是休息一会儿。"

"什么没晕倒，人家差点都叫救护车了。你呀，也别太累了，实在不行就找妈要点钱。"

"我可不是你。"

舅舅跟成文梅又闲聊了几句，就走了。妙子关切地问成文梅："妈，你晕倒了？"

"没什么事儿，眯了会儿就好了。我记得好像还做了个梦，梦到你了。"成文梅笑着对妙子说，她不想让妙子担心自己，"好了，快去写作业吧。"

妙子隐约记得自己好像也梦到了成文梅。但对梦的细节，妙子却怎么也想不

第十一章 校园

起来。

周末，成文梅照例出去打零工。她会提前做好午饭，放在冰箱里，妙子只需在中午加热一下就行。周六晚上，妙子陪成文梅在河边散步。那是成文梅一周中最快乐，也最放松的时光。

"妈，你白头发又多了。"妙子看着成文梅鬓角的白发说道。

"哦，明后两天有空了妈给它染一下。"

"你别乱用那种便宜的染发膏，那东西对头皮刺激性很大的。"妙子一边说着，一边捋着成文梅的头发。

到了周日下午，妙子就要准备回学校上晚自习了。因为成文梅在外面打零工回来得晚，所以妙子到学校也晚，往往都是将将赶上晚自习，这次也不例外。

妙子把行李拿到寝室放好，然后背着沉重的书包一摇一晃地跑向教室。她在上课铃声中气喘吁吁地来到座位上，几个课代表立马过来催她交作业。妙子的课桌上还放着一摞赵驭的书，赵驭看见妙子来了，随手把书扔到自己的座位底下。

妙子急匆匆地拿出作业交给各个课代表。小组长告诉她数学课代表已经拿着数学作业去办公室了，妙子于是又跑去数学办公室，交上了自己的作业，然后划掉了写着还差哪些人没交作业的小纸条上自己的名字。

晚自习一共有三节课。妙子注意到赵驭上课没多久后就看起了杂志。妙子拿出笔记和练习册，开始复习上周学到的内容。上课期间，妙子听到陈芽座位的方向传来了屁声，妙子忍不住咳嗽了两声。以前两人坐得近时，妙子在上课期间常常被陈芽逗笑。后来为了不被老师骂，妙子锻炼出了用咳嗽代替笑声的本领。第一节课下课后，陈芽跑过来找妙子聊天，向她绘声绘色地描述着自己周末吃到的双皮奶有多好吃："像云朵一般顺滑的口感，感觉整个人被天使温暖的光芒包围了。"妙子想象不出这种口感，但陈芽的描述让她感觉似曾相识。

第二节课，赵驭直接不见了。下课后妙子与陈芽闲聊，陈芽说好多人都曾看见过赵驭上晚自习的时候在学校里面闲逛，因此晚自习时赵驭不在座位上已经是见怪不怪的事情了。第三节课上到一半，赵驭终于回来了，在座位上继续翻看起他那本没看完的杂志。下课铃一响，赵驭就起身叫他的兄弟们一起去小卖部里买吃的。陈芽说自己饿了，也拉着妙子一起去小卖部。陈芽买了一包薯片和一根热狗，妙子看了一遍货架，最终买了一袋牛奶。

陈芽边走边吃着零食，流露出幸福的神情："我一个小时前就饿得不行了，最后一节课头都是发昏的。"

第二天，课程如期进行着。学校在高三一开学就进入了复习阶段，现在临近学期尾声，第一轮复习已经进行得差不多了，十校大联考也即将到来。

"这次十校大联考，许多名牌大学的招生组都在关注，有些想抢高分学生的，会提前和联考考得好的同学介绍自主招生的优惠政策。还有就是，这次联考的考生群体很大，出题老师有很多都是参加过高考出卷的，所以在这次联考中的排名，是很具有代表性的。每位同学都要把这次联考当作是高考，重视起来，抓紧每分每秒学习。"班主任在早自习的时候说道。班主任王英才是一位三十岁出头的男青年，语文老师，身材高大结实，戴着一副圆眼镜，在不笑的时候看起来十分严肃。

数学课上，数学老师拿着一沓卷子走进教室，是上周测验的卷子。两个数学课代表走上前去，各领一半。卷子很快像落叶一样飘落到同学们的课桌上，从讲台上看去，台下的喜怒哀乐尽收眼底。

"再过两周就是十校大联考了，这次联考有多重要，相信大家已经知道了，所以一定要严肃对待。错了的题目，自己好好想想为什么会做错。"数学老师又强调了一遍。

英语课要听写单词，二十个单词，如果错两个以上就要到办公室重新听写。英语老师走进教室，让同学们把书收一收："临时抱佛脚是没有用的。好了，把书合上，第一个单词是……"

上午的最后一节课是体育课，一周两节的体育课是同学们为数不多可以放松的时间。集合完，体育老师领着同学们做完热身运动后，就让同学们开始自由活动。男生大多会去器材室领篮球和足球。女生有在操场上散步聊天的，有看男生打球踢球的，也有自己借了羽毛球拍打的。

妙子和陈芽在操场上散步，妙子看见邹午拿了一本课外书，坐在花坛边上看书。"他真的一直在看书，很安静地坐着看书，像一座雕像一样。"陈芽感叹道，她不知道邹午是怎么做到的，自己看几分钟书就满脑子是玩和吃了。

两人散步到篮球场旁边，看到班上的几个男生正在打篮球，其中赵驭虽然不是身材最高大的那个，但却是最凶猛的，像一只迅捷的野兽般穿梭在人群间。

"其实赵驭打篮球的时候还蛮帅的。"陈芽说道。

妙子没有说话，一旁的郑菁菁凑了过来，对陈芽的话表示赞同："你看他手臂上那个肌肉的线条，一看就很紧实。他穿的篮球鞋也都要好几千一双，听说他爸是老板呢。"

第十一章　校园

"可惜就是平时说话嘴太臭了，让他交个作业还要被摆臭脸，不然还真有几分霸道少爷的味道。"陈芽说道。陈芽是班里的语文课代表。

"霸道少爷可不就是得给你冷脸嘛，不然怎么还能叫霸道呢。话说回来，一班那个男生你们见过没，这学期刚转过来的，我最近才看见他本人，简直就跟韩剧里的男主一样。"郑菁菁对两人说道，眼里闪着光。

"哦，我好像也听说过。"陈芽对这类消息很关心，"叫闻什么杰……"

"闻绍杰啦。"

"对对对！听说是超级大帅哥，少年感爆棚那种，电影里走出来的人物，真的是难以想象啊。"陈芽激动地说道。

"你就想象一个你看电视剧时看到过的最帅的人物，那个闻绍杰就有这么帅。他真的是那种纯天然的帅，那眉眼、那鼻梁、那颔尖，都像是雕刻出来的一样。"郑菁菁说。

妙子记得这个名字，这是她以前的同学，能够让所有女生一致觉得帅的，应该也就只有他了。妙子似乎在梦中梦到过他。她试图回忆梦里的场景，却感到一阵头痛。

"妙子你怎么了，怎么一副痛苦的表情啊，是不是中暑了？"陈芽注意到妙子的神情，关切地问。

"陈芽，现在是十二月份，怎么中暑啊，要说也是受凉了。"郑菁菁说道。

妙子表示自己没事，陈芽拍了拍妙子的肩膀说道："看看这淡色的小嘴唇，真有种病弱西施林黛玉的感觉了。"

"是不是学习压力太大了，看你这两天气色不太好，要多休息。"郑菁菁对妙子说。

妙子浅浅笑了一下，她想说自己做了一个奇怪的梦，但她不知从何说起。

"嘿，赵驭好像在看你。"眼尖的郑菁菁捕捉到了一丝动向。

妙子抬起头，只看见赵驭迅速地转过头去，接住了队友传过来的球，上篮得分。随后赵驭又转过头来看了妙子一眼。

"他这是在耍帅吗？哈哈——"郑菁菁笑着说道，陈芽看见赵驭这副又想要帅又好笑的样子也忍俊不禁。

吃午饭时，妙子一直想着闻绍杰的事。她隐约记得，在自己的梦里，闻绍杰好像死了。那并不是一个令人感到愉快的梦，但却真实到让人刻骨铭心。饭后，妙子一个人来到一班门口，向里面张望。午饭后至午休前的这段时光是短暂的休闲时光，同学们大多会在教室里聚成几堆，彼此说笑玩闹。

"同学，请问你找谁？"一个不认识的女生看见妙子在窗外驻足良久，走出来问。

"啊，我找闻绍杰。"

那个女生对妙子露出了微妙的笑容，然后朝教室里的一个角落喊道："闻绍杰——有位美女找你。"

班里一阵骚动，不少男生开始起哄，女生则聚在一起小声议论着。闻绍杰从教室后面的人群中探出了一个头，随后小跑着走了出来。午后的阳光照在他面带笑容的脸庞上。妙子自从毕业后就再没见过他，但奇怪的是，他和自己梦中见到的那个长大后的闻绍杰长得一模一样。

"你是……"闻绍杰一时没有认出妙子。

"啊，我是成妙子，听说你转校到这里了……"妙子侧眼瞟了一眼教室里众人的目光，突然有些后悔自己找上门来。

"哦，妙子，我记得你！你看起来变了很多呢，我都认不出你来了。"闻绍杰看起来对再次见到妙子很高兴。

班内传来一阵起哄声。"那个，听说你转校到这里来了，我之前一直都不知道。我就是来跟你打声招呼，没有别的意思，那没什么事的话我就先走了。"妙子说完便走下楼梯，脸上火辣辣的，甚至没来得及抬头看闻绍杰的反应。

"我都一大把年纪了，这种时候怎么还尴尬呢。"这一想法从脑海中闪过，妙子自己也感到莫名其妙。她似乎曾经在梦里梦到过自己成为一名带孩子的家庭主妇。

午休后的第一节课是自习课，有几个同学午觉没睡够，上课铃响后继续趴在桌子上睡觉，赵驭就是其中之一。班主任从窗外悄然走过，看见睡觉的赵驭，用手指在他的桌面上敲了几下，赵驭和其他几人都纷纷惊醒。班主任又环视了一圈，然后从教室后方走了出去。在班主任敲桌子之前，妙子完全没注意到他的存在。按陈芽的话来说，像幽灵一样悄无声息的步伐是每个班主任都必须学会的技能之一。

"喂，英语作业借我抄一下。"赵驭一边揉着惺忪的睡眼，一边对妙子说。

"不借。"妙子直截了当地回绝了。

"你借不借？"赵驭的语气有些凶。

"说了不借。"

第十一章 校园

赵驭想直接伸手来拿，妙子一下抓住他的手腕，提高了音量道："你是小孩子吗？"

这一句话把周围的同学都惊动了，他们纷纷转头看向两人。在一阵无言的沉默后，赵驭哑了一声嘴，把手伸了回去，然后拍了拍坐在他前面的同学，向他要作业抄。

课间，妙子注意到路过的同学有时会看向她，然后转过头去议论。妙子以为他们是在谈论上节课上发生的小插曲，便没有多想。晚饭后，距离晚自习上课还有一个小时。妙子回寝室洗完澡，来到教室。陈芽一脸神秘兮兮地把妙子拉到教室外的一个角落，问妙子："你去找了那个闻绍杰吗？"

妙子点了点头。陈芽拍了一下妙子："现在绯闻都传得满天飞啦。你还被扒出来是他的青梅竹马。喜欢他的女生可多了，你这一下子就四面树敌了。"

妙子感到苦恼，她也不能说自己做梦梦到闻绍杰死了，于是想去看看闻绍杰是不是还活着——这话任谁听了都会觉得荒诞。一番思虑后，她决定不再纠结自己做过的那个梦，回到正常的生活。

回到教室，妙子看见英语课代表在黑板上写下一串学号，那是上午英语听写没过关的同学，需要晚自习时去找英语老师重新听写。妙子扫了一遍，上面有自己的学号。她从讲台上拿回了自己的听写本，也许是心不在焉的缘故，这次听写她错了三个单词。

晚自习上，妙子把听写范围内的单词默背了两遍，然后带上听写本走下楼去。从教学楼到英语办公室要走过一条石板路，路边种了一排竹子。初冬的晚风吹过，路灯下的竹影在风中摇曳，发出沙沙的声音。竹林旁边有几株松树，在灯光下，隐约能看见一只松鼠一闪而过。

"哟，你怎么也没合格？"

妙子听到声音后转过头去，是赵驭。

"拼错单词了。"

"亏我还想抄你作业的来着。"赵驭幸灾乐祸地说道。

办公室里，英语老师正坐在座位上和隔壁的老师聊十校联考的事情。英语老师李竹意是一位临近退休的女老师，性格古板冷淡，对学生十分严格。她身材瘦削，最标志的是她像枯树枝一样的手指，以及修长的手指甲。陈芽曾在背地里称她是"白骨精转世"。

"妙子，怎么回事，这次错这么多，是不是没好好背单词？"英语老师见妙子来了，微微抬起头，眼睛向上瞥。

"背了，就是听写的时候太紧张了。"

"那就是没背熟。"

英语老师看见赵驭随之进门，翻开他的听写本，对他说道："二十个里面错十一个，你还是赶紧退学算了。"

两人听写完，给英语老师批改。妙子全对，赵驭还是错了八个，英语老师让赵驭把每个单词罚抄二十遍。

"哎哟赵驭，你平时不是都不来重新听写的吗？"两人走出门，正好遇见赵驭的一个兄弟，他笑着问赵驭。

"今天突然想来一下。"

过了几天，陈芽下课后照例去小卖部买吃的，听见几个女生在议论她。尽管声音很小，但陈芽还是听到了。

"那头肥猪就是那个狐狸精的闺密。"一个女生说。

"什么闺密，狐朋狗友罢了。那个成妙子，一脸狐媚样。听说她以前对谁都是一副怯生生的样子，最近不知怎么的，忽然天不怕地不怕了。要我说，就是看见我们绍杰来劲了。"另一个女生说道。

陈芽气不打一处来，扔下零食冲上去和她们争论。

"你们看，肥猪竟然开口说话了。"带头的那个女生当着陈芽的面说道，另外几个女生都笑了起来。

陈芽的眼眶红了。赵驭正好路过，听到了她们的对话，走上前来。

"背后嚼舌根，说白了就是没有男生喜欢的大妈们在争风吃醋。"赵驭说道。他对妙子和闻绍杰的事情也有所耳闻。

几个女生不敢对面相凶狠的赵驭说什么，只好骂骂咧咧地走开了。赵驭看了一眼陈芽，从兜里掏出一包纸巾给她，然后双手插着裤兜，一言不发地走了。

陈芽拿纸巾擦干眼泪，调整好了心情。她回到座位上，邹午正在收数学作业。陈芽把数学作业交给他，邹午把陈芽的名字从小纸条上划掉。陈芽看到小纸条上还剩下赵驭的名字，她装作随口问邹午："邹午，你觉得赵驭是一个什么样的人？"

"社会的垃圾罢了。"

陈芽知道邹午曾因为赵驭老是不交数学作业而和他吵过一架，还被赵驭一拳

第十一章 校园

打得流了鼻血。

晚自习下课后，妙子照例打算陪着陈芽去小卖部买夜宵吃，陈芽却摇了摇头，表示自己要减肥。过了两天，陈芽连晚饭都不打算吃了，她从课桌里掏出一个苹果，说自己晚上就吃这个。

"陈芽，这样对身体不好。十校联考也近了，吃饱了才有力气学习。"

陈芽不为所动，执意不去食堂吃晚饭。妙子劝不动她，只好自己先去食堂吃饭，然后帮陈芽带了一份饭回来。陈芽见了，把饭钱给了妙子，但那份饭却分毫未动。

就这样，妙子在接下来的几天都是一个人去吃晚饭。她不是会主动向别人搭话的类型，原先的她还会对此感到尴尬，但自从那个梦后，妙子不知怎么地便不再在意了。她觉得一个人吃饭也挺舒服，很适合自己。

这天，妙子照例一个人去食堂吃晚饭。她刚坐下没多久，一个餐盘便放在了她的餐盘边。妙子抬头一看，是赵驭。

"你怎么一个人吃饭？你的好姐妹呢？"赵驭问道。

"她说她要减肥，不吃晚饭。"

"这样啊。"赵驭夹起饭菜送进嘴里，过了一会儿他说道，"你跟闻绍杰……"

妙子已经被很多人这样问过，她回答道："真没什么关系。我就去看了他一眼。"

"你觉得你这么说别人会信吗？"

"我怎么说别人都不会信的。"

赵驭沉默了一会儿。他吃完饭就先走了，妙子注意到周围有几双眼睛在看着她。她匆匆吃完饭，离开了食堂。

很快，十校联考如期而至。教室的课桌被摆成正式考场的模样，考场安排被张贴在了教室后方。教学楼的外墙上挂着"诚信考试，作弊可耻"的横幅，墙边的桌子上有一个小喇叭一直重复着横幅上的标语。

考试持续两天。第一天的考试，妙子差点没写完作文，写到五百字时抬头一看，距离考试结束只剩十分钟。她顿时感觉肾上腺素飙升，手也不住地抖起来。她努力控制住呼吸，颤抖着写完了剩下的三百字。在铃声响起时，她还有最后一句话没写完，她只好把写到一半的话划掉，留下一个仓促的结尾。

数学考试比平时的测验难得多，考场上叹气声不断，甚至有人因为做不出题而愤怒地锤了一拳桌子。最后两道大题妙子甚至连题目都没看懂，只好勉强写了一些计算过程上去，希望阅卷老师能给她一点过程分。考完数学的那个晚自习，妙子看到班级里有几个女生在偷偷地抹眼泪。

英语和文综、理综在第二天。英语考试算是看上去比较简单的，但不少同学考完后一对答案都发现错了好多。怕影响心态的同学让对答案的同学到教室外面去对，也有忍不住参与进去的。一个男生发现自己选择题连错五道后直接愤怒地把自己的卷子撕成了两半。

临近高考的学生，精神状态大抵是有些问题的。神经紧绷的他们或是像炸药桶一样，一点就着；或是像桌边上的瓷瓶一样，一碰就碎。联考结束后的那个晚上，妙子感觉自己浑身都很虚弱，吃晚饭也没胃口。她扫了一眼教室里的其他同学，都是一脸倦态。她来到陈芽旁边，陈芽看起来神情涣散。

"陈芽，你还好吗？"

"我没事。"陈芽虽然这么说，但她无神的双眼出卖了她。

"明天开始跟我一起去吃晚饭吧，减肥要慢慢减，健康第一。"

"你不要再劝我了。"陈芽听不进去。

妙子叹了一口气，回到自己的座位上。赵驭依然跷着个二郎腿在看杂志，神情怡然自得，看得出来连续两天的考试并没有伤他分毫。

期末考后，同学们还要上两个星期的课。在这两个星期，随着阅卷工作的进行，十校联考的成绩会一门门地出来。最先出来的是英语成绩，因为英语考试大多都是选择题，可以由机器批改。一节自习课上，英语课代表贴了成绩单和考试答案在教室后面。虽然还是上课期间，但不少耐不住性子的同学已经溜到了教室后方，在密密麻麻的格子里寻找自己的学号和成绩，随后又看了看其他人的成绩，数一数自己大概排在第几名。一下课，剩下的人便蜂拥到教室后面。看完成绩后，一些同学拿来自己的卷子到教室后方对答案，讨论的声音热火朝天。有同学坚持觉得自己的答案是对的，准备去找英语老师好好辩论上一番。

又过了一天，数学成绩也出来了。数学课上，老师让数学课代表把每个人的成绩剪成小条，分发给同学们。这次的考试很难，平均分比以往低了将近二十分。听到这里，大多数同学已经无心听课，只想知道自己的分数。下课后，邹午把印有分数的小纸条分发给大家。纸条只有松针般大小，上面的数字却仿佛判词般沉重。

期末考结束后一星期，阅卷完毕，所有科目的成绩都已经出来了。从第一名到第九千三百一十九名，所有参加考试的同学都会得到一个代表着他们排名的数字。出乎意料的是，这次十校联考班上的第一名是班长冯嘉思，而非以往的常胜将军邹午。在一节自习课上，冯嘉思被班主任叫了出去，过了半小时后满面春风地走进了教室。邹午哭了。他趴在课桌上，把头埋进手臂里，他知道大学的橄榄枝抛向了冯嘉思而非他。

"你多少名？"赵驭问妙子。

"一千多名。"妙子对自己的这个成绩也还算满意。

"你猜我多少名？"

"我猜不到。"

"正好九千，九零零零。"赵驭把纸条拍到妙子桌上，没心没肺地笑着。

"你多读点书吧。"妙子说道，虽然她觉得赵驭不会听。

"怕什么，这不是还有三百一十九个人比我差嘛。"

寒假临近，各科的作业像雪花一样飘落，齐心协力想要塞满这间小小的教室。在一堆白花花的卷子之间，突然有人叫了一声："快看，外面下雪了！"

于是所有人的目光都朝窗外看去，是鹅毛般的大雪。过了两节课，雪还在下着，草坪上已经积起了一层雪盖，在日照下反射出晶莹闪亮的白光。同学们冲出教室，在一片冰天雪地间雀跃着。

妙子走到教室外面，她在雪地上踩下自己的脚印。很快，雪就盖过了脚印的痕迹。一个雪球冷不丁地砸向妙子，妙子朝雪球飞来的方向看去，是赵驭扔过来的雪球。他对着妙子傻傻地笑着，满脸高兴。

"你见过赵驭这样子吗？"郑菁菁问陈芽。

"没有。"陈芽摇了摇头，看起来心事重重的样子。她看向妙子，又看向赵驭，沉默了一会儿后开口问道："菁菁，你觉得如果我瘦下来，像妙子一样瘦，会有男生喜欢我吗？"

陈芽没有得到回复。她抬头看向四周，郑菁菁已经找别的女生聊天去了。陈芽踢了一脚地上的雪，默默地转身走回了教室。

妙子没有搭理赵驭，她想起了陈芽。在漫天的大雪中，她在一个个人影中寻找陈芽。看到郑菁菁，妙子上前问道："菁菁，你看见陈芽了吗？"

"哦，她就在那……欸，她人呢？"

妙子走回教室里，看到陈芽一个人坐在座位上，对着自己的铅笔盒发呆。

"走，陈芽，我们去打雪仗。"

陈芽看向妙子，满脸悲伤。她觉得自从那次赵驭帮自己解围后，自己好像就喜欢上赵驭了。这个秘密,她没有告诉任何人。

"走嘛,外面雪景很漂亮的。"妙子拉了拉陈芽的手。

两人来到教室外,地上已经积起了厚厚的雪,走出教室来看雪、玩雪的人越来越多。人们丢掉心中的包袱,在这片冰雪的大地上嬉笑打闹。妙子从地上捧起一抔雪,感受它冰凉的触感,然后把雪揉成球,向陈芽砸去。陈芽露出了久违的笑容,她搓了个更大的雪球予以回击,两人你来我往地玩闹了起来。

在一片笑声中,有一只鸟儿来到了鲜有人注意的地方。他向下望去,银白的地面上,一个个黑点在跃动着。他感受到一股难以抗拒的引力。倏忽间,这只折翼的鸟儿重重地砸向地面,扑腾了两下翅膀,蒸腾的鲜血从他的头顶流出。欢笑声被沉默掩盖,人们聚上去一探究竟,随后惊恐地往后退了几步,伴随着尖叫声划破宁静的天空。

妙子穿过人群,走上前去,看见闻绍杰躺在雪地中间,不时地抽搐两下,周身的雪化开一抹鲜红。

这只鸟儿分明是有名字的。

第十二章 风川市

妙子从梦中惊醒。她又做了那个梦。在那个雪夜，她把冰冷的利器刺进了闻绍杰的身体里。

妙子的后背被汗水浸湿。寝室里的其他人都还在熟睡，下铺传来陈芽轻微的鼾声。月光投射在寝室的地面上，妙子小心翼翼地爬下床，到洗手间拿毛巾擦了把脸。她把窗户打开了一条小缝，感受从缝里透进来的风带来的凉意，这股凉意让她烦躁的心绪逐渐平静了下来。

第二天，闻绍杰的死讯在校园里传开了。没人知道究竟发生了什么事，只知道闻绍杰突然从楼顶一跃而下，被送到医院后抢救了十几个小时，最终在昏迷中停止了心跳。对于闻绍杰结束自己生命的原因，各种传闻不断，众说纷纭，到最后也没有一个统一的说法。有人说闻绍杰的家庭关系不甚和睦，闻绍杰的父亲似乎更偏爱家中的小儿子，对闻绍杰时常冷落；有人说闻绍杰家道中落，父亲投资失败，负下巨债，家中的豪宅也被变卖抵债；有人说闻绍杰和一个女生在酒店开房，致其怀孕，被女方家长上门讨要说法，甚至要起诉闻绍杰；有人说闻绍杰在初中时便曾被诊断为抑郁症，其病症根结是大脑结构的病变，因此无法控制自己悲观的情绪。

妙子的班主任没有在课上提起这件事，只是提醒大家要有一个良好的心态，现在看来再大的困难，在多年以后回首也会觉得没什么大不了的。众人的生活还是照常进行着，上课、下课、吃饭、睡觉。下课后，妙子忍不住走上楼去一班的教室门口看了一眼。她走得很快，生怕被人认出来。

她望向教室的角落，空空的座位，只剩下课桌里还没来得及清理掉的书。一班的同学们像往常一样嬉笑打闹着，教室里一片热闹欢腾的景象，仿佛什么都没有发生过。趁还没有人注意到她，妙子转身走下楼去，回到了自己的座位上。赵驭扭过头来问她："你刚刚是不是去一班了？"

"你怎么知道的？"

"我看到你走上楼去了。"

妙子点了点头。

第十二章　风川市

"走廊里的摄像头拍到了，他是自己跳下去的，周围没人。"赵驭继续说道。

"你觉得他为什么会……"

"我哪知道？"赵驭转动着手上的笔，换了个话题，"我说，寒假打不打算一起出去玩？"

"你脑子是不是有问题，好好学习。"妙子说话毫不客气。

"怎么这么凶？我记得你以前很羞怯的，跟我说句话都要结巴。"赵驭坏坏地笑着，看向妙子。

寒假很快就到了，妙子背上书包，拉着行李箱，来到校门外。这次成文梅没有迟到，妙子坐上面包车。路边的积雪已经化开，还未来得及融化的雪被扫到路两边，堆起一座座灰色的脏雪堆。

回到家后，妙子开始做另一个梦，梦中的她已经开始上班，但她并不喜欢那份工作。有一天，她在一家推拿店遇到了一个叫周澈的人，他告诉她自己曾在风川市的早见花店工作。周澈最后也死了，死在了妙子的同事刘睿琪的手下，妙子的梦也在此时戛然而止。妙子惊醒，她的前额被汗濡湿。妙子能感受到自己猛烈的心跳。她记得自己曾经做过这个梦。而现在，过往噩梦中的场景不知为何频频在她的梦中重现。

接连不断的噩梦让妙子的精神状态变得很差。她常常在半夜满身是汗地醒来，在白天则觉得疲倦和心慌。在到达忍耐的极限后，妙子决定直面她的梦魇，解开自己的心结。她要去风川市看看，去早见花店见见那个叫周澈的人。妙子上网搜索了一下，从她所在的城市到风川市，火车票钱要三百元，来回的票钱算上其他开销，至少需要一千块。妙子没有那么多钱。

她不想让母亲为这件事担心。妙子想到了赵驭。她打开聊天软件，给赵驭发消息："在吗？想找你借点钱。"妙子盯着赵驭的头像，有些紧张地等待着回复的消息。过了十分钟，赵驭依然没回消息，这十分钟对妙子来说无比漫长。妙子越想越觉得自己找赵驭借钱不靠谱，于是打消了这个念头，给赵驭发去了消息："算了，没事了。"

但这时赵驭却回复了："你要钱干吗？你家破产了？"紧接着，赵驭又发来了一个坏笑的表情。

妙子气不打一处来，没有理会赵驭。谁知过了一会儿，赵驭直接转了五千块过来。妙子连忙发消息："太多了，我只要一千块就行。还有，我会还你的。"

赵驭发了一个疑惑的表情，然后问道："你要钱干吗？"

"我……要去旅游。"

"劝我好好学习，然后自己去旅游？你可是高三的学生欸，马上就要高考了。"赵驭的一番话说得妙子哑口无言。

妙子沉默了一会儿，突然想到了什么，说道："这样，我辅导你学习，你付辅导费给我，一百块一天，怎么样？"

"不要。学习太无聊了。"

"那算了。"妙子只好作罢。

妙子正准备关闭聊天窗口，赵驭却同意了："好吧，明天上午八点图书馆见。"

第二天，妙子坐公交车来到市里的图书馆，她知道图书馆里有个自习室，但她以前从来没来过。妙子正准备找人问路，突然有人拍了拍她的后背。妙子转过身去，看到赵驭给她摆了个鬼脸，被吓了一跳。

"小孩子。"妙子对赵驭说。

两人找了一张角落里的桌子坐下。赵驭很自然地跷起了二郎腿，拿出手机刷起了短视频。妙子一把夺过赵驭的手机，拿出一本教材辅导书，对赵驭说："你今天把教辅书里这部分的专题训练做了，然后再做寒假作业里对应的那部分题目，巩固一下知识点。"

"可这块我都不会啊。"

妙子叹了口气："那我先给你讲一遍，你好好听着。"

妙子拉赵驭到自习室外面，照着教材和教辅给赵驭讲起了知识点。听到一半，赵驭便没了兴致。他抱怨道："我为什么要学这些东西啊，'考取功名'？但我又不缺钱。"

"你可以从书里看到一个不同的世界。语文、数学、英语、物理、历史，这些都是看待世界的方式。古代的诗人用大雁寄托他们的乡愁，直角三角形中蕴含着勾股定理，外国文学作品展现出不同国家文化的差异，水结成冰后体积会变大，鼎既是烹煮用的器具也是礼器。如果不学习这些知识，你所看到的就只有大雁、三角形、英文字母、水结成冰、长着脚的桶，你的世界也会变得扁平、单薄。"妙子不知道自己说得对不对。

"还有，像是平行宇宙理论，虽然还未被证实，但是如果理论成立，那么除了我们所在的这个宇宙，还存在许多平行的宇宙，在那些宇宙中，可能存在着和我们有相同名字、相同外貌的人，却过着截然不同的生活。比如说某个平行宇宙中的你可能是个大学霸，而我早早地就从学校辍学了。"

第十二章　风川市

赵驭对此来了兴趣："那么有可能在某个平行宇宙，我是你爸爸，你得管我叫爹。"

妙子给了赵驭一个恶狠狠的眼神。赵驭笑嘻嘻地晃了晃头，又开始学了起来。妙子给赵驭讲完知识点后，两人回到图书馆的座位上。赵驭做教辅书里的专题训练，妙子也做起了自己的寒假作业。赵驭做完专题训练后，交给妙子批改，妙子再把赵驭错了的地方讲给他听。如此，一天很快就过去了。

"没想到你学得还挺快的。"

"那是，我可聪明了。"赵驭露出了得意的笑容，"只不过学这些东西让我觉得很无聊。"

两周过去，补习结束，妙子向赵驭要补习费。赵驭这时却摆起了架子："你得先告诉我你去哪儿。"

"这个不关你的事。"

"怎么不关我的事，我给你钱让你买车票，你到时候失踪了，那我不得被你爸妈打死？"赵驭说的话让妙子无法反驳。

"这样，"他突然灵机一动，"我跟你一起去，就当是你的保镖了。"

"你这种小屁孩还想当保镖？"妙子忍不住笑了出来。

"又叫我小屁孩，"赵驭有些生气地说道，"你跟我不是同样的岁数？我们两个都是年满十八岁的成年人了。"

在赵驭的软磨硬泡之下，妙子只好答应了。赵驭很高兴，从地上跳了起来。他的双手在空中上下飞舞着，像是在施展什么巫术。

"我怎么记得在我印象里你是个凶狠的恶棍。"

"要你管。"

妙子突然认真地看向赵驭，对他说："记住，好好学习，我这个纯属特殊情况。"

两天后，妙子一大早便准备出发前往风川市。她告诉成文梅自己今明两天和陈芽、郑菁菁约好了出门玩，并且每天都会给她打电话，让成文梅不用担心她。成文梅半信半疑地同意了。前些日子妙子每天都跑出去到以前从来不去的图书馆学习，本就让成文梅感到困惑，但成文梅还是选择相信妙子。

妙子来到车站，赵驭早早地就已经在检票口等她了。赵驭戴了一顶鸭舌帽，穿了一套新衣服，脖子上还挂着一条挂坠。他朝妙子挑了挑眉毛，问妙子自己帅不帅。

"大冬天的还想着耍帅。"妙子嫌弃地说道。

　　高铁上，妙子坐在 A 座，赵驭坐在 C 座，两人之间隔了一个座位。一开始，B 座上是没有人的。妙子拉开窗帘，看着火车外掠过的风景。无边的树木、望不到头的电线杆，还有一片一片长得几乎相同的房屋。冬日，房屋旁的田地上只剩下一片枯黄色。窗外偶尔会变得漆黑一片，那是火车正穿过群山之中的隧道。

　　火车到达了一个经停站，不少乘客开始上上下下。一位穿着黑色羽绒服的中年大叔拖着行李箱走进了车厢。放置好行李后，大叔坐在了妙子和赵驭中间。火车开动后，大叔拿出手机打起了电话，开始和手机那头的人高声谈起了生意。过了一会儿，或许是觉得坐得不舒服，大叔把座位的靠背朝后调了一个角度，然后脱了鞋，跷起了二郎腿。尽管是冬天，但也许是大叔运动得较多的原因，妙子明显能闻到一股令人不适的味道。妙子有些厌恶地转过身去，用手捂住自己的鼻子。向来直来直往的赵驭并不惯着大叔，直接让对方把鞋子穿好。大叔沉浸于和手机彼端的洽谈中，没有注意到赵驭在跟他说话。于是赵驭一把夺过他的手机，厉声重复了一遍。大叔先是感到惊愕，嘴巴张大，像是想要说些什么。随后，在赵驭气势的震慑下，大叔只好悻悻地穿上了鞋。

　　妙子在心里暗暗感激赵驭。她靠在座位上，想要闭眼休息一会儿。没过多久，一股强大的冲劲袭击了妙子的后背，将妙子从半梦半醒之间拉回了现实。妙子转身向后方看去，是后座的小孩闲得无聊，拿脚一个劲地在蹬妙子座位的靠背。小孩座旁的大妈自顾自地用手机大声外放着短视频，对小孩的行为不管不顾。

　　火车在下午一点时到达了凤川市。在历经了几个小时的煎熬后，妙子还需要一点时间让自己缓过来。赵驭拿出手机搜索早见花店，所幸凤川市只有一家早见花店，并且离火车站只有半小时的车程。

　　赵驭提议两人先就近吃午饭，然后再去那家早见花店。妙子同意了。赵驭说自己提前做过功课，知道附近有一家网上好评率很高，而且符合妙子预算要求的餐厅。两人来到餐厅后，点了一份套餐。赵驭吃了一口套餐里的肉，觉得肉的口感有问题，和服务员争论了一番。看到服务员给别桌写好评的顾客免费送了甜点，赵驭意识到这家店在网上的好评都是这样刷出来的。

　　饭后，为了避免错过花店的营业时间，两人乘出租车到了早见花店所在的街道。街道并不宽阔，因此他们还需要步行一段距离。那是一条古老的街道，时间仿佛在这条街道停止了流动，两侧充满年代感的楼房无声地向游人诉说着历史的

第十二章　风川市

痕迹。

他们寻觅着早见花店，终于在街道的尽头看到了早见花店的牌匾。街道的尽头是一堵墙，墙上爬满了爬山虎，花店就在墙边。

妙子和赵驭走进门，里面摆满了各种各样的花草盆栽。屋外挂着的风铃叮当作响，在花盆与花盆之间趴着一只白色的猫，警惕地盯着他们。在花海的尽头，坐着一个小男孩，他正在摆弄着手上的魔方。

男孩看见两人，朝屋后喊道："奶奶，来客人了！"随后，男孩便抱起白猫跑了出去。柜台后的门被打开，从里面走出来一位身形佝偻的老妇人。她穿着一件暗红色的棉袄，头发全白了，眼睛微微眯着，左腕上戴着一只玉镯，脚上穿着一双手工缝制的棉鞋。

妙子环顾四周，没有其他人，于是她向老妇人问道："您好，请问您听说过一个叫周澈的人吗？他好像是这里的店员。"

"周澈？"老妇人露出惊讶的神情，"你怎么知道他的？"

妙子没想到竟然真的存在这个人，但她又不知道该如何解释，只好说是机缘巧合之下认识的。

"认识？不可能。"老妇人直截了当地说道，"他二十年前就已经去世了。"

妙子感到心里一紧："啊？他是怎么……"

"那天他把店里新到的花搬出去晒太阳，结果楼上正在装修，不知怎么地掉下来一条钢筋。他在医院昏迷了好几天，最后还是……"老妇人的脸上流露出悲伤的神情。

"那……请问您还有他的照片吗？"

老妇人思索了一会儿，然后起身走到屋后。过了一会儿，她拿着一本相册走了出来。她戴上老花镜，翻开相册，从相册的某一页取出一张照片来。

妙子接过照片，照片上的男生，看起来是刚大学毕业的样子。他捧着一盆花，站在早见花店的门口，对着镜头浅浅地笑着。他旁边站着一位中年妇女，依稀可以辨认出就是这位老妇人。

"怎么样，是你要找的人吗？"

妙子点了点头。一股巨大的恐惧感包围了她。她无法解释眼前的景象，无法解释自己为什么会梦到一个在二十年前就已经死去的人。她匆匆地告别了老妇人，有些六神无主地走出了这家花店。

赵驭正在花店外等她。他看见妙子慌乱的样子，问妙子发生了什么。妙子不知道从何说起，只是朝外走去。两人于是无声地漫步在这条老街。等到妙子稍微冷静下来后，她开口告诉了赵驭噩梦、花店、周澈和照片的事。

"我的天，灵异事件啊！"赵驭倒是大心脏，听了后反而还有些激动。

妙子没敢把关于闻绍杰的梦告诉赵驭。晚上，他们来到酒店，赵驭提前预订好了两个房间。妙子拿到房卡，来到自己的房间里，酒店的房间还算比较整洁干净，浴室里还有浴缸。

妙子出了一身汗，因此打算先洗个澡。妙子把浴缸的水龙头打开，待水积蓄到浴缸的三分之二后，她像一条鱼似的轻轻滑入浴缸。水温正好，不凉也不烫，妙子闭上眼睛，身子蜷缩起来，头沉到水面之下。她的眼前是一片虚无的黑暗，她轻轻地吐了一口气，气泡从脸颊滑过的声音传入耳中。温热的水流包裹住她的肌肤，此刻她仿佛母亲腹中的胎儿。一阵熟悉的感觉在她心中升起，妙子说不出这种感觉从何而来。

泡完澡后，妙子又简单冲洗了一下，然后换上了舒适的睡衣。她躺在大而柔软的床上，打开了电视机。电视里正在播放《现代生活》，这期节目的主题是"寻找现代生活"。段行川首先作了开场白："在现代生活中，许多古典的意象都变得难以寻觅了。'泥融飞燕子，沙暖睡鸳鸯'，燕子和鸳鸯便是古典诗词中常用的意象。然而，现在除了在动物园里，我们很少能见到燕子和鸳鸯了。我们不再说'欲寄彩笺兼尺素'，也没有'桃花潭水深千尺'。现代城市与自然的剥离让描写城市生活变得格外困难。在现代城市中，可用的意象是稀少的，你似乎很难找到一种诗意的方式去描绘城市生活。今天，我们请到了现代诗人陈雪打，来与我们一起聊聊这个话题。雪打老师，首先想请问一下您能想到哪些现代的意象呢？"

雪打老师留着络腮胡和一头飘逸的长发，整个人看起来不修边幅。他用一种散漫的语调说道："现代生活的改变主要是机器、电力、信息化。我能想到的意象包括时钟、玻璃、摩天大厦、火车、飞机之类的。"

"哦，那还请雪打老师给我们分享一下他的作品。"

雪打老师清了清嗓子，然后闭上眼睛，眉头紧皱，开始入神地朗诵：

> 电线杆，孤独之琴
> 琴弦分割天空
> 倦鸟化作音符
> 飞机拨动琴弦

第十二章 风川市

把余响留给黄昏

一首末了,意犹未尽,他不等段行川点评,又开始了第二首:
摩天大厦是天空的指针
可它为何定格不动
钴蓝色的玻璃外
铁窗锈迹斑斑
哦
它只是一栋被遗忘的居民楼
真正的摩天大厦要坐火车去

雪打老师愈发沉浸其中,他还想朗诵自己的第三首诗《短信发不出去》。段行川忙打断了他:"好的,非常感谢雪打老师的分享啊。那么我们节目最近也在网络上开通了官方账号,如果有观众朋友自己平时喜欢写现代诗,想跟大家分享的,可以在我们官方账号的评论区留言啊。我们的工作人员会随机抽取幸运观众,在节目现场展示大家写的诗,还会送上精美小礼品,大家感兴趣的话可以多多参与。"

段行川说完,该频道就进入了广告环节。妙子拿起遥控器换了几个频道,最终选择了《探索自然》作为睡前节目。那晚,妙子终于度过了一个无梦的夜晚。第二天早上,妙子早早地敲门叫赵驭去吃早饭。饭后,两人来到火车站,乘坐火车离开了风川市。路上,赵驭抱怨都没来得及好好玩一下。

"你自己要跟来的。"妙子对赵驭说,"还有,回去就好好学习。我会监督你的。"

晚饭时分,妙子回到家中。舅舅又来家里做客,他醉醺醺地躺在沙发上,一看就是喝了不少酒。

"妈,我回来了。"

成文梅正在厨房做晚饭,没有听到妙子说话。妙子于是走进厨房,拍了拍成文梅的肩膀。成文梅被吓了一激灵,嗔怪妙子跟她舅舅学坏了。妙子则表示是成文梅的耳朵不好使,老是听不到别人喊她。

"快去洗澡,马上吃饭了。"成文梅说道,"还有,我给你买了新鲜的水果,放在你的书桌上。"

所幸，成文梅对妙子这两天的事情并没有多追问。妙子终于也不再做噩梦了。她决定忘记闻绍杰和周澈的事情，专心学习。

开学前的某天晚上，妙子做了一个梦。她梦到自己在十校联考的考场，老师提醒大家考试还有五分钟结束。妙子看向自己的试卷，作文才写了个开头。妙子慌了，她拿起笔，想要往卷子上写字，但不知道该写些什么。

这一刻，不知怎么地，她突然意识到了自己正在做梦。也就是在这一刻，考场里所有的人都看向她。她与他们举目相对，他们面无表情，沉默无言。一阵风吹过，她闭上眼再睁开眼，发现考场空无一人，而时钟的指针停止在考试结束前的那一分钟。她看向考卷，考卷上的字正一个个地消失，随后她感觉到自己的双脚离开了地面。她飘向空中，随着风一起飞向窗外。从云端看向校园，她看到教学楼渐渐地缩成了一个小点。然后她飞向天空，对着地平面挥动着双手，像合上一本书一样轻轻合上了世界。

第十三章　宴云居

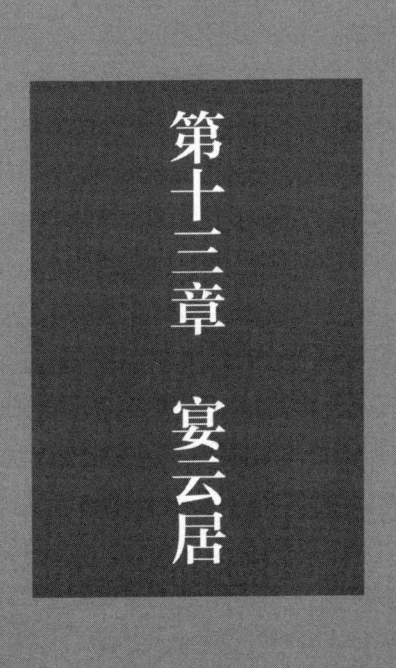

几个女生围聚在她面前，仿佛在看一个从未见过的人。男生们也好奇地从座位上探头张望，有的装作不经意地从她身边走过，眼睛却忍不住瞥向她。

"你是……陈芽？"郑菁菁一脸不可思议的神情。

陈芽拨弄了一下自己的头发，嘴角不住地往上扬。

"你这是瘦了多少啊？"

"大概四五十斤吧。"陈芽轻描淡写地说道。

"这才过去多少天啊，一个寒假。"郑菁菁还是不敢相信，"你不会是去做手术了吧？"

"没有。我可是千辛万苦减下来的，你没看我每天都不吃晚饭吗？怎么样，我就说我是个美人胚子吧，我妈遗传给我的。"

郑菁菁给陈芽鼓了鼓掌："你和成妙子现在是我们班两大美人了。"

陈芽望向妙子的座位，上面没有人，估计妙子又要等着她妈妈下班才能来学校。一旁的赵驭像往常一样跷着二郎腿，转着笔在看杂志，但时不时地就会朝窗外望望。

开学前一天的晚自习，妙子照例压着上课铃声风风火火地赶到了教室。赵驭得意地对妙子说："喂，我可是把所有作业都做完了，自己做的。"

妙子心不在焉地夸奖了赵驭一句。她知道数学课代表会早早地就把数学作业收齐交过去，于是她放好书包后的第一件事就是四处寻找数学课代表的身影。

"别找了，他刚走，"赵驭坏笑着说道，"怎么样，要不要我帮你送过去？"

"不用了，谢谢。"妙子说完，拿起数学作业走向了办公室。

第一节晚自习下课铃刚响，陈芽就来到妙子身边，向妙子展示自己婀娜的身姿。妙子因为忙于交作业，直到现在才注意到陈芽。

"怎么样，还不错吧？"陈芽向妙子抛了个媚眼。

"哇，你怎么瘦成这样，是不是寒假里也没好好吃饭？这样对身体不好。"

妙子的反应是陈芽没想到的。陈芽偷偷地用余光看向赵驭，赵驭只是面无表情地看了她一眼，又低下头去看杂志了。他为什么面无表情？陈芽感到很失落。

第十三章　宴云居

她对妙子强挤出一个笑容，说"没事，我身体好着呢"，就回到了自己的座位上。

第二天，陈芽向赵驭收语文作业的时候，惊讶地发现他都好好做完了。开学考的成绩出来，赵驭一下子进步了十几名，从班级垫底到了中游。而陈芽却依然在中游徘徊，甚至还有些退步。

那天，陈芽照常向赵驭收语文作业。趁赵驭在课桌里翻找的时候，陈芽忍不住多看了几眼他的脸。当赵驭找到语文作业，准备给她时，她又迅速地看向其他地方，生怕和他的目光对视。陈芽接过他的作业，朝其他人走去。她感觉脸上火辣辣的，心脏跳得很快，连走路的步伐都有些不稳。

接下来的几天内，那种悸动的感觉就像发芽的种子一样在陈芽的内心疯狂地生长。她每见他一次，那种感觉就多上几分。日子一天天过去，黑板上的倒计时在慢慢地接近终点。在倒计时第一百天的那天傍晚，陈芽在操场散步，她看见赵驭在不远处走着，周围没有其他人。

他一个人走着，如果有什么话想对他说的话，那应该就是现在了——陈芽这样告诉自己。她一步步地朝赵驭走去。初春时节，他穿着一件灰色卫衣，卫衣的帽子服帖地套在他的头上。他低着头，一脚踢开脚下的石子。

"赵驭——"陈芽走到他面前，轻声叫住他。

赵驭抬起头来，一脸淡漠的表情："干吗？"

"呃……我……我想跟你说件事。"

"什么事？"他依旧面无表情。

赵驭冷淡的反应让陈芽有些不知所措，但她还是告诉自己要鼓起勇气，她深吸了一口气，看着赵驭说道："那个……之前有一次我被一班的女生围住，是你替我解了围，谢谢你。"

"哦，我都快忘了那件事了，小意思，不用在意。"说完，赵驭便打算转身离开。

陈芽忙叫住他："赵驭，其实我想说的是……我喜欢你。"

赵驭愣了一下。有那么几秒，两人都没有说话，只是彼此看着对方，双目对视。陈芽感觉自己的心跳加速到了极点，自己几个月来忍受的痛苦、焦躁和不安，都要在此刻揭晓答案。

几秒钟后，赵驭先开口了。他拍了拍陈芽的肩，说道："好好学习。"

说完，赵驭便从她身旁离开了。陈芽不甘心地问道："你是对我没有任何感觉吗？"

赵驭转过身来，平静地告诉她："没有。"

赵驭走远了。远处的夕阳把云染得像血一样红。陈芽站在初春还有些冷的风中，感觉自己和这个世界有很远很远的距离，遥远得自己仿佛来自另一颗星球。从天上传来几声乌鸦凄凉的叫声，那几只乌鸦终年栖息在学校附近的居民区和公园里，仿佛不散的冤魂一般。

回到教室，教室里的人正聚成一堆堆地聊着天，没有任何人注意到她。她回到座位上，邹午不动声色地刷着题目，仿佛听不到教室里闹市般的音潮。晚自习课上，班主任王英才来到教室里，以高考倒计时一百天为契机，语重心长地向同学们说了许多话。陈芽一句都没听进去。

晚上宿舍熄灯后，陈芽躺在床上，翻来覆去无法入睡。除了一个同学打着手电筒在被窝里刷题，其他人都很快睡着了，只剩下陈芽一人，清醒地盯着上铺的床板。周围的空气寂静得宛如一潭死水，陈芽伸出手，看向自己的手指，纤细得像柳树的枝条。手指间的缝隙被黑暗填满，没有光亮，甚至没有风。她的胃又隐隐作痛了起来，那是她节食带来的后遗症。陈芽突然感觉到什么东西攥住了她的心脏，压住了她的胸口。她拿起被子盖住全身，泪水湿润了眼眶，然后顺着她的鼻梁滑了下来，落入嘴中，一股咸咸的味道。不知道无声地哭了多久，她感受到困意袭来，陈芽擦干眼泪，昏昏沉沉地睡去。

那一周，陈芽都不敢再去妙子的座位上找妙子，因为她怕看到赵驭。在路上远远地看到他时，陈芽就匆忙地低着头走到另一条路上去，生怕迎面撞见他。每次陈芽听到赵驭有说有笑地和妙子聊天，她都感觉自己的心里被刺痛了，赵驭的那种天真烂漫，甚至可以说有些幼稚的表情只有在面对妙子时才会显露出来。

周五的傍晚时分，陈芽没有和妙子说再见，而是一个人走在校园的小路上。走到校门口，她看到老爹陈春丰依然满面笑容地等着她。她有气无力地和陈春丰打了个招呼，然后坐上了车。

陈春丰察觉到了女儿的不开心，他问陈芽是不是遇到了什么不开心的事情，陈芽说没有，陈春丰说那一定是肚子饿了，回去他给陈芽做好吃的。

陈芽看着窗外变换的风景，淡淡地说道："爸，我都说了我在减肥。"

"还减啊，"陈春丰一边开车一边说道，"你都这么瘦了，多吃点。"

陈芽想了想，是啊，自己都告白失败了，也无所谓了。

"爸，我要吃油焖大虾，还有红烧肉，还有海带排骨汤。"陈芽已经馋这些菜

第十三章　宴云居

很久了。

"好嘞，爸回去就给你做。"陈春丰见女儿愿意吃东西了，很是高兴。

陈春丰载着陈芽回到宴云居。那是一家不小也不大的家常菜馆。陈燕云是陈芽母亲的名字，宴云居就出于此名。陈燕云在陈芽小时候就生病去世了，陈芽是由陈春丰一手带大的。

陈春丰在宴云居里给陈芽专门准备了一个小房间，为的就是让陈芽能够在里面安安静静地写作业。但实际上房间的隔音效果并不是很好，在餐馆热闹的时候依然能听到门外传来的声音。

店里有几个常客，每隔一两个月就会来一次。他们看见陈春丰带着陈芽进来，对着陈春丰说道："哟，这不会是你女儿吧？"

"是啊，怎么，认不出来了？"

"女大十八变啊，差点没认出来。"其中一个客人举着酒杯，喝得满脸通红，对陈春丰说。

"我怎么记得我好像在两个月前还见过你女儿啊，不是长这样的啊。"另一个喝得醉醺醺的客人说道。

"她之前在减肥啊，怎么说都不听。要我说，还是胖点好看。厨师的女儿瘦成这样，不知道的还以为我厨艺有多差呢。"陈春丰打趣地说道。

"哎哟，你做的菜可太好吃啦，我就是冲着你的手艺来的！"醉汉晃动着酒杯，酒水洒了一地。

"哎，今天我要先给我女儿做的，你要想吃的话只能往后排排了。其实店里的刘师傅厨艺也很不错的，让他先给你们做吧。"

陈春丰让陈芽回小房间里等着，自己则走进了厨房。二十分钟后，他端着几盘菜和一大碗饭进了房间。"这些菜都是爸亲手做的，刘师傅想要帮忙，爸还不肯呢，让他给店里的客人做菜去了。你尝尝看，好不好吃？"

陈芽拿起筷子尝了一口，点了点头，说道："好吃。"

"好吃吧，当年你爸我就是靠着这一手厨艺和你妈在一起的。"陈春丰笑着说道，"你妈年轻的时候追她的人可是从街头排到街尾呢，就是靠爸做的一手好菜，你妈吃了一口，就立马同意和我交往了。"

"爸，你又在吹牛了。"这个故事陈芽从小到大听了无数遍，但她始终怀疑故事的真实性。

"芽儿啊，爸就是想告诉你，"陈春丰一脸认真地看向陈芽，"人活着啊，就是要开开心心、健健康康的,这也是你妈和我一直以来对你的期望。我猜你一个劲地想要减肥,是因为别人说你胖了?不用管别人怎么说。你只要别影响到身体健康,稍微胖点没什么不好的。"

"爸,这个好像跟你之前说的话没什么关系吧。"陈芽没有听出陈春丰话里的逻辑性。

"哎呀,小问题。快吃吧,爸先去做菜了,客人都等急了。"陈春丰说完,起身赶向厨房。

陈芽吃着陈春丰做的热气腾腾的饭菜,感受到了久违的温暖。在过去的两个月里,陈芽似乎将自己的内心封闭起来了。无论是父亲的关心,还是朋友的帮助,她都拒之门外。她把所有的希望都寄托在自己减肥成功这件事情上。而如今,梦想破灭,陈芽在消沉沮丧之余,终于重新开始感受到那些真正重视她的人对她的爱与关怀。

陈芽平时周末没事的时候都会在这个小房间里写作业,因为她嫌一个人待在家里太无聊。久而久之,店里的常客,渐渐地也都认识了她。她也知道几个常来的客人,比如一个光头的大叔,每次一和老婆吵架就叫上几个人来店里喝酒,喝得酩酊大醉后就开始胡言乱语。还有一对年轻的夫妻,生了一对双胞胎,孩子今年刚上幼儿园。这对夫妻从刚认识对方开始,几乎每过几个月就要来店里吃一次,说陈春丰做的菜怎么吃都吃不腻。

周六晚上,陈芽像往常一样在房间里写着作业。这个时间点的客人是一周中最多的。陈春丰给陈芽买过一副耳塞,陈芽试了一下,觉得戴着耳朵不舒服。陈芽喜欢边听歌边写作业,陈春丰就把他的旧手机给了她。这天她听到了一首很熟悉的歌,一首她上小学时很喜欢听的流行歌曲。她突然想起来自己上小学时曾对着全班同学说长大后要成为歌手,当时众人都对着这个扎着马尾辫的胖女孩哈哈大笑。陈芽摘下耳机,打开手机的相机,在屏幕上看着自己如今的模样。她抿起嘴对着手机屏幕上的自己笑了笑。

"王老师,真是谢谢你啊。"陈芽突然听到门外传来聊天声。她的房间在饭店的一个角落里,通常不会有人来这里。

"客气客气,还不是冯总您人脉广博。"一个熟悉的声音传来,陈芽的心里一紧。

"哪里,也辛苦你上下打点了。"

陈芽对两人的对话感到不解,她打开了手机的录像模式。

第十三章　宴云居

"王老师，没有你给的那份卷子，我女儿考不了那么好。"

"冯总，您喝得有点多了，这种事情啊，还是不要在这里讲比较好。"

"没事，这种角落不会有人的。对了，给你还有另外那两个老师的钱你们都收到了吧？这应该都抵得上你们一年的工资了。"

"都收到了，冯总真是大气。"

"那就好，哈哈。之前生意上一直有点忙，没来得及请你们吃饭，后来过年了又回老家了。这次终于有机会了，请你们吃顿好的。别看这家店面小，做的菜那是一等一的，不比大酒店差。"

"对对，好吃得很。"

陈芽举着手机打开了门，门外是她的班主任王英才，还有另外一个中年男人，两人喝醉了酒，顶着通红的面孔看向陈芽，宛如两个来自地狱的赤面恶鬼。王英才率先反应过来，他想去抢夺陈芽手里的手机，陈芽眼疾手快，迅速关上了门并反锁上。

王英才疯狂地撬动着门把手，陈芽没有停止录像。那个被王英才称作冯总的男人也反应过来发生了什么，他重重地拍着门，叫陈芽赶紧出来。陈芽感到很害怕，她只是端着手机，不知道该如何是好。

"陈芽，你出来，把手机给老师，有什么话我们好好说。"王英才隔着门对陈芽说道。

"小姑娘，钱的事好商量啊，你先出来再说。"冯总也在外面喊道。

见陈芽不开门，两人捶门的声响愈发激烈。

"你再不开门，我们就要直接进去了。"冯总见陈芽软的不吃，打算来硬的。

陈芽见门剧烈地震动着，愈发感到不安。

"王老师，您这是在干吗呢？"门外传来了陈春丰的声音。

拍门的声音停了下来。

"哎哟，陈芽爸爸，我都不知道这是您开的店呢。"王英才说道，和善的语气中带着一丝急躁，"那个，我刚刚看见陈芽在写作业时玩手机啊。你也知道，她快要高考了，这种时候玩手机，会耽误一辈子的，所以我就想把她的手机没收了。"

"那也没必要弄出那么大声响吧？王老师，我这边饭馆比较吵，所以陈芽写作业时会听点音乐，这是我允许的。我看您和您身边的这位老板都有点喝醉了，两位今天还是先回去休息，手机的事我们改日再聊吧。"

冯总和王英才见没办法，只好悻悻地离开了，冯总嘴里还吐着脏话。等到声音完全消失后，陈春丰敲了敲门，对陈芽说："芽儿，开门吧，他们都走了。"陈芽打开门，扑到陈春丰怀里，她的泪水忍不住流了下来。她第一次觉得父亲宽大的体型那么有安全感。陈春丰让陈芽先写作业，把门锁好，客人们还等着上菜。

陈春丰离开后，王英才一个人又来了一次，发现门打不开，便在外面讲起道理。陈芽直接戴上耳机，把音量调大到完全听不见王英才说话为止。过了一会儿，她摘下耳机，听到外面没声音了，于是打开手机，把刚才录制的视频又看了一遍。

晚上饭店打烊后，陈春丰载着陈芽回到家。陈芽给陈春丰看了视频的内容。

"那个冯总的女儿，我猜应该是我们班的班长冯嘉思。"陈芽说道。

"也就是说，你们班主任给冯嘉思泄题了？"

"我觉得是这样的，而且冯嘉思还因此拿到了名牌大学自主招生降分录取的资格。"陈芽对陈春丰说道，"爸，你觉得我该怎么办？"

陈春丰低下头去，他油光锃亮的大脑袋在灯下闪闪发亮。沉默良久，他叹了一口气，对陈芽说道："芽儿啊，你把视频删了吧。"

"爸，为什么？"陈芽感到很惊讶。

"芽儿啊，爸只是想保护你。你还小，没接触过社会，有许多事你还不懂。那个冯总看起来是个大老板，如果得罪了他，还不知道会有什么后果呢。可能你去举报了，结果人家说只是在给冯嘉思补课而已，或者说你的视频是伪造的，最后事情也就不了了之了，反而你还要遭人记恨。退一步说，就算你举报成功了，你觉得会有人感谢你吗，会有人像爸一样站出来保护你吗？"

陈春丰的话让陈芽陷入了沉思。

"所以芽儿啊，把视频删了吧，爸会跟王老师说你已经把视频删除了，这件事咱就当作没发生过。爸不是说考试作弊是对的，爸只是想说这个世界很复杂，很多时候我们都身不由己。"

陈芽没有说话，她走回了自己的房间，打开视频看了一遍又一遍。她想找人倾诉，但这件事只能由她自己来解决。终于，她下定决心，按下了删除键。陈芽感到心里空落落的。她走出门，告诉陈春丰视频已经删除了，陈春丰立马就给王英才打了电话。

晚上，她躺在床上，明明家里的床比学校的舒服好多，却怎么也睡不着。她打开手机，想要再看一遍那个视频，但它已经不在了。陈芽觉得自己好像弄丢了

第十三章　宴云居

什么东西。她的胃又开始隐隐作痛，最近几天痛得越来越厉害。

她后悔了。她后悔自己删掉了视频，那可能是唯一的证据。她上网搜索复原已删除视频的办法，网络上的回答说通常已删除的相册文件会在"近期删除"这一文件夹中保留一段时间。陈芽有些激动，她在手机上寻找着，终于在"近期删除"一栏中找到了那段视频。她按下了恢复键，视频回来了。

但她又感到不安起来，好像手里握的是装着厄运的盒子，随时都可能会给她带来不幸。她思虑了许久，还是没有删掉视频。她走到客厅，悄悄打开了电脑，把视频上传到了U盘中。

周末结束，陈芽回到了学校。她生怕王英才把她叫出去谈话，每次王英才经过她身边的时候，她都低着头，不敢直视他的眼睛。至于到办公室去交作业，陈芽拜托了妙子帮忙。所幸两天下来，王英才都没有找过她。只是在上语文课时，她偶尔会感觉王英才在诡异地盯着她看。

两天后，一直帮陈芽送作业的妙子忍不住问陈芽，是不是和王老师之间产生什么矛盾了。陈芽想把事情的来龙去脉都向妙子倾诉，但话到嘴边，又说不出口。她看向妙子，问她："妙子，如果你看到了坏人作案，你是唯一的证人，但坏人已经知道你掌握了证据，你上交证据非但没什么好处，反而可能有危险，你会怎么做？"

妙子的神情比陈芽想象中的要冷静得多。她想了想，对陈芽说："如果是我的话，我可能会上交证据吧。但如果这会让我身边的家人和朋友也陷入困境的话，我可能就不会这么做了。"

陈芽若有所思地点了点头，她说了声"谢谢你，妙子"。妙子也没有继续追问，只是对陈芽说如果有任何问题都可以随时找她聊天。

时间一天天过去，在高考倒计时八十八天的那个上午，一则爆炸性的消息在校园里传开了——十校联考泄题事件。据说事情牵扯到多名老师，和一名五班的学生。那天王英才没有来学校，隔壁班的语文老师代王英才上了一节课。冯嘉思被教导主任叫了出去，回来的时候哭得梨花带雨，还不忘恶狠狠地看了陈芽一眼。

大学的招生组很快也知道了这件事。几天后，招生组宣布此次十校联考下发的所有降分录取名额作废，明年是否留有名额也还是未知数。冯嘉思被撤销了班长职位，记了处分，一连几天请假没来上学。英语老师李竹意接替王英才成了班主任。

早自习上,那个被陈芽称作"白骨精转世"的李竹意站在讲台上说道:"我不知道这件事是谁干的,我只能说我很欣赏那个举报的人。像她这样的人多一点,世界就干净一些。"说罢,李竹意有意无意地看了陈芽一眼。陈芽知道她是举报者的信息已经在校园里传开。

由于压力大,陈芽最近总是吃很多东西。她老是觉得心慌,好像要用食物才能填满自己恐慌的内心。她走在校园的小路上,总觉得路边的人都在看她,她于是低着头,加快了脚步。突然,有七八个人围住了她,他们都是在十校联考中得到降分录取名额的人。

"你为什么要这么做?"当头的一个男生气愤地问。

陈芽不知道该说什么。她看见不远处有赵驭走过,但这次他没有站出来。

"你知道我们为了得到名额有多努力吗?一整个寒假,我一整个寒假都在学习,连除夕的晚上也不例外。这是我们应得的名额。"另一个女生也紧随其后,振振有词地说道,"现在好了,你一举报,所有人的名额都没了。"

"你就是嫉妒我们。"

"是啊是啊,自己学习不努力,还想拖其他人下水。"

陈芽几乎要哭出来。她站在原地,被一群人整整骂了十分钟。这些人越说越激动,越说越生气,像是要把毕生积攒的怒火都发泄给她。路过的人中有不少驻足围观。终于,眼泪不受控制地夺眶而出,陈芽觉得自己就像路边的一条遭人唾弃的狗。

"你们在干吗?"妙子的声音传来,她穿过人群,一把抱住正在哭泣的陈芽,对那几个人说道,"你们好好想想,在这场泄题事件中真正有错的人是谁。不要因为自己的那块蛋糕遭殃了,就连是非黑白也不顾了。这个社会有你们这样的人,才是真正的悲哀!"

那几个人一时间都被妙子强大的气场给镇住了。趁他们还没反应过来该说什么,妙子赶紧拉着陈芽离开了人群。"赵驭跟我说那几个因为举报受到牵连的人合起伙来欺负你,真是岂有此理。虽然他们也是无辜的受害者,但怎么能把气出在你身上呢?"妙子一边说着,一边掏出纸巾给还在抽泣的陈芽。

"妙子……谢谢你。"陈芽稍微平静了一些下来,对妙子说道。

"陈芽,你那天来问我,其实就是在犹豫要不要做这件事吧。陈芽,你很善良,也很勇敢。"

"妙子,"陈芽的神情突然从悲伤转为痛苦,她皱紧了眉头,咬着牙齿,

第十三章　宴云居

"我……我的肚子好疼。"

"怎么了，是吃坏东西了吗？"妙子急忙看向陈芽。

陈芽痛得蹲在了地上，额头上冒出了豆大的汗珠："不是，比那个痛得多。"陈芽露出了极度痛苦的表情，她倒在地上，人蜷缩成一团。妙子看见迟了半拍、正闻讯赶来看热闹的郑菁菁，让她赶紧去找老师。

不一会儿，李竹意匆忙地从远处一路小跑过来。她看见倒地的陈芽，立马拨打了急救电话。过了十来分钟，救护车的声音响彻校园，陈芽被抬上了担架。

这一整天，妙子都担心陈芽的情况。下午，她跑去英语办公室找李竹意，李竹意对她说目前还没有消息。晚自习第二节课下课，妙子又去找李竹意，李竹意神情凝重，看着她说："成妙子，你是陈芽的好朋友，对吧？"

妙子点了点头。

"她最近有没有做什么很伤身体的事？"

妙子想了想："陈芽她……前些日子为了减肥一直不吃晚饭。"

李竹意叹了口气："年轻人想不明白，什么才是最重要的。她爸打电话给我了，急性胃溃疡，内出血。现在整个人都发高烧，昏迷不醒。医生说，可能会有生命危险。"

妙子回到教室，教室里依然热闹，就像闻绍杰去世时的一班教室那样。赵驭问她陈芽怎么样了，妙子把李竹意说的话告诉了赵驭。

"其实，我觉得她想要减肥，可能是因为那天她被一班的几个女生围住了。"

"围住了，为什么？"妙子从未听陈芽提起过这件事。

"好像是你去一班找闻绍杰，惹怒了一班的某些女生，她们就骂你。然后因为她是你的好朋友，她们就'恨屋及乌'，骂她是猪。"赵驭见妙子惊讶又悲伤的神情，又补充道，"你也别自责，这不是你的错。"

周末，妙子和赵驭一起去医院看望了陈芽。陈春丰一声不吭地坐在病房外，两眼通红，整个人显出一副颓态，看起来已经连续好几天没睡过安稳觉。医生不让两人进去，妙子只好透过门上的玻璃窗口朝里望。她看到陈芽躺在病床上，戴着呼吸机，她本就因过度节食而气色不良的脸此时变得更加憔悴。

两人走出医院，妙子一路都没有说话，赵驭见状，只是在一旁安静地陪妙子走着。不知不觉中，两人走到了公园。天气正好，又是周末，公园里的人比平时多了不少。一群孩子正围着一只小狗，有一个小男孩拿起一块石子朝小狗扔去。小狗受了惊，汪汪地朝男孩叫着。男孩还想一脚踩向小狗，被他的母亲一把拉走，边拽边骂着"跟你说了多少次了，狗身上很脏，很危险"。公园的一角，一个戴着帽子的精瘦男子正在兜售白鸽。鸽子们挤在笼子里上蹿下跳，"咕、咕、咕"地叫着。男子面带笑意，不知疲倦地向路过的人们推销着他的鸽子。

第十四章 长廊

"让我来试着复述一遍。你说你最好的朋友得了急性胃溃疡,现在躺在医院的病床上昏迷不醒。"

"嗯。"

"然后你们学校有人跳楼了,那个人你以前就认识,之后很久没见过面了,直到近几个月才再见到。"

"嗯。"

"你曾经梦到过跳楼者的死亡,在梦里他的死亡和你有关。"

"嗯。"

"并且你最近经常做有关飞行的梦。你说你在梦里会突然意识到自己在做梦,然后你就会飞上天空,随后惊醒。"

"嗯。"妙子若有所思地说,"我总觉得这些事情之间是有联系的。"

医生点了点头,他起身打开门,示意成文梅可以进来了。成文梅着急忙慌地迈着小步走进来,心理咨询室的墙壁被粉刷成令人放松的浅绿色,贴着大树和小鸟的壁纸,房间内放置着心理咨询常用的沙盘桌。成文梅看了看坐在沙发上沉思的妙子,又看向医生,询问妙子的状况。

医生扶了扶眼镜,让妙子坐在沙发上休息会儿,然后带成文梅来到了房间外,对成文梅说:"您的孩子只是学习压力太大了,再加上亲近的好友生病,儿时的故交去世等事情,精神压力比较大。我见过许多高三的学生,很多都胡思乱想,说觉得身边有人要谋害他呀,说自己做梦预知了未来之类的。高考一结束,他们就又活蹦乱跳,什么事都没有了。高考是人生的一个重要的节点,但也不要把它当作唯一的目标。如果您有时间的话,可以多跟孩子聊聊天,甚至周末花个半天跟孩子一起出去玩也是可以的。总之,不要让孩子的精神压力太大了,要张弛有度。"

成文梅若有所思地点了点头。自从妙子的好友陈芽生病后,妙子的话变得少了很多,老是一个人闷在房间里。成文梅担心她,就带她来看了心理医生。

从医院走出来,成文梅捏了捏妙子的手,对她说:"妈妈会永远在你身边,有

第十四章 长廊

什么问题都可以跟妈妈讲。"

妙子点了点头,没有说话。回到家,妙子看到舅舅成文胜正站在门外,眼巴巴地等着她们。看见她们回来,舅舅立马走上前来说道:"你们去哪儿了,打你手机也不接。"

"我们出去散步了,我手机静音了,没听见。"成文梅说道,"你找我什么事?"

"那个……最近手头有点紧,就想来找你……"

"上个月我不是才借过你钱吗?妈也给了你不少钱。"成文梅刚才看见他一脸低声下气的样子,就大致猜到了他找上门来是做什么的,"你是不是又把钱拿去请别人喝酒了?"

成文胜笑得很勉强,他的两眼眯成一道缝,还捋了捋自己的头发:"都是兄弟,喝高兴了就……"

"我没钱了。"成文梅回答得斩钉截铁。

"那个,我不是还借了你的小面包车吗,要是我真没钱了,可能就得把那辆车卖掉了,那到时候你怎么接妙妙啊。"

"我借你的钱,加起来都够买一辆七成新的二手面包车了。"

"文梅啊,你也不想我再去找妈借钱……"舅舅依然纠缠不休。

妙子的脸越来越黑,她一把推开站在门前的成文胜,用钥匙打开门,走了进去。随后,从妙子的房间里传出来重重的摔门声,沉寂了一会儿之后,房间内爆发出一阵号啕大哭声。

"她,她怎么了?"成文胜感到不知所措。

"哎呀,实话跟你说了,妙妙今天去看了心理医生。她快高考了,心理压力大。你也四十好几的人了,成熟一点,别整天搞这些有的没的,让人省点心。"

"那你就借我点钱呗,我保证下个月一定还。"成文胜还想着借钱的事。

成文梅给了他一个白眼,从钱包里掏出几张一百块塞给他,对他说:"这个月别再出现在我面前。还有,别去找妈借钱,要是被我知道了,你就别再想从我这拿到一分钱。"

成文胜拿了钱,朝成文梅点头哈腰地道了谢,然后乐呵呵地走了。成文梅赶忙冲进屋里查看妙子的情况。成文梅想要进妙子的房间,却发现房间被反锁上了。

"妙妙,你开开门,妙妙。"

妙子没有回话,成文梅只能听到房间里传来断断续续的抽泣声。

"妙妙，妈妈在呢，有什么事都跟妈妈说，没有妈妈不能解决的。"

成文梅见妙子还是不回话，愈发地着急起来。她突然想起家里应该还有妙子房间的钥匙。她翻箱倒柜地找到了钥匙，拿钥匙打开了门。妙子正躺在床上，眼睛通红，枕头湿了一片。

成文梅坐到妙子的身旁，一只手拿纸巾擦干了她脸上的眼泪，另一只手不停地抚摸着她的头发，嘴里轻声念叨着："乖，我的囡囡，咱什么都不想，什么事情都会过去的。"

"妈，我好累。"

成文梅见妙子终于开口说话了，欣喜地说道："没事的，有妈妈在，没事的。睡一觉吧，睡醒了就什么都好了。"

妙子点了点头，闭上了眼睛。

"别这样子睡，会着凉的。"成文梅起身去拿毛巾，她用热水冲湿毛巾，拧干后给妙子擦了擦脸，随后给她换了个枕头，盖上了被子，"来，这样睡舒服，睡吧。"

妙子缩进被窝里，用双手抱紧自己，因为这样能让她更有安全感。她闭上眼，试着什么也不去想。也许是因为刚哭过，她觉得自己终于平静了下来。在这份平静中，她渐渐地睡去了。

又是那个熟悉的梦。她坐在考场里，距离考试结束还有五分钟。随着做这些梦的次数不断变多，她能够越来越快地意识到自己正在做梦。都散去吧，她这样想着，于是教室里顷刻只剩她一人。

妙子走出教室。"我还不想飞"，妙子告诉自己。她想先看看无人的校园。她走过每一个空教室，走过校园里的假山和凉亭，走过泛着碧绿色的校河。她能感觉到自己的身体在不受控制地变轻盈，终于，她还是离开了地面，像一个气球一样飘向了空中。

但这次有什么变得不一样了。她隐约能看到云层之上有什么东西。她飘过云层，向远处望去，有一条褐色的线。她努力地控制自己朝那条线所在的方向飞去。随着距离越来越近，那条线的模样也越来越清晰——那是一条长廊。长廊的周身是木质的，像那种古典的木屋。从更近处看去，长廊的周身有无数个方形的凸起，就像"非"字一样，从长廊的主体上延伸出许多交错排列的小房间。

妙子来到长廊的一端，尽头处有一扇小小的木门，妙子拉动门把手，门没有锁。她走了进去，在长廊里面，她不再失重，她的双脚踩在木质的地板上，她用

第十四章 长廊

手轻轻触摸着有些粗糙的墙壁。

长廊的顶上悬着一盏盏小灯,灯光并不很亮,只能够勉强照亮灯下的空间。妙子向长廊的另一头望去,视野最终消失在了无知的黑暗中。妙子向前走了几步,两边的门上没有标记,她随手打开了一个房间的门,走了进去。房间内有一张小小的沙发,还有一个矮柜,矮柜上面有一台老式电视,上面还长着一根天线。

电视里在播放着什么内容,是几个妙子从未见过的人。没有遥控器,电视上只有两个键,按下第一个键,视频的进度条会往前跳一格,那几个人开始扭打作一团。按下第二个键,视频的进度条往后倒了一格,那几个人又回到了先前的模样。

看起来,电视上播放的是一段录制好的视频。房间里没有其他东西了,妙子走出房间,走到旁边的那个房间里。那个房间的布置和先前的房间一模一样。但电视里在播放着不同的内容。其中有两个人的面孔是先前房间里见过的,另外一个没见过。

妙子又打开了一个房间的门,观看了电视里的视频,视频的内容到最后都会演变成三人相互厮杀。这样的场面让妙子感到不适。她决定向前走一段路,看看前面的房间会不会有什么不一样的。

她路过了大概十几个房间后,又选择了一个房间进入。依然不变的摆设,以及陌生且不明所以的视频。妙子想要到走廊的另一头去看看,她快步向前跑去,直到筋疲力尽为止。她气喘吁吁地打开门,仍旧是同样布置的房间。

但这次视频上的人却是她认识的,妙子试着回忆他们的名字——一个是许衡,另一个是刘睿琪,还有周澈和闻绍杰。从他们的穿着看,他们不像是身处现代。根据他们的对话,他们在一个叫奇山的地方,那里信仰着一位叫奇的神明,每过三年都会举行一次大圣仪以示对奇的崇敬。视频的最后,在大圣仪进行到一半时,洪水从山的内部喷涌而出,冲倒了奇山的神像。

妙子的头痛了起来,像是有什么东西突然钻进了她的脑壳里。她感觉自己的大脑在发热、膨胀,随后她记起来了一些事情,她记得自己也曾进入过那样的世界。没有缘由的开始,最后在海啸或洪水中结束,接着进入到下一个世界中去。

妙子退回到之前的几个房间,在那些房间里,有些视频的人她从未见过,有些视频里的人却无比熟悉,甚至在一个视频里,她看到了自己。她在办公楼里,认识了同样是新来的同事刘睿琪,被吴笙催着交活,随后她认识了周澈,再然后周澈死在了刘睿琪的刀下。

越来越多的记忆如潮水般涌向她。直到她看到那个雪夜，她把剪刀刺向闻绍杰的那一刻，她完全记起来了。一切的一切，从她来到异乡，到最后在温暖的光芒中与成文梅回到自己的世界。她只是在课间小睡的时候做了一个梦，就莫名其妙地去往了异乡。她不知道这是怎么一回事，但她现在知道谜底了。她进入一个又一个的房间，想把谜底告诉视频里的人，但房间里永远都只有那几样东西，电视上永远都只有两个按键。

直到她在一个房间里看到了一台电话。那是一台亮红色的电话，挂在墙壁上，与周围棕褐色的木墙对比显得格格不入。电视里放着许衡坐在那家炸鸡店里的画面。妙子拿起电话，试探性地说了一句"喂"。画面里，炸鸡店架子上的那台收音机发出了沙沙的声响，妙子能隐约从炸鸡下锅的滋滋声中分辨出来那股杂音，但店里的人都没有注意到。

妙子用更大的声音喊道："喂，有人能听到吗？许衡，你能听到吗？听我说，你是异乡人，如果有异乡人死了，海啸就会到来，你会被带去另一个世界。异乡人一共有三人，只有三个人都活到墙停止收缩的那一刻，才能一起回到原本的世界。"

画面里，从收音机里断断续续地传出"异乡人""海啸""三人""一起"的字眼，许衡抬头看了看，但老板跟他说这台收音机坏了之后，许衡也就没有再注意。妙子还想再说一遍，却发现收音机已经接收不到从电话里传过去的声音了。妙子失落地把话筒放回到了机身上，她坐在沙发上，想着还有没有什么其他的办法。

妙子又不服输地拿起电话，乱吼一通后发现什么用都没有。她决定离开这个房间，去别的房间看看。妙子向前走着，其他房间的摆设都没有什么不同，没有电话机，也没有其他能和电视里的人互动的东西。

直到妙子走进一个房间，那个房间里的电视没有播放任何内容，只是一片白色的屏幕。这次的电视上有三个按键，在电视机旁放着一张纸条，上面写着"如果你想加入，按下第三个按钮"。

妙子正思忖着纸条的含义，电视机的屏幕上出现了三个圆圈，接着出现了三个圆环，圆环上有许多人的头像。渐渐地，圆环开始转动起来，越转越快，随后逐渐减速。第一个圆环最先停下，圆圈圈住了圆环上的一个头像，是一个陌生的男子。

第十四章　长廊

过了几秒，第二个圆环停下，是陈芽。妙子的心一紧。第三个圆环在几秒后也停下，是何炳珹。屏幕上其他人的头像大多是面无表情或是神色惊恐，只有他的头像在浅浅地笑着，头像的眼睛仿佛在盯着屏幕外的人看，让妙子感到不寒而栗。

陈芽如果遇上何炳珹……妙子回想起了他遇见何炳珹的那个场景，想起了那个被何炳珹残忍杀死的跛脚男孩刘舜。她慌了。在妙子的潜意识里，她总觉得陈芽受到的苦难和自己有关，她几乎没有多想就按下了第三个按钮，但圆环已经停下，故事已经开始，此时再按下按钮不会有任何反应。

等她稍微冷静下来一些后，对何炳珹以及重返那个世界的恐惧再度涌上心头，她突然开始庆幸按钮是无效的。妙子的呼吸变得急促，她不得不逃离这个房间。她向外跑得是那样慌忙，以至于不小心摔倒在了地上。一阵剧烈的疼痛感传来，妙子睁开眼，发现自己正躺在家里的地板上。

成文梅听到妙子房间传来的声音，急忙跑进来看，见到妙子正从地板上艰难地爬起来，便跑过去扶她："妙妙，怎么了，怎么人在地板上啊。"

"妈，我没事，应该只是睡觉的时候滚下床了。"

"没伤着哪里吧？"成文梅把妙子扶到床上，关切地问。

"没事。"妙子为了不让成文梅担心，起身走了两步，还摆了摆手臂，扭了扭身子。

吃晚饭的时候，妙子突然一脸严肃地问成文梅："妈，如果有一天我做了一个一直醒不过来的梦，就一直一直沉睡下去的那种，你会怎么办？"

"傻姑娘，别胡思乱想，吃饭。"

"妈，我是认真的。"妙子很认真地看向成文梅。

"那妈就跑到你的梦里，把你叫醒。"成文梅一边说着，一边给妙子夹了块肉。

随后的几天里，妙子在做梦时一直都能看见那条长廊，但她再也没有勇气上去看一眼。那条长廊对她来说充满了未知的恐惧，而那种恐惧感是她再熟悉不过的。

白天，在和其他同学说笑时，妙子总是时不时地朝陈芽的空座位看去，上面摆放了很多周围同学的东西，仿佛一个闲置的储物柜。陈芽昏迷两星期后，老师让同学们暂且把陈芽的课桌搬到最后面去，这样她这一列的同学能坐得离黑板更近些，上课时看黑板会更清楚。

那天体育课上，妙子一个人在操场边上走着，赵驭突然跑过来拍了她一下。

赵驭穿着一件黑色的T恤，刚打完球，身上出了不少汗。

"喂，这周末再来帮我补习怎么样？"

"我有其他事情。"

"怎么，要去看望陈芽吗？我可以陪你一起去。"

妙子看向赵驭，他左手拿着篮球，似乎在做某种他自认为很帅气的姿势。

"那个，我问你件事。"

"什么？"赵驭感到有些紧张，他拨弄了一下自己前额的头发。

"你说我要不要去救陈芽？"

"救……什么意思？"

妙子知道如果把自己的故事复述一遍给别人听，会被别人当成神经病。其实她有时自己也会怀疑自己是不是真的精神错乱了。

"唉，你就假设陈芽现在被坏人绑架了，然后出于某种原因，报警也没用。可能只有我能救她，我要不要去？"

"那你自己不也会很危险？"

"对，我知道，但我也很担心陈芽。"

"我不知道啊。这个得你自己选择了。"赵驭入戏倒是很快，"不过你如果要我帮忙的话，可以叫上我，我很能打的。"

"算了吧。"妙子笑了，"我不会把你牵扯进来的。而且你这样子，也就捏捏软柿子。"

"这就是你的刻板印象了。我赵驭向来都是锄强扶弱的。"

妙子又笑了，笑完后，她突然看向赵驭，对他说："赵驭……"

"干……干吗？"赵驭突然被妙子叫了名字，感到有些不知所措。

"你要好好学习。"

"哦……"赵驭对妙子的话感到莫名其妙，"这你不是对我说过无数遍了……"

"这次我是认真的，特别认真的那种。"

"哦。"赵驭若有所悟地点点头。然后他又疑惑地挠了挠头。

在距离高考还有两个月的那一天，妙子决定了，她要去救陈芽。那个周末的晚饭后，妙子像往常一样和成文梅去河边散步。落日照在河面上，映出一片温暖的红色。这可能是她最后一次和成文梅散步了。

"妈，小时候我们来这里散步，路边还有卖棉花糖的，那个时候我想买，你总说小孩子吃了会蛀牙，不让我吃。现在我长大了，卖棉花糖的小贩却不见了。"

第十四章 长廊

"妙妙,你想吃棉花糖吗?"

"也没有特别想,就是突然想到了。"

"我记得菜市场旁边有一家糖铺子,我们去看看吧。"成文梅说道。

"好啊。"

两人从河边一路散步到菜市场。到糖铺子的时候,老板已经在拉卷帘门了。

"老板,您这是要关门了吗?"妙子跑上去问。

"对啊,明天再来吧。"老板对妙子说。

"老板啊,我女儿想吃棉花糖很久了,你就给她弄一串呗,贵点也没关系的。"成文梅对老板说道。

"哎呀,棉花糖是要开机器的,真做不了了。这样,我这还有糖葫芦,你要不要?"

妙子有些遗憾,她想了想,说道:"糖葫芦也行。"

老板又把店门拉开,从里面拿了一串糖葫芦出来。糖葫芦是山楂的,外面的糖层在路灯的照射下闪闪发光。妙子接过糖葫芦,吃了一颗。

"真好吃。"妙子说道,糖葫芦的味道超出了她的预期。

"好吃吧,我家这糖葫芦的糖和山楂都是有讲究的,别的地方买不到。"老板听到妙子夸他,笑着说道。

妙子和成文梅朝回家的路走去,她把糖葫芦伸向成文梅,问:"妈,你要吃不?"

"妈不吃,你吃吧。"成文梅说道。

"你吃一个嘛。"

成文梅拗不过妙子,只好吃了一个。

"好吃不?"

"山楂有点酸。"成文梅不太爱吃酸的,"外面的糖层还挺不错的。"

"要不要再来一个?"

成文梅摇摇头。妙子于是把剩下的都吃完了,边嚼边看着路上的风景。

"对了,妈,你还有没有我小时候的照片?"

"有啊,在我房间的相册里,怎么了?"

"没什么,就是想看看。"

回到家里,成文梅翻出一本青绿色封皮的老相册,妙子拿过相册,一页一页地翻看了起来。相册里有小时候的她和年轻时的成文梅的合照。成文梅抱着还只有三四岁的妙子，妙子的手上拿着一只小黄鸭玩具。

"妈，你年轻时好漂亮。"

"那可不是，不然怎么生出你这么漂亮的女儿来的。"

妙子翻到一张成文梅年轻时的独照，她梳着马尾辫，留着齐刘海，穿着橘红色的短袖衬衫和卡其色的休闲裤，穿着一双小白鞋。这是她在海边拍的照片，海边有一块刻着"海阔天空"的巨大石头，高四五米。成文梅倚在石头边上拍下了这张照片，照片背后用青涩的字体写着"那一年，我十八岁"。

"家里是不是还有拍立得来着？"妙子问成文梅，那是她十六岁生日时成文梅送她的生日礼物。

"好像是有，我找找。"

成文梅和妙子一番寻找，从一个储物箱里翻出了拍立得。妙子调弄了一下，发现还能用。

"我们拍张照片吧？"妙子举起了拍立得，对准两人。

"这里拍不好看吧？要不明天去公园拍。"

"没事，就在家里拍。三，二，一，茄子——"

妙子按下快门，从拍立得相机里出来了一张两人的照片。

"拍得很不错呢。"成文梅感叹道。两人笑得都很自然。

"是啊。"

妙子拿来笔，在照片的背面也写下"那一年，我十八岁"几个字。

"以后我也要做一本我的相册，这张照片就拿来做相册的第一张照片。"妙子对成文梅说。

晚上，妙子躺在床上，她觉得自己已经做好准备了。一阵困意袭来，妙子闭上眼，在梦乡中朝着长廊飞去。经过一番寻找，她找到了有第三个按钮的房间。"如果你想加入，在任何轮盘开始转动之前按下第三个按钮。"纸条上的字发生了一些变化。

妙子按下第三个按钮，电视机里的轮盘飞速转动起来。轮盘定格，妙子的头像出现在了屏幕上。

第十五章　玉境

飞来：异乡谜客

　　许衡坐在街边的小吃摊上，洛坐在他的对面。洛已不再是那个男孩了，如今他二十多岁，下巴上有了黑色的胡须，穿着一身布衣裳，笑容中总是带着一丝疲惫。

　　"你是许衡……"虽然相处过的时间并不算久，但洛依然记得许衡的模样，"你为什么……一点都没变？"

　　"怎么说呢，"许衡喝了一口豆浆，然后说道，"我不是这个世界的人，我可能会出现在各个时间、地点。不然你也很难解释我是怎么从海的另一边过来的，对吧？"

　　"那你……有没有再遇到过我的爷爷？"洛关切地问道。

　　"你们走后，剩下的玉族人被尤丰人圈养了起来，他们的骨头被炼制成兵器。有个好心的将领冒死放跑了一部分玉族人。我最后一次看见迁是在奇山，之后他便带领着族人朝着更西边去了。"

　　洛叹了一口气："十年过去了。虽然这对你来说可能只是弹指一挥间。"

　　两人聊了很久很久。洛先从方舟驶离玉田之后的事讲起。得益于迁在平时就要求在方舟上储备足量的水和干粮，劫后余生的玉族人在航行的途中可以免受焦渴与饥饿的折磨。彤和他一起上了船，但他们在船上并未见到月与她的父母。方舟在海上航行了十余天后，他们见到了一座无人的小岛，岛上水源充足、食物丰富，方舟上的几百人在岛上休整了一段时间。随后，有约一半的人选择留在了岛上，因为前路未卜，玉境是否存在也不可知。剩下的一半人在收集了足够的水和食物后，再次乘上方舟出航。在途中，他们经历了风暴，险些葬身大海。方舟又航行了近一个月，这一次，他们没有看到任何岛屿。在广阔无垠的大海上，这些玉族人一度以为自己已经成为世界的孤儿，船上的食物和水也在一天天地减少，不少人出现了身体不适和精神不振的状况。直到有一天清晨，船上负责瞭望的人突然欣喜若狂地将睡梦中的众人叫醒，说他看到了一片崭新的大陆，那是他们自玉田离开后的第五十六天。

　　他们终于抵达了玉境。当初的那个漂流者没有说谎，这个国家是真实存在

第十五章 玉境

的。然而，令这些从远洋漂泊而来的玉田人没有想到的是，在历经几百年的分隔后，玉境人虽然在外貌与身体结构上与玉田人并无差别，其族群的内核却已经发生了根本性的变化，以至于玉田人和玉境人几乎可以被认为是两个族群。

洛给许衡介绍了玉境这个国家，这是一个繁荣的、金钱至上的国家，在这里，金钱代表地位，而玉境的女王是这个国家最富有的人。方舟到达玉境后，女王很不情愿地接济了几乎已经筋疲力尽、瘦骨嶙峋的玉田人。女王还提出了条件，要求所有玉田人为玉境献上一切，包括时间、体力、头脑，直到生命的尽头，作为收容的代价。

"即便如此，玉境的民众仍心有不满，认为这帮饥肠辘辘的玉田人不但抢走了他们的粮食，还抢走了他们的饭碗。"洛无奈地说道。

洛曾数次请求女王帮玉田人夺回他们的家园，但女王只关心自己的财富。据说她专门修建了一个藏宝库，里面堆积的金银珠宝加起来有一头鲸鱼那么大。按女王的说法，战争是一门生意，要玉境出兵，就要支付出兵的费用。

"我们在这里不算玉境的子民，我们身无分文地来到这里，大多只能挤在贫民窟里，靠着一些生存的基本技能聊以为生。"洛继续说道，"如果家里有人生病了，几乎不可能看得起病，只能慢慢地看着自己的父母，或是妻儿，日渐消瘦下去，直到身体散发出腐烂的臭味，这就是贫民窟里终日弥漫着的味道。贫民窟的最角落里，还有一种味道，那是一种烟草燃烧产生的气味。有些失去希望的人，会躺在屋子里，终日吸食着大烟，形容枯槁，在幻觉中寻求慰藉。"

"可这不是一个繁荣的国家吗？"

"繁荣只属于王宫里的贵族。他们用牛奶沐浴，睡在铺着天鹅绒垫子的床上。他们在阳光中自然苏醒，然后起身从高高的宫殿俯瞰玉境，看着劳作的人们起早贪黑地奔波。然后他们写下诗篇，歌颂太阳、月亮和自己优雅的贵族礼仪。"

"这就是无数玉田人所憧憬的玉境。"洛最后这么说道。他的未婚妻彤来找他了。玉境人的名字都带着复姓，彤效仿着玉境人的名字，给自己取了个名字叫上官彤彤。

"彤，你来了。"洛见到彤，起身迎接。

彤不再是当年那个稚气未消的小女孩了，如今她二十出头，正是风华正茂的年纪。她留着一头秀美的长发，用发簪挽着，脖子上还挂着一根项链，那是洛用攒了好久的钱给她买的订婚礼物。彤见到许衡，也讶异于他未变的容貌。洛告诉许衡，他现在在烧窑厂工作，彤则在一家胭脂坊当侍女。胭脂坊时不时地会把一些临近过期的胭脂扔掉，侍女们便偷着分了用。因此彤虽然生活在贫民窟，但打扮得也还算精致。

"不是说了嘛，要叫我上官彤彤。"

"那个叫着不顺口，还是叫你彤吧。"

今天两人休假，约好了一起出来逛街。洛先一步来到早餐店吃早饭。为了保持身材纤细，彤一般都不吃早饭。洛在早餐店偶遇了许衡，便坐下来和许衡叙起旧来。三人又聊了几句后，许衡便与他们告了别。离开早餐店前，许衡告诉老板也许可以试试做咸豆浆来售卖。

"咸豆浆？那是什么玩意？"早餐店的老板表示困惑不解。

"就是豆浆里面不加糖，加点酱油、葱花，再泡上点油条碎。"

老板皱了皱眉，他不太相信这样的做法会好吃，但他还是告诉许衡自己愿意一试。

彤带着洛来到街上的服装店挑衣服。彤挑到了中意的衣服，便告诉洛自己想要这件。两人找店员一问价格，竟然抵得上洛好几个月的工钱。

"彤啊，要不咱们还是省点钱吧。我在城里的西南角看中了一间屋子，虽然小了点，住起来倒也舒服。银铺老板也说了，愿意借咱们钱。咱们只要努力攒钱，不出二十年就能把债还清。"

"二十年，二十年后我都四十多岁了。难道我一生都要在还债中度过吗？那时青春早就离我而去了，我的皮肤会变得又干又皱，脸上满是皱纹。还不如现在趁自己还年轻，买件好看点的衣裳穿。"彤有些不满地说道。

洛对彤又是一阵好哄，几个店员都站在一旁，饶有兴致地看着两人吵架。彤注意到了周遭的目光，闷闷不乐地冲出了店门。她说她不想跟洛一起逛街了，她要去找她的朋友欧阳娇娇玩。欧阳娇娇也是玉田人，欧阳是她给自己加的姓。

洛无奈地回到许衡身边，手里还攥着前几天刚给彤买的木发簪，他的手指甲因为长期在烧窑厂工作而变得黢黑。洛觉得彤戴这个发簪好看，但还没来得及给彤看，彤便撒气跑掉了。

"我给不了她想要的。"洛一脸沮丧。

"负担别太大了，放轻松点。"许衡劝慰道。

晚上，洛回到自己住的贫民窟里。一间房子里住了七八个人，都是合住的，有时半夜起身出门方便，摸着黑连下脚的地方都没有。许衡来到玉境的时候，身上倒是戴着几样值钱的首饰，他把首饰去当铺当了换了钱，住进了附近的一家客

第十五章　玉境

栈里。

半夜，洛热得睡不着觉，他跑到彤住的房子外，学起了鸟叫。这是洛独特的约彤出来的方式。过了一会儿，彤从屋里出来，脸上依然挂着一副不悦的表情。

"彤，这是我白天给你买的发簪，我觉得特别适合你，你戴上试试。"洛拿出发簪给彤。

"土死了。"彤接过发簪，戴都没有戴就还给了洛，"你知道吗，我今天去找欧阳娇娇，她说她要嫁给当铺的老板欧阳万贯，这下她真要姓欧阳了。"

"欧阳万贯？他不是都五十多岁了，而且我记得他已经娶了两个老婆了……"

"那又怎么样，就算是做小妾，嫁过去也都衣食无忧了。"

洛摇了摇头，表示无法想象。他突然想起玉婉花开了，问彤要不要去看。玉婉花是玉境特有的花，只在夏季的夜晚盛开，在盈盈的月光下像雪一样皎洁。

"不要，我明天还要去胭脂坊上班呢。"彤拒绝了。

两人又有的没的聊了几句，就各自回到了各自的屋里。睡在洛一旁的老哥喝醉了酒，吐了一地，洛看着一地的呕吐物，有一股酸臭味袭来，不禁皱紧了眉头。他起身换了个地方，躺下来继续睡觉。

第二天，彤顶着惺忪的睡眼到胭脂坊去上工。她原先负责在后屋磨粉，今天突然被主管叫去了前台。主管告诉她，前台的一个姑娘生病了，就由她暂且担着，客人来了，她就上去给客人介绍各类胭脂。彤有些高兴，这是她在主管面前表现的好机会。

店开张了，客人陆陆续续地进来，一位年轻的小姐由两个丫鬟陪着，来挑相亲用的脂粉。这位小姐生来皮肤就黑，因此想要挑一款涂了后显白的胭脂。彤给她推荐了一款加入了玉婉花揉磨而成的粉末的胭脂，涂抹在脸上后不仅显得皮肤晶莹剔透，还会有一缕淡淡的玉婉花的香气。

说着，彤拿起样品在自己的脸上抹匀，两个丫鬟看了，说是不错，让小姐也试试。小姐于是高兴地取了一小块胭脂往自己脸上涂抹，结果对着镜子一看，脸和脖子上出现了一道明显的分界线，再拿自己和天生丽质的彤一对比，宛如东施和西施。丫鬟们依旧夸小姐好看，但小姐自己知道效果如何，便负气离开了胭脂坊。

主管把这一幕看在眼里，她走过来对彤说："你知道我以前为什么不让你在前台待客了吧？你呀，长得太水灵了，再抹上脂粉，那些小姐们看了觉得自己的容貌不如你，便纷纷怪到胭脂的头上，啥都不买就走了。"

傍晚下工后，胭脂坊的门口不见洛的人影，彤便知道洛一定又被烧窑厂的老板扣下来做晚工了。烧窑厂的老板向来黑心，常常让工人做晚工，发的工钱还少。彤一个人走在回贫民窟的路上，看着路边的人们出双入对，不免感到有些孤寂。

彤正走着，一位身穿玉帛衣服的男子走到了彤面前。从他的装扮来看，应该是一位富家的公子。彤想低着头从一旁走开，却被公子用一柄折扇拦下。

"这位小姐，长得好生秀气，不知该如何称呼？"

彤有些不知所措，她努力维持住镇定，说道："叫我彤……上官彤彤就好。"

"好名字，看您的仪态，颇像是一位大家闺秀，只不过我猜小姐您平日里不喜欢浓妆艳抹。与那些打扮精致的小姐比起来，您更像那玉婉花，玉洁幽香。"

彤红着脸低着头，轻声说道："公子您说笑了。"

"不知小姐您是否芳心已许？"

彤抬起头来看了这位公子一眼，他玉树临风，简直就是自己的"梦中情郎"。彤沉默了一会儿，然后羞答答地摇了摇头。

这位公子见状很是高兴，邀请彤隔日到玉华楼就餐。彤知道，玉华楼是这一片最好的酒楼，里面的佳肴珍馐，如若不是大户人家，一辈子也难以吃上一回。彤想好了，就与这位公子吃上一回，然后再告诉他实情，那样自己也算见过世面了。她不想就这样穷困潦倒、默默无闻地活着——尽管在玉田时，对世界的繁华一无所知的她会因为一朵紫蝶花就开心一整天。

"对了，我还没问过公子的名字。"

"叫我端木长盛就好。"

彤知道，端木并非平民百姓的姓氏，端木家是玉境有名的大户，与女王关系甚密。端木家有许多大产业，像玉境最大的玉石坊，便是端木家的。一番交谈过后，两人约定于隔日上午十时在桥边相见。这两天，彤都对洛十分冷淡，她故意避着洛，称自己身体有恙。上班时，彤也常常出神。彤想要穿着最好的衣裳赴宴。她翻出自己的衣裳，对着铜镜一件件试了个遍，怎么都不满意，便决定去卖衣裳的店里租一套。她在店里精挑细选了一番，最终觉得还是前些天与洛一同来时看上的那件衣裳最好看。但老板娘告诉她，有其他人也订了这套衣裳。她要租的话，就得交一大笔押金，并且得在日落之前把衣裳还回来。

彤想了想，忍痛交了押金，那几乎是她所有的积蓄。

两天后，彤穿着那件衣裳，精心打扮了一番，准时到桥边见端木长盛。端木

第十五章　玉境

长盛早已在桥边候着，他身穿一件朱红色的长袍，上面绣着银白色的花纹，腰上别着一条金红纹的绸带子，还挂着一个草绿色的香囊，脚上穿着黑色锦靴。他见到彤，便迎上来，准备与她一同前往玉华楼。

"小姐今日的穿着，显得格外美丽动人。"端木长盛看着彤说道。

彤只是抿嘴微微一笑，并没有说话。彤和端木长盛走在一起，每一步她都很注意。她见过那些小姐走路的姿势，她早暗自练习过，如今她也像个有钱人家的小姐似的有模有样地走着。她能感觉到周围的人正投来艳羡的目光，这让她心中一阵窃喜。

两人来到玉华楼，迎宾的侍从站成两排，像两排花簇一般。进门处就是两尊玉麒麟，展现出无声的尊贵与威严。彤强装镇定，努力挤出一个平和自然的笑容。玉华楼足有七层高，精雕的扶梯盘旋而上，宛若一条游龙。端木长盛挽着彤的手臂拾级而上，彤朝上望去，仿佛自己正登入云霄。

端木长盛在顶楼订了一间包厢。来到包厢，角落的铜壶静静烧制着一种不知名的香料，两位侍从轮番端上精美的菜肴。彤下箸品尝，鱼羊的鲜美之极让彤感到惊喜。她想要努力记住这种味道，好在回去后跟他人炫耀。两人相谈甚欢，用完膳后，端木长盛提出带彤去东边的万花园逛逛。彤想着日落前应该来得及赶回服装店，便答应了。

端木长盛于是雇了一架轿子，两名轿夫抬着两人朝万花园走去。彤这辈子第一次坐轿子，她拉开轿子的帘子朝外面看去。以往她总觉得午后的集市吵闹喧嚣，今日看来却尤其热闹繁华。

约莫过了半个时辰，轿夫稳稳地把轿子停在地上，端木长盛扶着彤出来，整个园子一眼望去，花海无边无际。万花园是女王为玉境的民众修建的公园，据称里面花的种类达上百种，一年四季都有时令的鲜花盛开。任何人只要支付了入场费，都可以在里面逛上半天。彤曾经向洛提出一起去万花园逛逛，但被洛以票价太贵为由拒绝了。如今，彤终于有机会一览万花园的盛景，还是与身旁这位风度翩翩的端木公子一起。两人一同在万花园中走了许久，身旁经过了无数对年轻的眷侣，他们言笑晏晏，恩爱有加，但彤觉得此刻自己就是最幸福的。

徜徉在这片花海之中，她的心绪仿佛一曲欢悦的歌谣。偶有几个杂音传来，向她轻声诉说着"你是洛的未婚妻"。她把杂音从脑海中挥去，告诉自己洛不能给自己想要的。她要沉醉在这蜜般香甜的美梦里。是的，这原先是梦中才有的场景，而如今却真切地发生在她身上。

待到太阳渐渐西沉之时，彤突然记起了衣裳的事情。她不舍地告诉端木长盛自己该走了。但端木长盛却拉住了彤的手，对她说自己有很重要的话要说，希望能找个无人的僻静之地好好聊聊。

彤犹豫了，她看着下沉的太阳，狠下心来，对端木长盛点了点头。她相信端木长盛是要给她一份承诺，他们的关系从此将更进一步。届时，不说这一件衣服，玉境所有服装店的衣裳都任她挑选。彤于是跟着端木长盛走向花园的更深处。终于，在一处无人的角落，端木长盛停下脚步，看向彤。

"和你在一起的这两天，对我来说是一段美好的时光，相信对你来说也是如此。"端木长盛深情地对她说。

彤低下头，脸上泛起一丝红晕。一片花瓣从她身边飘过，落在了她的肩膀上。端木长盛轻轻地把花瓣从她的肩膀上取下，他的手擦过了彤的脸颊。

"不过也到此为止了，"端木长盛的神情变得严肃而淡漠，"你其实不是一位小姐吧？"

"什么？"彤一时间不知道该说什么。

"我在中午就注意到了，你握筷的姿势……小姐不会这样握筷子。"

"不是的，不是这样的。"彤慌乱地说。

"若非如此的话，明日我就可以上贵府登门拜访，一探虚实。"

彤沉默了，她知道自己毕竟并非真的小姐，谎言终有被戳穿的一天。但在这之前，她的内心一直在回避这一事实。

端木长盛叹了口气："我们就到这里吧。"

"就到这里？你不是说我很漂亮吗，不是说我像玉婉花一样吗？"彤几乎是带着哭腔说道。

"也许我曾经说过吧。但那是一个错误。"

"就因为我不是大户人家的小姐？"彤质问道。

端木长盛沉默了，他低着头，面无表情。

"可是爱情应当是能够跨越身份的，不是吗？"

端木长盛没有说话，转身走了。彤追过去拉住他的衣袖，但端木长盛用力地甩开了衣袖，彤跌倒在地上，看着端木长盛头也不回地离开了。

彤又看向远处的夕阳，想起了这身借来的衣裳，已经接近归还的期限。她顾不得伤心，起身朝落日的方向跑去。她一路穿过熙熙攘攘的人群，沿途美好的风景此时变成了她的噩梦。那些路过的人们发出的欢笑声，都像是对她无情的

第十五章 玉境

嘲讽。

终于,连最后一抹光亮也消失了,天完全暗了下来。彤跑到服装店的门口,迎接她的只是紧锁的大门。她坐在店门口的台阶上,眼泪止不住地往下流。在跑回来的路上,她跌倒了数次,这身衣裳也早已沾满尘土。她知道自己交的押金是拿不回来了。

在那之后,彤一直郁郁寡欢,没有出家门,也没有去上班。某一天,彤突然消失了。有传闻说她仍不死心,去端木家找那位公子,结果被端木家的仆人活活打死,拉到荒郊野外随便埋了。

彤和端木家公子的流言很快传到洛的耳中。洛一开始不相信,他也去找过彤,但后来时间久了,洛也慢慢明白过来,其实他早就发现彤那几天不对劲了,只是自己一直不愿意承认罢了。和他同屋的人都笑他的遭遇,他咽不下这口气,和人打了一架,结果被人打断了一条腿,也没法再去烧窑厂上班了。

许衡后来去找过洛几次,但洛都不愿意见他。玉境的墙很广阔,收缩得也很慢,因此许衡迟迟没有遇到另外两个人。直到有一天,许衡下楼时,发现楼下有两个卫兵在等候他。

"跟我们走一趟吧,女王想要见你。"其中一个卫兵对许衡说道。

许衡坐上马车,马车向王宫前进。随着他们越来越深入玉境的中心,世界的色调由灰褐色逐渐变为灿烂的金黄色。马车穿过农田、市集、街巷,穿过高墙,然后行过通向宫殿的道路。

马车停下,许衡望着高耸入云的宫殿出神。在侍从的带领下,许衡穿过前殿,来到更加金碧辉煌的中心。数百个侍卫围绕在宫殿周围,两个侍从为许衡打开门,映入眼帘的是三层高台,每层都有五米高,两侧有阶梯上下。女王就坐在三层高台的顶端,许衡抬起头才能勉强看到她。

"你就是许衡。"女王的话音在空旷的宫殿里回响。

"是的。"

许衡身旁的侍卫用胳膊肘碰了一下许衡,提醒道:"记得加上女王的称呼。"

"是的,女王。"许衡重新说了一遍。

"你看看这个,是不是你的东西?"

一旁走过来一个侍从,端着一个盘子,盘子上是许衡在当铺当掉的珠宝。

"是的,女王,不过我把它们当给当铺老板了。"

"那我问你,你必须如实回答我,这些珠宝来自哪里?"

"我不知道,女王。"许衡如实回答了,这是他来到这里时身上就有的。

"你是第一次来到玉境吗?"

"是的,女王。"

"之前你都在哪里?"

"之前我都在西边的大陆上,尤丰、玉田,还有奇山。"

"女王大人,我说的没错吧。"一个熟悉的声音从一旁传出,左侧的屏风后有人影起身走出,是何炳城,他转向许衡说道,"好久不见。"

"女王大人,"何炳城转向王座,高举起他的双手,激昂地喊道,"是财富!在那片土地上,珍珠像河流一样在大地上流淌。到了夜晚,夜明珠的光芒比月亮还要皎洁,它们汇聚在大地上,月亮仿佛是夜明珠在天空投下的倒影。在耕种之国尤丰,茂盛生长的不仅仅是田地里的庄稼。千年的古树下会生长出巨石那般大小的美玉,人们把它刻成雕像,献给他们的国王。"

"我的女王大人,那些是这片土地上所没有的宝石,"何炳城随手拿起盘子上的一串首饰,"看看它在阳光下的色泽,只有这种光辉才能与您的伟大相称。"

"我应当为我的子民着想,我没有理由让他们背井离乡,踏上那片陌生的土地,陷于兵戈铁马之中。"女王说道。

"您忘记那可怜的玉田人了吗,我的女王大人。"何炳城绘声绘色地说道,"玉境与玉田本为一家,归根结底,都是玉族人。玉族的家园被尤丰入侵,有些人流离失所,有些人像家畜一样被圈养起来然后屠杀。尤丰人喜欢玉族人坚硬的骨质,他们用极尽残忍的手段对待这些手无寸铁的玉族人们,用最下流的脏话和最难吃的食物换取最锋利的武器。为他们夺回家园吧,我的女王大人,历史会见证您的伟业。"

"嗯。"女王依旧面不改色地说道。随后,她让何炳城和许衡先行退下。

何炳城带许衡来到宾客的休息处,他为许衡递过来一杯茶。

"尝尝吧,别的地方喝不到这么好的茶。"

许衡看着茶杯里的茶叶上下浮动着。

何炳城看出了许衡的心思,他说道:"放心,茶里没有下毒。如果我要杀你,你早就死了。"

许衡端起茶,喝了一口,他想到了玉田,问何炳城:"你是怎么知道玉田的事的?"

"怎么知道,"何炳城笑了,"你以为那些家畜似的玉田人是怎么被放出来的?

第十五章 玉境

没有我在一旁的推动，那位懦弱无能的将领可做不出这种英雄之举。不要把我当作刻板印象里的坏人嘛，那样多没意思啊，我偶尔也是会做好事的。"

许衡没有说话。

"对了，通知你一下，这次的话我跟另一个人约好了，要先杀他，下次见到你，先杀的就是你了。"何炳珹喝完了最后一口茶，对许衡说道，"两天后，西面的海边见，我可不想让我们之间的纷争引起的风浪影响了玉境的出征。"

"你怎么知道她会同意出兵？"

"你看到她握着权杖的手了吗？我越说，她握得越紧，到最后几乎都要把权杖捏碎了。"何炳珹说着，起身准备离开。

马车送许衡回到了客栈。第二天，征兵启示就出现在了街头巷尾。士兵们在市集发起演讲，"为了玉族的尊严与荣耀"，他们这么说道。他们向民众诉说玉田人悲惨的境遇，一时间群情激昂，人们纷纷提出要加入这场讨伐。三天后，女王将在中央广场发布演讲，光荣地宣告玉境的远征。

许衡去贫民窟里找洛。住在贫民窟里的玉田人对远征的消息感到十分兴奋。历经十年，他们终于能再度踏上那片土地，回到自己的家园。他们跑到街道上欢呼着，围在一起唱歌。

许衡来到洛的屋前，向屋里张望，屋内没有洛的身影。他问路过的人是否知道洛的下落，路人给他指了一间屋子。

"你小心点，那里气味有点重。"路人对许衡说道。

那间屋子在这条街巷的最角落，屋顶上破了洞，之前一直没有人住。许衡走过去，发现门半掩着。他推开门，屋内烟雾缭绕，洛躺在一群横七竖八的人中间，被人打断的右腿散发出令人作呕的腐烂气味。他的手里拿着一杆烟枪，眼睛无神地望着天花板，痴痴地笑着，口水从嘴角的一侧流下来，像是在做着什么不愿醒来的美梦。

第十六章 尤丰

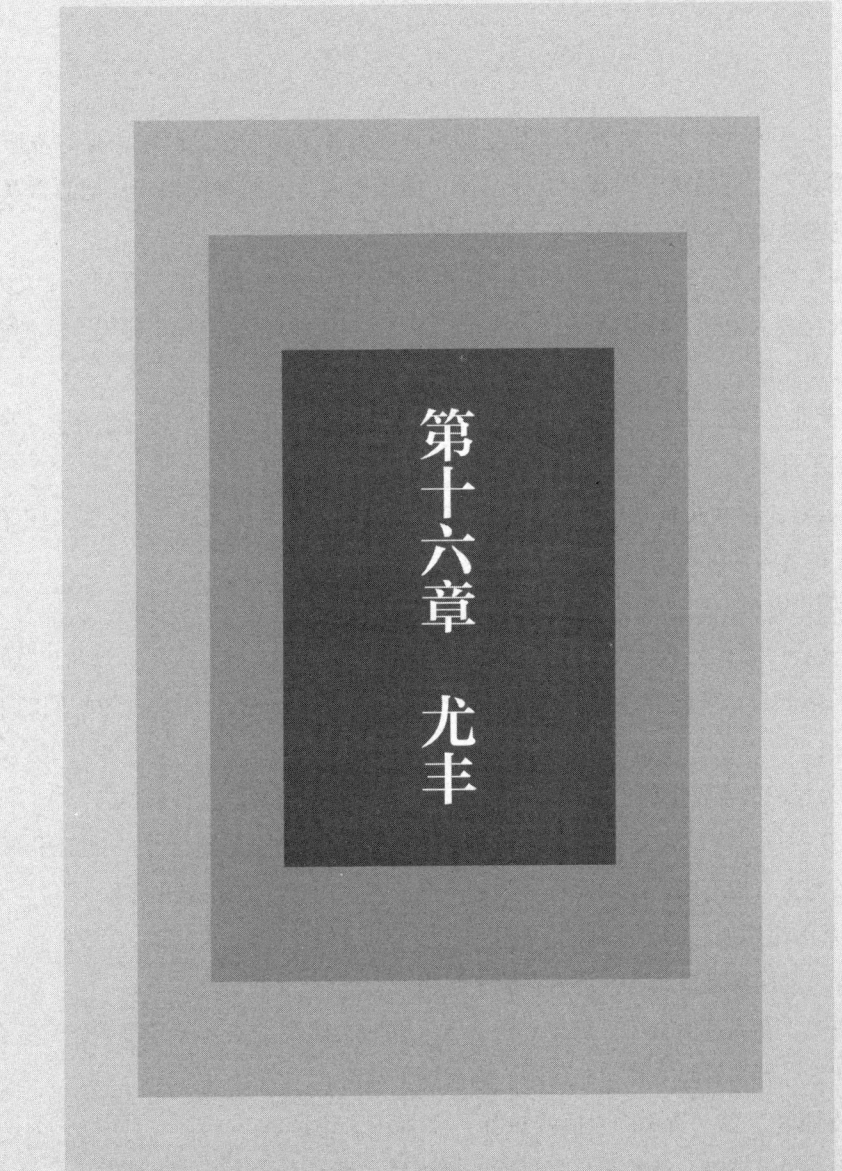

飞来：异乡谜客

　　陈芽从床上醒来，楼下传来热闹的声音。她揉了揉惺忪的睡眼，穿好衣服，起身推开门，见到楼下摆着十几张桌子，座无虚席。人们举杯相庆，把酒言欢。鱼羊鸡鸭被端上桌席，人们纷纷夸赞厨师的手艺。

　　陈芽慢慢走下楼，她对周围的一切都感到陌生。她来到一楼，看到一个女人正四处与客人说笑，陈芽对她几乎没有印象了，但她与照片里那个年轻女人的模样是如此相像。

　　"芽儿，还愣着干什么呢，起床了就赶紧去收拾一下自己，然后来帮忙，娘都快忙不过来了。"陈燕云对陈芽说道。

　　"云娘，你女儿真是和你一个模子刻出来的啊，都是美人胚子！"一个正在兴头上的客人对陈燕云说道。

　　"哪里哪里，您过奖了，吃得可开心？"

　　"开心！怎么会不开心呢！宴云楼的招牌那可是百里之内，人尽皆知啊！"那个客人站起身，举起酒杯，一只脚踩到椅子上，对众人说道，"来，为我们的丰收干杯！"

　　"为我们的丰收干杯！"众人一齐说道，他们举起酒杯，一饮而尽。

　　"今年可没有喀尔斯那帮蛮族的侵扰了，听说王的军队新增了一批玉甲军，他们的盔甲刀枪不入，他们的长矛无坚不摧，这下还有谁敢来进犯尤丰？"

　　"那如果用他们的矛去刺他们的盔甲，会怎么样？"另一人问道。

　　那人被问得哑口无言，众人都笑了起来。

　　夜晚，客人都离去后，陈芽和陈燕云一同收拾碗筷。陈燕云问陈芽今天是不是有什么心事，看起来心不在焉的。陈芽摇了摇头。

　　"别骗娘，娘一看你的表情就知道了。"陈燕云说道。

　　陈芽说不清楚。她的记忆告诉她，她生活在钢筋水泥铸成的大楼之中，过着习惯了电气与互联网的现代生活。她应当是一名即将高考的高中生，而她的母亲陈燕云早在她年幼时便已去世。

　　"我一定是在做梦。"陈芽如此想道，"既然如此，那就好好珍惜梦中与母亲

第十六章 尤丰

相处的短暂时光吧。"

陈春丰从厨房端出了几碗热气腾腾的菜,他是宴云楼的老板兼主厨。一家人围坐在桌旁,点上一盏小小的烛灯,吃着陈春丰亲手做的饭菜。父亲做的菜还是那么好吃。陈芽大口吃着饭菜,享受着这温馨时刻。晚上,陈芽恋恋不舍地入睡了,她一想到第二天醒来,又要出现在那了无生趣的学校里,就愈发地不愿入睡。

第二天,陈芽睁眼醒来,发现自己还在宴云楼的床上。看来这个梦比往常的梦要稍长些,陈芽心中如此想道。上午,陈芽正在店里帮忙,郑菁菁跑了进来,身上穿着某种她从未见过的类似旗袍的服饰,看起来十分喜庆。

"菁菁,这衣服还挺适合你的。"

"好看吧,我挑了一下午呢,"郑菁菁听了陈芽的夸赞,很是高兴,"走,我们去给你也选一套,保证让你成为丰收节时全场的焦点。"

郑菁菁跟陈燕云说了一声,然后就拉着陈芽来到市集。市集里人山人海,到处都洋溢着丰收的喜悦。郑菁菁带陈芽试了好几套衣服,最终选中了一套淡粉色的礼服。

"这会不会看起来太少女了?"陈芽担心地问。

"你不就是少女嘛。"郑菁菁看着穿着礼服的陈芽,"这套很适合你。"

陈芽买下了礼服,两人又去市集挑了些好吃的、好玩的。等到日落时分,两人才不舍地告别。陈芽回到宴云楼,正是生意红火的时候,她回房间放好了自己买的东西,就下楼来给陈燕云帮忙。

晚上,陈燕云提醒陈芽明天是相亲的日子,可要打扮得正式一点。

"相亲?和谁?"陈芽问道。

"傻女儿,不是和你说过好几次了嘛,和城东边赵家的公子,赵驭。"

"什么?"陈芽有些惊讶。如果这就是日有所思,夜有所梦的话,那确实是有些羞耻了,毕竟自己在学校里的告白已经被对方拒绝了。

"娘,要不我还是不去了吧?"

"那哪行,人家赵驭家里怎么也是做矿石生意的,你就算不喜欢人家,也要客气地担待着。"

陈芽叹了口气。第二天一早,陈燕云就把陈芽叫了起来。为了今天,陈燕云特意叫了帮工来店里帮忙,以便自己能腾出时间陪陈芽去相亲。陈燕云亲自给陈芽挑选了衣裳,化了妆,还雇了架轿子来撑场面。

两人坐上轿子，来到赵家府上。刚落轿便有七八位仆人接待着，赵驭的母亲赵夫人也出来迎接，左手拿着块手绢，边走路边晃来晃去，她的身上佩戴着各种首饰，走路的时候首饰也随着她的步调一同摇晃。赵夫人打扮得花枝招展，脸上涂满脂粉，袖口抹了香膏，浑身上下就像一朵牡丹花。

几人来到厅堂，厅堂的两侧陈列着各色玉石，每一块都价值连城。侍从端上茶水和糕点。茶水用的是上好的茶叶，只取最鲜嫩的茶尖。糕点各式各样总共有三十六种，用玉盘装着，摆成花的样子，看上去颇为别致。

"赵家真是气派啊。"陈燕云感叹道。

"那是自然。"赵夫人毫不掩饰，"别人来我家府上做客，若没有人引路，那多半是要迷路的。"

"那您堂堂赵家，又怎么会看上我家闺女呢？"陈燕云笑着问道。

"没办法，城里有名有户的小姐都见过了，我儿子就是说不喜欢。他也到了谈婚论嫁的年纪了，我做娘的心里也着急。听说宴云楼陈春丰的闺女长得还算标致，见见倒也无妨，反正这全城的姑娘，就没有我儿子配不上的。"

赵夫人的话让陈燕云有些愠意，但她并没有显露出来。陈燕云品了一口茶，转而问道："话说回来，您家公子呢，是不是遇到什么事情耽搁了？"

"哎呀，他就是这样，不要见怪。"赵夫人起身向后庭走去，"我再去叫他一声。"

趁赵夫人起身，陈燕云偷偷给陈芽递去了一个不悦的眼神，陈芽明白陈燕云的心情，只能对陈燕云苦笑一下。两人就这样坐着喝茶、吃点心。又过了十分钟，赵夫人才跟赵驭一同出来。

赵驭并没有好好打理自己，一副衣冠不整的样子。他的脸上挂着不爽的神情，仿佛其他人都欠了他钱。赵驭都还没坐下，只是看了一眼陈芽，就对赵夫人说："娘，我不喜欢，我可以走了吗？"

赵夫人笑着劝说道："儿子啊，人家虽然寒酸了点，但怎么说也是风尘仆仆从城南边过来的，你也得给人家一个面子。"

陈燕云再也忍不下去了，她刚要起身说上几句，陈芽反而一拍桌子，先站了起来，把陈燕云吓了一跳。

"不是，你说说，我们怎么就寒酸，怎么就风尘仆仆了？"陈芽怒气冲冲地问道。她想着，反正这是梦，在梦里我还要受人欺负，那可真是说不过去了。

赵夫人还没来得及说话，陈燕云也站了起来，追问道："是啊，怎么就寒酸，

第十六章　尤丰

怎么就风尘仆仆了？我们陈家一不偷二不抢，勤勤恳恳做事，安安分分做人，你从进门开始就处处让我们难堪，笑话我们，瞧不起谁呢？芽儿，我们走。"

说完，陈燕云就拉着陈芽走了出去。果不其然，没有人领路，她们在赵家的院子里迷了路，还是有一位好心的仆人上前提醒，两人才找到了大门。回到宴云楼，陈春丰满怀期待地上来询问相亲情况。陈燕云和陈芽两个人一开始都臭着脸，但说着说着却忍不住笑了起来——她们都被彼此的行为给逗乐了。

只有陈春丰显得忧心忡忡："这下倒好，亲没相成，还把赵家得罪了。咱家女儿这以后还嫁不嫁得出去啊。"

"爹，您放心，嫁不出去我就在您身边待一辈子，给您养老。"陈芽高兴地说道。

"爹不要你养老，爹只希望你嫁个好人家。"陈春丰赌气地说道。

"如果我找到像爹这么好的男人，我就嫁。"

"那你怕真是要嫁不出去了。我这样的好男人，你娘找遍了全天下，也就找到我一个。"陈春丰开玩笑道。

"你可别臭美了。"陈燕云拍了一下陈春丰的肚子，"你看看你这肚子，一年比一年大，不知道的还以为怀孕了呢。"

三人都笑了。晚上，陈芽躺在床上，觉得自己从来没有像今晚这样开心过。在现实生活里，父亲虽然对她好，但没有母亲的陪伴，陈芽总觉得少了些什么。她开始希望这个梦能做得再久一些，甚至，永远不要醒来。

第二天中午，陈芽正帮陈燕云上菜，赵驭带着两个人走了进来。陈芽一看，都是以前学校里经常和赵驭在一起的兄弟。陈芽并不想去迎接赵驭，陈燕云见了，便自己走了上去。

"这不是赵公子嘛，什么风把您给吹来了？"陈燕云有些阴阳怪气地问道。

"那个，我觉得我娘昨天说的话有些过分了，你家闺女我确实不感兴趣，但我赵驭不是嫌贫爱富的那种人，所以我今天就是来道个歉。听说你们店里的菜味道还不错，就顺便来吃顿饭。"赵驭跷着二郎腿说道，一点也不像道歉的姿态。

陈燕云笑得很勉强，陈芽见态势不对，就把陈燕云拉到一旁，对她说："娘，赵驭他人就是这样的，人不坏，但是没什么礼貌，既然人家都亲自上门来道歉了，那就算了吧。"

陈燕云也想展现一下陈家的气度，她特意叫陈春丰把宴云楼的招牌菜都给做了一遍。赵驭吃过后也毫不吝啬地称赞，说是可以和隔壁镇子上远近闻名的美人客栈的饭菜相媲美,他的两个兄弟更是赞不绝口。留下饭钱后,赵驭便跟他的兄弟一同离开了。

午后,店里空闲时,陈芽跑出去找郑菁菁聊天。她问郑菁菁:"菁菁,你说有没有不会醒来的美梦?"

郑菁菁看着她,笑着说道:"我说你是不是相亲相傻了,做梦肯定是会醒的。"

但陈芽的梦都做了好几天了。如果这真的是梦,那这也太真实了。陈芽不记得自己在现实生活中的最后一次入睡是什么时候了。她突然想起妙子,便问郑菁菁:"对了菁菁,你认识妙子吗?"

"妙子,那是什么子?跟饺子差不多吗?"郑菁菁疑惑地看着陈芽。

"是成妙子……算了,当我什么都没说过。"如果我醒来后还记得这个梦的话,我要把这个梦讲给你们两个听,陈芽想道。

随着丰收节的临近,城里的气氛变得越来越热闹。金黄色的稻浪变成了小山高的谷堆,人们的欢笑声也像谷堆那样越攒越高。

"明天就是丰收节了,今天早点打烊。"在丰收节的前一天,陈春丰说道。在丰收节那天,家家户户都会休息,与家人一起享受丰收的喜悦。

晚上,陈春丰做了一大桌子菜。饭桌上,陈春丰说道:"听说今年又有好收成。"

"丰收好啊,希望来年也是丰年。"陈燕云说道。

陈芽吃得很开心,夜里,她躺在床上,兴奋得睡不着。她期待着明天节日的庆典。市集处已经搭好了舞台,戏班子也早已请好。到时候,她会牵着陈春丰和陈燕云的手,一同走在街道上、市集里,去听那绝美的戏腔,去看那缤纷的烟火。

第二天,天方露出鱼肚白,这个尤丰最南端的城市,不是在烟火声中,而是在炮火声中惊醒。城门传来的钟声回荡在整座城内,那是敌人入侵的信号。

上百艘战舰停靠在城市的港口,士兵、战马和大炮如兽群般侵蚀着尤丰南端的这座城市。在毫无防备的情况下,这座城市沦为人间炼狱,嘶吼着的异族手握着削铁如泥的兵器,将守城的军士斩于马下。民众仓皇逃窜,有些成了俘虏,有些就地被杀死。

陈芽因为昨天晚上太过兴奋,很晚才睡着。等她被陈燕云叫醒时,陈春丰和陈燕云已经在匆忙地收拾东西。

"爹,娘,发生什么事了?外面怎么这么吵?是庆典已经开始了吗?"陈芽

第十六章 尤丰

揉着惺忪的睡眼问两人。

"你快穿好衣服，我们马上就走，外面在打仗。"陈春丰焦急地对陈芽说道。

陈芽一时之间还没有反应过来。在她的一生中，战争都是那样一件遥不可及的事情。因此她愣了好一会儿，才明白陈春丰话的意思。等她渐渐听清楚外面的声音后，她才发现那是炮火轰炸、兵戈碰撞和人们哀号求救的声音。一颗炮弹飞来，宴云楼开始剧烈地摇晃起来，炮弹声震耳欲聋，陈芽一阵耳鸣，她捂住了耳朵。

"来不及收拾了，带上点盘缠和干粮就赶快走吧。那些人是从南方打过来的，我们往北方走。"陈春丰拉着陈燕云和陈芽下了楼。

然而，三人一开门，面对他们的就是几柄长枪，其中一柄长枪上还滴着血，无言地宣告着反抗的后果。

"都举起手来！"一个穿着盔甲的异族士兵喊道。陈芽举起了手，她见陈春丰和陈燕云似乎听不懂对方说的话，让两人赶紧举起手。

三人举起了手，陈春丰把包袱丢在了地上。几个士兵将他们包围，然后示意他们往城市的东南角走。路上都是被俘的尤丰人，排成一队向东南方向走去。他们来到了一处大型的畜牧场，这里本来是饲养牛羊的，而现在围圈里挤满了身形狼狈的尤丰人。

"快要塞不下了，端木将军！"一个士兵跑过来对一个骑着马、身型挺拔的年轻将军说道。

"那其他的就任你们处置吧。"年轻的将军说道。

士兵欢快地叫着，发出像是狼嚎的声音，然后跑开了。陈芽走进畜牧场，有几个穿着平民服装的玉族人朝她吐了口唾沫。陈芽和父母来到畜牧场的人群中坐下，陈燕云用手帕给陈芽擦去唾沫。其他人大都这样就地坐着，有些人起身望望，周围的围栏高而坚固，还有士兵看守，想要翻越围栏逃出去几乎不可能。

很快，不再有尤丰人进来了。"外面的人们怎么样了？"陈燕云担心地问道。陈春丰摇了摇头，眼神中透露出担忧与无奈。

中午，几个玉族的士兵搬来了几个大桶，桶里装着糨糊一样的东西，他们表示这就是尤丰人的午餐。尤丰人虽然听不懂玉族的话，却也大致明白这是给他们的食物，有一个人带头开始抗议起来。一个玉族的士兵走上前，直直地把带头抗议者的脑袋削了下来，脑袋在地上翻滚了几圈，落到人群脚下，引发一阵尖叫。抗议声很快便消失了。

片刻后，几个饥肠辘辘的尤丰人起身走向了大桶。随后越来越多的人围在桶前，拥挤中，不少食物洒了出来。陈春丰让妻女坐在原地，自己也走到桶前去。陈芽望向拥挤的人群，很担心陈春丰。过了一会儿，陈春丰小心翼翼地拿着两个碗，然后用手夹着第三个碗走了过来。陈芽忙走上前去帮陈春丰拿了一个碗。碗里装着粥一样的东西，但散发出一股酸臭味。陈芽捏住鼻子，喝了下去。

晚上发的是馒头，馒头又干又硬，不是用白面做的。这次人们蜂拥向前，有的人多拿了馒头被人看到了，于是几人便争吵起来，最后相互扭打在一起。陈春丰挤了半天，最后只拿回来两个馒头，他回到陈芽和陈燕云身边，把馒头给她们，说自己已经在路上吃过了。

"爹，你真的吃了吗？"陈芽问陈春丰。

"吃了，刚拿到手就吃了。"陈春丰肯定地说道。

夜晚，人们悄悄讨论着王的军队何时会来解救他们。

"依我看，不出三天。"其中一个人说道。

"我觉得就在明天。"另一个人说道。

但是三天过去了，什么迹象都没有。有人试图在夜晚翻墙逃走，被守夜的玉族士兵发现了，第二天便被当众施以绞刑。事后，他的尸体被悬挂在围栏上以儆效尤。"我不想再做梦了，快醒来吧"，陈芽想道。但每一天睡去又醒来，睁开眼看到的仍是这番地狱般的景象。陈芽不知道如何是好，如果她选择自尽，是不是就能醒来？她还从来没在梦里这样做过。

第五天，那个说王的军队"不出三天"就来的人突然发起了高烧，士兵为了防止疫病传播，直接把这个人拖了出去，之后便再没有了这个人的消息。第六天，陈芽的肚子开始感到一阵剧痛。

"是不是吃坏东西了？"陈燕云担心地问道。

陈芽不知道，她不想让那些士兵知道，不然那些人就会把他们抓走。陈燕云试图在人群中寻找城里的大夫，有人告诉她大夫早在两天前就死了。陈芽的腹痛没有缓解，她感觉有一团火在腹中不停地燃烧，她的嘴唇变得苍白，面部浮肿。

陈燕云见陈芽迟迟没有好转，决定去求玉族人帮忙。但玉族人听不懂陈燕云说话，见陈燕云巴巴地过来，便把她一脚踢开了。陈燕云倒在地上，没有说话，她揉了揉自己身上被踢的地方，然后回到陈芽身边，跟她说没找到大夫。过了一天，陈芽的腹痛终于有所缓解了。陈燕云抚摸着陈芽的额头，露出了宽慰的笑容。

第十六章　尤丰

玉族来到这座城市的一周后，城内的物资已经被搜刮得差不多了。端木将军带着大部队离开了城市，只剩下一小部分军队驻扎在这里。驻扎军队的统领者是一位年轻的男子，他站在高台上，向尤丰人介绍着自己。

"大家好，很高兴见到你们，我叫何炳珹，奉玉境的女王之命，以后这里就由我管辖了。"

"你为什么能说尤丰的语言？你是尤丰人吗？"底下有人问道。

"不是呢，我对谁说话，说的就是谁的语言，就像我身边的这位一样。"何炳珹看了一眼身边的年轻男子，他看起来比何炳珹更强壮些，但是左臂只剩一半，被纱布包裹着，看起来是近期才受的伤，"你也向大家介绍一下自己吧。记住，要友善一点哦，给大家留个好印象，日后我们也好相处。"

"大……大家好，我是小宋。我曾经来过尤丰，在隔壁镇子，镇子上有家客栈，老板娘是个胖胖的中年妇女。虽然待过的时间不长，我还是能感受到尤丰人的热情好客……"

"好了，差不多了。"何炳珹打断了小宋的发言，"现在，我知道你们这些人里还有一位像我这样的人，不属于这个世界的人，我需要他自己走出来。"

台下鸦雀无声。陈芽知道自己听得懂玉族的语言，但她没有敢走出去。

"好吧，看来那位有些胆小。这样吧，你们一个个走到那里，"何炳珹指了指畜牧场的一个角落，"然后再走回来。"

尤丰人对何炳珹的这一要求感到困惑，但他们还是照做了。他们走到何炳珹所指的那个角落，会有士兵在他们的手臂上盖一个章，就像过检的牲畜一样。

陈春丰和陈燕云都上前盖了章，然后安然无恙地回来了。轮到陈芽时，她却发现自己走不过去——有什么东西挡住了她，仿佛是一堵无形的墙。她一下撞在了墙上，然后倒在了地上。两个士兵见状，跑过来把她带到了何炳珹身前。

"你叫什么名字？"何炳珹问陈芽，他的眼神让陈芽不寒而栗。

"陈芽。"

"你好，陈芽，很高兴认识你。"何炳珹笑着说道，"很遗憾呢，你要死了。"

陈芽没有明白何炳珹的意思，她像是自言自语地说道："这……这不是我的梦吗？我只想醒过来。"

"这好像不是梦呢，我可是实实在在的活人，不是你梦里的配角或是路人。"何炳珹说道。

"你……你怎么知道？说不定你就是。"陈芽说道。

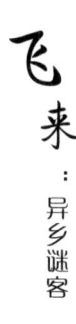

"这种问题是没有意义的。"何炳城转过身去,"月,过来吧,你复仇的时刻到了。"

从不远处走过来一个和陈芽一般年纪的女孩。她的右耳残缺了一块,头发凌乱地披在肩上,眼神中满是愤恨。她穿着朴素的衣服,身上有好几处伤疤,和一旁行头精致的玉境人形成了鲜明的对比。

"我是被尤丰人俘虏的玉田人。你们践踏了我的家园。当你们高枕无忧时,我却过着猪狗不如、日日提心吊胆的生活,"月说道——何炳城把月的话同声传译给台下的尤丰人,"就像这样,被圈养在围栏里,每天吃着猪食。"

月让何炳城帮忙找来了陈芽的父母。陈春丰和陈燕云本就在前面注视着陈芽,何炳城一以陈芽的安危作为威胁,两人便自己走了出来。

"你们杀害了我的父母,我的父亲腿脚不便,他被你们的士兵抓住后捅了十几刀,他们边捅还边笑着,我至今忘不了他们的笑容,因为那些笑容每天都会出现在我的噩梦里。我的母亲,为了我向尤丰人讨取食物,结果被尤丰的士兵活活掐死。我还记得她对我说的最后一句话是'等妈妈回来',而那时候她已经瘦得不成样子了。"月咬牙切齿地说着,何炳城也用相同的语气模仿着对尤丰人翻译道,他似乎很享受这一过程。

"我现在要让你也体会到同样的痛苦。"月对陈芽说道。

"你父母的死和我还有我的父母都毫无关系啊。"陈芽说道,"我和我父母都是无辜的人。"

"你以为你们凭什么能过着和平的日子,在丰收的庆典上载歌载舞,而不用担心外族的侵犯?你们的和平是建立在我们的尸骨之上的。尽管如此,你还恬不知耻地说自己是无辜的。你们之前确实常常被喀尔斯掠夺,但这不是你们侵掠玉田的理由。真正无辜的,从来都只有玉田人。我们在自己的家园上安分守己地生活着,从没有把战争的魔爪伸向其他国家,却因为弱小而被践踏。"月怒吼道,像是要把所有的悲伤和愤怒都发泄出来,"我原本只是玉田一个小村庄里无忧无虑的小女孩,那天清晨我在鸟鸣声中醒来,以为迎接我的又是像往常一样和平的一天,但一切都在那天以后改变了!

"我做了整整十年的阶下囚,十年,每天都是这样的生活!每隔几天都有一批玉族人被拉出去,像牲口一样被宰杀掉。剩下的人则提心吊胆地活着。

"那天,一位尚有良知的尤丰将军和何炳城打开了门,把一部分幸存的玉族人放了出去。但我不是那个幸运的人。在逃跑的路上,我又被那群恶魔抓回了围

第十六章 尤丰

栏之内。

"我以为我再也没法活着走出那个地方了。但我的母亲曾告诉我，无论遇到多大的苦难，一定要活下去。那是我母亲的愿望，为了她，我一直苟延残喘地活着。有时我觉得自己已经对受到的苦难麻木了，有时我甚至无法感受到自己还活着。但我相信有这么一天，在这样的一天我要让你们也尝尝我所受的痛苦。"

两个士兵走了过来，把陈燕云拖进了一间茅草房里。陈春丰的手脚都被牢牢捆住，只能悲愤地朝着玉族人吼叫着。屋里传来陈燕云痛苦的尖叫声，人群中爆发出一阵骚动，士兵们举起长矛对准人群，骚动很快平息了下来。

月从旁边拿起一把刀，面无表情地走向被绑住的陈春丰。她无视了陈芽的苦苦哀求，直直地把刀刺向了陈春丰，像刺向一个木偶一般，没有半点仁慈。陈芽看着这一切，她几乎要晕倒过去。何炳城叫人扶起陈芽，逼她看完全程。

陈春丰很快便没了声响，眼睛直直地望向天空。陈芽冲进屋里，看到陈燕云倒在地上，头发凌乱，双眼血红，脖子上有明显的掐痕，也没有了气息。

陈芽悲痛地哭着，她不知道自己该怎么办，很快她也要被何炳城杀死。她希望这一切都只是个噩梦。士兵把陈芽从屋里拽出来，扔到地上。一大把泥土吃进嘴里，陈芽猛烈地咳嗽起来。她看向何炳城，像看向一个恶魔。她向何炳城冲去，被何炳城一脚踹到地上。她站起身，愤恨地看着何炳城。

"对，对，就是这种情感。很好。"何炳城依旧笑着，他陶醉于陈芽的痛苦之中，随后，他转身对身旁的男子说道，"嘿，我反悔了，我要先放她活着，就像等着葡萄酿成美酒一样。那我想我只能对你说声抱歉了。"

身旁的男子像是意识到了什么，立马从怀中掏出一把匕首，刺向何炳城。何炳城直接一只手握住对方拿着匕首的手，另一只手把男子按倒在地上。

"你不会觉得你打得过我吧？"何炳城的笑容消失了。

为了不让海啸影响到军队，处刑在海边进行。何炳城邀请陈芽观看了全程。在海啸来临的前一刻，何炳城问了陈芽一个问题，但陈芽没有作出回答："你觉得玉田没有侵掠其他国家，是因为这个文明的善良，还是因为这个文明的弱小？"

从远方的树上飞来一片树叶。秋风捎着树叶飞了很远很远的距离，飞过海边荒芜的玉田，飞过这座南方的小城，带着秋天的讯息向尤丰的更北方飞去。

第十七章　洞窟

飞来：异乡谜客

陈芽从寝室的床上醒来，她下床看了看，没有其他人。外面天气正好，中午的阳光穿过窗台洒在地面上。风吹过树叶，地面上的光影也随之跃动闪烁。

她走出宿舍，校园内空荡荡的，看不到其他人。她路过小卖部，小卖部开着，亮着灯，但没有人，食物整整齐齐地摆在货架上，收银台上的小电风扇呼哧呼哧地转着。

她走到教室，教室里也没有人。课桌上摆满了书和卷子，偶尔能看到几本杂志夹在其中。黑板上还留着老师的板书，一旁的幻灯片放映着复习的知识点。下课的铃声响起，在空无一人的走廊上回荡着。

她走到校门口，连保安室都没有人。校门开着，陈芽走出校门，校门外几辆车疾驰而过，只留下旋即消散的余响。陈芽朝家的方向走去，从中午一直走到日落。在日落后，她又走了很久很久。她走过树荫下的小路，在夜晚，灯光赋予树木颜色，树干和树叶都裹着一层薄薄的黄。她终于见到了宴云居的招牌。深夜公路旁的餐厅，在夜幕下亮着光。

她走进宴云居，里面没有客人，陈春丰正坐在桌子旁看手机。陈芽走到陈春丰后面拍了拍他，陈春丰被吓了一跳，但见到是女儿又很高兴，起身叫陈燕云，让陈燕云赶紧出来。

陈燕云应了一声，从后面的一个房间里走出来，见到陈芽，她很是高兴，跑过去紧紧抱住她。陈春丰起身到厨房里炒了几盘菜，三人围聚在一起吃了起来。饭间，陈春丰讲了一个他刚刚在手机上看到的笑话，三人都笑得很开心。

饭后，陈燕云收拾了碗筷，在厨房洗碗。陈春丰正要去帮忙，从门外走进来一个人。"不好意思啊，我们已经打烊了。"陈春丰对那个人说道。

那人仿佛没听到似的，直勾勾地朝陈春丰走来。他看起来好熟悉，但陈芽一时想不起来他是谁。一丝不安涌上心头，陈芽想要提醒陈春丰，但为时已晚。对方掏出一把小刀，向陈春丰刺去。陈春丰还没反应过来，便捂着肚子倒在了地上。

陈芽开始尖叫起来，陈燕云从厨房跑出来，手里拿着一把菜刀，把陈芽护在

第十七章　洞窟

身后。陈芽记起他的名字了。何炳城拿着刀向母女两人走来。陈燕云和陈芽不断地往后退。何炳城一个箭步向前，小刀精准地扎中了陈燕云的心脏，她的手颤抖着，菜刀掉落在地上，她叫陈芽快跑。

陈芽觉得双腿使不出力气，她软绵绵地朝后面跑去，从后门跑出了宴云居。街上车来车往，偶尔有路人经过，陈芽向他们求救，但没有人理会她。陈芽只好一边跑一边呼救。不知跑了多久，她感到精疲力竭。她转过身，看到何炳城就在她身后，盯着她，冷冷地笑着。

陈芽尖叫起来，她听到耳边有人叫她的名字。她从梦中惊醒，看到眼前的妙子正在叫着自己的名字。

"妙子……"陈芽发现自己流着泪，妙子过来抱住她。

"陈芽，听我说，"妙子对陈芽说道，"我是来救你的。你现在在昏迷当中，你需要从昏迷中醒来。"

"醒……来？"

"你还记得你之前一直在减肥吗？"

陈芽记得自己减肥的事，她现在的模样也是瘦下来后的模样。

"因为不吃晚饭，再加上一些情绪上的刺激，你得了急性胃溃疡。你现在在医院中躺着，昏迷不醒。从昏迷中醒来的方法，就是三个人一起活到墙停止收缩的时候。"

"三个人？墙？"

"对，这是三个人一起做的梦，但时间上似乎是错乱的。你应该已经遇见过其他人了吧？如果有一个人在墙停止收缩前死了，就会进入下一个世界，梦就不会结束。而在梦中死了，你在现实中也就死了。至于墙，就是一堵看不见的空气墙，只有三个异乡人无法穿过墙。如果在晴天，你能隐约望见不远处的墙。"

妙子把陈芽从地上拉了起来。陈芽向妙子诉说了她在上个世界的遭遇，妙子意识到尤丰和玉境的战争已经发生了。妙子观察了一下周边的环境，她们现在身处洞窟，洞窟宛如蚂蚁的巢穴一般错综复杂。两人走了一段路，遇到几个身着盔甲的成年男性，腰间还配着刀。

"你们是谁？怎么会出现在这里？"对方警觉地问道，手握着刀柄，随时准备拔出刀。

两人答不上来，几个男人于是押着她们到了一个洞窟里，带她们去见他们的老大。

"赵驭……"虽然对方看起来已有三十岁，但妙子还是认出了他。如今他身形愈发挺拔健硕，面孔棱角变得更加分明，下巴处留了胡子，整个人看起来已经褪去了以往的放荡不羁，变得更加成熟稳重。

"你怎么知道我的名字的？"赵驭的眼神变得警惕起来，然后他看向陈芽，露出了不可思议的神情，"是你……你是宴云楼陈春丰的女儿。你怎么会在这里？而且你看起来好像一点都没变。"

"啊……"陈芽不知道怎么解释，"你就当我是陈芽的妹妹吧。还有她，她叫成妙子，是我的好朋友。"

赵驭还是对两人有所怀疑，他让卫兵把两人带到一个洞窟里关着。两人解释不清楚，只好跟着卫兵来到了另一个洞窟。洞窟里只有她们两人，外面有卫兵看守着。陈芽和妙子聊起了自己昏迷的故事。

"我不该这样子减肥的。"

"陈芽，其实你以前挺好的，也不算很胖。我听说有其他班的女生羞辱你的体型，但那是她们的错，与你无关。而且她们羞辱你，和我去找闻绍杰也有一定的关系。"

"没有，不要觉得那是你的错。"陈芽苦笑着说道，"是我不该被她们的话刺激到的。我明明知道她们就是想激怒我，但我还是会在意。"

两人沉默了一会儿，随后陈芽继续开口说道："你知道吗，妙子，我以前一直很羡慕你，因为你长得那么漂亮。你也是为数不多愿意真心和我相处的人。你以前总是很羞怯，不敢直视别人的眼睛，从不对别人的要求说不，好像不知道如何与他人相处。所以你虽然很漂亮，却一直没引起别人的关注。我和你在一起的时候，也不会觉得自卑，因为我总觉得自己像个保护你的姐姐。

"但后来有一天，就在高考动员会的那个下午，我把你从课桌上叫醒，我突然就感觉到你变了。你的眼神变得不一样了。在那之后，我发现你变得越来越自信，越来越有自己的想法。你算不上开朗外向，因为这并非你的性格，但你变得坚强、勇敢，你的全身上下都散发出一股自洽的美好。从那时起，和你走在一起时，我常常觉得自卑。我有时看着镜子，就觉得自己好像一头一无是处的猪。"

"陈芽……"妙子没有意识到自己的变化有这么大，也不知道自己的变化给陈芽带来了这么大的影响。

"我以为我瘦下来，一切就都会发生改变。现在我发现我错了，有些东西是内在的，那些内在的东西更为重要，并且需要在岁月中一点一滴地去积累。"

第十七章 洞窟

两人又聊起了初识时的故事。那年妙子刚上高一，竟然因为忘带了语文作业而哭了起来，前来收作业的语文课代表陈芽就搬了把椅子坐下来安慰她。但妙子的眼泪像风筝线一样，怎么都止不住。最后陈芽站起身，猛地一拍课桌，妙子被吓了一跳，反而不哭了，却因此打起了嗝来，直到上课都没停下。整节课上，英语老师李竹意都时不时地瞟向控制不住打嗝的妙子，一副欲言又止的样子。聊到这里，两人都笑了起来。

过了一阵子，外面的卫兵又押了一个人进来，妙子一看，是刘睿琪。刘睿琪也认出了妙子，她向妙子热情地打起了招呼，仿佛之前的事情都没有发生过。随后，刘睿琪和陈芽互相介绍了自己，但陈芽没有说自己和妙子原本就是好友的关系，以免刘睿琪起戒心。

妙子告诉了刘睿琪回到现实世界的办法。刘睿琪感到难以置信："就这么简单？"

妙子点了点头："就这么简单。"

"只不过我们现在身处在洞窟里，还不能自由行动，所以无法知道墙的位置。"

三人没有办法。她们试着叫卫兵，卫兵也不理睬她们。三人只好坐在地上，聊聊天打发时间。聊着聊着，她们聊起了自己的父母。陈芽说她在上个世界见到了自己早已过世的母亲，一家三口一同度过了一段短暂的快乐时光。

"我也在其他世界里见到我爸妈了，"刘睿琪说道，"我真想回去啊。"

"很快就能回去了。"妙子对刘睿琪说道。

"妙子，关于周澈的事，我真的很抱歉……我当时真的，真的很慌，然后我什么都不知道，就是很害怕，然后就……"刘睿琪看向妙子说道，她的语气十分真诚。

"你知道吗，我回到现实世界后，去找了周澈。"

"啊，真的吗？他怎么样了？"刘睿琪感到很惊讶。

"他在二十年前就已经因为一场意外去世了。看来在这里死去的人，在原本的世界也不能幸免。"

刘睿琪露出了难过的神情，过了一会儿，几滴眼泪从她的眼角滑落下来。"对不起，妙子……"刘睿琪带着哭腔说道。

"算了，过去的事情暂且先不提了，现在最重要的是怎样才能够自由行动，找到墙收缩的中心点，然后回到现实世界。如果我们一直在这里坐着，可能还没等墙停止收缩，我们就会被墙给挤扁。"

半天后，有卫兵从外面走进来，叫她们出来。卫兵把三人带到赵驭面前，赵驭看着三人，沉重地说道："抱歉，因为不知道你们的身份，在那件事到来之前，不能让你们出去。"

说着，从远处传来一声爆炸，地面也随之震动了几下。赵驭刚想让卫兵把三人押送回去，从远方跑来一个男人，身后跟着一个卫兵。男子激动地向赵驭说道："赵驭，试验成功了。"

赵驭看了一眼三人，咳嗽了几声，男人这才注意到三人。

"他们是谁？"男人警觉地问道。

"他们是……我的朋友。这位是陈芽，是宴云楼陈春丰的女儿。你应该听说过宴云楼吧，离你母亲的客栈挺近的。"

"是的，我和我母亲以前还去宴云楼吃过饭。"男子陷入回忆中，然后又指着三人问道，"那她们是怎么来到这里的？"

"这我不知道，她们也说不清楚。"赵驭说道。

"她们不能离开这里。"男子坚定地说道。

"我知道，我会派卫兵看守好她们的。"

"应该杀了她们，她们很有可能是玉族人派来的间谍。"男子看向她们。

"我们不是间谍，我们真的只是路过这里。"陈芽见男子起了杀心，忙说道。

"路过？这里是地下，你们怎么路过的？"男子问得陈芽哑口无言。

"你们不能杀了我们。一旦我们中有人死了，洪水就会淹没这里。"妙子上前说道。

"你们死不死，和洪水有什么关系？"

"你可以理解为……一种诅咒。"妙子解释道，"我们就是这样，莫名其妙出现在这里，如果我们死了，洪水就会淹没这里。"

男子眉头微皱，露出了困惑的神情。他和赵驭小声商讨了几句，两人最后决定还是先把她们关押起来。

"可以，但是你们得先让我们找到墙。"妙子说道。

"墙？什么墙？"男子问。

"你们可以派卫兵跟着我们，我们自己会在洞窟中寻找，等我们找到了墙，你们就知道那是什么东西了。"

"我跟你们一起去，你们最好别耍什么花招。"男子说道。

第十七章　洞窟

说罢，男子带着卫兵，跟在三人后面，赵驭也一起跟了过来。妙子小心地摸索着，不一会儿，便找到了墙的一端。她倚靠在墙上，腿和地面呈四十五度角，对男子说道："看，这就是墙，只有我们三人会被墙阻挡。"

男子伸出手摸了摸墙，只摸到了空气。他看了看倚在墙上的妙子，感到不可思议。

"我们不属于这个世界，等到时机来临，我们就会回去。"妙子说道。

"我曾听说在尤丰和喀尔斯交界的荒原处，莫名出现过一场滔天的大水，击退了喀尔斯的来兵，莫非这就是你口中的洪水？"

"是的。"妙子在长廊里看到过那个场景。

一行人又往反方向走，找到墙的另一端，然后测算出了墙收缩的中心。那是一个闲置的洞窟，因为洞窟中有一个水潭，因此没有被用来储存物品或居住。应妙子的要求，他们把关押三人的地点转移到了这里。在洞穴没有积水的地方，他们铺上了一些干草，供她们休息。

晚上，男子找到赵驭，和他讲述白天试验的消息："试验很成功，我觉得这批炸药已经可以投入使用了。"

"你确定吗，要不要再多试验几次？"

"不行了，我们的时间很紧迫，而且试验的次数越多，被玉族人发现的可能性就越大。我们要的是出奇制胜。相信我所研制的炸药吧，它会帮助我们取胜的。那些玉族的蛮夷，他们猖狂的日子到头了。"

赵驭点了点头。他看向赵凡康，觉得他和以前相比变了许多——自从他的母亲赵美人死在了玉族人的刀下后。赵凡康在尤丰的军队中本就负责军火管理，他偶然间发现将几种矿物粉末混合在一起用火引燃会引发非常剧烈的爆炸，远胜一般的火药，便想研发新的炸药配方。

"过几天……就是你母亲的忌日了吧，要不要去扫墓？"

"不用了，"赵凡康回绝了，"我母亲死在尤丰的南端，那里为玉族所踞。若不收复尤丰的土地，何来扫墓之说？"

赵凡康的眼里隐隐透出杀意，像一头努力维持自身镇静的猛兽，这让赵驭也感到有些害怕。他想起了自己小时候和赵凡康一起玩耍的时光，他们在街市间、在田野里奔跑打闹，而如今一切都变了。当初玉族入侵，自己也是靠着父亲用财物各处打点，才逃向了北方。后来，城池步步失守，尤丰的黎王也向玉境的女王投降。赵驭留下一封信，离开了家，选择加入反抗军中。如今，尤丰西境升云山脉下的诸多矿场成为反抗军的基地。这里地势崎岖、易守难攻，而且自然资源丰沛。

"沦陷后，幸存的人都被集中关押了起来。绝望的氛围在人群中蔓延，是赵美人一直在鼓励大家不要放弃希望。那些玉族人看赵美人在民众中很受欢迎，就一把火烧了客栈，杀了赵美人。"一直跟随赵凡康的那个卫兵忍不住发话了，他摘下头盔，露出阴影中的面庞，他的脸上有一道巨大的伤疤，从右额角一直延伸到左下颌，"福妞想救赵美人，不顾众人阻拦冲了上去，被那些人用长矛刺穿了胸膛。我每天晚上闭上眼，眼前浮现出的都是她们惨死时的模样。就算我死了，我也一定要报这个仇。"

赵凡康拍了拍卫兵的肩，他看到卫兵揉拭了自己的眼睛，强忍住了不屈的泪水。

"凡康，你早些休息吧，等你确定了配方，就开始批量化生产炸药。"赵驭对两人说道，"还有包贵，你也不要太难过了，养足了精神才有力气战斗。"

赵凡康和包贵走后，一个传信的卫兵跑过来对赵驭说，被关押的女子中有一人想要见赵驭，说是有特别的话想说，赵驭叫卫兵把那人带过来。片刻后，卫兵将人带了过来。

"你应该是叫刘……"赵驭一时间想不起来她的名字。

"大人，我叫刘睿琪。"刘睿琪浅浅地笑着，看向赵驭。

"不用叫我大人。说吧，你有什么事？"

"赵公子，"刘睿琪换了一种叫法，"是这样的，今天她们说的那些话，其实都是假的。"

"那真相是什么？"

刘睿琪抿着嘴，低下头，眼眶泛红。她开始抽泣起来，哽咽着说道："其实我们就是玉族人派来的间谍，有人买通了你们中的人，把我们送了进来。你不觉得她们说的话很荒唐吗？什么不属于这个世界，什么洪水，都是骗你们的。等到时机成熟，我们就会逃走，把获取的情报带给外面的线人。"

"那你为什么要告诉我这些？"

"因为我不想再当间谍了。我也是尤丰人。被玉族的士兵抓住后，为了苟活，我被逼无奈做了间谍。当间谍的每一天，我都感到无比自责。看着我们共同的家园被那群玉族的蛮夷践踏，我每天拷问着自己的良心，问自己这样对吗。我看着她们两人心安理得的样子，就愈发气愤。估计她们已经想着怎么在庆功宴上向玉

第十七章 洞窟

族人邀功了吧。今天,看到你们的决心后,我从反抗军身上看到了夺回家园的希望。所以,我决定把一切真相都告诉你们。你们可以杀掉我们三人,我做了那么多错事,已经死不足惜。但我只有一个请求。"

"什么请求?"赵驭问道。

"让我亲眼见证她们的死亡后,再杀我吧。这样我也死而无憾了。"

赵驭沉默了一会儿,然后对她说:"我知道了,你先下去吧。"

刘睿琪擦干眼泪,回到妙子和陈芽所在的洞窟中。见两人正在聊天,她便笑着凑上去问:"嘿,你们在聊什么呢?"

"你上厕所回来啦?去了好长一段时间啊。"陈芽说道。

"抱歉,不太适应这里的食物,肚子有点疼。"

"是吧,我刚开始吃尤丰的食物的时候,也经常拉肚子。但吃惯了以后发现,尤丰的食物还挺好吃的。"陈芽摸了摸自己的肚子说道,"刚刚妙子说了,照墙收缩的速度,估计再过两天我们就能回到原来的世界了。"

"太好了,终于要结束了呢。"刘睿琪说道。

晚上,洞窟里的池子发出荧光,将这个小小的黑暗世界微微地照亮了些。荧光在池子里闪烁,仿佛有无数条小鱼在池中游动着。

"妙子,你看这个池子,真漂亮啊。"陈芽说道。

"嗯。"妙子看着池子,出了神。

刘睿琪等着赵驭的讯息。她等了一整天,什么事都没有发生。刘睿琪想要去找赵驭再煽情地说上一番,但卫兵说赵驭现在很忙,没有空见她。

墙收缩得越来越近了,妙子想要趁墙将这个洞窟的入口完全封闭前,再去上个厕所。她问陈芽去不去,陈芽说她不急。陈芽还跟妙子说她越来越想念陈春丰做的菜了,有时候做梦都能梦到。等到回去以后,她要一口气吃个够。

走在路上,陈芽刚才的那番话让妙子感慨万千。她想到了自己临行前和母亲一起吃的糖葫芦、一起拍的合照,然后她想到了自己和赵驭一起去凤川市的那两天,接着她想起了周澈……周澈、刘睿琪……妙子突然意识到,自己从未告诉过陈芽,刘睿琪是个怎样的人。而此刻,刘睿琪正和陈芽共处一室。

想到这里,妙子赶忙往回跑去,跑向那个洞窟。洞窟里只剩下陈芽,她倒在地上,用手捂住肚子,血不断地流出来。妙子走过去,扶起陈芽。

"妙子,我在流血,我是不是要死了?"陈芽的面色像死人般苍白。

"陈芽,听我说,你不会死的,我们马上就能回去了。"

"谢谢你,妙子。"陈芽说着,一滴眼泪从她的眼角滑落,"谢谢你来救我。"

"你不会死的。"

说罢,妙子站起身来,向洞窟外冲去。墙已经收缩得很小了,刘睿琪走不了多远。"刘睿琪!你给我出来,刘睿琪!"妙子从未感觉如此愤怒,她四处搜寻着,很快就在一个角落发现了刘睿琪。刘睿琪的手里握着一把沾着血的刀,她把刀对准妙子,让她不要过来。

"你为什么要这么做?我都告诉你答案了,你是傻子吗?"妙子质问道,她不知道刘睿琪的刀是怎么来的。

"谁会信你们的鬼话啊!你和她,是好朋友吧。你们……你们肯定是合起伙来骗我的——"

妙子径直朝刘睿琪走去,刘睿琪大叫着让妙子不要过来。妙子的愤怒已经达到了极点,她一只手握住刀尖,血从她的手上流了出来,但愤怒让她感受不到疼痛。她抡起另一只手,朝刘睿琪的脑袋猛地打去,在挣扎中,刘睿琪松开了刀,倒在了地上。妙子夺过刀,把刀从自己的手掌心拔了出来,然后刺向了刘睿琪的胸膛。

刘睿琪吐了一口血,她看向妙子,失去了反抗的力气。

"你真狠啊。"刘睿琪艰难地笑了一下,说道。

"为什么你就是不肯相信我呢?"妙子悲伤地问道。

"对不起。"她轻声说道。

"已经太晚了,一切都无法挽回了。"

"是啊,咳咳……"刘睿琪咳嗽了几声,流下了眼泪,"我再也吃不到妈妈做的菜了。"

说完,刘睿琪便不动了。她的眼睛看向前方,眼角还留着一颗泪珠,像是在回忆过去的事情。洞窟里的池水无声地漫出,一路流淌到她们脚下,把她们带往下一个世界。

第十八章 演讲台

飞来：异乡谜客

  许衡想起了自己第一次演讲的时候。那时他才小学三年级，平时学校每周的讲话都是由三好学生轮流进行，自然与他无缘。他的母亲对他的木讷和沉默寡言表示担忧，把他送进了一个演讲练习班。在结课时，所有同学都要上台演讲，而家长们都会来到现场，坐在教室后面看着孩子们演讲。

  那天，演讲的题目是《我的理想》，八九岁的孩子们轮番上台，有些眉飞色舞，有些忸怩不安。轮到许衡上台时，他看着台下的人，台下的人也看着他。他看了一眼他的母亲，她坐在教室后面，微笑着向他投去鼓励的目光。许衡握紧了拳头，结结巴巴地说道："大……大家好，我是许……许衡。"

  "我的理想是……"许衡卡住了，他不知道说什么。

  "是……"他重复着，台下的同学们看着他，一旁的老师也在看着他。

  "是成为……"许衡继续说着，老师向他做了一个加油的手势。

  "成为一名画家。我喜欢画画，所以长大后我想成为一名画家。"许衡说道，他能感觉到自己的脸滚烫。

  许衡看向大家，大家也都看着许衡，他们都在等着许衡继续说下去。

  "你为什么喜欢画画呢？"老师见许衡迟迟不说话，引导地问道。

  许衡不知道，他没有想过这个问题。

  一阵沉默后，老师说道："看来这位同学还是有点紧张啊。没事，下去再想想，我们先让别的同学上来讲。"

  许衡回到座位上，他看着其他同学演讲，还有同学因为害怕直接哭出来的。

  "我应该比那个同学好吧？"许衡忐忑地想道。

  下课后，母亲带许衡回家。

  "这课看来是白上了。"母亲的笑容消失了。

  他还是让母亲失望了。他们走在河边，许衡看着暗绿色的河水，没有说话。

  升上了初中，第一节课，每个同学都要做自我介绍。许衡走上台去，说了自己的名字和爱好。别人都说了长长的一串爱好，许衡没有那么多。他说他喜欢画画，还有一个人安静地听音乐和看书。

第十八章 演讲台

　　下课后，同学们热闹地交谈起来。他们不都是第一天认识的吗，为什么能聊得那么热闹？许衡感到困惑。他坐在座位上，四处张望，想看看有没有像他一样没在聊天的同学。他看到还有几个同学也独自坐在座位上，有的在看书，有的在啃手指。许衡稍稍安心了些，拿出一本书看了起来。

　　许衡常常在课间画画，有一天班主任路过看见了，拿起许衡的画看了看，皱起了眉头，问道："你在画什么东西？"

　　"没……没什么。"许衡看了一眼班主任，他的眼神让许衡感到害怕。

　　"少画这些没用的东西，多想想自己上周考了第几名。"班主任把画扔在桌上，画的一角被捏皱了。

　　从那以后，许衡每次下课画画的时候，都要张望一下窗外有没有老师。有时候有同学从他身旁经过，他会被吓一跳，以为是班主任来了。

　　再后来，升上了高中，许衡渐渐地习惯了一个人独处。他依然会面对人群露出难色，但更多的时候他只是当他们不存在。他花了很长时间才明白喜欢独处并非一种过错。从那以后，他开始享受独自盯着窗外的风景发呆，独自站在清冷的风中闭眼感受世界，独自吃饭，独自散步，独自穿行在汹涌的人潮之中。他当然也需要社交，但不需要那么多，就像一碗清淡的汤里只需要加一点点调味料。

　　那是跟过往的日子同样平凡的一天，他去杂货店买颜料，店里没有他想要的那种颜料，老板告诉他百货商场里可能会有。于是许衡走进百货商场。商场里面都是人，父母牵着孩子的手，年轻的情侣们互相依偎着，一群男生走在一起谈笑风生，打算去吃楼上的火锅。广播里放出的音乐构成了商场的背景音，许衡在商场里面寻找着颜料，一排排货架看过去，终于在一处角落找到了他想要的那种颜色。

　　就是它了，许衡想着。他已经想好了自己要画的画。他拿起颜料，起身朝收银台走去，前面有几个人并成一排走着，他们走得很慢，许衡穿不过去，就这样慢慢跟在他们后面，没有人注意到他。总算到达了收银台，每条队伍都有七八个人，许衡随便选了一条队伍排着。收银员漫不经心地扫着一个又一个商品的条形码，一旁的小男孩和妈妈吵闹着要买机器人玩具，声音盖过了商场的音乐，队伍一点一点地向前挪动着。

　　终于轮到他了，许衡想着，他觉得商场太吵闹，只想要快点离开。这时候，商场播放的歌切换到了下一首："在所有的时刻，我们都在一起。就算时间说不可以，那也没关系——"

收银员拿起颜料扫了一下，问："就这个吗？""对。"收银员发现没扫上，又扫了一遍。

"不要说再见，我们没有距离。直到，直到，直到，我们再次相遇——"

也就是在那一刹那，地面突然震颤了一下，伴随而来的是一阵剧烈的震动，在短短的几十秒内，整个百货商场在爆炸中化为废墟。

这件事成为震惊全国的惨案，上百人死亡，还有几百人受伤。而谋划整件事情的嫌疑人竟然是一名刚刚成年的男性。他本人也在这场爆炸中陷入昏迷。社会各界对他的声讨不断，要求其为此付出代价。他有着一个并不常见的名字，何炳珹。

在学生时代，何炳珹是永远的第一名。无论任何学科，对他来说都是那样简单。他在上课时常常嫌老师讲得太慢，便自己翻着教科书自学后面的内容。等到他把整个学期的内容都自学完了，上课对他来说就成了一件更加无聊的事情。不像大部分优等生，何炳珹并不享受在课上回答问题，被老师表扬，然后被同学们投以崇拜的目光的感觉。他常常在课上做自己的事情，大部分老师知道他的天分，也不会加以管教。少数老师觉得自己的威严受到了冒犯，便会用一种严厉的语调提醒何炳珹认真听课。

何炳珹的天赋并不只体现在过人的智力上，他还拥有超凡的身体素质。如果不是每个运动员参赛的项目数量有限制，他能一举刷新运动会所有男子项目的纪录。在体育考试或运动会后，常常有教练找上他，询问他是否对加入某个体育项目的校队感兴趣。何炳珹都拒绝了，他觉得那些日复一日的训练过于枯燥乏味，而自己仅凭借天赋便已然足够。

与很多天才不同，何炳珹并不疏于人情世故。他早早地洞悉了成人世界，但那些社交的把戏在他看来只是故作姿态。如果需要的话，何炳珹可以很轻松地配合他们在舞台上演一出好戏，但他更喜欢直接点的方式。"这个世界上的大多数人都在演着一出无聊的戏，而真正有价值的人少之又少。"这是何炳珹的想法。

而现在，何炳珹就坐在许衡对面。两人构成了这样一幅荒谬的图景：一人生来便才华横溢、接近完美；另一人却仿佛被命运夺走了所有，一无所长，甚至连自己喜爱之事，也是资质平平——就像一座天平，一端堆满了沉重的砝码，另一端却空空如也。

他们再次来到了尤丰的监牢里，只不过这次不是在矿场，而是在王都。许衡旁边的牢房里关押着成妙子，妙子告诉了许衡回到原来世界的方法，还告诉了许

第十八章　演讲台

衡尤丰和玉境之间战争的后续。何炳珹在一旁听到了这一切。"其实我早就想到了。"何炳珹不紧不慢地说道，他的脸上依然是戏谑的表情，"毕竟我也曾在一个世界里杀过两个异乡人，用排除法来看很可能就是这样了。"

"何炳珹，我上网搜过关于你的消息了，你制造了一起爆炸案，引起了数百人伤亡。你就算醒来，也会受到应有的惩罚。"妙子说道。

"你觉得我想醒过来吗？"何炳珹反问，"还有，你不会觉得你们还能活着回去吧？"

两个士兵走了进来，告诉三人尤丰的王要见他们。三人被带到了宫殿，几十个卫兵按两排站开。尤丰的王全名叫王黎，尊称为黎王。黎王斜躺在王座上，他格外年轻，穿着华袍，一只手撑着头，另一只手转着两颗玉石做的宝珠。一旁的侍女拿着蒲扇为黎王扇风，另一位侍女拿签子叉起金盘里的水果送入黎王的口中。

"王，"一位大臣走上前去，跪在地上，指着何炳珹和许衡说道，"这两人先前出现在尤丰西境的矿场里。他们被抓入监牢后，杀死了看守并逃走了。那天地下水迸发，看守们无暇抓捕逃犯。今日，他们胆敢堂而皇之地现身皇宫，身旁还有一名身份不明的女子，实属对王权的不敬。臣微议，请王下令当众处死这三人，以示您的威严。"

黎王点了点头："好啊，明天就处死他们吧。"

从门外进来一位信使，带来快报："王，喀尔斯近来又进犯了我国北部的疆土，掠夺了北部的一些城镇。"

"设置的路障呢，不起作用吗？"王问道。

"是的，王。而且还有消息说喀尔斯正在集结兵马，似乎要发起更大规模的进攻。"

黎王把手里的两颗珠子重重地砸在地上，众大臣和宫女都齐齐跪倒在地，屏住气不敢出声。

这时何炳珹走上前，跪地而言："尊贵的王啊，您的军队可曾去往过尤丰的更南方？"

"没有，那里都是裕气，还有一群未开化的野蛮部落，有什么好去的？"

何炳珹转身向许衡和妙子说道："原来如此，那不就都连起来了吗？"

许衡反应过来了，他们现在处在一切发生之前的时间点。喀尔斯的骑兵还没有到达尤丰北境的荒原，尤丰的军队还没有入侵玉田，玉境的大军也还未到达这片大陆。

何炳城继续对黎王说道:"王啊,我知道自己微不足道,但也请允许我为王献出一点小小的心力吧。"

"你有什么想说的?"

"让我们三人,在市集上展开演讲吧,演讲的主题就是如何面对喀尔斯的来犯。然后由民众发起投票,依据获得票数的多少,票数最少者处以死刑,其余两人流放,您看如何?"

一位大臣觉得不妥:"万事都应由王定夺,民众之见,未足轻重。"

"你自己都说了,万事由我决定。"黎王如此说道,"我觉得这很有意思,就这么办吧。"

三人被押送回了监牢中,三天之后,他们将在市集演讲。这次,看守他们的人多了好几个,日夜不停地有人换班。

"其实你们几个加在一起也打不过我。"何炳城对看守说道,"只不过我觉得这场演讲会很有意思,要好好享受才行。"

一个看守朝何炳城啐了一口唾沫,何炳城很快地躲开了,没有沾上分毫。

在演讲的前一天,报信的人通知了他们三人演讲的顺序。成妙子最先,许衡次之,何炳城最后。那天晚上,许衡梦到自己重新回到了那个演讲练习班的讲台上。台下的老师、同学和家长都在注视着他,包括他的母亲。他看到母亲朝他投来殷切的目光,他站在台上,一言不发,随后她的表情渐渐转为失望。

第二天,他们被押送到市集,市集上已经摆起了演讲台,越来越多的人前来围观。主持人作了简单的致辞,便邀请成妙子上台。成妙子深吸了一口气,说了许多改善民生的建议,"民富则国富,民强则国强",成妙子如此陈述着她的观点。

成妙子讲完后,台下的反馈并不很热烈。有人质问成妙子,北部屡屡遭外族入侵,应当如何应对,成妙子回答道将部分兵力调往北方,加强边疆防守。人们对此的反应很冷淡。在一片小声的议论声中,成妙子走下了台。

轮到许衡上台了。他看向台下的一双双眼睛,仿佛又回到了小时候。他回头看了一眼,何炳城正在后面笑着看向他。许衡明白了,何炳城想要的是由许衡来说出未来将要发生的那个故事。历史的道路已经在前方铺就,如果许衡不说,何炳城依然会说出这一切,世界诸国的命运不会因许衡的选择而改变。如果许衡说了,活下来的便是他,但是间接害死妙子,煽动尤丰入侵玉田的人也会是他,他会成为这段历史的导火索。

第十八章　演讲台

许衡深吸了一口气。台下的人看着他。

"诸位，我叫许衡。我来自一个遥远的地方，我并不属于这里，不属于这个世界上的任何一个国家。所以今天，我只是作为一个普通的异乡人在这里发言。我觉得我说这番话，不是因为我对你们含有怎样的感情，而是因为我想说这番话，因为我这样说、这样做能让自己安心。

"我知道改变一个人的观念有多么困难，所以我今天所作的是必败的演讲。意识到这一点后，我的内心反倒觉得轻松了。

"我们总是在比较。觉得自己比别人厉害，觉得自己的孩子比别人家的孩子厉害，觉得自己所属的那个小团体比别的小团体更厉害，觉得自己的民族比别的民族更厉害。有时又会反过来，觉得自己、自己的孩子、自己的小团体、自己的民族样样不如别人。

"人是很傲慢的。学者有学者的傲慢，君王有君王的傲慢，流氓有流氓的傲慢。但傲慢和自卑，常常是一体的，自卑的人一直在想着自己能够傲慢的那天，傲慢的人也随时害怕变得自卑。

"人类傲慢的根源，在于过分地关注自己与他人的区别。人们不喜欢平视别人。要么俯视，要么仰视。人与人之间的差别固然存在，但它不值得我们投入如此多的关注。我们总想努力去证明自己比别人更好，在这个过程中，傲慢和自卑轮转，人主动地在自己和他人之间筑起了一道障壁。

"我知道战争要来临了。有些时候，战争是无法避免的。人们想要用战争去解决一些问题，当矛盾已经无法化解时，战争是最后的手段。

"但无论如何，我希望我们心怀谦卑。这不是自卑，自卑是对自己的傲慢，而谦卑意味着尽管自觉到自己的存在，但不会那么看重自己，也不会那么看重自己与他人的区别。最后，我还是想提醒各位，人不是兽，也不是神——人只是人。"

许衡的演讲结束了，他没有看台下人的表情，只是向他们鞠了一躬，然后转身离去。何炳珹对他说了一句"真是遗憾啊"，走上台去。接着何炳珹开始述说着这个国家的历史，从那片荒原上的小木屋，说到原始森林里玉族人身体里隐秘的财富。

"我们会征服那片森林，铸造出令喀尔斯人闻风丧胆的利器。他们的铁蹄，会在我们的刀剑下粉碎。等待着他们跪着向我们求饶的那天吧，那将是属于尤丰的光荣时刻。"

台下传来热烈的呼声。多年的隐忍在此刻爆发，为什么我们辛苦耕种出来的稻谷能如此轻易地被他们掠夺？尤丰人对喀尔斯的不满已有多时，这份仇恨只需要一点点的鼓动便会被尽数释放，就像浸了油的草堆只需要一点火星就会被点燃。

"在尤丰的南方，在那片森林里，有无尽的宝藏，所以去征服它吧。征服它，然后把尤丰变成这个世界上最强大的国家。让各国的王都对尤丰的名字充满敬畏，让那些野蛮无知的异族低下他们高傲的头颅。"

演讲在高潮中进入尾声，呼声已经代表了一切，尤丰的人们被压抑了太久，他们渴望的东西，需要通过战争才能得到。许衡知道这一点，他只是不想做那个鼓动者。

王诏传来，三天后，许衡将在海边被处以死刑。行刑的前一天，妙子趁何炳城出去方便，对许衡说："会有办法的。我们一起想办法。"

许衡摇了摇头，对妙子说："只靠我们两个，是无法战胜他的。"

"振作起来，一定会有解决的办法。"

"何炳城是能够把可能性变成现实的人。只要存在足够让他利用的可能性，他就是不可战胜的。至少我们两个不行，只靠我们两人无法胜过他。"

那个夜晚，许衡做了最后一个梦。他梦到自己身处在无垠的花海里，花海的中央有一棵树，直直地矗立着。那是一棵普通的树，和其他树并没有什么不同，但在这片花海中，只有这么一棵树，孤零零地站立着。这棵树的树干已经变得苍老，树叶也已经枯黄。许衡走到树前，坐下来，倚靠在树身上。

他闭上眼，听风吹过的声音，几片叶子落在他的身旁。许衡睁开眼，一个和他长得一模一样的人正站在他面前，无言地注视着他。许衡缓缓站起身来，周围的风景开始变换。他们来到了一座村庄，正午时分，路上却不见人影。夏末的余温还未散尽，村里的水井上漂着几片枯叶。许衡走过一间间低矮的土屋，从窗眼里望去，里面全都漆黑一片。终于，从一间屋里隐隐地传出声音。房屋的门虚掩着，一阵风吹过，黄土地上扬起沙尘，门被风吹开。许衡走进屋内，里面躺着一个老汉，面容凹陷，四肢瘦削，浑身散发着臭气。一只苍蝇在他的身上爬来爬去，老汉伸出手无力地挥了挥，苍蝇嗡叫着盘旋在他上方。

老汉感觉到了吹进屋内的风沙，幽幽地发出哀鸣。一个妇人从后房走出，把门重新关上。他们似乎都看不到许衡。许衡随着妇人来到后房，两个孩子坐在角落里，询问母亲父亲何时能好起来。许衡这才意识到那位老汉尚在壮年，只是病痛的折磨夺走了他的生命力。最年长的那个孩子从屋外进来，告诉母亲李四今天

第十八章 演讲台

去世了,他家的药材铺子也不剩什么东西了。母亲发出一声无奈的叹息。越来越多的人被这场瘟疫夺走了性命。如今,这座村庄几乎成为一座死城。

这时,一个身高近三米的男人推门而入。妇人从后房冲出,不安地问对方是何人。她显然被男人庞大的身形吓到了,脸色铁青,嘴唇不住地哆嗦着。男人发出了低沉而和善的声音:"我是来拯救你们的。我会让你们免受病魔的侵扰。作为代价,你们齐氏必须世世代代居住在这里,哪怕这片村庄消失,这里变成荒原,你们都不能离开。"

妇人忙跪倒在地:"我们愿意做任何事情,请救救我们。"

男人看向躺在床上的病汉。只见那人突然从床上坐起,他肿胀的双眼变得清澈如初,惨白的面容也有了血色。他看了看自己的双手,试着握紧自己的拳头。他感觉到被病魔抽离的气力正在回到他的身体里。年幼的孩子从后房跑出来抱住自己的父亲,妇人难以置信地望向男人。

男人接着向齐氏讲述了关于洪水的预言,要齐氏一族接待从此地经过的路人。父亲从床上下来,带着一家人叩谢男人。说罢,男人便离去了。在离别之际,男人还朝许衡的方向看了一眼,他似乎能看见许衡。

"这是……"许衡看向另一个许衡,他一直站在自己身旁,一言不发。

"我的一个同伴罢了。不过我和他的职责不太一样,他要做的事情更麻烦些。"

说罢,两人又来到了一片森林。树洞里,玉田人正在午睡。那个高大的男人再次出现。他沉重的步伐声很快引起了玉田人的注意。几个玉田人拿着木制的长矛对准了男人。男人无视了他们,径直走到族长所在的树洞前,将一卷羊皮纸交给了族长。族长有些错愕地接过羊皮纸,男人告诉族长这里面记载着方舟的建造方法。

许衡像是意识到了什么,他问身旁的许衡:"那奇山的神明是不是也是……"

"你觉得呢?"另一个许衡没有给出答案,"好了,我带你看一些跟你有关的东西吧。"

许衡回过神来,他站在教室后方。老师正在讲台上讲课,许衡的同桌认真地把老师写在黑板上的板书记在笔记上,他的后桌躲在课本后面睡觉。教室角落里,一个小胖墩偷偷拆开了一包零食。许衡坐在座位上,自顾自地画着画。老师注意到了许衡,警告他把画收起来,但许衡不听。

"这个许衡要更痴迷些。"站在许衡身边的许衡说道。

他们来到医院,许衡正躺在病床上。他的身上插满了管子,一旁的仪器发出规律的滴声,显示着他的心率。隔壁的病员因为忍受不住身体的疼痛而开始哀号。病床上的许衡双眼无神地望向天花板,像是在想什么心事。身旁的窗台上,花束被插在水瓶里,但花瓣已经开始褪色、卷曲、发皱,凋零不可避免。

"这个许衡大学毕业后进了公司上班,过了两年得了癌症。"

他们来到办公室,许衡西装革履,正拿着平板电脑和客户高谈阔论。墙上的大屏幕投映出制作精美的幻灯片,一旁的助理打开笔记本电脑记录下了会议的要点。许衡向客户再次阐述了公司新产品的创新点,并保证公司产品的质量以及价格在市场上具有竞争力。客户的提问打断了许衡的讲演,许衡对客户提出的问题对答如流。这已经是他们第三次谈判了。在谈判的最后,双方握手达成协议。

"这个许衡更幸运些,他没有被病痛折磨,在公司一路高升,现在已经是个高管了。"

他们来到一处画室,许衡正在教一群小朋友画画。孩子们的眼里透露出天真和期待。对他们来说,画笔蘸上颜料,涂抹在空白的画纸上变成画像,这个过程就像魔法一样神奇。

"这个许衡成了一名儿童教师。"

他们来到一间阴暗的屋子。明明是白天,房间却被厚重的窗帘遮得严严实实,只有从缝隙处投进一束微弱的光芒。地上满是吃剩的外卖盒和没洗的衣物。许衡躺在床上,百无聊赖地刷着手机。手机弹出一条短信提醒他信用卡的还款期限,他不耐烦地把信息划掉。然而短信已经把他刷手机的兴致破坏殆尽。许衡干脆把手机放到一旁,盖上被子开始睡觉。

"这个许衡失业了,终日在狭小阴暗的出租屋里闭门不出,无所事事。"

他们来到一所养老院,一个白发苍苍的许衡坐在长椅上,眼睛轻闭着。他的身形因为岁月而变得佝偻,他的肌肉因为衰老也已经萎缩。像许多年迈的人一样,他的脸上和手上都长出了老年斑。树荫下,两位老人坐在石桌边下着象棋,有几个老人站在一旁观看。许衡只是闭着眼,有规律地呼吸着,感受周围空气的流动。他的耳朵已不太灵光了,那些热闹的声音,在他听来都变得微弱而遥远,整个世界也变得更加安静。

"这个许衡今年八十三岁了,他度过了风平浪静的一生。他没有取得什么能令他百世流芳的成就,也没有遭遇过非人的苦难。他的一生或许有很多挫折和不如意的地方,但站在人生的尽头回望,那些都是微不足道的事情。"

第十八章 演讲台

他们来到分娩室,许衡的母亲正声嘶力竭地叫着。医生有条不紊地做着接生工作。终于,一声清亮的啼哭传来,她如释重负,早已被汗水浸透的脸上露出了欣慰的笑容。随着脐带被剪断,这个满身血污的小东西脱离了与母体的连接,降生到了这个世上。在经过简单的处理后,她从护士手中小心翼翼地接过包裹在毛毯里的婴儿。婴儿睁着大大的眼睛,观察着这个陌生的世界。门外等候已久的亲人们来到她的床前,向这位母亲送去慰问和祝福。

"这个许衡出生了,他有可能会成为以上许衡中的任何一人,或者是其他许衡。"

他们来到墓地,墓碑上是许衡的名字,周围长了许多杂草,看起来已经很久没人来扫过墓了。

"我可以拔掉这些杂草吗?"许衡问道。

"可以,"另一个许衡回答道,"这是你的墓碑。"

许衡蹲下来,把杂草一簇一簇地拔掉。但是刚拔完一圈,杂草又长了出来。

"要留下什么墓志铭吗?"另一个许衡问许衡。

"不了吧,墓志铭写上去后,终有一天也会消失的。"许衡说道。

"还是写一下吧,就算会消失,也算写过了。"另一个许衡说。

"好吧。"

许衡在墓碑前沉思了许久。良久,他走上前,俯下身子,用手指在墓碑上写下"生活何时开始?"这几个字。

"为什么是个问句?"那个许衡问。

"不为什么。"许衡说道。

一阵风吹过,这几个字变得淡了一些。

"你其实很清楚自己该如何活下去,你只是更爱干净。"

"我只想做我自己。"

"好了,我们去终点吧。"那个许衡对许衡说。

"嗯。"

他们来到海边,许衡跪在沙滩上,海水漫过他的膝盖。"时辰已到。"一个人用洪亮的声音宣告。另一个人提起刀,喝了一大口酒后,把酒瓶扔在一旁。酒瓶碎成残片,瓶中剩余的酒被海水带走,消失在无尽的大海里。

几只海鸥飞过,一片羽毛悠悠地从半空飘落。羽毛被海水打湿,染上了一抹淡淡的红色。

第十九章 会客厅

"妙子，妙子，快醒醒！"一个熟悉的声音传来。

妙子从桌上缓缓抬起头来，看见陈芽站在她面前，神色慌张。

"陈芽，我们这是在……"妙子环顾四周，她身处在教室中，周围的同学都在收拾自己的东西。周围的一切都让妙子感觉到如此熟悉。

"我们还在异世界里。何炳城，我刚刚看见他了，他在校门口张望了一会儿，然后离开了。"陈芽的话让妙子的希冀落了空。

"何炳城，我刚在上一个世界遇到他，我侥幸活下来了。但另一个人……陈芽，我们必须想办法战胜他。"

"可他太强大了……我觉得凭他的格斗技巧，空手制服一头公牛也不是问题。"

赵驭凑了上来，问道："嘿，你们在聊什么？是在聊高考后去哪里玩吗？"

妙子抬头看了一眼黑板上的倒计时，距离高考还有三天。赵驭还在自顾自地说着高考后打算去染个头发，问妙子哪种颜色更适合他。她没有工夫理会赵驭，继续对陈芽说道："我们得去看一下墙的边界，这样才能知道墙收缩的中心。"

"但如果我们在路上遇到了何炳城……"

"我觉得他是那种喜欢慢慢玩弄猎物的人，所以他应该不会在街上突然对我们出手。"

"在我看来他是不可预测的，"陈芽说道，"我们不能冒这种风险。"

妙子叹了口气，当有一个像怪物一样强大的人在追猎自己时，她觉得世界上没有任何一个角落是安全的。

班主任王英才走进教室，让大家快点收拾好东西。班长冯嘉思开始组织大家进行大扫除以及考场布置。看来在这个世界，陈芽并没有告发冯嘉思。邹午拿了几大张白纸进教室，布置考场需要把教室四面八方的文字和图案都遮住。

教室里的桌椅被摆成单人单桌，邹午拿着米尺测量桌子前后排之间是否对齐。多余的桌椅被搬到教室外叠在一起，所有人的书包都被拿到了教室外面。布置完考场后，教学楼被警戒线围了起来。下课铃声响起，这是最后一次下课铃

第十九章 会客厅

了。高考前的最后两天，走读生回到家中，住宿生则待在宿舍里，妙子和陈芽都是住宿生。

晚上，妙子躺在床上，陈芽拍了拍妙子的床边，轻声问道："妙子，你睡着了吗？"

"没呢，你怎么还没睡？"妙子轻手轻脚地爬下床，两人来到阳台上。

"我想到一个主意。要不我们报警，就说有可疑人士在校外游荡，让警察把他抓起来。如果看守所在墙外，那么在去往看守所的路上，他就会在警车上被墙压死。"陈芽说道。

说完，陈芽自己都觉得不可行，毕竟何炳珹并没有做什么特别可疑的事情，他看起来就像一个偶然经过的路人。

"我希望把他带回到现实世界中去，他会在现实世界受到应有的惩罚。"妙子说道。

"带回去？"陈芽皱起了眉头，"这也太困难了吧。他怎么看都不像是会愿意主动跟我们回去的人。"

"我们一直拖下去也不是办法。就算去了下一个世界，另一个异乡人也可能像刘睿琪一样不相信我说的话。而且，不能让他继续在这些世界里胡作非为了。"

"也是。"陈芽的眉头皱得更紧了，她两边的眉毛几乎要连在一起。

"先睡吧，陈芽。睡够了才有精力想办法。"

说完，两人回到各自的床上。在空调的吹风声和窗外的虫鸣声中，妙子渐渐睡去。在梦中，她依然能看到那条长廊，但是在这里，长廊的门是锁上的，妙子无法进入到长廊中。尽管如此，妙子还是想试一试。她从地面拿来一根铁丝，朝锁孔里上下左右探查。门依然锁得很死，无论妙子如何撬动把手都打不开。

妙子刚想飞下去拿个榔头之类的工具，门从里面被打开了，站在她面前的是许衡。妙子感到不可思议。

"你好呀。"许衡微微笑着。

"许衡……你怎么在这里？"

"啊，许衡他已经死了，我只是借用了一下他的形象。"对方解释道。

"那你是……"

"很难解释呢，简单来说，可以叫作'观察者'吧。不过方便起见，你还是叫我许衡就行。"

妙子看着眼前的这个人，他散发出来的气质与自己所认识的许衡完全不一样。他看起来轻浮散漫，讲话漫不经心，但整个人却透露出威严来，让妙子感到不寒而栗。

"噢，抱歉让你在半空中飘浮了这么久，请进吧。"许衡弯下腰，做了一个欢迎的姿势。

妙子走进长廊，长廊看起来和她上次来时没什么变化。

"请随我来。"许衡说道。说罢，他不紧不慢地走在前面带路，妙子跟在后面。两人走了很久很久，但这条长廊仿佛看不到尽头。

"请问……我们要去哪儿？"妙子问。

"就快到了。"许衡头也不回地说道。

两人又走了很长一段时间，但前方依然是一望无际的长廊。

"我们好像走了很久。"妙子说。

"对我来说，这只是很短很短的一瞬。你也需要习惯这种感觉，这样你在面对无限的时候，才能把握住有限。"

妙子没有理解他的意思。她不好意思再追问，只好继续跟着对方向前走。两人就这样走着，渐渐地，妙子对时间的流逝失去了概念，仿佛刚刚只过去了一秒，又好像过去了一个世纪。等妙子再度回过神来的时候，她发现自己身处在一个她从没来过的房间中。这个房间比之前她见过的要稍大些，有一张茶几、两张沙发和一个架子。茶几上放着一本册子，还有水果和茶具，一旁的架子上盛放了许多种类的零食。房间有两扇门，其中一扇门上方写着"长廊"，另一扇门上方写着"出口"，出口的下方还写着"仅限客人"四个小字。

"欢迎来到会客厅。"那人对妙子说道，"通过这本册子，你可以在这里见到任何一个世界中你想要见到的人。"

"然后……"

"然后你可以请他们到长廊看看电视，让他们也看看这些故事，看看不同世界的自己都做了些什么事情。甚至，你可以邀请他们到你所在的世界短暂地做客。"

妙子翻起了册子，薄薄的一本册子，上面什么都没写。

"你需要在脑海中想象一下你想见的是什么样的人。"

妙子想到了吴笙，册子上立刻写满了"吴笙"，每一页都是吴笙的名字。许衡告诉她要想象得更具体一些，越具体越好。妙子想见到自己在大学时代遇到的那个吴笙，那个曾经从闻绍杰手中救下自己的吴笙。吴笙的名字开始一个个消失,最后只留下了一个名字。妙子轻轻拂过纸页上的那个名字,一瞬间,吴笙出现在对面的沙发上。与大学时的记忆不同,面前的吴笙看起来已经三十多岁了。

"妙子,你是妙子吧?你看起来怎么这么年轻?还有……我现在是在哪儿?"吴笙看起来很困惑。

"吴笙,"妙子想了想该怎么解释,"你在做梦,我是来自另一个世界的妙子。"

"另一个世界?什么意思?"

"我不知道怎么解释……总之我曾经短暂地到你所在的世界做客。你还记得闻绍杰吗?"

"啊,记得。他当时想要杀你来着,真是惊险啊,好在你最后被判了正当防卫。"

"当时真是谢谢你,如果没有你帮忙,我可能早就死了。"

"不客气。"吴笙笑着说道。妙子也露出了笑容。

吴笙注意到了在一旁的许衡:"你看起来好眼熟啊,我们是不是在哪儿见过?"

许衡抿了抿嘴,做了一个悲伤的表情:"真伤心呢。我当时还跟闻绍杰一起来找过你,我是闻绍杰身边的那个,你忘了吗?"

吴笙思索了一会儿,然后摇了摇头:"没什么印象了,毕竟是快二十年前的事情了。"

"好吧,"许衡表示无奈,随后他转过身对妙子说,"既然你已经知道如何使用会客厅了,我就先告辞了。"

"那个,请问你不能直接把我和陈芽送回到现实世界吗?"妙子见对方起身准备离开,忙上去问道。

"不行哦,我只是个'观察者'而已,不是'工程师'。而且这个项目是大家共同努力的结果,我也很期待最后的研究成果。"

"研究……成果?"

"你们人类不也做研究嘛。你懂的,小白鼠啊、猴子啊之类的。不要觉得我们太无情了,我们对于研究对象也是怀着充分的尊重和敬意的。"许衡平静地说道,脸上挂着淡漠的笑容。

"所以这条飞在空中的长廊就是你们的项目?"

"差不多吧。我们还给它取了个名字,'飞来'。"

尽管妙子之前从未见过这个许衡,但此刻的他却给妙子一种奇妙的熟悉感。她也说不上来这种熟悉感到底是怎么回事。

"哦，对了，如果你想邀请对方来你的世界做客，和对方握一握手就可以。只要对方也同意，对方的意识就会来到这个世界的他的躯体中。至于送他回去的话，等你离开了这个世界，无论你是死是生，他都会回到原来的那个世界。虽然通过这种方式邀请来的客人不受墙收缩的限制，但客人身处异乡的时候，你还是要关心一下他的安全问题的，毕竟我们对此不提供任何保障。好了，我想说的都说完了。那么，再会了。"

说罢，许衡走出了会客厅，关上了门。会客厅里只剩下妙子和吴笙两人。

"吴笙，我想问问你愿不愿意再帮我一次忙。现在有一个比闻绍杰强大得多的人想要杀我，他叫何炳城。当然，我不会让你身处于危险之中。只是我希望如果可以的话，你能帮我做几件事情。因为何炳城认识我，但他不认识你，所以我需要你的帮助。"

"虽然没怎么搞懂，但我的答案是可以。你可能不知道，在毕业了十几年后，我和你一直都是很好的朋友。我们在同一个城市定居，我们的孩子会互相到对方的家里做客，我们就像关系很好的亲姐妹一样，互相帮了对方很多忙。看在那个妙子的情面上，我怎么说也得帮你这个忙。"

"谢谢你，吴笙。对了，我带你去长廊走走吧。"

两人来到长廊，妙子找到播放着自己大学时代故事的那个房间。两人坐在电视前，观看着那段回忆视频。

"真是怀念呢。"吴笙说道。

看完电视，妙子告诉了吴笙和自己相见的方式，随后她和吴笙握了握手，吴笙便消失不见了。妙子回到会客厅，她已经想好了下一个想见的人。

"你是？"他坐在对面问。

"我是成妙子。"

"妙子？你怎么看起来……像个高中生？"他感到难以置信。

"周澈，"妙子看着眼前这个三十多岁的男人说道，"我是另一个世界的妙子。"

"另一个世界？我是在做梦吗？"

"不能说是梦吧。总之，我曾经来过你的世界，那个世界的妙子过得并不好。你喝酒赌博，欠了一屁股债，对家里的事也从不上心。"

"是的，后来她和我离婚了，也带走了杨杨。尽管现在雨镇的天气恢复正常了，但我却再也没有那个心气去经营花店了。我现在几乎是个流浪汉了，我已经很久没有见过她和杨杨了。"

第十九章 会客厅

"你后悔吗?"

"我……我和她曾经有过那么值得期许的未来。在那个小镇上,开一家小小的花店,生一个白白胖胖的娃娃。都是因为那场海啸……它带走了我的未来。"

"周澈,海啸不会毁掉你的未来。你的未来是你自己毁掉的。"

"我不知道。"他低下了头,"也许是的,是我太天真了,我犯下了许多错误,辜负了你们。"

"那个世界的我也犯下了不少错,其他世界的我也会犯错。"妙子说道,"对了,我带你去看看我认识你的故事吧。"

妙子起身,带周澈来到放映着办公楼故事的那个房间。两人坐下,静静地看着电视里的画面。妙子注意到周澈有时会张开嘴,想要说什么,但话到嘴边又被咽了回去,只是安静地看着电视。

剧集落幕,周澈久久没有回过神来。良久,他张口说道:"和我与你相识的经历有很多相似的地方。"

"但结局完全不一样呢。"

"所以……你一直在经历这种残酷的轮回?"

"是的,"妙子说道,"现在我已经找到回到原本世界的方法了。但是,我遇到了一个杀人成性的恶魔……当然,我不会让你冒生命危险。我只是希望你能帮我个忙,你如果不愿意的话,也完全没关系。"

"什么忙?"

妙子告诉了周澈她的请求,周澈思考了一会儿,然后说道:"没问题,我也会一点那方面的技术。"

"谢谢你。那我们就来握个手吧。握完手后,你就会到这个世界短暂地做客一段时间。"妙子随后告诉了周澈到那个世界后和她联系的方式,然后与他握了手。

第二天,妙子在学校的电话机前先后接到了吴笙和周澈的电话。吴笙在这个世界是一名医生,而周澈是一名技工。妙子和他们商讨了方案,计划有序地进行着。妙子也把计划告诉了陈芽。

"我们能成功吗?万一……"陈芽担心地问。

"只能试一试了,这是我能想到的最好的方案了。"妙子说道,"而且我相信,敌人并非不可战胜。"她看向墙上的时钟,时钟的指针滴答滴答地走着,渐渐指向最后的时刻。

第二十章　考场

飞来：异乡谜客

"请各位考生有序入场，普通高等学校招生全国统一考试即将开始。请不要携带任何与考试无关的物品。"校园里的广播重复播放着这段音频，考场前同学们拿着水杯和透明的文具袋排起了长队，文具袋里放着笔、准考证和身份证。临时抱佛脚的同学还在翻着课本，监考老师走过来提醒同学不要把书带进考场里。妙子深呼吸了一口，看向旁边草坪上青葱的树木，试图平复自己紧张的心情。

入场时间到，监考老师拿着检测仪器扫过同学们的全身。同学们逐个进入到考场，把文具、准考证和身份证放在桌上。两个考官走了进来，一个给大家展示试卷袋的密封口完好无损，另一个检查着同学们的身份证和准考证。考试前五分钟，考官打开试卷袋，试卷分发到了每个同学的手上。在这个阶段，同学们可以阅读试卷，但不能动笔。

铃声响起，落笔声随之而来。试卷的题量很大，但时钟的指针只是自顾自地按照恒定的速度向前进着。教室后面的空调呼呼地吹出冷风，那种声音让人回想起十八岁前人生中的每一个夏天。十年前，每个人都还只是个孩子，他们怀着无限的好奇心、憧憬与热情，观察与探索着这个世界。如今，他们将在这里写下三年高中，乃至十二年学生生涯以来，独属于自己的那份答案。

"距离考试结束还有十五分钟，请同学们注意把控时间，将答案填到答题卡上。"

十五分钟后，铃声再次响起，考试结束。同学们放下笔，等待考官将试卷收走。几个同学坐在座位上面面相望着，用眼神交换着彼此的心绪。考官清点完试卷后，同学们走出教室。一部分同学聚在一起讨论试卷的难度，还有心态较好的同学小声地对答案。经过短暂的休息后，下午的考试即将开始。数学对于很多同学来说，都是最难拿分的一门。有些同学因为计算量太大写不完，有些同学则对着难度陡升的后半部分茫然地发呆。晚上，同学们复习着第二天的考试。有几个累了的同学选择早些休息，养足精神。在高考的这几天，失眠和噩梦是再正常不过的事情。闭上眼，诸多烦心事便浮现在脑海里——担心第二天会不会睡过头，担心明天的考试还有什么知识点没复习到，担心昨天的考试有没有漏做某一

第二十章 考场

题……有时，这些过度紧张的同学会处于一种半梦半醒的状态，心跳加速、浑身是汗、神经紧绷，脑子里不时闪过一些画面。他们还没有意识到，这些时刻在他们今后的日子里会成为隐形的梦魇。高考，是许多大学生噩梦里的常客。

第二天，随着最后一门考试结束，同学们走出考场。有些觉得自己失利了的人看起来闷闷不乐，但更多的人感到轻松与解脱。有个男生把文具袋朝天上一扔，大喊道："考完啦！"校园里洋溢着欢快的氛围。同学们收拾好了东西，像一只只燕子一样飞出了校园。校门外，家长正翘首以盼着自己的孩子。

也就是在这时，学生模样的何炳珹走进了校园。墙的范围已经缩小到了校园内，大约在太阳落山之时，墙就会停止收缩。他看向这些向学校外面走去的同学，在里面搜寻熟悉的身影。他没有找到他的目标，只看到了一堆无聊的笑脸。

墙还在不断地缩小，缩小的方向指向了学校的操场。高考期间，操场被条带拦了起来，但封得并不严，一跨就能过去。何炳珹哼着轻快的调子进入操场，他环顾四周，没有看到任何人。在操场的角落有一间器材室。墙即将收缩到操场的边界，此刻，他想找的人应该就在这间器材室里。何炳珹不紧不慢地朝器材室走去，他想让那两人再多感受一会儿恐惧的滋味。他走到器材室的门口，听到里面传来东西掉落的声音，器材室里果然有人。

何炳珹打开器材室的门，他没有直接走进去，而是站在外面观察屋内的情况。直到他看到了妙子和陈芽两人都在器材室内，确定了周围没有其他人后，才走进器材室，几个柜子遮挡住了视线。他一排一排地找过去，在走到中间时，他身后的门突然关上了。此时妙子和陈芽迅速地跑向器材室的后门，后门用砖块挡着，没有合上，两人从后门出去，妙子踢掉砖块，关上后门。

妙子找周澈帮忙做的事情就是这个——她让周澈以修理校园水管为由进来，随后在夜里趁人不注意将器材室的门改造为磁吸式的，这样门就会自动关闭。同时，门锁被替换为反锁式的，这样何炳珹就无法离开这个没有窗户，出口只有两道铁门的器材室。

在此之前，妙子让吴笙帮忙准备了一份培养皿，妙子取下自己手上的一小块表皮放入培养皿中，保持其中的细胞存活，周澈通过这片表皮测量出墙的距离和收缩速度，估算出了墙最终收缩的大致位置就在校园里。

但墙最后的落点在器材室的可能性很小。妙子要将何炳珹带回原世界。因此，只是将何炳珹困在器材室中是不够的。吴笙利用自己在这个世界的医生身份，取得了麻醉喷雾，然后托周澈帮忙送进来给妙子。在妙子和陈芽离开器材室前，妙子将装有麻醉喷雾的瓶子打碎在地上，五分钟内，这个剂量的麻醉喷雾就能够让一个人失去意识，而失去意识的时间能持续一到两个小时。

器材室内一开始传来猛烈的捶门的声音，但过了三分钟，锤门的声音便停止了。为了保险起见，妙子等了十分钟才把门打开。然而，在开门的一瞬间，何炳城便从里面窜了出来，他直接将妙子扑倒在地，手里拿着从器材室里拿出来的哑铃。他的力量虽小了很多，但还是足以制服两人。陈芽用尽全力拉住何炳城拿着哑铃的那只手，何炳城喘着粗气，两眼通红，像一只发疯的猛兽。

在陈芽与何炳城僵持之际，妙子从口袋里掏出装有镇静剂的注射器，插入何炳城的手臂里。过了几秒，何炳城开始失去力气，陈芽把他从妙子身上拉开，何炳城倒在地上，露出狰狞的表情。

妙子从包中取出托周澈弄来的麻绳，将何炳城捆住。何炳城还想要挣脱绳索，妙子又给他注射了一针镇静剂。这下他彻底失去力气了，但他依然保持着清醒。

"真是恐怖啊，正常人这种时候早就失去意识了吧？"陈芽说道。

"是啊，看来这些准备并不是多余的。这下他应该是没有挣脱的力气了。"妙子对陈芽说。

太阳已经开始西沉，妙子能够看到墙的边界已经来到了操场内。

"我们把他抬到操场中央吧。"妙子说。

"嗯。"

两人合力将何炳城抬起，这时何炳城突然挣扎着怒吼了一句："王峰！"

一个体格健壮的中年男人从操场一角的车里下来。妙子之前都没有注意到那辆车。

"我见到过他，"陈芽说道，"他是给学校食堂配送食材的人。以前我去食堂吃饭的时候，偶尔能看到他在角落装卸食材。"

王峰朝两人快步走来。麻醉喷雾和镇静剂已经用完了，她们不可能打得过王峰。

"大叔，我们只需要在操场上再待一会儿就好，我们不会把他怎么样的。"妙子急着说道。

"王峰，把她们两人装上车，带离学校，到哪儿都无所谓，随便找个地方把她们放下就行。"何炳城喘着粗气，他的大拇指甲几乎要嵌进食指的肉里，他似乎是在用这种方法逼自己保持清醒。

第二十章 考场

"大叔，这样我们会死的！"陈芽忙说道，"你不要听他的话，我们现在不能离开这里，不然就会死的。"

"王峰，三分之一的钱已经打到你账户上了，等到你做完了，剩下的也会立马打给你。这么多钱，够你不愁吃穿一辈子了，你再也不用受人白眼，被人看不起了。"何炳珹说道，"你不用听她们的话，我已经帮你准备好了一切，你只要照做，你想要什么就有什么，我保证也不会有任何人来追究你的责任。"

王峰没有理会妙子和陈芽的话。他冷着脸，径直朝她们走来，两人想要反抗，但很快就被王峰制服在地。王峰给何炳珹解开绳子，然后将妙子和陈芽两人捆住。何炳珹因为镇静剂的作用，全身都处于麻痹状态，他躺在地上，对王峰说道："把她们带上车吧。"

王峰扛起两人，朝操场角落的车走去。车刚好停在墙内部的边缘，很快，墙就要收缩至更小的范围。无论妙子和陈芽怎么说，王峰都一言不发。他把两人扔进车的后备厢，合上了箱盖。后备厢里一片漆黑，妙子听到了发动机启动的声音，两人拼命朝王峰呼叫，但没有得到任何回应。

"妙子……是我害了你。"陈芽绝望地对妙子说道，"你不该来救我的。"

"一定还有办法的。"妙子的脑海中飞速思索着所有可能的方法。

尝试唤起他的同情心？刚刚的呼救已经证明了不可行。答应给他更多的钱？不可能比何炳珹给得更多，而且他也不会信。警告他这样做的后果？反而可能会激怒他。

一定还有什么办法。

……

会客厅。

妙子闭上眼，尝试着让自己进入长廊。时间有限，必须越快越好，汗珠从她的额头滑落。但她越是着急，就越无法平静下来。

永恒和一瞬。她想起了"观察者"许衡曾经说过的话。她尝试着什么也不想，只是感受时间的流动。像溪流一样，从山坡上缓缓流下，洗刷过石子和涧草。水流渐渐慢了下来，直至完全凝滞。妙子睁开眼，她正身处于会客厅中。

她拿起茶几上的册子，随便找来了一个世界的王峰。那个世界的王峰是个建筑工人，不慎从工架上摔落，折了腿，鼻青脸肿，但工程方拒绝给他任何赔偿。工程方蛮横无理、漠不关心的态度让这个老实的建筑工人怒不可遏。然而，他无能为力，甚至找不到对方人在哪儿。妙子向他诉说了请他来到这个世界，阻止这个世界的王峰的请求，对方想都没想就拒绝了。

"都去死吧，世界上的所有人都去死吧。"这个王峰说完便起身离开了会客厅。

她又找到另一个王峰。那个世界的王峰经营着一家小超市，他的朋友做生意欠了钱，向他借了三十万元，三十万元对他来说几乎是全部身家了。王峰犹豫了，但看在多年交情的份上，他还是把钱借给了朋友。然而，他的朋友立马就带着钱跑了，一分钱都没留下，仿佛人间蒸发一般，再也没有出现过。由于经济情况窘迫，王峰不得不把辛苦经营了多年的店转手了。他一下子变得一穷二白，甚至还欠了别人钱。

"要是我，我也这么做。送上门的钱，为什么不拿？之前被朋友坑害了，这钱是我应得的。"这个王峰也拒绝了妙子的请求。

妙子又找了很多个王峰。他们中有人被老板拖欠工资，有人被女朋友骗走了钱，有人父母逼作为长兄的他辍学打工供小儿子上学，有人给企业做牛做马结果到了三十五岁被裁了员，有人穿着工装去校门口接孩子被孩子的同学嘲笑穿着太土，有人出于好心扶老人反被讹钱。

王峰，在每一个世界里，都遭遇了不公正的对待，都毫无尊严地活着。每一个王峰，都拒绝了妙子的请求。

妙子坐在沙发上一筹莫展，她没有想到会是这种结果。敲门声响起，妙子回头看去，是许衡，那个"观察者"。

"抱歉，我刚刚在门外偷听了很久。"许衡说道。

"他们……没有人愿意帮我。"妙子沮丧地说道，她同情王峰们的命运，但她不知道该如何帮助他们。

"来见见这一位王峰吧。"许衡翻开册子，随后对面的沙发上出现了王峰，"这位是听了何炳城、你和许衡演讲的那位，他当时就在台下。"

"我已经问过了。"妙子记得他，他说自己每天都吃不饱饭，明明是自己种出来的粮食，却要交给地主一份，还要交给喀尔斯人一份，留在自己手上的所剩无几。他已经三十多岁了，相过许多次亲，但对方都嫌他又穷又丑，没一个看得上他的。

"我不是说过了吗，我拒绝帮助你们，你们的事跟我有什么关系？"王峰说道。

许衡微微笑着，用戏谑的口吻问他："当初你在投票时，投给了何炳城吧？"

"你怎么知道？"

第二十章 考场

"我看见了。"许衡说道,"当然,我不是许衡,那个许衡已经死了。"

"那你应该也看见了,大多数人都把票投给了何炳城,人们生来就是掠食者,弱肉强食,优胜劣汰。"

"不是这样的,这是动物世界的规律。人类社会不应该是这样子的。"妙子说道。

"我们就是动物。"王峰冷冷地说道。

"我们是人。"妙子看向王峰,"我们是为了互相帮助才在一起结成社会,而不是为了互相掠夺、互相争斗。要我们所想要的是动物的本能,真正让我们成为人的,是对无关者无条件的善意。"

王峰沉默了,他似乎是经历了一番思想斗争:"好了我知道了,别给我讲大道理了。那扇门就是出口吧?我要走了。"

"帮帮我们吧。"妙子看向王峰,伸出了手。王峰没有伸出手来。

"至少到我们那个世界去看看。"妙子说着,主动去握住了王峰的手。周围的环境没有发生变化,说明王峰并不愿意去那个世界。

妙子像是突然想到了什么,她问许衡:"长廊上有没有那种可以全景体验某个世界的房间?不只是看电视的那种?"

"没有,"许衡摇了摇头,"不过我可以直接带你们去那个世界,以观察者的身份。你想去哪里?"

"尤丰和玉境的战场。"

在一瞬之间,周围的环境就变成了一片空旷的平原。随着双方号角声响起,战鼓雷动,马蹄声像疾雨般落下。许衡告诉他们,此时尤丰和玉境已经开战七年,其间大小战役不断。尤丰的王都沦陷,黎王投降后,尤丰的反抗军占据了西境最后一块领土。在研制出了威力更强的新型火药后,反抗军对玉境军发起了反攻,最终双方在尤丰中部地带僵持不下。

此刻,他们就身处在两军交战之地。马匹和长矛碰撞在一起,将士们嘶吼着将长矛刺进敌人的咽喉。土地很快被血液染红,地上横七竖八地躺着双方士兵的尸体。这些士兵从妙子身旁,甚至是从她的胸膛处穿过,对她视而不见。妙子毫发无伤,她意识到此刻她只是一个没有肉身的思维体。她看向身旁的许衡,对方仍是一副处变不惊的神态。王峰似乎是受到了惊吓,他愣在原地,一摊血从他的身上穿过,他吓得大叫起来。一个尤丰的士兵从马背上摔下来,他的腿摔断了,小腿弯折得很严重,露出了森森的白骨。他的头盔掉到了一旁,血、泥土与汗水让他的头发缠在一起，就像一团肮脏的水草。从他的后脑勺处不断地渗出血来，他发出哀号，向四周的人求援，但没有人理会他。突然，他的目光看向王峰。那个士兵似乎在恍惚中看到了王峰，他用近乎嘶哑的声音向王峰说道："救救我。"他伸出手，想要抓住王峰的脚，但手却从空中穿了过去。王峰后退了几步，他的脸上渗出豆大的汗珠。士兵又咳出了一大口血，随后便像一摊烂泥般瘫软在地了。他的眼神开始涣散，僵硬的身体仍朝向王峰。王峰坐倒在地上，一言不发。

"王峰，我不想天真地说让战争消失，有些时候战争是难以避免的。但这场战争本是可以不必发生的。尤丰确实被喀尔斯的铁蹄欺压多年，但因此就挥刀向无辜的玉田人……就算玉境根本不存在，尤丰也不应当这么做。"

"提醒一下，要没时间了。"许衡悠悠地说道，他看起来毫不着急。

"人要破坏一样东西，远比守护一样东西简单。即便如此，这个美好而脆弱的世界依然延续至今。因为总有更多的人选择守护，选择站在人性之恶的对立面。何炳城很强大，强大到我觉得世界上没有任何一个人能够战胜他。我曾经期盼着能有一位英雄从天而降，但我现在相信的是每一个平凡的我们。我们站在一起，就是伟大的平凡。"妙子再次向王峰伸出手，"帮帮我们吧。"

片刻后，妙子从梦中苏醒，身旁的陈芽在一个劲儿地叫她。

"妙子，刚刚怎么叫你都没反应，我还以为你晕过去了，吓死我了。"

发动机的声音停了下来。从车的前身传来开门声，随后是脚步声。后备厢被打开，王峰看着被五花大绑的两人，给她们解开了绳子。墙正好收缩到车的边缘。王峰最后还是伸出了手，妙子告诉了他关闭汽车这种器械的方法。通过会客厅邀请而来的客人不受到墙的限制，此刻他正站在汽车前好奇地打量着这个长着四个轮子、表面反光的大金属块。

"谢谢你。"妙子真诚地对王峰说道。

"谢谢大叔。"陈芽也跟着说道。

"好了，好不容易来其他世界一趟，我要出去逛逛。告诉我怎么出去吧。"

妙子给王峰指了指校门的方向，尽管王峰回去后，他应该只是会觉得自己做了一场奇怪的梦，甚至可能不大能记起梦的内容。妙子和陈芽向操场中央走去，何炳城躺在地上，在多重麻醉剂的作用下，他已经彻底昏睡过去。妙子和陈芽坐在操场上，看着落日和校园的风景。太阳此刻正挂在假山的凉亭尖上，像一颗发光的金球。

"终于可以回去了呢，妙子。"陈芽高兴地说道。

第二十章　考场

"我好累啊，陈芽，让我靠在你的肩头休息会儿。"

妙子靠在陈芽的肩上，赵驭的声音从身后传来。

"你们怎么在这里啊，我找了你们好久。诶，这男的谁啊？"赵驭看着躺在两人旁边的何炳城问道。陈芽能明显感觉到赵驭对何炳城的不悦。

"没谁。你找我们干吗？"妙子问。

"那个，我感觉我考得还不错，有可能可以和你去同一所大学。"赵驭对妙子说道。

"哦，然后呢？"

"呃……我有话想要单独对你说，你能不能过来一下？"不知道是否是落日的缘故，赵驭的脸上泛起了一层红晕。

"再等一会儿吧，你先去别的地方溜达一圈，过一会儿来找我，我现在太累了，要休息一会儿。"妙子估摸着再过一会儿，她便已经回去了。届时，属于这个世界的妙子会听到赵驭要说的话。

"哦，好吧。那我去小卖部给你们买两瓶水。"赵驭说完便跑开了。

妙子看向陈芽，说道："其实原本有机会的话，我想问问何炳城他为什么会变成这样，为什么要做这些事情。"

"也许是以前遭受过什么，所以对社会抱有怨恨吧。"陈芽若有所思地说道，"但何炳城是天才啊，而且是那种全能型的天才，感觉绝大部分问题对他来说应该都不是问题？"

"不知道呢，可能他只是觉得无聊了，或者他就是单纯地看不起人类。"

"但他自己也是人类啊，看不起人类，不就是看不起他自己吗？"

"他可能觉得自己和其他人不一样吧。我觉得许衡说得对，人就是人，他的自大，也是一种自卑。"

妙子转头看向一旁的陈芽，却发现她似乎凝滞了。妙子观察周围，连风都停止了吹动。一瞬间，她又回到了会客厅里，她坐在沙发上，沙发对面坐着那个许衡。

"我和陈芽……可以回去了吧？"

"别紧张，你们已经通过了'飞来'测验，我只是最后来跟你聊两句。很简单吧？只要三个人和和气气地相处，不要有人死去就行了。可是只要加入一点诱导性的条件，像是不断缩小的'墙'，或是关于如何回到原来世界的流言蜚语，你们就会开始互相猜忌，互相争斗。"那个许衡依然面带笑意，"成妙子，你就像一只从通风管道钻入实验室的老鼠。迄今为止,你已经通过了两次'飞来'测验,带走了四个研究对象。不过你也别太沾沾自喜了。别忘了,你见了那么多王峰,却只说服了其中一个。你连阻止一个何炳城都如此困难,更别说阻止一场战争。"

妙子突然明白了她在面对"观察者"许衡时,为什么会感受到一种熟悉感。那种熟悉感源于"观察者"许衡和何炳城在一举一动上的相像。不仅是行为上,更是思维上,他们都以一种睥睨的态度俯视人类。同样的态度,她还在尤丰的黎王身上看见过。

"你们应该不只研究了人类一个物种吧。其他和人类智力接近的物种,他们通过所谓的'飞来'测验的成功率会更高吗?"妙子忍不住问。

"也不必太过悲观,还是有不少比你们更残暴的智慧生物存在的。人类通过'飞来'测验的成功率处在中间水平。"许衡站起身来,"好了,我想说的都说完了,回去享受你的美好人生吧。"

妙子回到了操场,周围的空气又恢复了流动。夕阳的最后一抹光亮穿过那面无形的墙,投射在操场上。在光芒中,墙逐渐消失,整个世界在光亮中变得遥远而模糊,直至最后温暖的光芒将三人完全笼罩。

尾声　聚会

飞来：异乡谜客

许衡从油锅里捞出炸鸡，倒在盘子里，然后端到众人面前。炸鸡店的空调呼呼地往外吹着冷风，墙上挂着几幅画，上面题有许衡的名字，看起来是老板的亲笔作。据常来这家店的顾客说，这是老板的爱好，墙上的画时不时地就会换一批新的，其中也会掺杂一两幅老的画作，但每当别人向他买画时，他却从来不卖。

"谢谢啊老板，你家炸鸡是真的好吃。"陈芽拿起一块炸鸡塞进嘴里，炸鸡滚烫的温度让她不住地吸着凉气，"好惊险啊，我差点就以为自己要死了。欸，妙子，你是怎么想到这个故事的？"

"其实……我只是在讲述我所经历过的事情。"

"哎哟，妙子——你变了，你也学会故弄玄虚了。"陈芽抓起酒杯喝了一口，"大家都是相处三年的老同学了，你骗不了我们的。"

"是啊，还有，我怎么刚开场就壮烈牺牲了？"吴笙开玩笑地说道。

"你那哪叫壮烈牺牲，明明就是自己作死。"郑菁菁拍了拍吴笙说道，"倒是我，好没有存在感啊。"

"平平安安就是福，懂不懂啊？"陈芽笑着说道，"还有，要说没有存在感，那也得是刘舜吧，就出场了一小会儿。"

刘舜温和地笑了笑，他抬起了自己健康有劲的双腿："而且还跛了脚。"

"只可惜邹午和周澈没听到这个故事，他们一听要喝酒，就不知道跑哪儿去了。"郑菁菁说道。

"林俞也没来啊，说是他妈妈觉得吃炸鸡对身体不好，不让来。我真的有被惊讶到。"陈芽说道，随后她拍了拍自己的肚子，"话说回来，我倒是很好奇我瘦下来的模样呢。"

"那可不能瘦下来，不然满城的公子哥都跟着你跑了，那必将是一场腥风血雨。"郑菁菁笑着说道。

"话说回来，妙子你这故事真是乱点鸳鸯谱，我跟闻绍杰完全是八竿子打不着的关系好不好？"吴笙回头看了看在角落里聊得正欢的闻绍杰和刘睿琪。

"她自己还跟周澈结了婚，有了孩子，甚至连孩子的名字都想好了。哎哟不

尾声　聚会

行了，我要笑死了，妙子你想象力还挺丰富。"陈芽一边说，一边止不住地笑着。

"对了，闻绍杰和刘睿琪，这俩人我感觉是不是在高考前就已经好上了？"郑菁菁八卦地问道。

"其实我感觉当时还没确定关系，只是偶尔会看到他们一起学习。"吴笙说道，"话说妙子，何炳城是谁啊？大家好像都不认识。"

"啊……因为我好不容易才找到了一个大家都是同学，而何炳城中风躺在医院里的世界，征得了'那些人'的同意后短暂地来到这个世界做客，所以你们不认识他。"

"哦哟，妙子已经是入戏太深，出不来了。"陈芽笑道。

谈笑间，一群高二的学生走进了店里。他们刚结束学校的舞台剧表演，身上还穿着表演用的服装。他们点了炸鸡、果汁和碳酸饮料，然后围聚在一桌坐下。其余人并不认识这些高二的学生，但妙子认得出来。她看到其中有花子、包贵和福妞的身影。花子身上穿着蓝白条纹的长袖套装，包贵和福妞则打扮成了古时乡民的样子。小马从衣服里抽出一块垫子，这是他为了扮演中年发福的马总特意准备的。一旁的小宋嫌西装太热了，解开了两颗扣子。赵凡康抱怨自己穿的是士兵的盔甲，没有扣子可解。小钱脱下身上棕色的袄子，一把拿过王黎头上的王冠在手中把玩了起来。他们坐在一起，不时爆发出一阵欢声笑语。他们各异的服装不禁让人疑惑这些人上演了一出怎样的舞台剧。

"对了，赵驭还没回来吗？"郑菁菁问。

"没似，我们先次我们的。"陈芽含糊不清地说道，嘴里还嚼着炸鸡。

店里的墙上安了个支架，支架上面有一台小电视。妙子抬起头，注意到电视里正在播放《现代生活》。"各位观众朋友们大家好，我是主持人段行川。今天，我想跟大家聊一聊教育。在这里我要先跟大家道个歉，我们节目的嘉宾因为高速公路拥堵，到达会场的时间比预定时间会晚一些。在嘉宾到达演播厅之前，我先发表一点我个人的看法，权当是抛砖引玉了。大家如果有什么想法，也可以在我们官方账号的评论区友好互动。好的，那么首先，我想问问大家，什么是教育？在我看来，教育是让一个人成为更好的人。这就涉及一个问题，我们怎样去定义一个好人。每个人对好人的定义都是不同的。在很多家长看来，你好好学习，上个好大学，找个好工作，组建一个美满的家庭，那你就是一个再好不过的人了。所以他们对你的教育，就是希望你往这条路上走。对一些老师来说，一要你遵守校纪校规，二要你成绩好，那你就是个好学生，他们的教育也就是成功的……"

段行川讲了一大段话，嘉宾终于从后台一路小跑着来到台上。嘉宾是一位戴着眼镜的短发中年女性，段行川介绍这位嘉宾是某大学的社会学教授。嘉宾先是简单道歉了一番，然后接过段行川的话继续说："我刚刚在后台也听到段老师的精彩讲话了，我觉得段老师的这个话题很有意思啊。关于教育，我想跟大家分享一件小事情。在我上初中的时候，我的数学老师在课上讲，你遇到不会做的题，一定不要空着，随便写点上去也好，说不定老师就会给你一两分过程分。我呢，就照他说的话做了。结果有一天，我的科学老师在上课的时候说，同学们要实事求是，遇到不会做的题就老老实实空着。有些同学乱写些东西来糊弄老师，这其实也是在骗你们自己啊。说完，那个老师还看了我一眼。我当时羞愧地低下了头，但是心里又很气恼。"

嘉宾停下来，拿起茶杯喝了口水，然后继续说道："这两个老师的说法哪个对呢？我其实也没想明白。但我明白了一件事情，那就是教育这件事情，一百个人有一百种不同的理念。究其原因，教育就是想把别人塑造成自己心目中理想的人的样子，但每个人心目中理想的人都是不一样的。对于一个老酒鬼来说，他就觉得酒量大的人最厉害，要是全天下的人都是酒鬼那才好呢。"

段行川笑着接过话茬："所以很多人其实都不懂教育。

"连我自己都不敢说我懂教育。因为就像你说的，谈到教育，就要谈到什么样的人才算一个好的人。这就是一个哲学层面的问题了，大部分人是不会想得这么深入的。"

"是的。"

"即使大家对于什么样的人是好的人在某些方面有了共识，教育依然是一件很困难的事情。我举个例子，你今天读了一个很感人的故事，勇士打败了恶龙，你很感动，眼泪汪汪的。等到第二天，你自己遇到了恶龙，你吓得双腿发软，或者是你被恶龙利诱了。结果你不仅不打恶龙，还要反过来帮恶龙打勇士。那这个故事的感动有用吗？所以说教育绝不能是表层的东西，它一定要深入人的内在，从潜意识的层面改变人，这是一个长期的过程。

"其实对很多人来说，不做坏事就已经很了不起了。看着别人做了坏事没有被惩罚，自己心里难免不平衡。这种时候，他曾受到的来自父辈、师长，甚至是只有一面之缘的人的教育，很可能就会起到关键性的作用。"段行川说道。

"是的，尽管教育存在诸多困难，我们必须肯定教育的意义。我把恶人分为三类：第一类是根本没意识到自己在作恶的，我把它称作愚蠢之恶；第二类是意

尾声　聚会

识到自己在作恶，心怀愧疚但是继续作恶的，我把它称作踌躇之恶；第三类是意识到自己在作恶还乐在其中的，我把它称作纯粹之恶。行恶事者至少应当心怀愧疚，而不是沾沾自喜于谋得利益。在我看来，道德教育的意义，就在于让第一类人幡然醒悟，意识到自己在作恶；然后拉一拉第二类人的手，试试看能不能从悬崖边上把他拉回来……"

妙子的思绪被一声碰撞声拉回到了喧闹的人群中，是赵驭用肩膀顶开了店门。他的左右手各提着一箱酒。郑菁菁看见赵驭从屋外进来，打趣道："你掉沟里去啦？半天不见人影。"

"我这不是给你们买酒去了嘛，还指定要这种，我跑了好几家店才买到。"

"这种酒真的好喝，和炸鸡绝配。"陈芽一边说着一边起身给赵驭让座，"来来来，你坐妙子旁边。"

赵驭挠了挠头，不好意思地坐下了。众人开始起哄。

"赵驭，有什么话就要趁现在说。"吴笙敏锐地察觉到了风向。

妙子见状，说道："那我就先回去了，等下让原本的妙子来见你们。今天能和你们坐在一起聊天，我很高兴。"

"完蛋了，妙子彻底中邪了，快去请道士来作法。"陈芽说完，众人都笑了起来。

在这家小小的炸鸡店里，氤氲着欢悦的气息，一切美好的祝福都蕴藏其中。他们举杯相庆，为了一段漫长征途的结束，也为了自己那拥有着无限可能性的未来。

（完）

附章一　升学记

当陈芽被他们围起来谩骂时,邹午只是从一旁走了过去。

(一)幼儿园

上幼儿园的第一天,班主任宣布牛筱薇是班长。牛筱薇有着和班主任一样的姓氏。

牛筱薇是个神气的小女孩,她骄傲地告诉同学,她妈妈就是班主任,而她是班长,所有人都得听她的。

邹午向来喜欢坐在角落里,默默无闻地看着自己的书。他那时还只能看得懂一些以图片为主的书。随着老师给孩子们教了拼音,邹午开始看一些带有拼音标注的儿童书。

也许是因为身形瘦小,也许是因为性情温和,他很快就被某些调皮的孩子给欺负了。有个同学在邹午吃饭的时候,往他的汤里丢了一颗自己刚抠下来的鼻屎。邹午是个很乖的孩子,他只是默默把汤推开,没有再喝那碗汤。

后来邹午和别人提起这些事时,其他人常常质疑其中的真实性。

"这么早就?"

"嗯。"邹午回答得很笃定。

(二)小学

邹午的成绩一直很好。小学的卷子很简单,他几乎总是考满分。如果有一次他因为粗心得了九十九分,他能难受一整天。

隔壁班有个外号叫"栗子头"的同学,在期末考试时经常比邹午低上一两分。为此栗子头总是处处找邹午麻烦,在路上偶遇邹午也要冲着他哈上一口满是口臭的气,或是故意朝他打喷嚏,溅他一脸口水。

有一次,邹午在体育课上和同学们在草坪上玩,栗子头突然走过来,把邹午过肩摔在地上，然后大叫着"我赢了"就跑开了。因为是草坪，邹午除了头有点疼，并没受什么其他的伤，但他从此见到栗子头总感觉有些生气。

三年级的时候，邹午被选进了学校的奥数班，但三年级的奥数对他来说太简单了。于是不久后他就跟着四年级的同学一起上课。尽管如此，邹午依然每次都能考到第一。随后他参加了市里的奥数竞赛，拿了一等奖。邹午因此成了班主任的重点培养对象，常常被叫到办公室聊天。

除此之外，邹午还学了书法、英语、计算机编程。到六年级的时候，邹午已经拿了满满一墙的奖状。每次过年家里来亲戚，他们总要问一下邹午是不是照例又考了第一名。他的母亲便骄傲地点点头，然后又故作谦虚地客套两句。

"你们家邹午以后是要考梦津大学的。"亲戚们都这么说。梦津大学是国内最好的大学。

"以后会怎么样现在还不知道呢。"邹午的母亲笑着回应道。

（三）初中

升到初中后，邹午开始了住宿生活。临开学前，母亲在邹午的行李箱里塞了几袋土特产，让他带给室友们吃。

邹午住的寝室号是404。一间宿舍有四张床，上下铺，一共六个人，空出来的那张床用来放行李。邹午有些忐忑地走进寝室。因为路上堵车，他是整个寝室来得最晚的。他跟室友们打了招呼，还把从家里带来的土特产分给了他们。

开学第一天，上午的安排是收拾寝室，在午饭后到下午开班会前还有一段时间。室友们问邹午要不要一起去打球，邹午拒绝了。他不擅长，也不喜欢运动。于是寝室里只剩下他一个人。他坐在床上，拿出一本从家里带来的书看了起来。

邹午拒绝了两三次后，他的室友们就不再叫他打球了，后来连吃饭也是如此。邹午认识了一个朋友李书胜，他也喜欢看书，他们俩有不少共同话题。

但李书胜毕竟不是和他一个寝室的。在404号寝室，邹午能感觉到自己不太合群。

"我感觉你们寝室的人，都有点……"有一天，李书胜对邹午欲言又止。

邹午明白李书胜想表达的意思。

邹午每两周回一次家。从家里回来的时候，母亲总会给邹午准备一大袋零食，让邹午分给室友们吃。一开始，室友们还比较客气。到后来，以贪吃的胖子室友A为首，邹午的室友们养成了随便翻邹午的柜子拿零食吃的习惯。邹午对此并不满意，他多次跟室友们表示不要这样做，无果后只能选择把自己的柜子锁上——虽然这样会给他自己开关柜子带来麻烦。

"邹午真小气啊。"室友A看见邹午的柜子上锁后抱怨道。

一天，邹午的母亲给邹午买了个柚子，让邹午分给室友吃。邹午虽有些不情愿，但还是问室友们要不要吃。室友B是一个顽皮的男孩，他看见被切成两半的柚子，把它们塞进了自己的衣服里。

"你们看，我大不大？嗯？"室友B托住衣服里的两半柚子，上下抖动着身体。其他室友都齐声笑了起来。

笑完后，室友B把柚子还给了邹午，让他自己吃。邹午感到一阵恶心，把柚子扔进了垃圾桶。负责做值日的室友C抱怨这给他扔垃圾带来了麻烦。作为报复，在轮到邹午做值日的那一周，室友C每天都会故意在地上扔一些垃圾，给邹午增添工作量，甚至直接往地上倒了半瓶酸奶。

邹午因此跟室友C大吵了一架。那之后他意识到跟对方讲道理是没有用的，对方根本不听自己讲道理。因为天性温良，邹午并未诉诸武力。

在初中，邹午的成绩还是很好，在班里不是第一就是第二。有时候考了第二名，邹午就会难过，因为他觉得自己可以考到第一。每次老师表扬了邹午后，回到寝室他都要经受室友们的一阵冷嘲热讽。

有一次，学校的文学社举办了一次诗歌大赛，邹午拿了第一名。作为奖励，邹午获得了一只小熊玩偶作为纪念品。邹午把玩偶带回寝室，室友B看到就说："这种东西你也要啊？"

"丑死了。"室友A附和道。

第二天晚上，邹午回到寝室后，发现自己的小熊玩偶不见了。

"你们有谁看到过我的小熊玩偶吗？我放在床上了。"

没有人理他。

邹午便一个个地问，但都说没有看到。邹午只觉得纳闷，直到他来到寝室的厕所，看到自己的熊被扔到了厕所的蹲坑里。

"你们谁干的？"邹午愤怒地质问道。

没有人理他。

邹午用更大的音量重复了一遍。

"你烦不烦啊，说了不是我们。我们要睡觉了。"室友 B 说话了。

"还有，记得把你的破熊清理掉，影响到我上厕所了。"室友 A 说道。

室友 C 此时终于绷不住了，笑了几声出来。随后熄灯铃声响起，寝室在音乐的尽头归于一片黑暗。

在那之后，邹午内心深处的一些东西被永远地改变了。他一直记得那只被丢在厕所里的玩偶。

（四）家庭

自打邹午有记忆起，父母就经常吵架。邹午的父亲是普通的上班族，而母亲是家庭主妇。邹午的父亲经常在晚上喝得烂醉回家，然后瘫在床上不省人事，过了一会儿便发出震天响的鼾声。邹午的母亲时常上商贩的当，买了许多没有用的东西回来。就算是路边摊卖的据称开过光的手串，她也会在摊贩的忽悠下买下两串。一串驻颜的给自己戴，另一串升学的给邹午戴。

邹午父母吵架的原因千奇百怪。从抽完的烟头没有扔进垃圾桶里，到买了临近过期的打折食品；从鼾声太大吵得人睡不着觉，到临近出门前突然找不到要带的东西；从亲戚来借钱要不要借，到邹午未来的升学规划。他们在各种事情上的分歧是那样多，以至于邹午难以想象当初他们是怎么走到一起的。

每次听见他们吵架，邹午就心烦意乱，什么事都做不了。邹午曾想过，自己在长大以后要研发一款应用软件，名字就叫"争吵"。现在网络上吵架的话题那么多，原因千奇百怪，不如专门为网民们开辟一块虚拟战场，把持有不同观点的人分成蓝方、红方、绿方等，让他们在这款软件中吵个够。如果他的父母也能在这款软件上吵架，而不用让他听到、看到，那是再好不过的了。

在邹午小时候，他的父亲常常在喝醉后打他。父亲或是用手掌拍他的后脑勺，或是拿起电视遥控器一类的东西砸他，甚至是直接用脚踹他。有一次邹午被踹到了脸盆架上，只觉得头嗡嗡地响。他的母亲看见了，就忙冲过来护住他，又是生气又是泪流满面，说要跟邹午父亲离婚。但他的母亲事后又总是隐忍下来，然后把邹午拉到床边，双手捧住他的脸颊，眼睛死死地盯着他，用一种哀怨的语气说道"妈妈这都是为了你，你一定要好好学习，考上一个好大学"。

他记得少数他与父亲相处的愉快时光。例如父亲在外面打牌赢了钱后，会带他去他喜欢的餐厅吃饭。但邹午生来不是一个乐天派，对他来说，岁月的海浪一遍遍筛着记忆的沙砾，最后往往只剩下了最悲伤的那些。他记得父亲总喜欢让自己开着房间的门，但邹午不喜欢没有私人空间的感觉。他跟父亲吵架时，父亲就会说"有种你别吃我的喝我的"，还说邹午冷血，不懂感恩。邹午觉得父亲打着"为你好"的旗号做出了许多不自觉然而实际上相当病态的举动，这一切都凝缩在一句"把门开着"里面，或者更糟糕的反问句，"门不开着干吗？"。

父亲去医院检查出了"三高"后，闷闷不乐了好一阵子，仿佛整个人都被体检报告单击垮了。他不知道为什么一个人可以同时集懦弱与暴戾、幼稚与老旧于一身。他有时候想让父亲读点书，然而父亲从不读书。他一直觉得父亲是最需要读书的那种人，但最需要读书的人恰恰是最反感读书的人。父亲在下雨天时心情常常不太好，不自觉地摆着张臭脸，变得暴躁易怒。这种时候，家里人都要想方设法地顺着他的心意走，讨他开心。

他既同情母亲的可怜，又暗暗埋怨母亲的无能。尽管如此，邹午依然学习得很认真。这既是因为他本身就有天赋，也是在一定程度上遵从了他母亲的意志。他以中考第一名的成绩考进了市里的高中。他的母亲很高兴，说要在学校旁边租房子陪读。

"高中是人生中最重要的一个阶段，不能让邹午整天跟那些不三不四的人混在一起。"

邹午的父亲听后立马反对，说这样不仅花钱，还会惯坏了孩子，没法培养他独立自主的能力。

"你就是舍不得钱。你每个月少跟朋友出去鬼混几次，少抽几根烟，少喝几瓶酒不行吗？你自己的孩子，你稍微上点心怎么了？"

"你这意思是我没出力？这个家的钱不都是我在挣？不然你觉得钱是大风刮来的吗？"

邹午听得头疼，自顾自进了自己房间。两人吵了快有一个小时，把许多陈年旧账都翻出来算了一遍。那道薄薄的房门根本抵挡不住父母两人冲天的怨气。

最后父亲还是妥协了。母亲把邹午叫出房门，邹午出门的时候还听见父亲嘴里还嘟囔着"早知道还不如不生孩子，这么多屁事"，说罢父亲就到阳台上去抽烟了。

"你不要老是在阳台上抽烟，晾着的衣服都被你熏臭了。"

父亲听到后直接把晾着的衣服都扯了下来，扔进了客厅里。母亲哀叹一声，坐在地上哭了一会儿，然后叫邹午跟她一起把衣服捡起来。

（五）高中

邹午上的高中不分重点班，好生差生都混在一起。班主任王英才在开学第一天给大家介绍了校规校纪和新学期的情况。班干部选举在一周以后进行，邹午当了学习委员，兼任数学课代表。

邹午很快就发现了班上的赵驭是个难对付的刺儿头。他常常收不上赵驭的作业，还三番五次地见到他拿同学的作业抄。邹午把赵驭不交作业和抄作业的事情告诉了数学老师。数学老师在一节自习课上把赵驭叫了出去，说教了一番。

自习课下课后，赵驭就走到邹午跟前，质问他是不是向数学老师告了状。邹午没有否认。赵驭就往邹午脸上打了一拳。邹午感觉自己嘴唇上方湿湿的，用手一擦，发现手上都是血。他看向赵驭，也给他来了一拳。赵驭也流了鼻血。他没想到邹午敢还手，正要打回去，被下一节要上课的英语老师李竹意给叫住了。

李竹意打电话告诉了王英才这件事。王英才把两人都叫去了办公室。王英才在办公室对面的讨论间坐着，他的衬衫几乎要包不住他隆起的肚子。王英才的体型很高大，他的手臂比起邹午要壮实得多，几乎粗上一圈，上面密密麻麻地长着乌黑的汗毛。王英才先是让赵驭进去，让邹午在外面等着。邹午透过半透明的玻璃墙，隐约能看到赵驭嬉皮笑脸的样子。王英才随便训斥了几句，赵驭就出来了。邹午进去后，还没站好，王英才就抄起一旁的书打向邹午的脑袋，直接把邹午的眼镜都打飞了，接着就是铺天盖地的一顿骂：

"你知不知道打同学是违反校纪校规的？我前几天不是刚说过吗？"

"我看你中考成绩挺好的。你拿个处分，什么好的大学都别想上了。"

"我能让你毕不了业你信不信？"

"你的个人资料我都看过的，父亲也就是个普通的上班族，他每天辛辛苦苦挣钱养家，你还不让他省点心。"

"明天之前写份三千字的检讨给我。"

邹午回到教室。英语课已经下课了，教室里依旧是一片热闹欢腾的景象。两个同学没注意到他，还在自顾自地聊天。

"听说王英才就轻轻骂了赵驭几句。"

"那可不，赵驭家里有钱，开学前就送了王英才好多东西。"

邹午回到座位上，觉得周围的声音好吵。他望向窗外，蓝天白云，还有绿色的树，灰色的路面。他的脑海里浮现出很多东西——那碗漂着鼻屎的汤、被扔在厕所里的熊玩偶、从阳台上扯下来的衣服……

这里是三楼，离地面差不多六米……邹午这样想着。

"那个……同学……你需要创可贴吗？"

一个声音传来，邹午抬起头，是坐在他斜前方的成妙子。

成妙子指了指他的额头说道："你额头破皮了。"

邹午摸了摸自己的额头，感受到一股刺痛。他不知道额头是怎么受伤的，也许是在被王英才用书拍脑袋时，被自己的眼镜给划伤的。

还没等邹午回答，成妙子就从书包里翻出了一包创可贴，撕下了一条放在了邹午的课桌上。

"谢谢。"邹午低下了头，拿起创可贴贴到自己的额头上。

邹午是从那时开始注意到成妙子的。一个和他一样沉默而不起眼的人，眼神中总是透露出小心翼翼，常常坐在座位上安静地看书。

高中的时间大多数是枯燥的，尤其是对邹午来说。上课、作业、考试，基本就是由这些内容填满了生活。邹午在学校附近的书店挑书时，偶尔会看见成妙子也在买书。成妙子似乎没注意到他，或是注意到了却不好意思打招呼。邹午就透过书架的缝隙看向她，看到她薄薄的刘海在窗外照进来的阳光下闪着亮光。她有一双好看的眼睛。

（六）高三

高中的最后一年和前两年的心态是不同的。许多在高一高二时没心没肺地玩闹着度日的人，到了高三也开始无用地焦虑起来。在高三秋季学期快结束时，王英才让邹午在黑板上写下"高考倒计时200天"的字样，以提醒同学们迫近的大关。

也就是在那几天，邹午发现成妙子变得有些不同了。最开始是一种感觉，从看到她的眼睛开始，邹午发现她的眼神不再如往日那般柔和了，而是变得更加坚毅，显露出历经世事的成熟。再然后是交谈，还有行事风格，都能感觉出与往常的她有明显的区别。

邹午无法确定这种改变是从何时开始的，也无法知晓它是如何发生的。但成妙子的改变确实让他感到有些失落。她变得不再胆怯，不再羞涩，不再小心翼翼。他原本觉得成妙子是为数不多能与他产生共鸣的人，而如今他却觉得那个印象中的她距离自己越来越远了。

周末放学后，邹午在校门口看到了坐在石凳上看书的成妙子。从露出来的一角封面，邹午很快认出了那本书是《朱身》，讲述的是一个身上有一大片红色胎记的男孩的故事。在那个时刻，邹午觉得妙子还是那个妙子。他鼓起勇气上前和她打了招呼。

在回学校附近的出租屋的路上，邹午觉得那天的夕阳很好看。

在换完座位以后，邹午坐得没有离成妙子那么近了。但他还是会忍不住朝她坐的位置瞟去。邹午发现成妙子和她的同桌赵驭聊得越来越多了。

跟那种人有什么好聊的。邹午心里暗暗不爽。

秋季学期的期末考是十校联考。王英才很早就强调了十校联考的重要性。对于邹午来说，十校联考是他通向国内最好的大学——梦津大学的钥匙。在十校联考中取得佳绩，得到梦津大学的自主招生优惠政策，然后再在高考和大学校考中拿个好成绩，考进他寒窗苦读十余年来的目标学校。他把每一步都规划得如此精确，容不得半点差错。

为此，在复习的那一个月，邹午几乎断绝了所有的娱乐活动。他每天醒来便开始学习，把所有学过的内容都细致地复习了一遍。学累了的时候，邹午就透过窗户看看窗外的飞鸟，让思绪随着鸟儿在空中飘荡一会儿。除了试卷不同，每一天对他来说几乎都是一样的，他已经经受了太久这般枯燥的生活了。就快结束了，邹午心里如此想着。只要考上梦津大学，一切就都会变好。

就快结束了。

然而考试的结果却不尽如人意。邹午看错了一道数学大题的题目，让他多扣了十分。对于最顶尖的那批学生来说，每一分都很关键。也就是这十分，让邹午无缘十校联考的前十名。

出人意料的是，班长冯嘉思拿到了十校联考的第五名。冯嘉思虽说在处理班级事务方面很在行，但平时在班级里的成绩排名也只在第十名左右，在年级里更是排不上号。在十校联考的九千多人中拿到第五名，对她来说属于超常发挥。邹午感觉自己被命运捉弄了。当邹午看见冯嘉思被王英才叫出教室，回来时脸上是按捺不住的得意时，他的眼泪夺眶而出。他不明白自己一天天的努力有什么意义。他把自己的头埋进手臂里，因为他不想让别人看见他如丧家之犬一般的样子。

中午回出租屋吃饭时，母亲笑着迎上来问邹午成绩如何，眼里满是期待。邹午只是淡淡地说出"没有考好"。邹母还想安慰他，但自己反而先哭了起来，躺倒在了沙发上，从嘴里吐出些怨天尤人的话。邹午面无表情地走进自己的房间，关上了房门。

平时上学的时候，邹午和母亲就住在学校附近的出租屋里。邹父因为要工作的缘故，则是住在原先的家里。那天是学期的最后一天，邹午的父亲提早从家那边开车过来帮忙收拾行李准备回家。邹午躺在自己房间的床上，听到外面传来敲门声，知道是父亲回来了。他知道又一场争吵要发生了。果然，没过几分钟，邹午的父母就爆发了争吵。邹午的父亲开始砸东西，邹午的母亲则边哭边大叫着。安静下来以后，母亲走进邹午的房间，抱住邹午说"要不是为了你，妈妈早就跟他离婚了。这次考差了不要紧，还有下一次。妈妈相信你"。

下午回到学校，各科老师开始布置作业。在临近放学的时候，窗外飘起了大雪。雪很快就在地上积了厚厚一层。随着下课铃声响起，众人都来到外面玩雪。

邹午没有跟随着人潮下楼，而是兀自走上了顶楼。他趴在栏杆上，看着楼下雪地上的人群，宛如白纸上的一个个黑点。这时邹午听到不远处传来声音。他扭头看去，在走廊的尽头有一个陌生的身影。对方缓缓爬上栏杆，然后坐在栏杆上。还没等邹午反应过来，那个人已经一跃而下。

楼下传来重物坠地的声音，随之而来的是人群惶恐的尖叫声，再然后是救护车的声音。邹午后来听说，坠楼的人是一班的闻绍杰。闻绍杰是一个家境优渥、相貌俊俏、运动全能、学习也还不错的人，平日里阳光开朗，没有人知道他为什么会坠楼。学校调取了走廊的监控，发现他在坠楼前没有和谁有过互动。这件事最终就这样不了了之了。

邹午对闻绍杰的死并不在意。他甚至暗想——这样一个看似什么都拥有的人，一下子变得一无所有，甚至连自己的生命都失去了，似乎这样一比较，自己也显得没有那么可怜了。

到春季学期开学时，邹午发现自己的同桌陈芽变瘦了许多。第一眼见到陈芽时，邹午都没认出来。许多女同学围在陈芽身边询问她的减肥历程，这让邹午感到厌烦，因为她们的吵闹声打扰到他看书了。

不久之后，一个完全出乎邹午意料的消息传来了。十校联考被曝泄题，所有降分录取名额作废，泄题的对象冯嘉思更是被学校记了处分。看着往日春风得意的冯嘉思现在一副颓唐的模样，邹午的心里没有一丝同情。再想到那个老是收受学生家长贿赂的王英才也因为参与泄题而被停职了，邹午更是幸灾乐祸。

邹午很快便听说告发这件事的人是陈芽。他本想向陈芽表达感谢，但想了想，还是没有对陈芽说什么。

这都是自己应得的——邹午这样告诉自己。

几天后，邹午在下课去小卖部的路上看到陈芽被一群人围了起来。听路人说，那些都是在十校联考中拿到了降分录取名额的人。因为陈芽的举报让他们丢了降分录取的名额，他们因此感到愤愤不平。在与老师争论无果后，他们觉得是陈芽的举动连累了自己，便跑来找陈芽要个说法。

邹午站在不远处，能听到那群人骂得很难听。与其说是讨说法，倒不如说是单方面地泄愤。他想走上前去，但最终他只是默默地走开了。

"不要多管闲事，这跟你无关，你只要读好书就行了。"邹午在心中默念道。

他突然发现自己已经变成了一个这般冷漠的人。他无法欺骗自己，陈芽做的事，正和自己息息相关。如果是成妙子的话，应该会毫不犹豫地挺身而出吧。但他离去的步伐却不由地加快了。他要逃离那个地方，然后假装什么都没看见过。他知道自己和成妙子的距离越来越遥远了。但是不知为何，这一切就这样发生了。他过去的遭遇，让他变成了现在这样一个冰冷的人。

回到教室，他听到有两个同学在笑陈芽的举动太幼稚，没经受过社会的毒打。两人还洋洋得意于自己的老于世故，觉得自己是看透一切的明白人。邹午感受到一股怒火涌上心头，他走上前去，想要臭骂他们一顿。他觉得旁观者或许没有勇气站出来，但至少不应当嘲笑那些遭受苦厄的行善者。走到他们面前时，他却成了一个泄了气的皮球，只是默不作声地从两人中间穿了过去。

周末回老家时，他陪母亲一起去超市买日用品。经过收银台时，他依稀觉得收银员的样貌有些眼熟，但想不起来是谁。结完账走出超市后，母亲问他还记不记得收银员是谁，邹午说不记得了。

"她是你的幼儿园老师啊。"

"那个牛老师？"邹午还记着牛老师和牛筱薇的事。

"不是她，是那个杨老师。"

"啊，她以前对我可好了，她对每个学生都很好。我还记得有一次吃午饭我把勺子摔碎了，怕被老师骂，就哭了，结果她跑过来温柔地和我说没关系，还问我有没有受伤。"

"没办法,年纪超过三十五岁,幼儿园就不要了。不然你看幼儿园里为什么都是年轻老师?"

晚上,邹午听同学说陈芽急性胃溃疡发作,高烧昏迷被送进医院。他躺在床上翻来覆去,无论怎样都无法入睡。他感觉到有什么东西在隐隐地扎他的心,然后在他的心尖上挠啊挠,让他浑身上下都不得安生。

马上就结束了——等自己考上了梦津大学,一切都会变好,一切都会变得不一样。那里不会有收受贿赂的老师,不会有欺凌自己的同学,也不会有终日吵架的父母。自己已经受了太多太多的苦,他告诉自己不必再同情任何人。光辉的未来在等着自己,自己要做的就是头也不回地往前跑。

……

"啊,妈妈,如果有一天我变了,请别责怪我。"

附章二 背叛

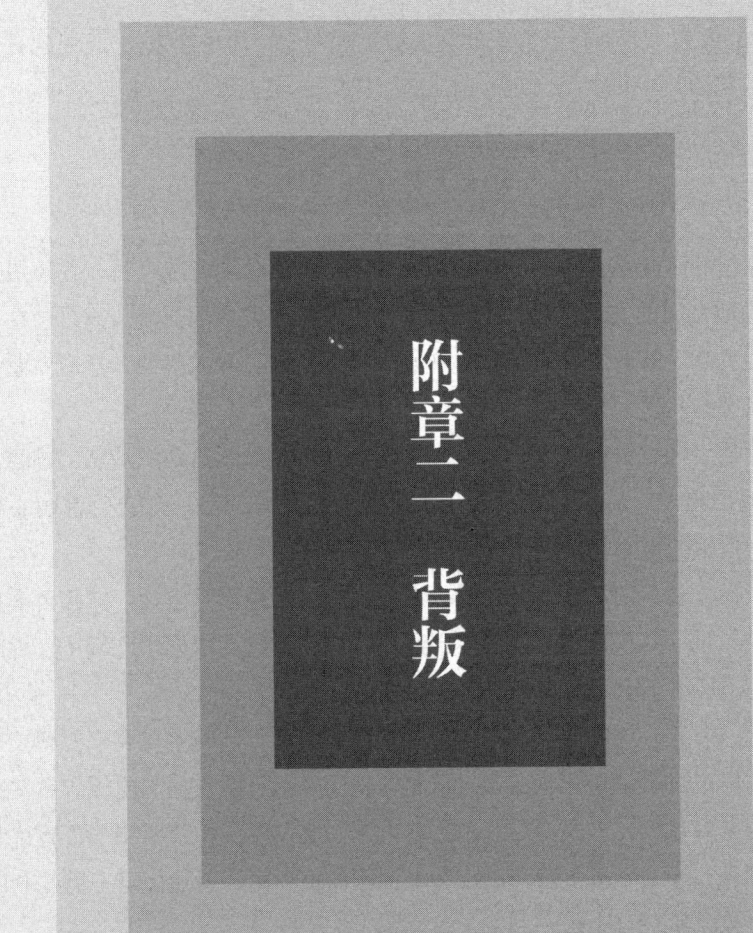

"再复杂的男人，遇到自己喜欢的女人都会瞬间变得简单起来。"这是郑菁菁一直相信的一句话。

（一）林渠

她和林渠是在半年前认识的。他们都参加了学校的暑期实践项目，在凤川市当地进行了为期一周的实地调研，在当时，两人还没有太多的交流，只是会在对接工作时聊上几句。郑菁菁只知道林渠和她一样都是大二升大三的，然后专业是电机系的，其余的几乎一无所知。

实践结束后，郑菁菁回了家，这时林渠反而开始频繁地给她发消息，聊的都是些这次实践的感想、后续还有没有出去实践的计划等问题。郑菁菁都耐心地一一回复了，但她的内心并没有什么波澜。

大三开学后，林渠问郑菁菁什么时候有空，想要约她出来吃饭。郑菁菁推托说最近比较忙，过一阵子再说。她突然想起自己好久没约高中同学吃饭了。她问了一圈在同一个城市上大学的高中同学，都没空。

周五晚上，上完一周的课后，郑菁菁感到有些疲惫。她问室友要不要到校外去聚餐，室友甲正对着镜子化妆，说是早早地就约好了男朋友一起吃饭。室友乙也有了潜在的发展对象，今晚要一起出去看电影。室友丙根本没听到郑菁菁说的话，她戴着耳机，捧着平板电脑，沉浸在电视剧的世界里，身边围着一圈吃剩的外卖，透露出与世隔绝的气息。

郑菁菁叹了一口气，最近没有什么她想看的剧。她又翻了一遍手机的通讯录，最后还是把目光定格在了林渠这个名字上。

"晚上有空吗，一起吃饭？"她发消息给林渠。

林渠回复得很快："好啊好啊，想吃什么？"

随后林渠发了几家餐厅的信息供郑菁菁挑选。郑菁菁选了一家意大利餐厅，就在校外三千米的地方，两人约定骑自行车过去。

附章二　背叛

到餐厅时天色已晚，门口排起了长长的队伍，等位的人取了号之后都坐在门口的一排小凳上。林渠去取了个号，他们前面还有二十三位，店员跟他说至少要等一个小时。

林渠问郑菁菁要不要等，郑菁菁表示没问题。两人于是找了两个小凳坐下。街边的路灯已经亮起，几辆摩托车飞驰而过，留下轰隆的余响和难闻的尾气。马路对面的便利店打着很足的灯光，透过玻璃外墙散射出来，整间店就像一个发光的玻璃盒子。

"你冷吗？"林渠问。

郑菁菁穿得很单薄，她没有料到需要排这么久的队。初秋时节，夏日的余温还未散去，但入夜后的风还是带着些许凉意。

"还好，我不冷。"郑菁菁一边说着一边双手交叉着在手臂上摩挲了几下。

林渠见状，脱下外套给郑菁菁，说道："如果你不介意的话就穿着吧，别着凉了。"

郑菁菁也没拒绝，说了声谢谢。她披上外套，外套上还有一缕淡淡的洗衣液的香味。郑菁菁看向林渠，林渠正低着头看手机。他的眉毛还挺好看的，这是郑菁菁以前没有发现的地方。

过了一会儿，两人觉得等位的时间太长，又到附近去转了转，但这家店附近是居民区，没有什么特别值得逛的地方。回来后，排在他们前面的还有十桌。

又过了半个小时，服务员终于叫到了他们的号。两人起身走进餐厅，服务员把他们带到座位上。郑菁菁点了份虾仁面，林渠点了份墨鱼面，两人还合点了一份小吃。虾仁面上的酱让郑菁菁觉得有点腻，她只吃了一半。吃完后，两人AA制付了这餐的饭钱。

之后的一个月里，他们又出去了几次。在一个月后，在看完电影回学校的路上，林渠向郑菁菁表白了。郑菁菁对此并不感到惊讶，她自己也隐隐约约感觉到了。她接受了林渠的告白。她把社交软件的头像换成了情侣头像，还发了条动态向朋友们宣告了自己的恋情。

两人在一起后，郑菁菁渐渐觉得无聊起来。他们不是吃饭就是看电影，或者是在校园里闲逛，久了就变得了无生趣。况且，林渠挑选餐馆或是影片的水平常常让郑菁菁不敢恭维。

随着新鲜感迅速地消失，郑菁菁意识到这段勉强凑合的恋情只是为了应付自己一时冲动的需求。于是在一起一个月后，郑菁菁向林渠提出了分手。分手的原因直截了当，就是相处久了后觉得并不喜欢对方。随后，郑菁菁把自己社交软件上的情侣头像换了下来。

（二）李泠风

郑菁菁从大一开始就加入了学生会的文艺部。和林渠分手一周后，在一次学生会文艺部的团建活动上，郑菁菁玩游戏输了，被罚唱了一首歌，她唱歌水平还不错，唱完后众人纷纷鼓掌。会后，有一个今年刚加入文艺部的大一学弟给她发消息。

"学姐，你之前的那个头像是情侣头像吗？"

"对呀哈哈。"

"那现在……"

"啊，我现在是单身。"

"那我可以约学姐出来吃饭吗？"

郑菁菁答应了，她暗暗感叹现在的学弟都这么直接主动了。学弟的名字叫李泠风，有点像武侠小说里浪迹天涯的孤独侠客的名字。

周日晚上他们去了一家烤肉店，李泠风提前订好了位置，所以他们不需要在外面等位就可以直接进去。学弟表现得很热情。服务员来帮忙烤肉时，李泠风说不用了。他亲自烤肉，然后让郑菁菁坐在座位上等着烤好的肉夹过来。

第二次出去是在一周后，他们去了一家淮扬菜馆。吃完后，李泠风提出一起去学校附近的江边散散步。在江边，李泠风向郑菁菁告白了。

郑菁菁看着学弟年轻帅气的脸，还有他那双好像会发光的眼睛，一时之间她仿佛自己也回到了大一的那段青涩时光，想起了自己大学的第一次恋爱。虽然和李泠风只一起约会过两次，但郑菁菁头脑一热，还是接受了这份青春洋溢的爱意。

但郑菁菁很快就发现李泠风对于其他女生好像过分亲热了。她经常能在偶遇他时看到他和其他女生有说有笑地走在路上，看见郑菁菁也只是若无其事地和她打个招呼，然后继续和那些女生谈笑风生。郑菁菁并不能接受这点，她找了个机会和李泠风谈了谈这件事，李泠风对此不以为意，说他与那些女生只是朋友间的正常来往，觉得是郑菁菁多虑了。

为此，郑菁菁和李泠风大吵了一架。过了两天，李泠风主动到郑菁菁的宿舍楼下来求她和好。但他并没有改掉这个习惯。不久两人又吵了一架，郑菁菁提出了分手。

（三）林临

在这段经历之后，郑菁菁只想找个靠谱的人在一起。

郑菁菁大三以来的第三个男朋友林临是她的物理课助教。郑菁菁选的是文科专业，所以只需要上相对简单的物理学导论就行了。但即使是导论课，对于郑菁菁来说也有不小的难度。周六晚上的习题课，参加的只有郑菁菁和其他寥寥数人。习题课下课后，郑菁菁跑到讲台上去问林临问题，林临解释了半天，郑菁菁也没听懂。这时候管理教学楼的大爷走了进来，提醒他们马上要关门了。于是郑菁菁便问林临能不能改日再向他请教，林临答应了。

第二天下午，郑菁菁问林临有没有空。林临说有空，两人就约在学校的咖啡店见面。郑菁菁准备了一些自己的错题，林临很耐心地给她解答了。后来，郑菁菁又单独约见了林临两次，林临都出来了。期末考试后，郑菁菁为了答谢林临，说要请他吃饭。那顿饭最后是林临付的钱，他借口去卫生间，去找服务员买了单。饭后林临问她要不要到学校附近的江边散散步，郑菁菁同意了。在江边，表白自然而然地发生了。郑菁菁觉得林临是个靠谱的人，她接受了林临的表白，于是两人便在一起了。

转眼到了大三下学期，郑菁菁身边有不少同学都在准备考研了，说是本科文凭就业相对困难，更何况自己读的还是文科。郑菁菁和家里人商量了一下，也准备考研。那段时间林临约她出来，她有一半时候都是拒绝的，觉得自己没有心情。没课的时候，她经常一整天都泡在图书馆里自习。

那天郑菁菁照常来到图书馆自习。常坐的座位被人占了，郑菁菁只好寻找其他座位。她在一个角落里找到一张四人桌，只有一个男生坐在座位上，郑菁菁于是轻轻地把东西放在了他的斜对面，坐了下来。

她有意无意地瞟了一眼那个男生的相貌。他留着齐刘海，皮肤白皙，五官分明，长得很好看，且不加修饰，有一种自然的美感。他的手臂上有一层细细的汗毛，左手戴着运动手表。郑菁菁能闻到他身上有一股淡淡的木质香水的味道，清新而不甜腻。

在接下来的几小时里，郑菁菁总是控制不住自己偷偷看向那个男生。一看到对方有转头或是起身的动作，她便迅速地把目光收回来，生怕被对方发现。好好看的男生，外表富有青春活力，但是看行为举止又很沉稳，对方完全长在了自己的审美点上。郑菁菁如此想道。

第二天，郑菁菁又来到相同的地方自习，心里暗暗期盼着能再次遇见那个男生。但昨天的那个座位是空的。郑菁菁又四下环顾了一圈，也没有看到他。

郑菁菁感到有些失落。她的脑海里不断浮现出那个男生的样子。如果当时能找机会要到他的联系方式就好了……但直接上去问的话也太奇怪了。郑菁菁否定了自己的想法。那或者是传一张小纸条过去？郑菁菁有些懊恼自己为什么没这么做。

男友林临又给她发来信息，问她在干吗，郑菁菁有些不耐烦。随着物理课的结束，自己和林临的联系少了很多。而且随着林临是她物理课助教这一身份的消失，林临对她来说那层光环也不复存在了。两人没有什么共同的爱好，一起出去无非就是吃饭、逛街、看电影之类的，这让她又陷入了与林渠谈对象时那种了无生趣的境地。而且郑菁菁总觉得自己和林临的思维方式不太一样，在许多事情上他们都会有完全不同的看法。

郑菁菁没心情搭理林临，便只回了三个字"没干吗"。林临很快回复了她："晚上要不要一起吃饭？"郑菁菁拒绝了，说自己今天不太舒服。回复完消息，她拿起水杯去饮水机处打水。一路上，郑菁菁用余光打量着两侧的书桌，心想着那个男生会不会是换了个跟昨天不一样的位置坐。她的希望落空了。她打完水，回到座位上后也无心学习，只是漫无目的地刷起了手机。

郑菁菁看到室友乙发布了一条动态，上面是室友乙和男朋友的合照，以及一些风景照和美食照，定位在韩国的济州岛。她什么时候跑到韩国去了。室友乙的动态让郑菁菁的心情雪上加霜。

晚上回到寝室，郑菁菁和室友甲提起这件事，室友甲跟她说乙找了个很有钱的男朋友，两人天天在外面逍遥快活。"我也想找个有钱的男朋友"，郑菁菁差点就这么说了，她几乎忘记自己已经有对象了。

有一天，室友乙突然大哭着回到寝室，说自己失恋了，向室友们痛斥那个渣男是如何玩弄并抛弃她的。室友甲和郑菁菁都凑上去安慰她，而室友丙照例拿着个平板电脑，头戴着耳机，沉浸在自己的剧中世界里。突然一阵大风的声音传来，郑菁菁从梦中惊醒，发现室友乙正手拿吹风机对着镜子吹头发，一副陶醉的样子。郑菁菁打开手机看了一眼时间，才早上六点。她无奈地戴上耳塞，心里骂着脏话。

"今天早上我起床的时候,听到你时而笑时而说着梦话,好像是忘记那个渣男,下一个会更好什么的。你是梦到在安慰谁吗?"晚上回来的时候,室友乙问郑菁菁。郑菁菁只好胡诌了一个小故事搪塞过去。

(四)林檎

郑菁菁再次遇到那个曾在图书馆偶遇过的男生是在大三快要结束的时候。郑菁菁听说参加学校的支教团计划,本科毕业后去偏远地区支教一年,就可以保送研究生。当然,支教团计划也是要通过面试并且择优录取的。

郑菁菁报名参加了这一计划,面试在学校教学楼的某个教室进行。在面试当天,她又遇到了那个男生。他穿着藏青色的西装和棕色的皮鞋,头发打了发蜡,梳成三七分的造型,手上的运动手表换成了石英手表。郑菁菁和他分别是倒数第一个和倒数第二个面试的。到最后,面试等候室里只剩下他们两人。

缘分——这是郑菁菁想到的。但这么好的机会,郑菁菁还是没有勇气主动开口,直到对方打破了沉默:"欸,同学,我是不是在哪里见过你?"

"是吗……"郑菁菁故意装出若有所思的样子,"抱歉,我好像没什么印象了。"

"噢,这样子。"那个男生点了点头,就没有再说什么。

几分钟后,工作人员示意他前往面试室。郑菁菁坐在座位上,有些懊恼,心想自己回答他们以前见过是不是会更好。一刻钟过去,那个男生从面试室出来。郑菁菁来到面试室门口,工作人员让她在名单上签字。她顺便看到了那个男生的名字——林檎。

面试并没有郑菁菁想象得那样难。在轻松愉快的交谈中,面试很快便结束了。郑菁菁起身离开,想着林檎是否可能在外面等她。"既然他通过一面之缘便记住了我的样子,那么他是不是有可能会特别留意我……"郑菁菁这么想着,打开了门。

门外空无一人。

郑菁菁轻轻叹了口气,离开了教学楼。她打开手机,看到林临给她发来消息,问她面试怎么样。郑菁菁回了一句"我也不知道"。结束了面试后,郑菁菁马不停蹄地赶去另一幢教学楼参加研讨课。研讨课上,助教照本宣科地提了几个问题,一些充满学习热情的同学争先恐后地举手要回答。助教随便点了其中一位同学，边听边打哈欠。发言的同学全然沉浸在自己的演讲中，没有注意到助教的漫不经心。郑菁菁忍不住回想着刚才面试时遇到林檎的场景，后悔自己没有多跟他说几句话。研讨课下课后，郑菁菁回到寝室，只有室友甲在。

"最近怎么没看到你和你男友在一起啊？那个什么林……林渠。"室友甲问。

"是林檎。"郑菁菁纠正道，"我跟林渠早就分手了。"

"林檎是谁？没听说过呀。"室友甲纳闷地问道。

"啊不是，是林临。"郑菁菁自己都快分不清楚了，"我最近比较忙，所以没什么时间约会。"

"诶，你听说没，我们系的那个仇同学，每一任女友都不超过三个月，分手后在酒吧或者KTV度过几个伤心的夜晚，几天后就又找到新欢了。更劲爆的是，听说他前任发现他在分手之前就劈腿了，气冲冲地跑到他和他现任面前对质，被一堆人看到了，还拍下了吵架的视频。"

"啊，他不是家里条件不太好吗，我记得他还领助学金来着。"

"穷人里面也不全是老实人啊。哎，说回正题，本来今天晚上是想叫你和林临一起去KTV唱歌的，我有几个朋友也来。"

郑菁菁稍加思考了一会儿，对室友甲说道："去呗，正好去唱几句发泄一下。"说罢，郑菁菁给林临发去消息，问他晚上要不要一起去唱歌。

"我晚上要给学弟学妹们上习题课，要不周末去？"林临回复道。

"那算了，我自己去。"郑菁菁给林临发去消息。随后她告诉室友甲林临去不了，但自己可以。

（五）宋明泓

晚上，郑菁菁和室友甲一同去了学校附近的一家KTV。她们是最晚到的，其他四人都已经开好了房间早早等候着了。

室友甲向郑菁菁挨个介绍了在座的四人。其中A跟B是一对情侣，C是室友甲的男友，D是室友甲的男友的大学室友，名字叫宋明泓。郑菁菁记得这个名字。室友甲之前在寝室和她的男友煲电话粥时曾经提到过宋明泓，说他家里很有钱。

几人团团坐下，室友甲的男友先开唱，A跟B紧随其后。宋明泓叫服务员拿来两打啤酒和几盘小吃，众人一边唱一边吃吃喝喝，很快便熟络起来。临近结束时，宋明泓豪爽地说今天的局他来买单。众人都直呼宋老板阔气。散场后，郑菁菁跟室友甲一同回到了寝室。郑菁菁酒量不错，只是喝得微微有些上头，但室友甲已是烂醉如泥。郑菁菁把室友甲扶到床上以后，打开手机，看到一条好友请求——是宋明泓发来的。

郑菁菁通过了好友请求，看到宋明泓发来消息："还没睡呢？"郑菁菁回了句"嗯嗯，是的"。两人又在手机上闲聊了几句，郑菁菁能明显感觉到宋明泓对自己有意思。但宋明泓并不是自己喜欢的类型，他相貌一般，也没有什么过人的才能，性格上属于那种有点随性不羁，老想故意耍帅却总是弄巧成拙的。

但是他家里有钱。

当宋明泓发来消息问"你现在有对象吗"的时候，郑菁菁沉默了。她在消息栏处打出一个"有"字，想了想又删掉，随后打开朋友圈，看到了室友乙发的动态，定位在法国巴黎。那是一串法语，郑菁菁用手机翻译了一下，法语的意思是"巴黎的落日"。巴黎比北京时间慢六个小时，此时正是日落时分。

郑菁菁又沉默了一会儿，随后给宋明泓发去消息："没有呢，上阵子刚分手。"她撒谎了。她感到血液涌向她的脑袋，她的脸变得滚烫。她不知道这个谎言会给她带来什么后果。两人又聊了好一会儿，最后约定周末出来见面，然后互道了晚安。

现在就发消息给林临说分手吧。郑菁菁是这样想的。她躺在床上，拿起手机。但她又转念一想，万一这个宋明泓是个花花公子，只是跟她玩玩呢。郑菁菁放下了手机，没有发出那条消息。她又想到，既然宋明泓和自己的室友认识，那就有露馅的可能性。一番思索之后，郑菁菁决定在明早告诉室友甲自己和林临分手了。反正室友甲也没有林临的联系方式，无法验证真伪。

接下来几天，郑菁菁一直都在避免和林临见面。当周末来临时，她如约与宋明泓见上了面。和郑菁菁以往跟别人约会的方式一样，两人也一起吃了饭、看了电影、逛了街，但不同的是，去的场所高档了很多，而且全都由宋明泓请客。

晚上回到寝室后，郑菁菁在社交软件上发了条动态："忙碌的日子偶尔也需要放松一下，和朋友一起出来玩啦。"郑菁菁给动态配上了精心修过的照片，并小心翼翼地屏蔽了林临以及所有可能认识林临的人，以避免露馅。她的动态迅速收获了许多点赞，还有很多人在动态下方的评论区问郑菁菁去的是哪家餐厅，看起来很高档。郑菁菁感到满足，屏蔽林临时的些许不安瞬间被抛之脑后。

之后的几周，她常常和宋明泓一起出去。在一个月后，他们确定了关系。

"但是我暂时还不想让大家知道。"她用一种小心翼翼的语气对宋明泓说道，担心宋明泓会生气。

"为什么？"宋明泓不解地问道。

"因为我才和前任分手没多久，如果这么快就在一起，人家可能会有闲言碎语的。"郑菁菁踮起脚尖，揉了揉宋明泓的脸，然后亲了一下他的脸颊，"好不好嘛？"

宋明泓的眼神开始变得迷离，他回亲了郑菁菁一下，作为默认同意的信号。

（六）杨鸿观

室友乙听室友甲说郑菁菁跟林临分手了，给她介绍了杨鸿观，是自己男友的朋友。

"他家是做那个的。"

"哪个？"

"就是那个。哎呀，反正很厉害就是了。"

看来她和宋明泓在一起的事情还没传到室友的耳朵里，郑菁菁松了口气。

"他长什么样啊？"郑菁菁问室友乙。

室友乙翻找了一会儿手机，很快找出了一张照片。

"感觉还不错啊。"郑菁菁有些心动了，对方看起来不像宋明泓那样，宋明泓除了有钱，实在是没什么吸引力，对自己来说就是纯纯的工具人。

室友乙于是帮忙安排了杨鸿观和郑菁菁见面。郑菁菁前一天特地去理发店请高级总监做了个发型，还在见面当天花了两个小时打扮自己，包括选衣服、选香水、化妆等。

两人在一家装修得富丽堂皇的餐厅见了面。杨鸿观预定了贵宾区的一个包间。郑菁菁看到周围的人全都西装革履、礼服加身，庆幸自己选了一套还算看得过去的衣服。杨鸿观看起来一副少年老成的样子，板着脸，梳着背头，戴着一副方框眼镜。他的话很少，似乎总在思考些什么事情。尽管如此，他身上的气质仍然赋予了他一种独特的魅力，让人觉得成熟而神秘。他们吃了西餐，配上一瓶看起来十分昂贵的红酒——郑菁菁平时没太了解过红酒的牌子。

那天郑菁菁喝醉了。当她清醒过来的时候，已经是第二天的早晨，她独自躺在酒店的床上。她起身环顾四周，没有其他人的踪迹。

她想打电话给杨鸿观，但突然意识到自己没有他的联系方式。她于是又联系了室友乙，室友乙直到中午才回复她，说杨鸿观突然有急事，但表示昨晚很开心，以后有机会可以再见面。在那之前，郑菁菁一直躺在酒店的床上，有些恍惚地盯着电视里播放的新闻联播。她感觉自己的头快要炸开来，身子也没什么力气。下午一点，前台的服务员来提醒郑菁菁退房。郑菁菁漫无目的地坐上了一辆公交车。不知怎么的，她这时想起了林临。

她给林临发去了消息，说自己感觉不舒服。林临很快便回复了，问郑菁菁人在哪儿。郑菁菁说自己在六号公交车上，还给林临发去了定位。随后不知怎么的，她坐在公交车后排的一个座位上，靠着窗户睡着了。醒来的时候，林临已经在她的身边了。郑菁菁把头靠在林临的肩膀上。林临抚摸着她的头，车厢里响起了某首二十世纪九十年代的歌。

林临用手背贴了一下郑菁菁的额头："菁菁，你发烧了。我们等到了市医院那一站就下车去看看吧。"

郑菁菁点了点头，轻轻地说道："谢谢你，林临。"

"对了，菁菁，你刚刚睡着的时候，好像嘴里一直在嘟囔着林檎……"

"啊……"郑菁菁没想到自己竟然在无意识的情况下喊出了林檎的名字，"林檎嘛，就是苹果……是因为我身体不太舒服，想吃苹果了吧。"

"那好，那我们等下去医院旁边的水果店买点苹果。"林临说道。郑菁菁看林临没有起疑，松了一口气。

下了公交车后，林临让郑菁菁在水果店门口的椅子上坐一会儿，他走进了店里，然后很快便提着一袋苹果出来了。

"你知道吗，菁菁？苹果在西方的神话里面是禁果，传说人类的祖先因偷吃禁果而被流放出了原本的乐园。"在看病途中，林临给郑菁菁讲了这样一个小故事。

（七）他们

在那次与杨鸿观见面后，杨鸿观差不多每两周都会约郑菁菁出来见一次。但杨鸿观从未和郑菁菁确认过关系，郑菁菁也不想挑明了说一些事情，因为她知道那样的话杨鸿观以后可能就不会见她了。至少，杨鸿观给了她联系方式。

在那期间，郑菁菁还常常和林临以及宋明泓见面。

郑菁菁通过了支教团计划的面试，她的研究生也有了着落。她本想着在支教团的培训讲座上能再见到林檎。但林檎没有出现在讲座上。他是面试没过，还是过了不想来？郑菁菁并不清楚。她感到失落——为什么自己喜欢的男生永远都不喜欢自己。

转眼到了大四下学期，要写毕业论文了。郑菁菁对一些统计学的东西不太熟悉，常常向林临请教问题。她看室友甲照旧每天吃喝玩乐，一问原来是让男朋友帮忙写了毕业论文。"虽然我觉得我们俩不太合适，估计最后也不会走到一起吧。"室友甲淡淡地说道。

有一天，李泠风突然给郑菁菁发来了消息，问郑菁菁能不能假扮一天自己的女友。郑菁菁对李泠风的要求感到莫名其妙。她刚要拒绝，李泠风就像知道郑菁菁在想什么一样给她发来了消息："陪我参加一个朋友的宴会，在一个大庄园里，那个庄园特别大特别豪华，像城堡一样。"

城堡，这是郑菁菁无法拒绝的。她同意了。

宴会在两周后举行。在这之前，郑菁菁旁敲侧击地跟杨鸿观说自己缺一套晚礼服。杨鸿观明白了她的意思，找了专业的裁缝帮她定制了一套。一个星期后，晚礼服寄到了。郑菁菁穿在身上，站在镜子前，陶醉于镜中的自己。她给杨鸿观发去"谢谢"，表示以后有机会要穿给他看。

宴会那天，李泠风包了一辆专车来接送郑菁菁。郑菁菁在酒店换好礼服后，穿着高跟鞋走下台阶，她感到鞋跟敲击地面的声音就是她人生此刻的伴奏。

"菁菁，你今天很美。"李泠风还是那么伶牙俐齿。

两人坐着车来到一座大别墅前，别墅内有一片近千平方米的空地，其中有一个大型游泳池，能容纳上百人。前庭的花园里有假山、小桥、流水。空地上还专门划分了一块区域用于烧烤，离烧烤架不远处有一座秋千，上面缠绕着悬挂了灯泡的线，在夜晚会发出霓虹的光彩。别墅的主人养了三条狗和四只猫，品种各不相同，全都由用人打理得很干净。别墅有五层，地上四层地下一层，整体看上去是西式的风格，简约明亮而不失典雅。

也许是因为李泠风想给宴会的主人留下一个好印象，郑菁菁和李泠风是宾客中来得最早的。管家将他们领到大厅处，并表示主人马上就下来。郑菁菁这才想起自己还不知道这场宴会是由谁主办的。李泠风告诉她，很快她就会知道了。

郑菁菁稍稍等候了一会儿，直到她听见一个陌生的声音传来——

"泠风，来得真早呀。"

郑菁菁抬头看去，是个身高中等的男生，皮肤很有光泽，看起来保养得很好。举手投足之间能看出来他非常有修养。李泠风忙凑上前去握手，然后给双方介绍了彼此，对方叫作林俞。

又来一个姓林的，郑菁菁现在听见这个姓氏就烦。当然，她也认识很多姓林的好人，她感到烦躁的原因完全是自己记不住那么多名字，就好像她以前读那些外国翻译过来的小说，也记不住那些纷繁复杂的名字，似乎每个名字都长得差不多。

林俞穿着白色卫衣外套和黑色运动裤，脚上穿着一双拖鞋。他告诉李泠风自己还没来得及换衣服。等林俞换上正装出席后，其他宾客也陆陆续续来了。郑菁菁不是很能应付得来这样的大场合，但李泠风对此倒很有一套。他似乎提前调查过了来客的身份，见到有人进来就会带着郑菁菁上前去交际。

当李泠风和别人聊得正欢的时候，郑菁菁似乎看到了一个熟悉的身影。她的目光穿过人群，最终落在了他的身上。

林檎竟然也参加了这场宴会。但这场宴会似乎都是成双成对一起参加的，那是否说明他已经有对象了？郑菁菁这样心烦意乱地想着。不过她倒是没看到林檎的对象在哪儿，说不定他是个例外，只有他是独身出席的。

李泠风把郑菁菁从思绪中拉了回来，带她去认识下一对宾客。两人先去吧台拿了两杯红酒，这时郑菁菁又看到了一个熟人。林渠穿着一身不合身的西装，和一个女生一起站在吧台前。他动作笨拙，神态扭捏，显然没见过这种场面。郑菁菁在心中暗笑着，同时在取酒的时候特意侧过身去，防止被林渠认出来。

但林渠还是看到了郑菁菁，他朝她走过来问好。郑菁菁尴尬地笑了笑，出于礼貌回复了。显然，林渠并不在李泠风事先调查的范围内，他请郑菁菁帮忙介绍一下对方的名字与身份。郑菁菁随便搪塞了几句，说以前认识之类的，就拉着李泠风赶紧走了。她不想让李泠风知道这是她的前男友。

郑菁菁还是时不时地在人群中寻找林檎的身影。随着越来越多的宾客到场，现场的人变得多了起来，她没能在人群中找到林檎。

李泠风要社交的下一位宾客依然是郑菁菁认识的。他们走到杨鸿观面前，杨鸿观的身旁是一位体型发胖、相貌并不好看的女子。杨鸿观微笑着和郑菁菁握了手，表示初次见面，很高兴认识。郑菁菁从杨鸿观的眼神中看不出任何东西来，但她大致能猜测出他身旁女子的身份，以及他之前这样对待自己的原因。郑菁菁很配合地客套了几句话之后，杨鸿观就带着身旁的女子走了。

李泠风开始寻找他的下一个目标。这时郑菁菁终于再次看到了林檎。她主动拉着李泠风朝林檎走去。林檎梳着一个三七分的发型，就像那天面试时见到的一样，只不过换了一套深灰色的西服。他高挑而略显健硕的身材在西装的衬托下显得华贵且有力量。他身旁站着一位穿着酒红色晚礼服的女人，脸上化着淡淡的妆，将她原本就精致的五官修饰得柔和动人。她的眼睛像一湾春水，看向走上前来的李泠风和郑菁菁。她微笑的角度是那样恰到好处，仿佛一幅绝妙的画作。

"欸，我好像见过你，是在哪儿来着……"林檎露出思索的神情。

即使已经见过两次面，他依然不记得自己在哪里见过她。郑菁菁的失落在此刻达到了顶峰，但她还是勉强挤出了一个笑容："啊，我也不太记得了，但你看起来还挺面熟的，就上来问问。"

最后四人礼貌地互相介绍了自己，碰了碰酒杯就走了。李泠风还想拉着郑菁菁去社交，郑菁菁却说自己累了，想先休息一会儿。李泠风"哦"了一声，就一个人离开了。郑菁菁坐到角落上，独自举着酒杯一饮而尽。她把酒杯放到自己眼前，透过酒杯看向宴会的人群。模糊而扭曲的众生，伴随着耳边传来的嘈杂的声音。

她累了。今晚她不想再见到任何认识的人。但事与愿违，很快郑菁菁就看见林临，带着一个大眼睛、肤白貌美、满脸单纯的女孩，和其他人谈笑风生。

郑菁菁感觉酒劲有些上来了，她又去吧台倒了一杯红酒，然后走到了林临面前。林临见到郑菁菁出现在这里，显然有些惊讶。但他很快又镇定下来。他旁边的女孩用一种很可爱的声音问道："哥哥，她是谁呀？"

林临对着那个女孩笑了笑，说是自己的一个老同学。然后他又转过身来对郑菁菁说："菁菁，我们去那边单独说话。"

"有什么话不能在这里说的？"郑菁菁质问道。

"菁菁，注意一下场合。"

"注意什么场合？"郑菁菁对林临大声说完，又转向他身旁的女孩，"你跟他在一起多久了？"

"啊，我们在一起两年了。"

两年，比自己跟林临在一起的时间还久，这下自己反倒成了第三者。这击穿了郑菁菁最后的心理防线。她把酒杯摔在地上，酒杯破碎的声音吸引了众人的注意，全场变得鸦雀无声。

林临用一种像是看智障的眼神看向她。

"你这是什么眼神？啊？"郑菁菁愤怒地吼道。

"干吗啊，你这个疯女人。"林临没有开口说话，反倒是他身旁的女孩用她那娇滴滴的声音指责起了郑菁菁。那种声音让郑菁菁感到恶心。

郑菁菁望向人群，在人群中看见了宋明泓，一个女生正挽着他的胳膊。郑菁菁一个箭步冲向宋明泓，指着他大叫道："好啊，你也是这样，连你也这样。"宋明泓见形势有利于自己，便称自己根本不认识郑菁菁。郑菁菁一怒之下，大声吼着宋明泓的名字，把他们的交往过程一五一十地说了出来。宋明泓反问郑菁菁难道是一个人来这场宴会的吗，肯定也是带了伴过来的吧。

郑菁菁哑口无言。她四下张望，看到李泠风正躲在人群中看她。在眼神交汇的一瞬间，他的头很快便扭开了。显然他现在不想与自己扯上关系。

郑菁菁又想到林檎也在这里，他已经看到了自己丑态百出的样子，估计心里正暗自嘲笑着她。

无数双眼睛盯着她看，红酒从打碎的杯子旁一路流到了她脚下，倒映出她狼狈的样子。她坐倒在地上，控制不住地笑着，眼泪却不停地流下来。她感到呼吸困难，在恐慌和窒息感的重压下，她几乎要失去意识。很快，她感受到天地开始旋转，眼前的景象变得模糊，人们议论的声音也离她越来越远。

（八）她

闹钟声响起，郑菁菁掐掉闹钟，挣扎着从床上爬了起来。上午的阳光从帘子间的缝隙中穿过，映照在她的脸上。她感到头痛欲裂，身子也很沉重。她走了两步，差点因为重心不稳而摔倒在地。

昨晚又喝多了。

做了一个奇怪的梦，好像是跟宴会有关的。

梦中的记忆像夏日柏油路上的一摊水，迅速地蒸发了，没留下一点痕迹。

床上睡着一个男人，轻声地打着呼噜。她一下子想不起来他的名字。

今天又要和谁约会来着，她忘了。算了，等下看看手机里的聊天记录就知道了。

郑菁菁拖着疲惫的身躯从床上下来，穿上拖鞋，走到卫生间里，对着镜子开始洗漱。她的眼睛有些发肿。下午在见他以前先敷个面膜吧。

"再复杂的男人，遇到自己喜欢的女人都会瞬间变得简单起来。"打扮自己的时候，郑菁菁又在心里默念了一遍这句话。

附章三 退休记

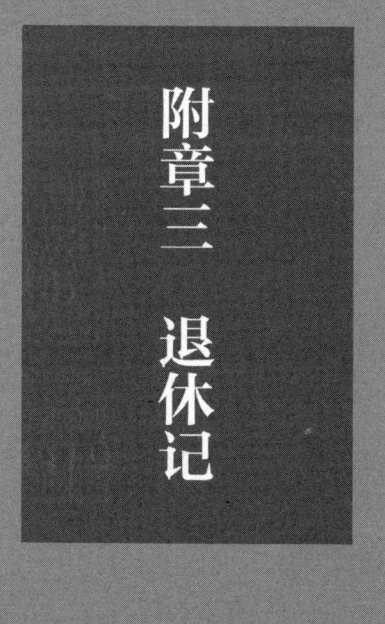

飞来：异乡谜客

（一）

今天是成文梅退休满一个月的日子。

最开始的一周，成文梅还没感觉到有什么不同，只觉得这和往常的假期一样。她上午睡到自然醒，中午简单做两个小菜、蒸一碗饭，下午到家附近去转悠转悠，晚上把剩下的饭菜热一热吃了，饭后在手机上看会儿小说，或是看会儿电视，就上床睡了。

一周后，成文梅开始感到不对劲了，觉得浑身上下都没精神。她也说不上来是哪里出了问题。明明睡眠很充足，平日里却依然困乏。成文梅怀疑自己的身体出了问题，但她也感觉不出具体有哪个地方不舒服。她不愿打扰已经工作了的女儿，就跟邻居刘姐说了这事。

刘姐比她早几年退休，她一听，说："你准是无聊了。你这一不用上班二不用带孩子，每天没事干，自然就没劲了。你得给自己找点事情干。"

"比方说有啥事呢？"

"你年轻时，就没有啥遗憾没做成的事？"

成文梅一时想不起来。接下来的一整天，她都在想这件事。许多年轻时想做的事，上了年纪以后便也做不动了。但也许还有一些……成文梅第一个想到的是练字。成文梅的文化水平不高，只有初中学历，还是在乡下的学校上的学，老师的教学水平不高，周围的学习氛围也不强，她的字自然写得也不好看。成文梅每次看到别人行云流水的签名时，都很是羡慕。于是第二天，成文梅就跑去社区的老年大学报了硬笔书法班，周日开始上课，一周一次。

成文梅提前去买了文具。周日的书法课上，她提着小包在走廊上寻找自己的教室，探头探脑的，就像一个初来乍到的中学生。走进教室，她随便找了个位置坐下来。周围的人都叽叽喳喳地聊得很热闹，似乎已经熟络了起来。成文梅不是一个自来熟的人，相比之下显得有些拘束。

不久，一位烫着波浪卷发的大妈在她旁边坐了下来。她自我介绍叫秀兰，成文梅忙说自己叫文梅。

"你是梅我是兰，咱俩有缘分。"

老师到了，是一位微胖的阿姨，看起来和成文梅年龄相仿。她让大家都上来拿一本练字本回去，之后的课后作业就在这上面布置。成文梅随着人群走了上去，顺便帮秀兰也拿了一本。

"谢谢啊文梅，"秀兰说道，"话说，这老师看起来不像是字写得很好的人啊。"

老师很快就证明了秀兰的猜测是错误的。她在黑板上写下了自己的名字，虽说是拿粉笔写的，却处处显出笔锋来，足见其功力。老师告诉台下的学生们："要写好字，一定要有耐心，不要想着一步登天。很多人都想把字写得龙飞凤舞的，问我该怎么写。我告诉他们那种字是行书，或者更潦草些的，是草书。要写好行书，就得先写好楷书。而要写好字，就得从最简单的一笔一画写起。"

老师于是从横竖撇捺开始教起。她告诉学生们书法是有轻重缓急的，有些地方需要停顿，像一横的开始和结束，都需要停顿一下。有些地方需要干净利落，如一竖的末处，当提笔出锋。学生们也照着样子在底下写着。下课以后，秀兰向成文梅要了她的联系方式，说以后可以多交流。

回到家里，成文梅见到刘姐正搬着一盆花走上楼梯。她跟刘姐打了招呼："刘姐，这花真好看呀。你刚买的？"

"对呀，上午刚买的，好看吧。"

"你在哪儿买的呀？"

"一家不起眼的小花店，你要是感兴趣的话，我下次带你一起去看看？"

"那怎么好意思麻烦你……"

"不麻烦。对了，你先进来看看我屋里的花，最近天气好，花开得都正盛呢。"

成文梅难却盛情，跟着刘姐去到了她家的阳台。推开纱门，成文梅看到好几十盆花草，挨个排成三排，放在阳台的架子上。在正午的阳光下，这些花草的枝叶和花瓣构成了一幅熠熠生辉的和谐图景，像画盘上的一个个色块。很多花成文梅都叫不出名字，它们都向上生长着，充满活力和希望。

"这些花开得真好呀。"成文梅感叹道。

过了两天，成文梅叫上刘姐一起去花店挑花。许多盆栽的价格都不便宜，稍微大一点的盆栽，价格都要上百元。刘姐建议成文梅先从绿萝和太阳花养起，价格不贵，也好养活。成文梅各挑了一盆，带回家中。

回到家后，成文梅找了张小桌子放在阳台处，然后把新买的两盆盆栽端端正正地摆好，独自欣赏了起来。然而没过几天，这两盆花草就有些蔫了。成文梅忙找来刘姐，让她来看看是出了什么问题。

"前几天冷空气来的时候被冻伤了吧。植物也怕冻，天气冷的时候啊，晚上要找些纱布把这些花草盖起来，不然容易冻死。还有，天气热了，也要注意别把它们放在阳光太烈的地方，会被晒死的。"

成文梅虚心学习着，也照做了。但不知怎么地，这两盆可怜的小东西还是蔫得愈发厉害，过了一个月便生气全无了。成文梅没有放弃，又去买了两盆回来。与此同时，她的书法功课也没落下。这次，她专门向花店老板请教了养花的注意事项，并在网上看了好几个教学视频。

不久后，成文梅又给自己找了件事做——学着打乒乓球。她听说楼下的老秦以前是乒乓球教练，便去拜他为师。老秦今年快六十岁了，运动起来身子还跟三四十岁的人一样硬朗。老秦也没太计较上课的费用，爽快地答应了。他从打乒乓球时的站姿开始教成文梅——双脚与肩同宽，两膝微屈，上体前倾。接着是握拍的姿势——像是拇指和食指怎样握住球拍，余下三指放在哪里之类的。然后是怎样发球——球拍要跟球面摩擦，而不是直直地击出去。成文梅尝试发了一次球，发球的力度过大了，球直接飞到了地上，球拍与球接触的角度也不对。老秦告诉成文梅这并不容易，需要有耐心，一直练。

这下子成文梅的日子就忙碌起来了。她白天起床后先练一小时字，然后买菜做饭，下午去练乒乓球，吃完晚饭后去附近散会儿步，或是找个离居民区远的空旷地方跟其他大妈们一起跳跳广场舞。她发现人还是不能闲下来，得自己找些事情做。忙过头的时候觉得浑身难受，太闲了的时候也会因为空虚无聊而不爽快。

过了几个月，女儿放假了，要回家住两天。成文梅提早两天把被褥从柜子里拿出来，洗好、晒好、铺好。成妙子回家后，第一件事就是躺在自己房间的床上，感慨"还是家里的床最舒服"。

"对了妈，你不是在视频通话的时候说你在练字吗，我来看看你练得咋样了。"

成文梅拿出她的那本练习册给女儿看。虽然写的字还远远称不上漂亮，但也已经初具笔锋了。

"不错呀，进步了很多。"

成文梅随后带着成妙子去了阳台。阳台上摆着好几盆花草，齐齐排成一列，各自茂盛地生长着。在阳光下,这些花草颜色各异,明艳动人。成文梅观察着女儿脸上的表情,看到她的眼睛睁得很大,盯着那些盆栽,看得入了神。女儿的嘴微张着,欲言又止,然后便是静静地欣赏。她期待成妙子的反应已经很久了。她之前没在视频聊天时给成妙子展示她的盆栽,因为她知道现场看到的感觉是视频图像所无法比拟的。

晚饭,成文梅烧了许多成妙子爱吃的菜。吃完晚饭后,两人来到以前经常去的那条河边散步。和上次成妙子回家时相比,河边的步道上新印上了"健康步道"的字样,一旁还写有里程数,用以提醒行人已经走了多少千米的路,鼓励人们多锻炼身体。路边的墙装上了介绍地方特色景点的方牌。走过桥下时,抬头可以看到桥底下挂着几串小灯,发出各异的光彩。

第二天,成文梅拉着女儿去打乒乓球。成妙子表示自己不会,成文梅说可以学。一下午的练习并不足以让成妙子领悟如何以与球拍摩擦的方式击球,反而是让她这个上班族感到腰酸背痛。

晚上,成文梅和成妙子一起去做了推拿。成文梅让推拿师傅多按按成妙子的颈椎和腰,虽然按完了还是觉得酸痛,但身心都同时得到放松了。

假期总是短暂的。很快便到了分别的日子,成妙子收拾好行李后,和成文梅道了别,她让成文梅不用送她。随着门"嘭"的一声被关上,家里又只剩下成文梅一个人。她来到阳台,目送着成妙子离开,直到她的背影消失在视线中。

很多她这个年纪的人都在操心孩子。操心孩子有没有对象,什么时候结婚,什么时候生孩子,诸如此类。成文梅的心态倒是很好,她觉得孩子已经过了需要她操心的年纪了。她只是让成妙子有事没事多往家里打打电话,陪她聊聊天。

有一天,成文梅和成妙子打电话的时候,提起最近菜价又贵了。

"妈,你别省钱,特别是隔夜的饭菜一定不要吃,吃了不健康。"

"妈知道。妈就是说那菜价又贵了,连那个……"

成文梅想说某种蔬菜的名字,但她一下子记不起来了。她的脑海中能浮现出那种蔬菜的模样,但就是记不起它叫什么。

"总之,妈,一定要吃新鲜的饭菜,不要嫌麻烦,也不要嫌贵,健康是第一位的。"

成文梅应了下来。挂断电话后,成文梅突然意识到近些日子她常常叫不出东西的名字,有时候连经常碰面的街坊邻居都会忘了名字。她打开手机搜了搜,跳出来的都是她不愿意看到的字眼。

她记得自己的母亲，是如何一点点忘记一些人、一些事，最后把自己的女儿都忘记的。一种巨大的恐惧感突然包围了她，她坐在客厅的沙发上，像一个无助的孩子。那一刻，她突然开始想念起自己的母亲，在她小时候牵着她的手走在村里的土路上，去村那头的菜市场买菜。村边的老黄狗朝她狂吠，母亲跺跺脚，厉声骂去，老黄狗便不再作声。

　　她怕有一天自己忘记了这一切，忘记了自己的母亲，也忘记了自己的女儿，然后被这个世界忘记。

　　成文梅开始意识到，人生在世最难走的路，终究还是得独自一人走。

（二）

　　成文梅的乒乓球练习并没有中断。在成文梅练习了一年多后，老秦说街道办了个老年乒乓球比赛，问她要不要参加。成文梅不是个爱与人争高下的人，就想要拒绝老秦。但老秦却表示大家也都是去打发打发时间的，报个名没什么不好。成文梅想了想，就同意了。

　　出人意料的是，比赛那天，成文梅轻松击败了其他对手，来到了决赛。决赛的对手是个打了许多年乒乓球的老将。成文梅还是经验不足，败下阵来，最后拿了亚军。街道社区给成文梅发了张奖状。老秦过来夸赞成文梅打得不错，才一年多就能打成这个样子。成文梅也对自己亚军的成绩感到十分满意。

　　"你很有天赋，再练练，等到下次比赛，说不定就能拿冠军了。"

　　正当老秦对成文梅这么说时，成文梅的手机响了。是她的哥哥成文胜打来的电话。准是又来找她借钱了，成文梅这么想着，把电话挂断了。晚上，她回到家，成文胜果然死乞白赖地在她家门口候着，可怜巴巴地望着她，像一条前来讨要食物的狗在摇尾乞怜。

　　成文梅冷冷地拒绝了成文胜的请求，他于是又开始追忆往昔的岁月，说自己小时候怎样照顾妹妹，成妙子读书时还把面包车借给成文梅让她去接送妙子，并说自己这次一定会还钱。成文梅已经听了无数遍这样的话了，实际上，成文胜从来没还过一次钱。她给成文胜的钱，早就把她欠成文胜的人情还清了。这次她终于拒绝了成文胜无底洞般的索取，她警告成文胜，再不走她就打电话叫警察来了。

　　成文胜这才悻悻地离开了。在那之后两个月，成文胜再没来找过她。直到有一天，成文梅接到了朱老三打来的电话。朱老三是成文胜的朋友，两人成天厮混在一起，喝酒打牌。朱老三通常不会给成文梅打电话，除非是成文胜要找她借钱，但是不好意思开口。

"文梅啊，文胜他……"

"怎么，又欠别人钱还不上了？他欠钱让他自己给我打电话，没有什么话是不能直说的。"

"不是，文胜他……走了。"

"他……走了？走到哪里去了？"成文梅心里还存有一丝侥幸。

"我前几天给他打电话，他没应。昨天我又给他打，他还是没应。今天我见电话打不通，直接去敲他家门，依然没反应，我就报了警。警察最后在郊外的一片荒地里找到了他，说是摄入酒精过量……"

成文梅一时不知道该说什么，她的脑海里浮现出成文胜贱贱地笑着朝她借钱的样子。

成文梅叫了成妙子回来参加舅舅的葬礼。那天天气很好，太阳如往常一般挂在头顶上，就好像什么事都没发生过一样。负责葬仪的人给成文胜换上一身新衣裳，把他的面容打理得很干净。成文胜躺在棺里，脸上带着平和的微笑，像是在做什么美梦。几个多年未见面的亲戚一见到成文梅就扑上来哭天喊地，成文梅倒是一滴眼泪都没掉。丧宴上，来参加宴席的人坐了好几桌。桌上摆满了酒肉鱼鲜，人们推杯换盏，有说有笑。几个小孩子在吃饱后就四处追逐打闹，还拿着骨头逗起了村礼堂门口的那条老黄狗。成文梅这时反而感到一阵说不上来的难过，她胃口不是很好，随便吃了两口后，到村里的小河边散起了步。河水很浅，水里有很多水草，把水染成浓郁的绿色。在河的某一段上有几块表面平整的大石头，石头的顶端露出水面，边上长着青苔。两个妇女蹲在石头上，拿棒槌一下一下地敲着要洗的衣服，衣服上的肥皂泡随河水流入下游。

告别仪式上，在悲怆的唢呐声中，几个僧侣闭眼念诵着经文。按照习俗，下葬前要于半夜在山上走一圈。成文梅走在前头，抬棺的人、奏哀乐的人、诵经的人，还有家中的亲戚排成一条长长的队伍，走在夜间的山路上。最前面的人举着火把，村里的人相信，这几点零星的火光，不只是在领着生者前行，也能引领故去之人找到归乡的方向。之后，成文胜被送去了火葬场。

成文胜下葬的那一刻，她只听到蝉挂在树上一个劲儿地叫着。她的思绪飘回到了很久很久以前，那个永远长不大的、总是喝得烂醉如泥的哥哥，曾经也会在村里男孩揪她辫子的时候跑过来为她出头。

（三）

又一年过去了，老年乒乓球赛如期举行。这一次，成文梅以微弱的优势击败了对手，拿到了冠军。平时常与她切磋的球友都过来祝贺她，但成文梅对输赢已经不那么在意了。

那天傍晚下起了雨。雨只下了一阵，很快便停了。吃过晚饭后，成文梅在街边散步，见到路旁停着几辆花花绿绿的共享自行车，突然来了兴致，就随便扫了其中一辆。

在下过雨的黄昏，成文梅独自骑着自行车穿过那条熟悉的街道。路边的积水倒映出悬挂于半空的红绿灯，马路上的车流此起彼伏地发出喇叭的声响，潮湿的空气中夹杂着扬起的尘土气味。她骑向太阳落下的方向，知道自己不必心急。